Bruno Vitiello

I delitti dell'anatomista

GIUNTI

Questa è un'opera di fantasia. Ogni riferimento a fatti accaduti e a persone esistenti o realmente esistite è puramente casuale.

www.giunti.it

Via Bolognese 165 – 50139 Firenze – Italia
Via G. B. Pirelli 30 – 20124 Milano – Italia

Prima edizione: febbraio 2023

Alla memoria di mio padre

Le ore canoniche

Mattutino: mezzanotte
Lodi: all'alba
Ora prima: un'ora circa dopo l'alba
Ora terza: alle 9:00
Ora sesta: alle 12:00
Ora nona: alle 15:00
Vespri: al tramonto (in inverno verso le 16:00, in estate intorno alle 18:00)
Compieta: ora di cena (verso le 19:00-20:00)
Notturno: le 2:00 del mattino

PROLOGO

Pontassieve, Vigilia di Natale del 1504

Uomini e donne in mantello e cappuccio neri si confondevano nella notte come ombre scure, mentre giungevano alla spicciolata alla sontuosa villa immersa tra le colline di Pontassieve. Il cielo nuvoloso era appena rischiarato da un pallido quarto di luna.

All'ingresso, i cavalieri smontavano affidando i loro animali a pochi uomini armati fino ai denti che controllavano, senza proferire parola, che avessero il lasciapassare. Era l'unica servitù presente alla villa quella notte ed era necessaria per garantire l'accesso a un convegno che non ammetteva testimoni. Quando tutti gli ospiti fossero entrati, quegli sgherri spietati e silenziosi avrebbero ritirato il ponte levatoio e sarebbero rimasti di guardia fino alle prime luci dell'alba.

Man mano che scendevano nei sotterranei, gli invitati iniziavano a ciarlare togliendosi i domini e restando in abiti neri di foggia maschile, tutti uguali. Anche le maschere che portavano, di cuoio nero e prive di connotati, erano identiche. Si potevano distinguere solo gli uomini dalle donne, e notare le differenze di statura, corporatura e colore dei capelli tra gl'individui. Per il resto, a un nuovo adepto della numerosa brigata i suoi membri sarebbero sembrati, a un'occhiata superficiale, il riflesso di una sola persona moltiplicato da decine di specchi. Ma solo a un neofita, poiché quegli ospiti erano ben noti ai proprietari della villa, e si conoscevano quasi tutti per lunga frequentazione e comuni interessi.

Quasi tutti giacché ogni tanto, anche se molto di rado, alcuni membri si aggiungevano alla confraternita, e quella notte era un'occasione speciale.

Il nuovo arrivato, di corporatura snella ma muscolosa, era fermo in un angolo dell'immenso salone sotterraneo. Su enormi tavoli di legno intarsiato erano state apparecchiate deliziose vivande e preziosi vini, affinché gli ospiti si rinfrancassero prima della cerimonia. Provenivano dall'intera Toscana, qualcuno anche da più lontano, e avevano dovuto sostenere lunghe cavalcate. Nel salone si erano subito formati dei capannelli, e l'ambiente riecheggiava delle forti voci degli uomini e delle squillanti risate delle donne. I freddi occhi azzurri del neofita passavano lentamente su di loro, osservandoli con attenzione. Sebbene fossero mascherati, intuiva l'identità di molti da ciò che dicevano, e da altri piccoli dettagli. Del resto, gli invitati non facevano troppi sforzi per nascondersi. Non avevano nulla da temere. Si sentivano a proprio agio, giacché si trovavano nel loro ambiente. Gli abiti e le maschere identici erano un gioco, un futile tocco teatrale più che una reale necessità. Il nuovo venuto sorrise tra sé, pensando a quanto tale vezzo fosse invece per lui una fatale, irrinunciabile esigenza. Era stata una fortuna, per quanto lo riguardava, che la confraternita avesse coltivato quest'uso fin dalla sua costituzione. Dio, o il Demonio, continuava ad aiutarlo.

«Un attimo di attenzione, miei cari confratelli!» esclamò con voce stentorea il padrone di casa, battendo un coltello contro una coppa di cristallo. La rumorosa conversazione si trasformò in un brusìo, poi si spense del tutto.

«Ho l'onore di annunciarvi che questa notte la cerimonia sarà officiata da un nuovo adepto» riprese il vecchio. «Un dotto incantatore reduce da occulti studi condotti in terra di Francia e d'Alemagna!» continuò, invitando l'uomo a farsi avanti. Seguì un lungo applauso, durante il quale il nuovo arrivato uscì dal suo angolo e si presentò ai convitati con un lieve inchino.

«Dietro richiesta del nostro venerabile amico,» riprese il vecchio «abbiamo accondisceso al suo desiderio di conservare l'anonimato... Ma niente paura, gentili messeri e graziose dame: per lui posso garantire io. Ho apprezzato il valore della sua scienza durante la brutta malattia che mi ha colpito. Come voi sapete, nessun medico era riuscito non solo a guarirmi, ma neppure a comprendere che cosa avessi. Inoltre, giuro sulla sua indiscussa fedeltà alla causa che ci unisce. Ci aspettiamo grandi cose da voi, messere» concluse, rivolgendosi all'ospite con deferenza.

«Siete troppo buono, mio signore» sussurrò lo sconosciuto, con un altro inchino. Nel silenzio del salone, il sibilo di quella voce causò un brivido a tutti gli astanti. E dire che ne avevano viste, udite e spesso anche compiute, di azioni sciagurate. Ma l'uomo aveva un'aria sinistra che non avevano mai incontrato prima. Dai suoi occhi azzurri proveniva uno sguardo strano, inquietante, difficile da sostenere.

«Non perdiamo altro tempo, dame e cavalieri» annunciò il padrone di casa. «Trasferiamoci nella cappella, l'ora astrale si sta avvicinando.»

Perfetto, pensò il nuovo ospite, compiaciuto. *Stanno seguendo alla lettera le mie istruzioni, come un branco di scimmie ben addestrate.* Grazie all'autorità del padrone di casa, l'intera confraternita si fidava ciecamente di lui. Era stato un vero miracolo riuscire a guarirlo dal suo morbo, quando tanti altri avevano fallito. Ora lo aveva in pugno, e con lui tutti i suoi ignoranti benché nobili accoliti.

Gli invitati, scendendo strette scalinate di pietra alla luce dei candelabri, sbucarono in un ambiente più piccolo ma meno illuminato. Uno dopo l'altro, si disposero in cerchio intorno a un ampio tappeto nero sul quale era effigiato un grande pentacolo bianco rovesciato, pronto a catturare i demoni. Un prezioso arazzo, appeso alla parete di fondo, raffigurava invece il Sigillo di Salomone, necessario per trattenere gli spiriti evocati. Al centro del tappeto erano sistemati molti oggetti che l'officiante aveva richiesto per la cerimonia. Anche in questo, gli avevano obbedito ciecamente. *Tutta paccottiglia utile a impressionare questi sempliciotti*, pensò senza riuscire a trattenere un sorriso sarcastico che, per sua fortuna, venne celato dalla maschera.

Si portò con passo solenne al centro della cappella, facendo segno agli astanti d'inginocchiarsi. Poi, da uno dei recipienti che gli stavano intorno, raccolse con un aspersorio una sostanza mefitica e semiliquida e la distribuì sulle teste dei prostrati, mormorando alcune frasi in una lingua indecifrabile. Un misto di aramaico, ebraico, greco e latino accozzato in modo assurdo e irriconoscibile, una lingua inesistente ma molto di atmosfera per la parodia battesimale.

Dopo il rito di esordio, debitamente concordato coi capi della confraternita, passò alla prima fase della cerimonia: «Che la luce folgorante delle tenebre, che stanotte invochiamo, ci rafforzi e ci protegga!» esclamò. La sua voce adesso era solenne ma non aveva perso il caratteristico timbro sinistro. I presenti rabbrividirono. Non sembrava neppure un suono umano ma di qualche occulto animale dei boschi.

«Taif!» risposero i confratelli, pronunciando al contrario il *fiat* della Divina Creazione.

Per lunghissimi minuti, l'officiante si raccolse in meditazione. Il silenzio era totale, quasi assordante.

«Percepisco occulte presenze intorno a noi» disse finalmente, tetro. «Non siamo più soli, ma non temete. Il pentacolo e il sigillo ci proteggeranno. Se vogliono tornare liberi, i demoni faranno il nostro volere.»

«Taif!» replicarono gli astanti in coro.

«Che malattia, sciagura e morte ricadano sui nostri nemici!»

«Taif!»

«Che pioggia e grandine massacrino i loro campi, le loro vigne, i loro armenti!» continuò versando da una brocca nera dell'acqua putrida in una bacinella, e rimestandola poi con la zampa di una strana creatura. L'aveva composta lui, unendo assieme le parti di molti animali. Una bella trovata, che faceva sempre una certa impressione.

«Taif!»

E adesso la scena madre, sorrise tra sé, estraendo da un sacco un capretto dal pelo scuro come la notte. L'animaletto, che era stato lievemente narcotizzato, si stava appena riprendendo, agitando debolmente le piccole zampe.

«Offriamo un sacrificio alle tenebre, affinché tutti i nostri desideri si avverino!» declamò, prendendo da un tavolino un affilato stiletto nero. Con un solo, preciso colpo sgozzò l'animale e ne fece sgorgare il sangue in un bacile. Poi fece girare il recipiente tra gli astanti, affinché ognuno ne bevesse un sorso. Aveva dato però istruzioni che non lo finissero. Una parte del sangue gli serviva per l'ultimo, folgorante colpo di scena.

Appena il recipiente gli venne restituito, prese un pennello e s'inginocchiò nel mezzo del tappeto, proprio al centro del pentacolo. Cantilenando una sinistra litania, nella stessa strana lingua con cui aveva esordito, cominciò a dipingere col sangue sulla bianca superficie di seta del pentacolo.

Dopo lunghi istanti, nei quali i presenti rimasero incantati a guardare la mano che muoveva agile il pennello, l'officiante finalmente si alzò: al centro del pentacolo c'era adesso un simbolo perfettamente disegnato: il giglio di casa Medici.

«Che l'influsso delle tenebre favorisca il ritorno, la potenza e la gloria dei nostri amici e padroni, i nobilissimi Medici!» esclamò. Uno scroscio di applausi salutò quell'ultima invocazione.

La cerimonia era finita.

Quando gli ospiti tornarono nel grande salone ancora apparecchiato, le conversazioni brillanti e le risate ripresero come se nulla fosse accaduto. L'officiante si aggirava in silenzio tra i capannelli di dame e gentiluomini, valutandone l'ignoranza e la superficialità dai loro insulsi discorsi.

Sperava solo che nessuna di quelle dame, magari più annoiata delle altre, gli chiedesse di leggere il futuro con i Germini, i famosi tarocchi toscani. Oltre che maliziose e arroganti, le gentildonne sapevano essere a volte anche incolte e credulone. Faceva bene il popolo a usare quelle carte per giocare d'azzardo all'osteria, e a chiamarle *Minchiate*. Del resto, le definiva così anche il Pulci quando ci giocava con Lorenzo de' Medici. Invece i nobili pretendevano di leggerci l'avvenire… In ogni modo, ne aveva portato un mazzo per eventuali richieste. Gli aristocratici non andavano delusi.

«*Magister*, spero che sarete di nuovo tra noi al prossimo convegno» lo intercettò, con aria ammiccante, il vecchio padrone di casa. «Sarà riservato esclusivamente ai gentiluomini, voi mi capite... e si svolgerà nelle viscere stesse della terra, per essere più vicini alle forze degl'Inferi.»

«Ne sarò onorato, mio signore.»

Finalmente aveva raggiunto il suo obiettivo. Si fidavano di lui, ormai. Ora poteva anche congedarsi e mettere fine a quell'enorme pagliacciata. Nell'inchinarsi, il mazzo delle *Minchiate* che aveva in tasca cadde a terra, ma solo due trionfi si girarono mostrandone l'immagine: la Morte e il Diavolo.

I

Firenze, 26 gennaio 1505, un'ora dopo il rintocco del Notturno

La zona del mercato era deserta.

Il freddo della notte aveva disperso anche l'ultima eco della rumorosa folla che aveva animato, tra danze e canti carnevaleschi, la frenetica vita della piazza. Mercanti, artigiani, rigattieri, cambiatori, usurai, giocatori, meretrici e truffatori erano ormai sprofondati nel sonno, oppure dediti in privato, dietro porte sbarrate a catenaccio, alle loro attività più o meno lecite. Il vasto labirinto di vicoli maleodoranti, di chiassi, di slarghi e piazzette che si estendeva fino all'Arno, costellato di abitazioni in legno o in muratura, sembrava adesso senza vita. I fondaci e le botteghe, mescolati alla rinfusa alle chiesette e ai tabernacoli, ai vecchi pozzi e alle torri smerlate, mute testimoni dell'antica storia cittadina, erano ormai serrati. Solo nei forni c'era ancora attività, come lasciava intuire la luce che filtrava dalle imposte di legno socchiuse. Un livido chiarore nella densa trama delle tenebre.

Intabarrato nel giubbone, nel tentativo di difendersi dalla brezza gelida, Bastiano camminava a passo lento, lanciando intorno a sé qualche rapida occhiata svogliata. Ormai, a sessant'anni suonati, ne aveva le tasche piene di quelle ronde notturne. Non vedeva l'ora che gli Otto di Guardia e di Balìa, i magistrati che si occupavano della giustizia criminale, lo mettessero finalmente a riposo, assegnandogli magari un poderetto, o una piccola somma in riconoscimento dei tanti, faticosi anni di onorato servizio spesi a tutela dell'ordine pubblico.

Rabbrividendo, il vecchio sbirro sperò che quella ronda sarebbe stata una delle ultime. L'inverno non accennava a mitigare il suo rigore. E Bastiano si sentiva stanco, troppo carico d'anni e d'esperienza. L'alabarda cominciava a pesargli sulla spalla. Era il momento di fare largo ai giovani, per esempio ai due garzoni in divisa che lo seguivano a rispettosa distanza, vigili e scattanti come galletti da combattimento, le torce strette in pugno e ben sollevate sulle teste. Due pivelli di non più di sedici anni, desiderosi di chissà quali avventure. Si erano arruolati da poco tra i famigli degli Otto, e naturalmente Bastiano, in qualità di sbirro anziano, aveva ricevuto l'ingrato compito di svezzarli. Una noia mortale che si aggiungeva alla monotonia delle ronde sempre uguali. Erano mesi che durante i suoi turni di guardia non accadeva nulla di rilevante. Il che, dal punto di vista del vecchio Bastiano, era sicuramente un bene. Aveva pochissima voglia di correre dietro a qualche malfattore, zavorrato com'era dal peso dell'alabarda e della daga. Le sue gambe non erano più quelle di una volta, e nemmeno il fiato. Certo, c'erano i due garzoni che non vedevano l'ora di menare le mani, assicurando alla giustizia ogni sorta di pericolosi criminali... S'accomodassero pure, se ci riuscivano. Niente di meglio, per fare un po' d'esperienza.

Sospirando, Bastiano attraversò la piazza. Costeggiò la

colonna sormontata dalla statua della *Dovizia* scolpita, più di settant'anni prima, dal grande Donatello. La campanella, attaccata al fusto della colonna, che segnalava l'inizio e la chiusura del mercato era per il momento silenziosa. Anche le catene per legare i truffatori e i debitori insolventi pendevano inerti, in attesa di esporre qualche malcapitato alle ingiurie e agli sputi del popolino. Tutto era immerso nel silenzio, nella pace. Una notte ideale per osservare le stelle, nonostante il freddo pungente. Anche la luna era quasi piena. Una notte da innamorati, o da filosofi. Ma Bastiano e i due garzoni non appartenevano né alla prima, né alla seconda categoria. Erano semplici sbirri in servizio notturno. Un compito ingrato che andava però svolto, per la sicurezza di tutti i cittadini della Repubblica. Grazie ai famigli degli Otto, sempre vigili e in armi, la città poteva dormire ogni notte sonni tranquilli.

All'improvviso, Bastiano si riscosse dai suoi pensieri. Gli era sembrato di scorgere il movimento furtivo di un'ombra alla sua destra. Appena una macchia più scura stagliata per un istante, nel riverbero delle torce, sul fondo nero della notte.

Lo sbirro si fermò, fissando il punto in cui gli era parso che l'ombra, di forma umana (ora che ci pensava, non poteva trattarsi di un cane randagio), fosse sfuggita alla luce delle fiaccole, imbucandosi in un dedalo di vicoli prospicienti la piazza. In quel labirinto, e per giunta con il buio, non valeva la pena mettersi a inseguire fantasmi. Tanto, chiunque fosse stato il fuggitivo, si era di certo già dileguato.

«Cosa succede?» chiese alle sue spalle la voce di Masetto, il più giovane dei famigli.

«Lo hai visto anche tu?» mormorò Bastiano senza voltarsi.

Dal calore che percepì sulla nuca, capì che Masetto gli si era avvicinato. «Attento, con quella torcia!» sibilò, con un gesto di fastidio. «Vuoi mandarmi a fuoco?»

Il garzone scostò subito la fiaccola, mortificato. Poi annuì, cercando di non abbassare gli occhi sotto il duro sguardo del superiore.

«Ah, allora ammetti che volevi bruciarmi vivo?» ghignò burbero il vecchio sbirro, godendosi l'imbarazzo di Masetto.

«No! Io... rispondevo alla prima domanda...» bofonchiò l'altro, arrossendo. «Sì, credo di averlo visto anch'io. L'ombra di un uomo.»

«O di una donna» lo corresse Bastiano, con una smorfia. «In ogni modo, qualcuno che sfida il gelo per andarsene a spasso a notte fonda, oppure... per fare altre cose.»

«Mi sembra sia sbucato dall'angolo tra via Calimala e la piazza» aggiunse Masetto, desideroso di fare bella figura.

«Bravo» sorrise Bastiano, dandogli un rude buffetto sul viso delicato, da fanciullo. «Hai gli occhi buoni. Ma anche i miei non sono da buttare. L'ho visto anch'io. Hai ragione. Veniva proprio da quella direzione. Andiamo a dare un'occhiata. Statemi vicini. Anche tu, Giannozzo. E tenete ben alte quelle maledette torce.»

Seguito dai due giovani, entusiasti per l'inattesa caccia all'uomo, Bastiano si diresse a passo svelto verso l'imbocco di via Calimala. Le fiaccole proiettavano sul selciato un vago chiarore tremolante.

Mentre procedeva, Bastiano si chiese a chi potesse appartenere l'ombra che si era appena dileguata. Forse si trattava di una meretrice che andava o tornava da un cliente abbastanza ricco da spingerla a sfidare il gelo come una lupa famelica.

Oppure si trattava di uno squallido sodomita, in cerca di compagnia, che si aggirava per le strade deserte come un furtivo animale infoiato. Bastiano scosse la testa, sputando a terra con disgusto. Da quando, appena due anni prima, la Magistratura degli Ufficiali della Notte era stata soppressa, i sodomiti avevano ripreso a contaminare la città con il loro sordido vizio. Erano passati i tempi della sua giovinezza, pensò amareggiato lo sbirro, quando gli Ufficiali avevano almeno tentato di contenere, con salate pene pecuniarie, la degenerazione dei costumi. Per non parlare dei provvedimenti presi da frate Girolamo Savonarola, nel breve periodo del suo dominio. Frustate al primo fallo, taglio della mano destra alla prima recidiva, rogo alla seconda... Ma quel rigore era solo uno sbiadito ricordo del passato.

Il *vizio fiorentino*, come veniva vergognosamente chiamata la sodomia anche fuori Firenze, allignava ormai in ogni angolo della città, nelle case più insospettabili. Qualche anno prima, in Cattedrale, frate Girolamo aveva elencato con coraggio i nomi di molte grandi famiglie macchiatesi di quell'obbrobrio: gli Adimari, i Bardi, i Capponi, i Cavalcanti, i Guicciardini, i Machiavelli, i Peruzzi, i Pitti, i Rucellai, gli Strozzi... Potenti che ancora adesso, nonostante i loro peccati contro natura, reggevano le sorti della Repubblica.

Bastiano era troppo scoraggiato, troppo rassegnato al malcostume per mettersi a caccia di qualche schifoso sodomita in quella notte gelida. Non ne valeva la pena. Avrebbe controllato la strada da cui era sbucata l'ombra, giusto per scrupolo, poi avrebbe continuato il suo giro di ronda, fino a quando le campane di Firenze avessero invitato il popolo a celebrare le Lodi, poco prima dell'alba. Allora, finalmente, si sarebbe ritirato nella sua modesta casetta per un meritato riposo. Sperava solo che Monna Ghita, sua moglie, non avesse qualcosa da brontolare al suo ritorno. Non quel mattino. Non ce l'avrebbe fatta a sopportarla, rischiando di batterla e di doversi poi confessare, subendo la relativa penitenza. No, era troppo stanco. Voleva solo dormire un lungo sonno senza sogni.

Lo sbirro stava già pregustando la fine del turno di guardia, mentre percorreva svogliatamente via Calimala immersa nel silenzio, quando un particolare attirò di nuovo la sua attenzione. Pochi passi più avanti, la porta di una casa affacciata sulla strada dondolava cigolando sui cardini, spinta dalla brezza invernale. Bastiano si fermò di colpo. Masetto e Giannozzo, presi alla sprovvista, rischiarono di andargli addosso. Il vecchio osservò con sospetto il rozzo uscio. Era strano che fosse aperto in piena notte, soprattutto così vicino alla strada. Poteva essere segno che i proprietari erano stati svaligiati, oppure peggio.

Con circospezione, impugnando l'alabarda in posizione di guardia, Bastiano fece cenno ai due famigli di seguirlo. Qualunque cosa fosse successa, era loro dovere controllare. Pregando il Signore di terminare il turno senza troppi grattacapi, l'anziano sbirro si avvicinò furtivo alla porta che fu spalancata, proprio in quel momento, da una violenta sferzata di vento. Poi, sperando che Masetto e Giannozzo lo seguissero da vicino, pronti a dargli manforte in caso di pericolo, Bastiano entrò.

Si ritrovò in un piccolo atrio, occupato ai lati da due bauli di legno grezzo. Più avanti un'apertura ad arco, coperta da una tenda di stoffa lurida, dava su un altro ambiente. Bastiano chiese con un cenno ai due garzoni di fargli luce con le torce, e poi si avviò con l'alabarda spianata in direzione del varco.

Le fiaccole dei due famigli illuminarono una grande stanza

spoglia, dalle pareti intonacate a calce, senza finestre, ingombra di assi e pezzi di legno. Il laboratorio di un falegname, probabilmente. L'attenzione dei tre sbirri fu attirata dal grande tavolo al centro dello stanzone. O meglio, da ciò che si trovava *sul* tavolo.

Nella sua lunga vita, Bastiano aveva visto molte cose: sventrare uomini e cavalli dalle artiglierie nella guerra contro Pisa, torturare i detenuti con le corde, col fuoco e con l'acqua nel carcere delle Stinche, impiccare e ardere sul rogo, in piazza della Signoria, frate Girolamo assieme ai confratelli Domenico Buonvicini da Pescia e Silvestro Maruffi da Firenze…

Ma una cosa del genere, non l'aveva *mai* vista.

«Questa… è opera… del Demonio!» balbettò Giannozzo alle sue spalle, la voce strozzata dal terrore. Masetto, invece, rimase in silenzio. Prima lasciò cadere la torcia, poi l'alabarda…

Poi corse fuori, e vomitò.

II

Lo stesso giorno, due ore dopo il rintocco del Notturno

L'uomo e il giovane giunsero nello stesso istante, sebbene da direzioni diverse, nella piazza del Mercato ancora sprofondata nel silenzio. Erano avvolti in ampi mantelli e, nonostante i cappucci celassero in parte i loro volti, si riconobbero subito. Ebbero un attimo di sorpresa, ma non pronunciarono neppure una parola. Intuirono che nessuno dei due potesse dare spiegazioni all'altro. Se lo lessero negli occhi. Gli sbirri che li avevano prelevati, per ordine del Gonfaloniere di Giustizia Pier Soderini, non ne avevano dichiarato il motivo, e forse neppure lo conoscevano. Si erano limitati a scortarli in segreto, lungo strade secondarie ancora deserte, verso un luogo che non avevano voluto rivelare. Tutto quel mistero aveva assai turbato l'uomo, e aveva addirittura spaventato il giovane. Ma nonostante i dubbi e la paura, non avevano potuto opporsi alla volontà della prima carica della Repubblica Fiorentina. Se Soderini aveva deciso di farli chiamare d'urgenza, in piena notte, doveva avere le sue buone ragioni. Del resto, entrambi avevano la coscienza a posto, quindi nulla da temere. Inoltre erano persone abbastanza famose a Firenze, il che dava loro garanzie giuridiche sconosciute ai comuni cittadini. Qualunque fosse la ragione per cui il Gonfaloniere li aveva convocati, non avrebbe certo arrecato pregiudizio al loro onore, né alla loro libertà.

Gli sbirri, sempre in assoluto silenzio, li condussero all'imbocco di via Calimala, proprio sotto il Tabernacolo di Santa Maria della Tromba, nei pressi del quale si trovavano le botteghe dei legnaioli specializzati in strumenti musicali. L'uomo, appassionato musicista, aveva acquistato là un liuto e un flauto. Il giovane invece frequentava spesso il mercato, per comprare vino e vivande alla Loggia dei Tavernai, o per il semplice divertimento di mescolarsi al popolo minuto per studiarne i corpi, le fisionomie, le espressioni. Nessuno dei due, però, avrebbe mai immaginato di recarsi da quelle parti in piena notte.

Percorsi pochi passi in via Calimala, i famigli degli Otto di Guardia li lasciarono davanti a una porta chiusa, dalla quale filtrava un lieve chiarore, facendo loro segno di attendere. Uno degli sbirri bussò tre serie di colpi in rapida successione e poi si allontanò. Doveva essere una specie di codice.

I due rimasero fuori al gelo scambiandosi un'occhiata perplessa. Poi l'uscio si schiuse appena, cigolando, quel tanto da far passare un uomo alla volta e una mano guantata, con un gesto furtivo, fece loro cenno di entrare. Il giovane, con un lieve inchino, lasciò all'uomo la precedenza, poi lo seguì attraverso la stretta apertura.

«Non vi do il benvenuto, ser Leonardo» disse dall'interno una voce maschile in tono tetro, quasi sussurrando. «Non mi sembra il caso, e presto capirete perché. Allo stesso modo, non mi scuserò per avervi svegliato nel cuore della notte, poiché la gravità della situazione mette al bando i convenevoli.»

«Vi fate scrupoli inutili, Machiavelli» rispose l'uomo, con

un lieve sorriso. Si era lasciato scivolare il mantello dalle spalle, con un gesto elegante, mostrando un farsetto ricamato in oro. Del resto, Leonardo da Vinci era famoso in tutta Firenze per i suoi abiti sontuosi. «Dormo circa mezz'ora ogni quattro, e i vostri sgherri, per mia fortuna, non sono arrivati in quel lasso di tempo. Stavo lavorando a un dipinto. Il che non toglie che sia molto, molto seccato per l'interruzione.»

«E voi, Michelangelo?» chiese Niccolò Machiavelli, rivolgendosi al giovane appena entrato nell'angusto atrio male illuminato. «Anche voi non dormivate?»

Prima di rispondere, l'interpellato sbatté i vivaci occhi color ambra per abituarli alla semioscurità. L'unica luce era quella di un minuscolo mozzicone di candela che ardeva sul baule dove era seduto in quel momento, con aria assorta, il Segretario della Seconda Cancelleria, vestito di un'austera toga nera. Di fronte a lui, su un altro grezzo baule, sedeva un uomo dalla figura magra e distinta, di bell'aspetto ma dall'aria sussiegosa e un po' pedante, da topo di biblioteca, in contrasto con il suo abbigliamento dai colori accesi. Egli salutò i nuovi venuti con un cenno del capo.

«Ah, dimenticavo...» aggiunse Machiavelli, indicandolo. «Lui è Biagio Buonaccorsi, uno dei miei *coadiutori* alla Cancelleria. Altri due, Agostino Vespucci e Andrea di Romolo, stanno sorvegliando discretamente la casa dall'esterno. Allora, Michelangelo? Non mi avete ancora risposto.»

«Nemmeno io dormivo, Segretario» replicò il giovane, come riscuotendosi all'improvviso dai propri pensieri. «Anzi, mi scuso per il mio abbigliamento» aggiunse, indicando imbarazzato il sudicio vestito da lavoro. «Gli sbirri mi hanno scovato mentre ero all'opera.»

«L'ho sempre detto, io, che quello dello scultore è un mestiere da *operai*» commentò Leonardo, ironizzando sull'ultima parola dell'altro e fissandone l'abito con disprezzo. «Ci si sporca troppo.»

«Non parlate di ciò che non conoscete, ser Leonardo» replicò secco Michelangelo Buonarroti, infiammandosi in viso. «Proprio voi che faceste il modello di una statua equestre da gettare in bronzo, su a Milano, ma non riusciste a fonderla e per vergogna l'abbandonaste!»

L'altro stava per rispondere, ma Machiavelli lo interruppe con un rapido gesto. «Non vi ho certo convocati qui, in piena notte, per ascoltare una ridicola diatriba sulla superiorità delle arti!» sbottò. «Quindi, fatemi il favore di mettere da parte la vostra proverbiale rivalità, almeno per il momento. Sono costretto a coinvolgervi, vostro malgrado, in una questione molto delicata. Dovrete collaborare, che vi piaccia o no.»

«Non capisco» disse Leonardo. Michelangelo si limitò ad aggrottare l'ampia fronte sporgente sormontata da una folta, ricciuta capigliatura nera.

«Io invece ho compreso una cosa: che ero l'unico a dormire, stanotte» sospirò Machiavelli, scuotendo la testa. «Gli emissari degli Otto di Guardia mi hanno strappato dal più profondo abbraccio che Morfeo mi avesse mai concesso. Del resto, la giustizia criminale non ha orari. Seguitemi oltre quell'arcata, e capirete.»

* * *

Il cadavere era steso supino su un grande tavolaccio, al centro di uno stanzone ingombro di trucioli e pezzi di legno. Si sentiva un forte odore di colla misto a uno strano lezzo, come di fiori marciti nell'acqua.

«Era un falegname» mormorò Machiavelli, indicando la *cosa* sopra il tavolo. «Si chiamava Bartolomeo Canacci, di cinquantacinque anni. Un uomo solo. Niente moglie, niente figli, qualche parente fuori Firenze, nel contado. Pochi amici, più che altro compagni di bevute all'osteria. Tutto qui.»

Dopo un'occhiata stupita ai resti mortali del falegname, Leonardo e Michelangelo fissarono lo sguardo sul giovane in toga nera che, quasi chino sul tavolo, scrutava con interesse il cadavere. Era talmente concentrato, che sembrava non essersi neppure accorto della loro presenza.

«Permettetemi, messeri, di presentarvi Girolamo Fracastoro da Verona, dottore in medicina, lettore di logica e *consiliarius anatomicus* presso lo Studio di Padova» disse Machiavelli.

Il giovane medico, strappato dalle proprie riflessioni, quasi sobbalzò. Sollevò dal cadavere il volto barbuto, chinando lievemente il capo in direzione dei due artisti. «Onorato di conoscervi personalmente, signori» salutò sfoderando il suo migliore sorriso. «La vostra fama ha già travalicato i confini di Firenze, e perfino dell'Italia.»

«Il dottor Fracastoro, di passaggio in città per motivi di studio, è stato tanto cortese da concederci un po' del suo prezioso tempo» aggiunse Machiavelli, invitando i due artisti ad avvicinarsi al cadavere. «Abbiate la compiacenza di osservare anche voi il corpo di questo disgraziato, e ditemi cosa ne pensate.»

Se i tre uomini non avessero già avuto, per lunga pratica, una certa dimestichezza con la dissezione anatomica, la *cosa* che giaceva sul tavolo, debolmente illuminata dal livido chiarore della lanterna, li avrebbe di sicuro spinti a vomitare. La spoglia di ciò che era stato Bartolomeo Canacci era distesa sulla schiena, le gambe un po' divaricate e le braccia appena discoste dai fianchi, una mano mostrante il palmo e l'altra il dorso, proprio come in una tavola dell'*Anathomia corporis humani* di Mondino de' Liuzzi, il più autorevole testo in circolazione sull'argomento. Le braccia, le gambe e il torso erano stati scuoiati, la pelle inchiodata con cura sul tavolo, il grasso cutaneo asportato per mostrare i fasci rossastri dei muscoli. La cassa toracica era stata rimossa, gli organi interni recisi e sistemati in ordine ai lati del cadavere. Anche la scatola cranica era stata aperta, il cervello estratto e poggiato accanto alla testa.

Michelangelo fissò impressionato le orbite vuote del cranio spaccato, prive dei bulbi oculari che giacevano a parte: una mostruosa, macabra parodia di un volto umano.

Sono la morte, sembrava sussurrargli il teschio del falegname, la gialla dentatura orribilmente scoperta. *Un giorno, anche tu diventerai come me...*

«Volete essere così gentile, dottor Fracastoro,» esordì Machiavelli, strappando il giovane artista ai suoi cupi pensieri «da ripetere a questi messeri ciò che avete detto a me?»

«Volentieri» annuì il medico. «Questo corpo è stato anatomizzato, seguendo una procedura molto accurata. Il lavoro di un esperto, senza dubbio.»

«Questo lo avevamo capito anche noi» intervenne Leonardo, lanciando un'occhiata d'intesa al Buonarroti. «Ce ne intendiamo abbastanza, di anatomia.»

Machiavelli ignorò volutamente il tono ironico del Vinci. «Per questo vi ho fatto chiamare. Continuate, dottore, vi prego.»

«Presenta una piccola frattura dell'osso occipitale,» riprese Fracastoro, indicando un punto sulla nuca del cadavere «probabilmente causata da un oggetto contundente. Un colpo sferrato alle spalle con una certa violenza, ma non tale da provocare una morte immediata, quanto piuttosto un momentaneo svenimento...»

«A giudicare dalle tracce di sangue, quando è stato aggredito si trovava in questo punto» commentò Leonardo esplorando con una lanterna un angolo dello stanzone. «Deve essere caduto in avanti. Ma non credo che la frattura sia stata determinata da un solo urto. L'assassino deve aver inferto almeno un altro colpo sulla nuca.»

«E da cosa lo deducete, ser Leonardo?» domandò il medico, improvvisamente interessato.

«Dagli schizzi di sangue sul muro» rispose l'artista, illuminando la parete alla sua destra. «L'assassino ha calato la sua arma già sporca di sangue e poi l'ha sollevata per colpire di nuovo, almeno un'altra volta, schizzando il muro. Vedete?» indicò, facendo scorrere la fioca luce della lampada sulla livida parete. «Il ricamo di puntini rossi segue una curva particolare, corrispondente a quella di un braccio di lunghezza media che rotei in questa direzione, così» concluse mimando l'atto di sferrare un colpo con una mazza immaginaria.

«Deduzione molto brillante, ser Leonardo» intervenne Machiavelli ammirato.

«M'intendo un po' anche di geometria e di fisica, oltre che di anatomia.» L'artista sorrise con sufficienza, continuando a esplorare il muro alla sua destra. «E questo?» sussurrò, quando la lanterna illuminò un disegno rosso sulla parete. Era fatto col sangue.

Machiavelli lo affiancò per vedere meglio: «È un giglio. Lo stemma della famiglia Medici».

«Oppure del re di Francia» disse Leonardo, aggrottando le sopracciglia. «Perché avete pensato subito ai Medici, Segretario?»

«Per semplice esclusione, ser Leonardo. Che diavolo avrebbe a che fare, Luigi XII, con il cadavere anatomizzato di un falegname fiorentino?»

«E la famiglia Medici, invece?»

«Questo è un altro discorso» mormorò Machiavelli pensoso, abbassando la voce. «I Medici e i loro seguaci sono banditi da Firenze, ma il cardinale Giovanni e suo fratello Giuliano non vedono l'ora di rientrare in città da padroni... In qualità di Segretario dei Dieci della Libertà, sul mio scrittoio giungono frequenti rapporti sull'attività diplomatica dei medicei fuoriusciti all'estero. Inoltre, gli Otto di Guardia sospettano da tempo infiltrazioni a Firenze di spie e partigiani dei Medici. Agenti provocatori, pronti a mettere a rumore la città per favorire il rientro degli esiliati. Ora capirete meglio, ser Leonardo, il perché di tanto segreto. Solo gli Otto e Piero Soderini, alcuni sbirri comandati al silenzio sotto pena della testa e i miei assistenti sono al corrente del delitto. Già troppi, per i miei gusti. Quel giglio insanguinato sulla parete, la bizzarra crudeltà mostrata dall'assassino, o dagli assassini, invitano alla massima prudenza.»

«Concordo in pieno, Segretario» annuì Leonardo, tornando accanto al cadavere. «E il nostro Gonfaloniere? Cosa ne pensa della faccenda?»

«Soderini ha molte qualità» disse Machiavelli con un sospiro rassegnato. «Lealtà, onestà, coraggio... Ma non ha mai brillato per acume, purtroppo. Ha le sue teorie, una più strampalata dell'altra.»

«A quando risale il decesso?» chiese Michelangelo a Fracastoro, scrutando con attenzione il cadavere.

«A giudicare dall'*algor mortis*, oltre che dal *rigor* e dal *livor*,» rispose il medico, in tono cattedratico «direi che è morto tra il tramonto e le due del mattino. L'assassino ha avuto a disposizione quasi tutta la notte, per anatomizzarlo. E sospetto anche un'altra cosa...» aggiunse ripulendo con un panno di lino la gola del morto incrostata di sangue. «Come pensavo» mormorò.

«Cosa avete visto?» domandò Leonardo, avvicinandosi.

«Guardate voi stesso» disse l'altro indicando la gola livida del cadavere. Ai due lati, si distinguevano due minuscole fessure. Leonardo le osservò con attenzione, annuendo con aria cupa.

«Cosa sono?» chiese Michelangelo curioso.

«Ferite causate da una lunga, sottilissima lama che gli ha trapassato la gola, tranciando le corde vocali» rispose il medico. «Un metodo più raffinato del bavaglio, se si vuole ridurre la vittima al silenzio, ma anche più difficile. Il nostro uomo s'intende di chirurgia, oltre che di dissezione anatomica. Bisogna essere davvero esperti, per eseguire questo tipo di operazione su una persona viva.»

«Volete dire che...» accennò Machiavelli, avvicinandosi a sua volta.

«Credo che questo poveraccio sia stato scorticato quando era ancora in vita» disse Fracastoro, in tono cupo. «E c'è dell'altro: vedete questi segni di *edema* sul collo, sui polsi e sulle caviglie?»

«Qui in terra, sotto il tavolo, ci sono dei legacci di cuoio sporchi di sangue» intervenne Michelangelo, illuminando il pavimento con una lanterna.

«Usati per immobilizzare il *soggetto*» concluse il medico. «*Quod erat demonstrandum*, questo poveruomo è stato sezionato *da vivo...*»

Gli altri tre si scambiarono sgomenti una rapida occhiata.

«Quindi avrà sofferto moltissimo» sospirò Michelangelo, con una luce mesta negli occhi.

«Le pene dell'Inferno, temo» annuì Fracastoro. «A meno che il dolore, a un certo punto, non lo abbia fatto svenire. Esistono però molti metodi, purtroppo, per tenere sveglio un soggetto torturato. Del resto, basta osservare la smorfia della bocca. Rivela un'indicibile sofferenza. Aspettate, voglio controllare un'ultima cosa» mormorò il medico, estraendo dalla sua borsa di cuoio uno strumento metallico che scintillò, sinistramente, alla luce delle lanterne. Col suo aiuto, Fracastoro divaricò la bocca ghignante del cadavere. Poi, dopo aver scrutato un istante nella cavità orale, vi immerse una lunga pinza.

«Il poveretto si è staccato la lingua a morsi, per il dolore» commentò alla fine, estraendo un pezzo di carne violacea.

Un lugubre silenzio cadde nello stanzone.

«Credete che l'assassino abbia usato qualcuno di quegli strumenti, per sezionare il cadavere?» chiese il Buonarroti, indicando una rastrelliera sulla parete di fondo. Era carica di seghe, coltelli, pialle, bulini da incisione.

«No» rispose Fracastoro. «Ha utilizzato solo coltelli e scalpelli da anatomista. Lavorando con ammirevole *maestria*, se posso permettermi il commento forse fuori luogo...»

«Ogni commento è utile» lo rassicurò Machiavelli, lanciando una lunga e inquieta occhiata al corpo sezionato. Sembrava proprio preparato per una lezione di anatomia, pensò disgustato, scuotendo la testa. Chi diavolo poteva aver fatto una cosa del genere, e soprattutto... *Perché?*

«Considerando la sua destrezza nel sezionare,» disse, pensando ad alta voce «deve trattarsi per forza di un medico, oppure di un artista. Il che, almeno, restringe il campo della nostra indagine. Siete d'accordo su questo, signori?»

Il silenzio calò di nuovo nello stanzone, mentre Fracastoro e i due artisti si scambiavano occhiate imbarazzate.

«Allora, se non avete altri rilievi da fare, direi che possiamo dare a questo poveraccio, o almeno a ciò che ne *rimane*, una sepoltura cristiana, ma soprattutto *discreta*» sospirò il Segretario. A un suo cenno, Biagio Buonaccorsi sbucò dall'angolo in penombra dove era rimasto fino ad allora, in attesa di ordini. Nello stesso istante, come per magia, Agostino Vespucci e Andrea di Romolo apparvero nella stanza, reggendo un grande sudario di lino bianco. Il primo era di corporatura robusta. La fronte bassa sugli occhi sporgenti, il naso pronunciato, le labbra strette sopra il mento puntuto davano al suo volto l'espressione vigile di un rapace, appena mitigata da una certa dolcezza dello sguardo. Dal suo portamento traspariva la fierezza per aver ricevuto l'*affiliazione*, per meriti di servizio, da parte della nobilissima famiglia del celebre esploratore Amerigo. L'altro era più basso e paffuto, con un viso e un atteggiamento così accattivanti che, perfino in quella tetra circostanza, lasciavano trapelare la sua indole giocosa.

«Aspettate che il dottore lo abbia ricomposto» ordinò Machiavelli ai suoi assistenti. «Poi avvolgetelo nel lenzuolo e portatelo, in un carro chiuso, alla mia cappella di famiglia. Seppellitelo là. C'è ancora posto, per fortuna.»

«Nella… *tua* cappella?» chiese Buonaccorsi, stupito.

«Sei sordo?» replicò brusco Machiavelli, seccato che Biagio gli avesse dato del *tu* davanti a estranei. Si prendeva troppe confidenze, negli ultimi tempi. Colpa della sua magnanima disponibilità verso i sottoposti, rifletté Niccolò. Era già tanto che Biagio non lo avesse chiamato *Machia*, come faceva spesso all'osteria. Sebbene i suoi tre coadiutori avessero pochi anni meno di lui, si comportavano spesso come bizzarri e sfrontati garzoni. Bisognava tenerli sempre d'occhio, per evitare che combinassero guai. «Sì, proprio nella mia cappella di famiglia» ribadì il Segretario. «Al momento, non riesco a immaginare un posto più sicuro. Ci sarà poi tempo per traslare la salma in un luogo segreto e definitivo. E poi, a mio padre Bernardo è sempre piaciuta la conversazione» aggiunse, con un sorriso triste. «Quanti più andranno a intrattenerlo, tanto più piacere ne avrà. Voi, signori,» concluse rivolto al medico e ai due artisti «mi raggiungerete a Palazzo della Signoria fra mezz'ora. Dobbiamo fare il punto della situazione. Nel mio studiolo saremo al sicuro da orecchie indiscrete.»

III

Lo stesso giorno, due ore prima delle Lodi

Lo studiolo del Segretario era accogliente, arredato in modo spartano ma confortevole. Annunciati da un assonnato valletto vestito di nero, Leonardo, Michelangelo e Fracastoro entrarono, uno dopo l'altro, nel piccolo ambiente ben illuminato da una lampada a olio che pendeva dal soffitto.

Machiavelli li attendeva seduto allo scrittoio sul quale redigeva i suoi spregiudicati rapporti per il Consiglio Grande della Repubblica. Aveva fatto scalpore la relazione che aveva scritto l'anno prima su Cesare Borgia, il Duca Valentino, figlio del defunto Papa Alessandro VI. Un capolavoro di realismo e di acutezza diplomatica. All'epoca, Leonardo era stato uno dei pochi a condividere l'ammirazione politica del Segretario per l'astuto e violento condottiero che aveva tentato, con la forza delle armi e l'aiuto del padre, di procurarsi un regno in Italia centrale, progetto poi fallito per alcuni scherzi della sorte. L'artista aveva seguito il Valentino in alcune campagne militari, costruendo per lui macchine da guerra e fortificazioni. In cambio, il Duca gli aveva permesso di effettuare una lunga serie di osservazioni scientifiche, come quella sull'effettivo valore della chiromanzia. Dopo una grande battaglia, Leonardo aveva infatti controllato le mani dei caduti. E aveva notato, nella maggioranza dei giovani morti, lunghissime *linee della vita*. Il che lo aveva indotto, senza ombra di dubbio, a bollare la chiromanzia come pura superstizione.

A un cenno del Segretario, i tre uomini si accomodarono su sedie di rovere intarsiato. Machiavelli li fissò a lungo, uno a uno, con gli acuti occhi indagatori. La lampada proiettava riflessi pallidi sul suo viso ossuto, triangolare, da faina. Le strette labbra sembravano sempre atteggiate a un lieve sorriso ironico, quasi canzonatorio, come se il Segretario si burlasse di tutto e di tutti.

«Allora, che ne pensate di ciò che abbiamo visto?» chiese alla fine, intrecciando le lunghe mani sullo scrittoio. «Prima voi, ser Leonardo.»

«Al momento, ritengo che possediamo pochi elementi per rintracciare il colpevole» rispose l'artista, lisciandosi la folta barba con aria pensierosa. «Potrebbe essere stato chiunque, per quanto ne sappiamo.» La forte luce della lampada metteva in risalto la sua raffinata, nobile eleganza. Anche se aveva da poco superato i cinquant'anni, il suo viso era sempre bellissimo, la corporatura snella ed elegante. I folti capelli castani, appena striati di grigio, incorniciavano un profilo da statua greca. Gli occhi chiari sembravano sprizzare vivide, animate scintille. Del resto, ai suoi tempi era stato uno dei giovani più affascinanti di Firenze.

Michelangelo l'osservava di sottecchi, ammirato e al tempo stesso un po' invidioso di tanta avvenenza. Quando aveva incontrato ser Leonardo per la prima volta, il giovane artista aveva dolorosamente confrontato i bei tratti del maturo, famoso rivale col proprio volto deturpato dalle conseguenze di quel maledetto pugno con cui, quattordici anni prima, il Torrigiani, all'epoca suo compagno alla scuola di scultura di Bertoldo, gli aveva fratturato il naso. Da allora, ogni volta che gli capitava di guardarsi allo specchio, Michelangelo si vedeva irrimediabilmente *brutto*. Una vera sofferenza per un ammiratore delle perfette proporzioni delle statue greche.

«Anche voi credete che possa trattarsi di *chiunque*, Michelangelo?» lo sollecitò Machiavelli, interrompendo le sue malinconiche riflessioni. «E voi, Fracastoro da Verona? Non avete nulla da dire?»

Il medico e i due artisti si scambiarono rapide occhiate, mentre il Segretario riprendeva a fissarli con aria furba, riducendo gli occhi neri a due acute, penetranti fessure. Il sorrisino ironico divenne un ghigno di sarcasmo. «Abbiamo concordato, prima, che deve trattarsi per forza di un *medico*, oppure di un *artista*... Non è così?»

«E se anche fosse?» replicò Leonardo, con aria di sfida. Non gli piaceva il tono che Machiavelli stava assumendo. Non permetteva a nessuno di parlargli in quel modo, fosse pure il Segretario della Seconda Cancelleria. Se quel giovanotto era il protetto di Piero Soderini, lui era Leonardo da Vinci, il più grande pittore di Firenze. «Non capisco cosa intendete dire, ser Machiavelli.»

Il Segretario scrollò le spalle, allentando la tensione con un sorriso che ai tre sembrò falso, di pura circostanza. «Sto semplicemente cercando di ragionare, messeri. Poniamoci una domanda: non è probabile che un medico o uno studente in medicina, oppure un artista con la passione dell'anatomia, abbiano ucciso quel disgraziato per... *studiarlo*?»

«Molto improbabile» rispose Leonardo, in tono secco. «Già trafugare un cadavere per anatomizzarlo, qui a Firenze, comporta la pena capitale. Figuriamoci uccidere un uomo, allo scopo di sezionarlo! E poi, resta il disegno di quel giglio sul muro che indirizza i sospetti in tutt'altra direzione...»

«Potrebbe essere un espediente per confondere le acque» replicò pronto Machiavelli. «Per depistare le ricerche verso qualche inesistente spia medicea.»

«In ogni modo, la cosa mi sembra ugualmente fantasiosa. Nello Studio Fiorentino, una volta all'anno, si tengono pubbliche lezioni autorizzate di anatomia, alle quali tutti possono assistere. Se n'è svolta una proprio all'inizio del carnevale. L'inverno è infatti il periodo migliore, il freddo ritarda la putrefazione dei cadaveri. Non vedo perciò che bisogno...»

«Non prendetemi in giro, ser Leonardo!» lo interruppe il Segretario, senza più sorridere. «Con chi credete di aver a che fare, con un fanciullo sprovveduto? Gli studenti in medicina e gli artisti starebbero freschi se dovessero imparare la dissezione umana una volta all'anno, magari dall'ultima fila di un teatro anatomico, assieme a sfaccendati in maschera che mangiano e bevono! Lo sanno anche i bambini che spesso spariscono cadaveri, qui a Firenze. Che fine credete che facciano? Anche gli Otto di Guardia chiudono un occhio sulla faccenda. In fondo, la medicina e l'arte devono pur progredire... Non è vero, Michelangelo?»

«Che volete da me?» rispose il giovane, arrossendo. I suoi modi diretti e un po' rozzi, da tagliapietre, fecero sorridere il Vinci.

«Volevo solo ricordarvi i vostri trascorsi» disse sibillino Machiavelli, estraendo da un cassetto dello scrittoio alcuni polverosi fogli di pergamena. «Questa,» disse, tamburellando con le dita sullo scartafaccio «è una denuncia contro di voi da parte della nobile famiglia dei Corsini, risalente al maggio del 1501. Qui si dice che avreste sezionato, senza autorizzazione, il cadavere del giovane Neri Corsini. Confermate?»

Il cuore di Michelangelo accelerò i battiti, mentre un velo di sudore gelido gli inumidiva la fronte. Credeva che Soderini avesse fatto sparire quella denuncia. All'epoca aveva promesso di proteggerlo, infatti gli Otto non avevano dato seguito alla cosa. Invece quel documento era ancora agli atti dell'archivio criminale. E adesso si trovava nelle mani di quella serpe...

«Confermo solo che fui vittima di una calunnia, allora come adesso!» si sforzò di mentire, trafitto dallo sguardo inquisitorio del Segretario.

Machiavelli implacabile continuò: «Quindi negate che in quel periodo eseguivate anatomie non autorizzate nell'obitorio dell'ospedale di San Bastiano, con la compiacenza di Niccolò Bicchiellini priore del convento di Santo Spirito, e che per ringraziarlo gli scolpiste un crocifisso ligneo?».

All'improvviso, Michelangelo si sentì come nudo. Machiavelli leggeva nel suo passato come in un libro aperto, squadernando tutte le furtive esperienze anatomiche che aveva condotto, con l'aiuto di compiacenti mecenati, fin dal 1493. Lo stava trattando come un criminale da interrogare col pugno di ferro.

«Io non ho mai ucciso nessuno!» gridò, reprimendo lacrime di rabbia.

«Ora mi sembra che stiate esagerando, Segretario...» intervenne Leonardo.

«Ce n'è anche per voi, ser Leonardo, non dubitate» Machiavelli grugnì fissandolo con aria ostile. «Spero che almeno voi non vorrete negare di aver eseguito qui a Firenze, nell'ospedale di Santa Maria Novella, la dissezione anatomica non autorizzata di un vecchio centenario e di un bimbo di due anni...»

«Entrambi già morti, Segretario» sorrise l'artista, ironico. «Sì, non nego di aver fatto anatomie a Milano e a Firenze, e di continuare a farne quando posso, per avanzare nella mia arte. Non ho certo paura di voi.»

In quel momento, scosso da brividi nervosi, il giovane Buonarroti odiò la propria emotività, ammirando il freddo e lucido controllo del rivale.

«Per quanto riguarda voi, Fracastoro da Verona,» riprese Machiavelli, ignorando la calma risposta del Vinci «la vostra posizione non è delle migliori. Siete un medico straniero, arrivato da poco in città, senza contatti né amicizie nello Studio Fiorentino. Siete cittadino della Repubblica di Venezia, e Firenze, di questi tempi, non è in buoni rapporti con la Serenissima. Come se non bastasse, avete in programma di recarvi a Pisa per seguire lezioni di medicina in quello Studio. E Firenze è ancora in guerra con Pisa. Su chi credete scaricherebbero eventuali sospetti di omicidio i vostri colleghi fiorentini, messi con le spalle al muro? Sareste un ottimo capro espiatorio.»

«Arrivate al punto, Segretario» replicò Fracastoro, fissandolo impassibile. «Siamo sospettati?» Il giovane medico aveva parlato per tutti. Seguì un silenzio di tomba in cui si udiva solo il respiro dei quattro uomini. Quello di Michelangelo era ancora pesante, affannoso.

«Diciamo che ho bisogno del vostro aiuto» esordì Machiavelli mellifluo. «E diciamo pure che, collaborando alla cattura di questo folle assassino, o di questo gruppo di malfattori, contribuirete a stornare ogni sospetto dalle vostre persone. Mi sembra un patto equo. O mi sbaglio?»

«A me sembra più un ricatto» commentò Leonardo. «Del resto, non credo che abbiamo altra scelta.»

«Infatti non l'avete» replicò il Segretario, con espressione soddisfatta. Mancava poco che si fregasse le mani, pensò Michelangelo, guardandolo con odio.

«Voi, miei cari amici,» riprese Machiavelli, rivolgendosi ai due artisti «condurrete le indagini, con molta discrezione, nel vostro ambiente di lavoro, dove siete stimati e riveriti. Non vi sarà difficile raccogliere voci, pettegolezzi, forse perfino indizi... Invece voi,» aggiunse, rivolto a Fracastoro «indagherete, con cautela ancora maggiore, nell'ambiente medico. Vi consiglio prudenza, perché i vostri colleghi fiorentini costituiscono una consorteria potente, con molti appoggi in alto loco. Ah, eccovi, finalmente!» disse ai tre uomini appena entrati nello studiolo. «Giusto voi cercavo. Avete sepolto il nostro sfortunato amico?»

«Tutto fatto, *Machia*» disse Biagio Buonaccorsi, accasciandosi stanco su una sedia. Mediocre uomo di lettere, imitatore del Petrarca, la sua innata pigrizia gli aveva fatto rifiutare perfino una prestigiosa missione in terra di Francia. «Bartolomeo Canacci sta facendo compagnia a tuo padre.»

Il Segretario represse un moto di rabbia, riservandosi di fare più tardi una definitiva lavata di testa a quello screanzato. Doveva smetterla, una buona volta, di prendersi tanta confidenza davanti a estranei.

«Avete cancellato quel giglio di sangue?»

«Con un doppio strato di calce» rispose Agostino Vespucci,

appoggiandosi sudato a una parete, con lo stesso tono deferente che usava nelle lettere indirizzate al Segretario.

«Bene» annuì Machiavelli. «E avete serrato, come vi avevo detto, la porta del laboratorio?»

«Con cinque assi inchiodate» intervenne Andrea di Romolo che si era seduto sul cassettone nell'angolo. «Abbiamo sparso la voce che Canacci, prima di sparire misteriosamente, fosse stato contagiato da un'orribile e ignota malattia. Così nessuno avrà voglia di curiosare là dentro.»

«Ottimo» concluse il Segretario, compiaciuto. A volte i suoi ragazzi, quando prendevano iniziative, si mostravano quasi intelligenti. «Ho un compito anche per voi. Andate dalle parti del mercato, fate domande a quelli che girano di notte, ai ladri di strada e alle meretrici, tanto li conoscete fin troppo bene. Magari ricordano di aver visto qualcuno all'imbocco di via Calimala, nelle ore dopo il rintocco del Notturno. Tanto vale provare. E poi, scavate nella vita di Bartolomeo Canacci. Interrogate i suoi vicini, la gente del quartiere, i suoi parenti nel contado... Voglio sapere tutto di lui. Chiaro?»

Gli assistenti alla Seconda Cancelleria annuirono con aria ingrugnita. Evidentemente, temevano che il capo scaricasse tutto il lavoro sulle loro spalle.

«E voi, Segretario?» chiese Leonardo, dando voce ai mugugni inespressi dei tre giovani. «Sarete il nostro *condottiero*?»

«Io devo occuparmi dell'organizzazione della Milizia Cittadina, se non vi dispiace» ribatté Machiavelli indispettito. «Forse non lo sapete, ma siamo ancora in guerra contro Pisa, mentre la Repubblica di Venezia e Papa Giulio II ci tengono il fiato sul collo... I mercenari non ci servono. Tutti infingardi e traditori, buoni solo a spillarci il soldo. Abbiamo bisogno di un esercito, e di un esercito di popolo. Fra un'ora partirò per il Mugello e poi andrò in Casentino per arruolare i contadini nella nuova Ordinanza, sotto l'insegna del Marzocco. Un compito ben più importante, che dare la caccia a un anatomista pazzo. Per questo bastate voi sei. Ah, dimenticavo... Siete vincolati al più assoluto segreto. Mi raccomando il silenzio, perfino con le persone di famiglia. Buona caccia e... buona fortuna.»

IV

Lo stesso giorno, poco dopo il rintocco delle Lodi

L'alba cominciava appena a sorgere sui tetti di Firenze, tingendo il cielo di rosa pallido, quando Leonardo, Michelangelo e Fracastoro, intabarrati nei loro mantelli, uscirono dal portone di Palazzo della Signoria. L'aria era ancora gelida. Un velo di brina ricopriva i muri e il selciato, sciogliendosi in tenue vapore ai primi raggi del sole.

«Bene» esordì il medico veronese, trattenendo uno sbadiglio. «Sembra proprio che siamo stati arruolati, nostro malgrado, tra gli sbirri degli Otto di Guardia, e senza neppure divisa e alabarda.»

La sua battuta non fu apprezzata dai due artisti, che non accennarono a sorridere.

Fracastoro rimase un attimo in silenzio, pensando a qualcos'altro da dire. Poi decise che, vista l'ora e dopo una simile nottata, tanto valeva congedarsi. Sì, forse era meglio andarsene a dormire, rimandando ogni questione a un momento più favorevole. Una volta riposato, forse il mondo gli sarebbe sembrato meno assurdo. Forse.

«Vi chiedo di perdonarmi» disse con un inchino, di cui subito si pentì. In quel frangente, dopo quello che avevano visto, simili cerimonie gli sembrarono quasi comiche. «Ho bisogno di un po' di sonno, e poi devo recarmi allo Studio Fiorentino per certe commissioni. Credo che non ci rincontreremo, almeno per un po'. Del resto, mi sembra che messer Machiavelli ci abbia affidato campi d'indagine diversi, quindi...»

«Andate pure» tagliò corto Leonardo, congedandolo con un gesto svogliato della mano guantata. «Ci rivedremo a luogo e tempo debito, se sarà necessario.»

Anche Michelangelo salutò il medico con un semplice cenno della testa, osservandolo mentre si allontanava, con passo traballante, lungo piazza della Signoria. Era stata una notte da diavoli, per tutti loro. Si meravigliò di non veder uscire da Palazzo della Signoria i tirapiedi del *Machia*. Forse erano rimasti nello studiolo, scolando col Segretario qualche fiasco di rosso e denso Chianti per scacciare dalle ossa l'umido dell'inverno, oppure i brividi della morte. Sì, il freddo della *signora con la falce* si attaccava addosso a chi la sfiorava troppo da vicino, come una malattia contagiosa.

Michelangelo aveva ancora in mente l'immagine di quell'uomo anatomizzato, disteso sul tavolo alla livida luce delle lanterne. Non era certo il primo corpo umano sezionato che vedeva. Lui stesso aveva più volte inciso la carne morta, affondando le mani nelle viscere dei cadaveri. Ma questa volta era *diverso*. Quel disgraziato era stato ucciso, forse *apposta* per essere anatomizzato. Il folle esecutore di quel macabro rito aveva voluto esporre il proprio lavoro come un'*opera d'arte*, facendo in modo che altri la vedessero. Questo escludeva, secondo logica, ogni ipotesi di omicidio a semplice scopo di studio. L'assassino, se avesse voluto, avrebbe potuto sbarazzarsi con comodo del corpo. Invece lo aveva lasciato lì, in bella mostra su quel tavolaccio da falegname, in attesa di *visitatori*. Il che poteva far pensare al diabolico, distorto orgoglio di qualche artista pazzo. Però c'era il misterioso messaggio di quel giglio disegnato col sangue. Che si trattasse davvero dell'opera di agenti provocatori medicei, come aveva bisbigliato Machiavelli a Leonardo? Ma perché prendersela con un povero falegname? Una preda casuale, straziata in quel modo nel tentativo di mettere a rumore la città, instillando un angoscioso terrore negli animi dei suoi abitanti?

Ripensandoci, a Michelangelo sembrava impossibile che i Medici fossero i mandanti di un tale orrore. Conservava un ottimo ricordo della bontà del Magnifico Lorenzo, che Dio lo avesse sempre in gloria, e della fragile dolcezza di sua figlia Contessina. Però si rendeva conto di non essere imparziale, nel suo giudizio. In realtà, il dominio dei Medici su Firenze era stato pur sempre una tirannide, anche se illuminata, e aveva condotto tanti cittadini all'esilio, alla tortura o alla forca. Ma Lorenzo era stato per lui come un secondo padre, gli aveva dato la possibilità di studiare, di dipingere e scolpire le sue prime opere. Mentre Contessina, adesso sposa del Conte Piero Ridolfi, era stata l'unica ragazza che avesse finora amato. Un amore platonico, naturalmente, secondo i più stretti dettami della filosofia del defunto Marsilio Ficino. L'amore fisico, Michelangelo non lo aveva mai provato.

«E adesso cosa facciamo, ser Leonardo?» chiese il giovane, nel tentativo di rompere il pesante silenzio che li avvolgeva. Anche se Firenze cominciava già a risvegliarsi, i ricchi borghesi che abitavano intorno a piazza della Signoria non si alzavano mai così presto.

«Non so cosa farete voi, Buonarroti, né m'interessa troppo» rispose il Vinci, scrollando le spalle. «Io me ne vado a casa. Ho bisogno della mia meritata, sacrosanta mezz'ora di sonno. E poi, quando gli sbirri sono venuti a prelevarmi, Salaì stava dormendo della grossa. Non si è accorto di nulla. Non vorrei che si svegliasse senza trovarmi. Si preoccuperebbe, nonostante sia un malandrino matricolato» concluse, in tono burbero ma affettuoso.

Michelangelo annuì, tentando di reprimere un sorriso malizioso. Ser Leonardo dedicava sempre moltissime attenzioni a Giangiacomo Caprotti da Oreno che si era preso in casa molti anni prima, trattandolo come un figlio. I maligni vociferavano che il Salaì, come lo aveva soprannominato Leonardo ispirandosi al diavolo citato da Luigi Pulci nel *Morgante*, non si limitasse a pulirgli i pennelli e impastargli i colori... Del resto, tutti a Firenze sapevano che il Vinci, poco più che ventenne, era stato accusato di aver sodomizzato un adolescente. Ma gli Ufficiali della Notte, essendo la denuncia anonima, avevano lasciato cadere la cosa. In ogni modo, difficilmente Leonardo si separava dal suo Salaì, diventato ormai uno splendido giovane dalla folta, ricciuta chioma bionda.

«Intendete... coinvolgerlo nelle indagini?» domandò Michelangelo, quasi pensando ad alta voce.

«Chi, Giangiacomo?» Leonardo scosse la testa, con vigore. «Non ci penso nemmeno. Non dovrà sapere nulla di questa faccenda. Potrebbe anche rivelarsi... pericolosa. Non voglio che il ragazzo corra rischi.»

«Pensate che l'assassino sia ancora in giro per Firenze? E che potrebbe colpire di nuovo?»

«È una possibilità da non escludere a priori» rispose l'altro, in tono cupo. «Solo un individuo, o più individui dall'anima malata possono aver compiuto uno scempio simile. E in genere, se l'esperienza non m'inganna, gli animi perversi tendono a ripetere le proprie azioni nefande.»

Michelangelo fu percorso da un lungo brivido. E non era soltanto colpa del gelo mattutino. Se Leonardo formulava quell'ipotesi, doveva avere le sue buone ragioni. Era un grande conoscitore delle occulte passioni dell'animo umano. Sebbene si definisse *homo sanza lettere*, aveva approfondito lo studio degli antichi filosofi greci, Aristotele *in primis*. Pensando alla vasta cultura umanistica di messer Leonardo, Michelangelo rimpiangeva di non aver studiato seriamente il greco, quando suo padre lo aveva mandato a lezione da Francesco da Urbino, uno dei massimi esperti dell'arcaico idioma di Omero. Allora aveva perso una grande occasione, marinando le lezioni per andare a studiare disegno. Ma ormai era inutile rivangare il passato.

«Credete che quella serpe del Machiavelli intenda davvero incolpare *noi* del delitto, se non salta fuori il colpevole?» chiese ancora. Sentiva il bisogno di aggrapparsi alla matura saggezza dell'altro. Leonardo aveva fama di amorale perché non si preoccupava della differenza tra bene e male, giusto e ingiusto: lo interessava solo la distinzione tra *vero* e *falso*, sul piano della scienza e del sapere.

«No, non lo credo affatto» rispose il Vinci. «Si tratta solo di una minaccia, un tentativo per spronarci ad aiutarlo... La mia fama mi rende praticamente intoccabile, mentre voi siete appoggiato dal Soderini. Il Gonfaloniere vi ha già protetto una volta, mi è sembrato di capire, quindi lo farà ancora. Del resto, siete il più promettente tra i giovani artisti di Firenze. Se solo lasciaste perdere questa follia della scultura che vi riduce sudato e infarinato come un fornaio...»

«Non torniamo su questo punto, ser Leonardo, vi prego» lo interruppe il giovane, con una smorfia di disappunto. «Se dobbiamo collaborare, sarà meglio mettere da parte le nostre divergenze artistiche, almeno per un po'.»

«Collaborare a cosa?» replicò il Vinci, sinceramente stupito.

«Ma... alla ricerca dell'assassino» mormorò Michelangelo. «O degli assassini se, Dio non voglia, fossero più di uno.»

Leonardo lo fissò con aria assente. «E perché dovremmo collaborare? Perché lo ha detto il *Machia*? Andate per la vostra strada, Buonarroti. Abbiamo fin troppi impegni, tutti e due. Non abbiamo né il potere, né il dovere d'improvvisarci sbirri. Al massimo, potremo porre qualche domanda nel nostro ambiente, con molta discrezione. Stando ben attenti a non rivelare ciò che sappiamo, e tenendo gli occhi ben aperti. Di più, credo, non siamo in grado di fare. Buona giornata, Michelangelo.»

Lo scultore rispose con un semplice cenno della testa, osservando l'elegante figura del Vinci allontanarsi lungo piazza della Signoria, in direzione della sua grande e lussuosa casa in via del Palagio. In quel momento, Michelangelo aveva la brutta sensazione che nessuna giornata, dopo l'orrore che aveva visto, gli sarebbe più sembrata *buona*.

Non sapeva se invidiare o disprezzare il freddo distacco di messer Leonardo.

V

Lo stesso giorno, verso l'ora sesta

Al risveglio da un sonno agitato, Michelangelo fu quasi stupito di trovarsi all'Opera del Duomo, sul paglericcio rimasto nel capannone dove aveva lavorato per anni, spesso anche di notte, al suo gigantesco *David*. Poi, all'improvviso, ricordò. Si strofinò gli occhi per abituarli alla luce del sole ormai alto, scacciando gli ultimi veli dell'oblio.

In un primo momento, quando Leonardo si era congedato, aveva pensato anche lui di tornare a casa, ad appena due isolati dal Duomo, poi aveva cambiato idea. Non gli andava di dover inventare storie fantasiose, giustificandosi con suo padre Ludovico per essere rimasto fuori l'intera notte. Lo avrebbe trovato di certo sulla porta ad attenderlo, pronto alle rampogne. Non se la sentiva di affrontarlo. Se proprio non poteva ricevere neppure una minima manifestazione di affetto, voleva almeno restarsene in pace. Allora aveva deciso di coricarsi nel capannone dell'Opera, di cui conservava ancora una chiave, cercando di allontanare dalla mente l'orribile immagine del povero Canacci. Non aveva neppure fame. La vista di quel corpo anatomizzato gli aveva tolto l'appetito, come gli era sempre accaduto quando tagliava lui stesso i cadaveri. A volte, dopo una nottata passata a sezionare nell'obitorio dell'ospedale di San Bastiano, per giorni non era riuscito a trattenere nulla nello stomaco, vomitando anche l'anima. Ne aveva fatti di sacrifici, per progredire nell'arte! Ma ne era valsa la pena. Grazie a quegli studi, i muscoli del suo *David* parevano adesso guizzare come fossero vivi, il sangue sembrava scorrere davvero sotto la sua bianca, fredda epidermide di marmo...

Approfittando della luce che filtrava tra le assi del capannone, l'artista decise di uscire per recarsi in piazza della Signoria a contemplare, come faceva spesso, il suo *Gigante* sotto i raggi del sole. In genere lo aiutava a rilassarsi. Con tutto il rispetto per la memoria del Magnifico Lorenzo, Michelangelo era entusiasta di aver scolpito un colossale simbolo della libertà repubblicana di Firenze. Tanto più che quel blocco, rovinato oltre trent'anni prima dall'imperizia di Agostino di Duccio, era stato considerato inservibile. E invece, grazie ai suoi scalpelli, era resuscitato a nuova vita.

Purtroppo Bartolomeo Canacci non sarebbe resuscitato, si era detto Michelangelo tornando con l'immaginazione alle membra scorticate del cadavere. Per quanti sforzi facesse, non riusciva proprio a liberarsene mentre percorreva via del Proconsolo ancora semideserta, animata solo da pochi ubriachi che si ritiravano barcollanti a casa dopo i bagordi carnevaleschi della nottata.

Del resto, neppure Michelangelo aveva goduto di un sonno ristoratore, ma di un malsano dormiveglia tormentato da bizzarri, crudeli fantasmi.

Adesso, ormai ben sveglio e vigile, non ricordava quasi nulla di quegli incubi. Solo frammenti, vaghe schegge provenienti da una materia informe e misteriosa, come il marmo da cui aveva ricavato il *David*. Giunto finalmente in piazza della Signoria, Michelangelo si sedette su una panca dalla quale poteva ammirare il *Gigante* in tutto il suo splendore. Alto e possente sul basamento realizzato da Simone del Pollaiolo e Antonio da Sangallo, volgeva il fiero sguardo a sud-ovest, sfidando i nemici della Repubblica fiorentina. I raggi del sole erano riflessi in accecanti barbagli dal tronco dipinto in oro dietro la sua gamba destra e dalle ghirlande d'ottone e rame dorato che gli cingevano la fronte e la fionda, come se la statua fosse circonfusa dalle fiamme. Era perfetto così, pensò Michelangelo compiaciuto. Neppure le sassate tirategli una notte da teppisti filomedicei l'avevano intaccato. Per fortuna la Signoria non aveva ascoltato quell'invidioso di ser Leonardo, che aveva proposto di nasconderlo in una nicchia della Loggia. Aveva prevalso l'autorevole parere di Filippino Lippi, cioè di dare al *David*, simbolo della Repubblica stessa, la massima evidenza possibile... Lo scultore sospirò. Come sempre, il silenzioso colloquio coi suoi ricordi gli dava forza, fiducia in se stesso, facendolo sentire come il naufrago descritto dal sommo Dante, *come quei che con lena affannata/ uscito fuor del pelago a la riva/ si volge a l'acqua perigliosa e guata*... Ma le acque pericolose non erano ancora superate, purtroppo. Il destino gli proponeva una nuova, rischiosa sfida che riguardava l'arte ma sotto un aspetto crudele, perverso...

Sbocconcellando del pane duro di cui teneva sempre una piccola provvista nel tascapane, dopo averlo ammorbidito e insaporito con l'olio che portava in una fiaschetta (gli era finalmente venuta un po' di fame), il giovane continuò a riflettere su ciò che era accaduto la scorsa notte.

Pensò di nuovo alla misteriosa identità dell'assassino, o degli assassini, partendo sempre dal giglio disegnato col sangue. Se non si trattava di partigiani medicei, poteva trattarsi di loro nemici, interessati a far ricadere sulla famiglia Medici la colpa di quell'orribile, assurdo omicidio. Però i peggiori nemici dei Medici, a parte gli austeri e litigiosi notabili della Repubblica, erano i *Piagnoni*, i superstiti seguaci di frate Girolamo Savonarola. Ce n'erano ancora molti, a Firenze e nel contado. Tramavano sia contro la Repubblica sia contro i partigiani medicei, sognando di restaurare in città lo stato teocratico savonaroliano. Ma i *Piagnoni* erano fanatici religiosi, rifletté Michelangelo, quindi non avrebbero mai praticato un'anatomia umana, ligi ai divieti espressi in materia da Sant'Agostino e San Tommaso. Erano magari capaci di uccidere, come avevano già fatto altre volte, animati dal sacro furore del loro fanatismo, ma non di sezionare, si disse lo scultore con un sorriso ironico.

Sperò, in cuor suo, che l'assassino non fosse davvero un artista. Chi sarebbe stato capace di un'atrocità del genere, tra quelli che conosceva? Il giovanissimo, focoso Baccio Bandinelli, arrogante e filomediceo, che aveva promesso di superarlo nell'arte della scultura? Oppure il Perugino che aveva disprezzato i suoi disegni preparatori per l'affresco della *Battaglia di Cascina*, invidiando in realtà l'anatomia delle figure che Michelangelo sognava di dipingere nella Sala del Maggior Consiglio, se Soderini gli avesse permesso di rivaleggiare con Leonardo? Oppure… Leonardo stesso? La sua ansia di conoscere la natura non si fermava davanti a nulla. Ma come poteva macchiarsi di assassinio un uomo tanto sensibile da non mangiare mai carne, e che durante le fiere comprava decine di uccelletti in gabbia per poi liberarli?

Il Buonarroti scosse la testa, come a scacciare quei tetri sospetti. Sarebbe stato meglio che l'omicida fosse un medico, o uno studente in medicina annidato nello Studio Fiorentino che sorgeva accanto alla bottega dell'Opera del Duomo, a pochi passi dal luogo dove lui si trovava adesso.

Solo così Michelangelo avrebbe potuto, in futuro, continuare a sentirsi onorato di essere un artista, guardando dritto negli occhi, con rispetto, sia amici che rivali.

* * *

I rintocchi dell'ora sesta trovarono Leonardo nel suo studio, impegnato a perfezionare il ritratto della sua dirimpettaia Lisa Gherardini, moglie del mercante Francesco del Giocondo. Non ne era ancora soddisfatto. Lo aveva già modificato varie volte, coprendo con successivi strati di colori a olio particolari sui quali aveva cambiato idea, come l'originario velo di mussolina e la cuffietta, abbigliamento tipico delle puerpere, indossati dalla donna durante le prime pose, e lo sfondo alla sua sinistra, ma qualcosa continuava a non convincerlo. Lo sfumato, che doveva sfocare il viso di Monna Lisa dandole un'espressione misteriosa, non aveva raggiunto la perfezione, mentre il paesaggio alle sue spalle non suggeriva ancora il senso di aerea, evanescente profondità che avrebbe dovuto mostrare. Insomma, quel dipinto stava diventando per lui una vera ossessione, una specie di cruccio, una continua tensione verso l'assoluto. Non avrebbe mai immaginato che un banale ritratto, iniziato per compiacere dei vicini di casa, avrebbe finito per coinvolgerlo a tal punto. Forse, prima o poi, avrebbe dovuto chiedere alla Gioconda di posare di nuovo, giusto per dare al dipinto i ritocchi definitivi. Era sicuro che avrebbe accettato. Le altre volte si era divertita moltissimo, anche perché l'aveva intrattenuta, per tutto il tempo della posa, con canti, musiche e facezie.

Ma forse non sarebbe servito a nulla, sospirò Leonardo, scrutando il quadro con una specie di attonita meraviglia, come se lo vedesse per la prima volta. Ecco, gli faceva sempre più spesso quest'effetto. Man mano che la figura progrediva, si allontanava gradualmente dal soggetto originario. La donna del dipinto, ormai, non era più l'ingenua, devota moglie di un ricco mercante di sete: stava diventando una specie di *simbolo*, un'arcana metafora della femminilità dall'enigmatico sorriso. A Leonardo venne quasi da ridere, confrontando quell'immagine con la compita, ordinaria e un po' bigotta donnetta che aveva posato per lui. Probabilmente, se e quando avesse ultimato il quadro, la povera Monna Lisa non si sarebbe neppure riconosciuta! Ma non era forse questo, lo scopo dell'arte? La pittura non doveva forse *trasfigurare* la materia, disincarnarla, renderla eterea come i sogni? L'opposto di ciò che faceva quell'impudente del Buonarroti con i suoi scalpelli da tagliapietre, cavando dal marmo rozzi corpi di energumeni. Quel ragazzo sprecava la sua arte. Tanti anni di esercizio nel disegno, tante anatomie, tutto buttato al vento… *Già, tante anatomie.*

Riponendo la tavolozza e i pennelli sporchi (ci avrebbe pensato quello scavezzacollo di Salaì a pulirli, appena fosse rientrato dai suoi vagabondaggi), Leonardo ripensò ai sospetti ventilati da Niccolò Machiavelli. Forse neppure il Segretario credeva alle proprie illazioni… O forse sì. Forse il capo della Seconda Cancelleria sospettava davvero di lui e di Michelangelo, gli artisti più quotati di Firenze, come presunti esecutori del delitto e della dissezione di Bartolomeo Canacci. Magari della sola dissezione, mentre l'omicidio era stato compiuto da qualcun altro che loro si sentivano in dovere di coprire. Del resto, considerati i precedenti di entrambi nel campo delle anatomie umane non autorizzate, si poteva anche comprendere la diffidenza del *Machia* nei loro confronti. Il mondo degli artisti era un pianeta sconosciuto, per chi non vi apparteneva. E l'ignoto, da quando esisteva l'uomo, aveva sempre generato ogni sorta di paure, trasformandole spesso in superstizioni.

Per associazione d'idee, Leonardo tornò al giglio disegnato col sangue. Subito dopo il cadavere sezionato, era stato l'elemento più inquietante in quel tetro stanzone. Anzi, la presenza di quel misterioso messaggio rendeva tutta la situazione, per quanto possibile, ancora più sinistra. Era il giglio di Francia? O si trattava di quello dei Medici? Oppure nascondeva un altro, più segreto significato? Da quando lo aveva visto, non era più riuscito a toglierselo dalla mente. Gli ricordava qualcosa che aveva letto tempo prima. Ma non riusciva a ricordare cosa...

Si diresse alla sua fornita biblioteca. Passò le lunghe dita ingioiellate sulle costole delle rilegature, in pergamena molle o dura, delle costose edizioni a stampa tra cui spiccavano, per qualità ed eleganza, quelle di Aldo Manuzio. C'erano anche molti manoscritti, alcuni assai antichi. Dopo una rapida ricerca, trovò ciò che lo interessava. La prima edizione a stampa del *Corpus hermeticum*, un testo esoterico ritrovato dal monaco Leonardo da Pistoia e tradotto da Marsilio Ficino, e un'antichissima copia manoscritta del *Physiologus*, un trattato protocristiano sulle virtù di animali, piante e pietre, dal quale lui stesso aveva attinto informazioni per scrivere un breve *Bestiario*. Cominciò a sfogliarli. Ricordava di aver letto in entrambi alcuni passi relativi alla simbologia ermetica del giglio...

Ecco. Non si sbagliava. Purezza e castità non erano le *sole* valenze simboliche di quel fiore. Il latino *lilium* derivava dalla radice mediorientale *lil*, da cui proveniva l'ebraica *Lilith*, la prima moglie di Adamo che aveva rifiutato di soggiacere al marito, abbandonandolo per rifugiarsi nel deserto del Mar Rosso. E Lilith rappresentava l'aspetto infero, demonico del mistero femminile.

Leonardo afferrò, da uno scaffale della biblioteca, una preziosa edizione della Bibbia, cercando un passo di Isaia sull'argomento... Eccolo, era il XXXIV, 14: «*Le bestie del deserto vi incontreranno i cani selvatici, le capre selvatiche vi chiameranno le compagne; là Lilit farà la sua abitazione, e vi troverà il suo luogo di riposo*». Sì, proprio lei, Lilith, lo spettro notturno, il demone femminile della tradizione giudaica. Del resto, in ebraico il nome femminile Laila significava notte...

Che sia questo il terribile significato del giglio dipinto col sangue? si chiese Leonardo con un brivido. L'omicidio di quel povero falegname, e la successiva anatomia, facevano forse parte di un macabro rituale occulto? A Firenze c'erano molte sette, conventicole, gruppi esoterici che praticavano riti bizzarri, ai limiti dell'eresia... Per esempio gli *Ofiti*, detti in ebraico *Naaseni*, che adoravano il serpente come simbolo di conoscenza e di rigenerazione. Una setta gnostica antichissima, descritta dal filosofo pagano Celso e dall'eresiologo Origene Adamantino, i cui membri allevavano serpenti e li addestravano, come riferiva Sant'Agostino, a sfiorare il pane da usare come eucarestia. Prendevano ispirazione dal passo biblico del *serpente di bronzo*, innalzato dagli Israeliti nel deserto per guarirli dal veleno dei rettili mandati da Jahweh per punirli.

Leonardo si sentì accapponare la pelle. Per quanto ne sapeva, gruppi di *Ofiti* si trovavano anche a Firenze. Anzi, ora che ci pensava... Michelangelo diceva spesso che, prima o poi, avrebbe voluto dipingere una scena ispirata al *serpente di bronzo*. Che fosse anche lui un *Ofita*? Forse non lo era, però poteva avere contatti con membri della setta.

Si trattava comunque di una coincidenza assai strana, rifletté Leonardo mentre riponeva, con grande cura, i due volumi e il manoscritto negli scaffali della libreria. Del resto, lui era davvero l'ultimo a poter accusare gli altri di eresia. Era sempre stato un libero pensatore, amante della provocazione. Come quando, da ragazzo, faceva impaurire gli ospiti proiettando sul muro l'ombra ingigantita di un ramarro truccato da drago. Lo stesso spirito di provocazione che lo aveva spinto, su a Milano, a riempire il suo *Cenacolo* di simboli eretici, come l'assenza del calice davanti al Cristo oppure il coltello che Pietro stringeva in mano. Non per fare riferimento all'eresia catara, come molti avevano vociferato. Era sempre stato abbastanza distaccato, riguardo alle cose della religione. No, si era solo divertito a fargliela proprio sotto il naso, agli inquisitori domenicani del convento di Santa Maria delle Grazie. In quel caso i *Domini canes*, i mastini del Signore, non avevano fiutato nulla di pericoloso.

Decisamente, pensò Leonardo con un sorriso ironico, *Machiavelli non ha tutti i torti a diffidare degli artisti.*

* * *

Mentre consumava un veloce, magro pasto in una locanda del contado, giusto il tempo di far riposare il cavallo, Niccolò Machiavelli si chiese se avesse fatto bene a lasciare Firenze proprio in quel momento, mentre un folle omicida se ne andava in giro anatomizzando le sue vittime. Certo, finora era accaduto una volta sola. Ma una vocina, chissà perché, gli sussurrava che l'assassino, o *gli* assassini, avrebbero probabilmente colpito ancora. Il particolare di quel maledetto giglio continuava a tormentarlo. Doveva esserci sotto qualcosa. Forse addirittura l'inizio di una cospirazione. Del resto, non avrebbe potuto trattenersi a Firenze neppure se i cadaveri fossero stati cinque, o dieci. L'organizzazione della Milizia Cittadina era troppo importante, troppo urgente.

Machiavelli era convinto che, presto o tardi, la Repubblica fiorentina sarebbe stata coinvolta in una guerra di grandi proporzioni. La Serenissima stava tramando, subdolamente, per espandere il proprio dominio nella Romagna, mentre Papa Giulio II progettava di riconquistare Perugia e Bologna, cacciandone i Baglioni e i Bentivoglio. Alleanze ambigue, tra le quali Firenze doveva barcamenarsi alla meglio, procurandosi nel frattempo una forza militare in grado di far fronte ai potenti eserciti veneti e papali. I mercenari non erano più adatti alle esigenze militari di uno stato moderno. Machiavelli se n'era accorto da un pezzo, osservando il comportamento di quelli assoldati da Firenze per l'assedio di Pisa. Per questo aveva insistito tanto, con il Gonfaloniere di Giustizia, per avere la possibilità di arruolare un esercito di popolo nel contado. E alla fine Soderini aveva ceduto, sebbene molti membri del Consiglio Grande e di quello degli Ottanta osteggiassero apertamente l'idea del Segretario. Pensavano fosse pericoloso addestrare e armare i villani della campagna, da sempre riottosi all'autorità della Repubblica. Eppure, bisognava correre il rischio.

Masticando meccanicamente, senza appetito, della carne di

montone innaffiata da un quartuccio di Trebbiano (preferiva mantenersi lucido, quando era in missione), Machiavelli sperò che Biagio, Agostino e Andrea eseguissero a puntino le istruzioni che aveva loro impartito prima di lasciare Firenze. Del resto, sebbene fossero tre scavezzacolli sempre in giro tra osterie e puttane, erano gli unici amici di cui si potesse davvero fidare. Vecchi compagni di bevute e di eccezionali, memorabili mangiate nelle più infime locande della città. I suoi assistenti, come lui, conoscevano bene il sottobosco di ladri, tagliagole, meretrici, indovine, zingare e fattucchiere che popolava i bassifondi di Firenze; e si muovevano a proprio agio tra la segreta, disperata, variopinta umanità che animava le notti fiorentine. Erano i migliori a cui affidare il delicato incarico di far luce su quell'atroce delitto, tenendo nel frattempo d'occhio ser Leonardo, il giovane Michelangelo e quel medico veronese.

E comunque, sospirò Machiavelli terminando il pasto, non sarebbe rimasto in eterno in Mugello e Casentino (discutendo con villani ottusi che volevano solo l'esenzione dalle tasse), sollecitando alla Signoria l'invio di armi sempre in ritardo e sopportando, come se non bastasse, le continue rampogne epistolari di sua moglie Marietta che lo avrebbe preferito a casa, in babbucce e papalina, a occuparsi di lei e del figlioletto Bernardo. Appena possibile sarebbe rientrato a Firenze, per ascoltare il primo rapporto dei suoi assistenti.

Chissà se gli avrebbero riferito novità interessanti…

* * *

Seduto in una gremita aula dello Studio Fiorentino, Girolamo

Fracastoro tentava di seguire una lezione sui *giorni critici* delle malattie in rapporto alle configurazioni astrologiche, argomento controverso che lo appassionava da tempo. Però, per quanti sforzi facesse, non riusciva a concentrarsi sulle dotte proposizioni latine enunciate dall'oratore. Anzi, non riusciva quasi a sentirlo, sebbene il professore dello Studio parlasse con voce stentorea.

Continuava a pensare a quel povero falegname, ucciso per chissà quali oscuri, terribili motivi. Anche se, in qualità di medico, era da tempo abituato alla ricerca anatomica, doveva ammettere che la vista di un cadavere sezionato era uno dei più inquietanti spettacoli a cui l'occhio umano potesse assistere. Un concreto, naturale *memento mori*, come quelli che si vedevano spesso dipinti o scolpiti nelle chiese. *Ricordati, uomo, che sei polvere, e in polvere ritornerai*... Sebbene fosse un discepolo della scienza, Fracastoro non poteva dare torto alla Chiesa che si opponeva, con tutte le sue armi teologiche e dottrinali, all'uso dei cadaveri per gli studi medici. In realtà, dal punto di vista squisitamente religioso, la dissezione di un defunto era una profanazione. Del resto, anche un intellettuale laico come Coluccio Salutati, che più di un secolo prima era stato Cancelliere di Firenze e primo propugnatore delle *humanae litterae*, si era pronunciato ufficialmente contro la dissezione umana. Per questo, nei principali Studi italiani ed europei, si conducevano poche anatomie all'anno, e sempre dietro autorizzazione delle autorità ecclesiastiche e secolari. Si sceglievano in genere cadaveri di delinquenti giustiziati, la cui iniquità consentiva di oltraggiarne le spoglie. Gli studi sul corpo umano erano una crudele necessità, un triste scotto da pagare al progresso del sapere. Era logico che i periti settori, prima d'incidere con coltello e scalpello la carne morta, chiedessero perdono in anticipo a Domineddio.

Ma chi aveva massacrato Bartolomeo Canacci non sarebbe mai stato perdonato, si disse Fracastoro. Neppure il Signore, nella sua infinita misericordia, avrebbe potuto. Gli uomini sicuramente no. *Se* e *quando* il colpevole fosse caduto nelle mani della giustizia, l'avrebbero atteso la tortura e poi il rogo, la pena per tutti i delitti contro Dio e contro la natura umana.

Il giovane medico, perso com'era nei propri pensieri, aveva ormai rinunciato a concentrarsi sulla lezione. Prese a vagare con lo sguardo sulla folla, vestita di scuro, assiepata tra gli scranni dell'aula. Studenti e medici di ogni età e condizione sociale, tra i più amati e, al tempo stesso, odiati membri della comunità. Il popolino, a volte anche i grandi signori, li disprezzavano spesso come ciarlatani, ma alla minima indisposizione li facevano chiamare di corsa, per non parlare di quando la gelida mano della morte li immobilizzava sui loro capezzali. Nonostante le satire sui medici circolassero a carrettate, in ogni città e villaggio d'Europa, nessuno poteva farne a meno. Come la morte, a detta del poeta latino Orazio, bussava indifferentemente alle regge e ai tuguri, così il medico si trovava ovunque. Un mestiere che non avrebbe mai perso il suo prestigio, né il suo guadagno, finché fossero esistite malattia e sofferenza.

Eppure, nonostante tutto, il giuramento d'Ippocrate vincolava i medici a salvare la vita, non a distruggerla. Fracastoro ricordava ancora, come fossero impresse a fuoco nella sua mente, le parole che aveva pronunciato due anni prima, in occasione della laurea nello Studio di Padova, davanti al suo maestro Pietro Pomponazzi: *Prescriverò ai malati le cure opportune in base alle mie cognizioni, e li difenderò da ogni cosa ingiusta e dannosa, nel mio operare non sarò indotto dalle insistenze di alcuno a propinare medicamenti letali né spontaneamente commetterò mai cose di questo genere. Non suggerirò mai ad alcuna donna prescrizioni che possano farla abortire. Serberò casta e pura da ogni delitto sia la mia vita, sia la mia arte.*

Ancora una volta, come in cerca di conferme, passò lo sguardo sui volti seri dei suoi colleghi, intenti a non perdere una parola della lezione.

Come poteva nascondersi, tra quegli austeri studiosi paludati, un feroce assassino? A meno che...

E se l'autore del delitto fosse stato... *inconsapevole*?

Con un brivido, il medico rifletté anche su quella bizzarra, sinistra possibilità.

Alcuni anni prima, aveva seguito il caso di una giovane donna che aveva annegato due gemelli subito dopo averli partoriti, dimenticando poi completamente, almeno in apparenza, di aver compiuto il duplice infanticidio. Fracastoro era rimasto assai colpito dall'insistenza con cui la disgraziata si era sempre proclamata innocente, nonostante le torture e le schiaccianti prove di colpevolezza, fino al rogo a cui era stata condannata come *malefica*. Nessuno le aveva creduto, ovviamente, eppure il medico ne ricordava l'estrema sincerità nel rigettare l'accusa. Anche altre volte aveva letto, o sentito da autorevoli colleghi, di casi simili. Soggetti che, in preda a demoniaci furori, erano stati *rapti* da loro stessi, compiendo efferatezze che avevano poi del tutto dimenticato.

Con un secondo brivido, stavolta più intenso, Fracastoro rifletté sul fatto che, in questo caso, ognuno dei colleghi che lo circondavano avrebbe potuto albergare nel proprio animo, senza saperlo, un demone spietato e sanguinario.

Perfino lui stesso.

Scacciò quel pensiero assurdo passandosi una mano tra i capelli con un gesto rapido, quasi violento, come per allontanare un osceno basilisco che gli si fosse appollaiato sulla testa... Ma era davvero così assurdo, quel sospetto?

E ser Leonardo? E il giovane Michelangelo?

Chi poteva conoscere, o soltanto immaginare, cosa potesse allignare nella mente e nell'anima di un genio, o di un promettente artista? Se davvero il Demonio era in grado di muovere gli esseri umani come marionette prive di volontà, inducendoli per colmo di perfidia a obliare il male compiuto, allora nulla era impossibile. In fondo Machiavelli non aveva tutti i torti a sospettare di ognuno di loro tre. Nessun mortale, finché non fosse stato giudicato dal Tribunale di Dio, poteva proclamarsi innocente.

Sarebbe stata davvero una diabolica beffa, pensò il medico con angoscia, investigare sul proprio stesso delitto...

VI

28 gennaio, tre ore dopo la Compieta

Il messaggero che l'accompagnava smontò da cavallo e Fiammetta lo imitò, tentando di darsi un contegno. Finalmente erano arrivati davanti alla villa. La sua guida si allontanò senza una parola, tirandosi dietro i due cavalli sudati per il rapido galoppo.

Rimasta sola in attesa che il portone venisse aperto, la cortigiana fece vagare lo sguardo sulla facciata dell'edificio. Era molto elaborata, piena di rientranze e falsi piani, ma lei sapeva che tutto quel fulgore architettonico era una menzogna. Prometteva grandi cose, mentre celava solo un semplice cortile quadrangolare su cui si aprivano due corpi di fabbrica opposti dalla struttura molto spartana. Una semplice residenza di caccia mascherata da villa signorile, un edificio ambiguo come la natura stessa dei suoi proprietari. Amici intimi dei Medici prima della loro cacciata, adesso fedeli collaboratori della Repubblica che in realtà cospiravano per il ritorno dei precedenti padroni... Non si poteva mai prevedere come un Martelli agisse, tantomeno cosa pensasse. La donna lo aveva sperimentato sulla propria pelle, imparando a non aspettarsi mai nulla di buono da quella potente ma infida famiglia.

Una porticina all'interno del grande portale si schiuse con un lieve cigolìo, e un servo la invitò a entrare con un brusco cenno. Evidentemente, era stato informato che la visitatrice notturna non meritava cerimonie. Cercando di assumere un'aria comunque dignitosa, la cortigiana seguì il valletto per scalinate sontuose e lungo immensi corridoi. La semplicità dell'esterno trovava compensazione nella ricchezza degli arredi e delle decorazioni, come un rozzo scrigno che contenesse un tesoro prezioso. La luce delle lampade a olio strappava vividi riflessi dallo stemma signorile che sovrastava gli architravi delle porte, il grifone dorato in campo rosso, lo stesso del sigillo mostrato a Fiammetta dal messaggero. Era stato ideato da Donatello in sostituzione del primo emblema che richiamava il nome familiare, due martelli incrociati che si potevano ancora vedere su alcuni vecchi fiorini. Otto gonfalonieri, quaranta priori, Signori sopra la Zecca… Ne avevano fatta di strada, i mercanti Martelli, durante la loro lunga storia! L'amicizia coi Medici era sorta in modo naturale, come quella tra due predatori che mai si sarebbero divorati a vicenda.

Tornare nella villa di San Gervasio fu per Fiammetta un tuffo in un passato ormai lontano. Ogni angolo, ogni corridoio, ogni scalinata le ricordavano momenti legati all'apice del suo fascino di donna e di cortigiana, quando era stata proprio lei ad animare quella residenza di caccia con sontuosi banchetti, danze sfrenate e orge colossali. Poi, come per incanto, una sera di dodici anni prima tutto era finito.

Braccio Martelli, l'attuale patriarca della famiglia, l'aspettava nel suo studio. Il tempo ne aveva segnato non solo il corpo, ma anche la fisionomia. Il viso squadrato, solcato da profonde rughe, era incorniciato da una barbetta e da radi capelli candidi. Avvolto in una preziosa veste da camera di broccato scuro, il vecchio era seduto dietro al suo scrittoio in un ampio scranno intarsiato. Appariva stanco, provato. Se Braccio aveva deciso di riceverla di persona, voleva dire che la cosa era grave.

«Benvenuta, Fiammetta» esordì il vecchio con voce roca, indicando svogliatamente uno sgabello di fronte a lui. «Sediti pure.»

La donna obbedì in silenzio, socchiudendo gli occhi al riverbero dei candelabri d'argento. C'era troppa luce in quella stanza. Evidentemente, il nobiluomo voleva fissarla bene in volto quando avrebbe risposto alle sue domande. Fiammetta cercò di dominare la tensione, tentò di apparire più serena e naturale possibile ma, nonostante decenni di esperienza nell'arte della dissimulazione, non era per niente facile. Gli occhi di brace del vecchio sembravano scavarle dentro l'anima.

«Immagino che tu abbia già cenato, a quest'ora» riprese il nobiluomo, versando un'abbondante dose di vino in una coppa di cristallo. «Però un goccio del mio Chianti puoi assaggiarlo, per toglierti dalle ossa l'umido della passeggiata. Viene dalla mia vigna migliore. In giro non ne trovi, te lo garantisco...»

La donna fece un lieve cenno di ringraziamento col capo, limitandosi a fissare la coppa che l'altro le aveva spinto davanti. Sapeva che avrebbe dovuto onorare l'ospitalità, ma proprio non riusciva a prenderla.

«Cosa c'è? Pensi che ti voglia avvelenare?» ridacchiò Braccio, scoprendo i denti giallastri in una smorfia di sarcasmo. «Non essere sciocca. Avrei già potuto spedirti all'Inferno in una decina di modi diversi, se mi fosse piaciuto. Lo sai benissimo. Quindi bevi e non farmi arrabbiare» concluse, tracannando un sorso generoso dalla coppa destinata a lei. «Hai visto? Ne bevo anch'io, ti puoi fidare.»

Fiammetta, facendosi coraggio, si bagnò appena le labbra con lo scuro vino aromatico. *Sembra sangue*, le venne da pensare, con un brivido. L'esempio di Braccio non l'aveva affatto tranquillizzata. Il nobiluomo, prima dell'incontro, avrebbe potuto prendere una generosa dose di triaca, l'antichissimo antidoto a base di carne di vipera contro la maggior parte dei veleni.

Si sforzò d'ingerire qualche sorso. Soprattutto in quella situazione, non poteva permettersi di far innervosire Braccio Martelli. Si trovava nelle sue mani, in completa balìa di ogni decisione il nobiluomo volesse prendere nei suoi confronti...

Quando rialzò lo sguardo dalla coppa, notò con sorpresa che sul volto del vecchio non c'era l'espressione arcigna che si era aspettata. Anzi. Nel fondo dei suoi occhi, neri come la pece, scorse una traccia della lascivia con cui l'aveva guardata tante volte, quando aveva goduto delle sue grazie di fanciulla. Fiammetta si rianimò un poco.

«Ti ho convocato per comunicarti che Bartolomeo Canacci è... scomparso» mormorò Braccio, lisciandosi la barbetta candida. «Questa, almeno, è la versione ufficiale.» Uno strano sorriso, tra l'ironico e il crudele, gli increspava le labbra sottili.

Le speranze di Fiammetta crollarono di colpo, come un muretto a secco investito da una palla di bombarda. Fu un miracolo che la coppa di cristallo non le scivolasse dalle dita. Riuscì a poggiarla sullo scrittoio appena in tempo. Paura? Primi effetti del veleno? Fiammetta si sforzò per non svenire. Le sue peggiori previsioni si stavano avverando.

«Cosa... cosa vuol dire... scomparso?» riuscì a balbettare,

con un filo di voce. Nel vetro della coppa vide riflesso il proprio volto, bianco come un cencio.

«Le domande le faccio io, puttana» replicò Braccio. Adesso la fissava con aria dura, sospettosa. «Ti ho già detto anche troppo, contentati di essere stata avvertita. Ora sei tu che devi parlare... Perché i segugi di Machiavelli sono venuti a fiutare il terreno da queste parti? Perché hanno fatto domande su Canacci al mio amministratore, al mio fattore, a ogni bestia di fittavolo e contadino nei dintorni della villa? Ne sai qualcosa, tu?»

«Ma voi... lo avete...» bisbigliò la donna, dimentica dell'avvertimento appena ricevuto. Come promemoria, Braccio si sporse verso di lei e le assestò un violento manrovescio.

«Per caso gli sgherri del *Machia* hanno parlato anche con te?» la incalzò Braccio, senza darle tempo di rifiatare. «Che cosa gli hai detto? Ti sei lasciata sfuggire qualcosa? Dimmi la verità, Fiammetta. Altrimenti non avrai altre occasioni per mentire.»

Le ultime parole del nobiluomo le riecheggiarono nella mente come i cupi rintocchi di una campana a morto. Fiammetta aveva mentito tante di quelle volte in vita sua che disperò di riuscire a dire la verità in modo convincente. Ma doveva provarci, con quella risposta si sarebbe giocata la vita.

«Io non ho incontrato nessuno, e non ho parlato con nessuno» mormorò, col tono di una bambina imbronciata in procinto di frignare. Si sforzò di trattenere le lacrime. Da piccola aveva smesso presto di piangere. Non intendeva farlo da vecchia, tantomeno davanti a Braccio Martelli.

Percepì, come qualcosa di fisico, lo sguardo inquisitorio del nobiluomo che la scrutava in silenzio, per un lasso di tempo che le sembrò lunghissimo. Fiammetta trovò il coraggio di ricambiarlo, ormai rassegnata al proprio destino.

«E sia» sentenziò finalmente il vecchio, posando sullo scrittoio una borsa di cuoio tintinnante. «Questa è per te. Perché non ti venga la tentazione di cianciare con qualcuno, e perché non si dica che i Martelli non sono generosi.»

L'improvviso, profondo sospiro di sollievo della donna fece oscillare le fiamme delle candele. Fiammetta guardò la borsa e si rianimò alla comparsa dei fiorini, dopotutto quella non sarebbe stata la sua ultima notte sulla terra. I fiorini. *Fratei carnali e ver cugini, e padre e madre, figliuoli e figliuole*, come aveva giustamente scritto il poeta Cecco degli Angiolieri. Alla donna sembrava di vederli anche se celati dalla borsa, lucidi e scintillanti. In fondo erano sempre stati la sua unica ragione di vita, il suo porto sicuro nelle tempeste dell'esistenza. Ma esitò ad allungare la mano per intascarli. Qualcosa le diceva che Braccio non aveva terminato.

«Continua pure a svolgere la tua attività» sospirò infatti il vecchio, tracannando un altro sorso di vino. «Frequenta i soliti clienti. Procuratene anche di nuovi, con la tua usuale prudenza. Comportati come sempre e non destare sospetti. Sappi che sarai sorvegliata, ma questo sarà un vantaggio anche per la tua sicurezza. Addio, Fiammetta. E ricorda sempre: quel pozzo può essere usato di nuovo. Basta schiodare le assi.»

VII

29 gennaio, un'ora dopo la prima

Quel giorno Petruccio uscì di casa molto presto, prima che sua madre Gianetta s'inventasse qualche dovere da imporgli, come faceva di solito, costringendolo a girare tutto il quartiere di Santa Maria Novella per una commissione o per l'altra. No, quella mattina il fanciullo non aveva proprio voglia di farle da servo. Ci andasse lei in giro per botteghe, pregando di comprare a credito, oppure dai clienti a consegnare la biancheria lavata. Petruccio voleva solo scorrazzare senza impegni nel quartiere, godendosi la libertà e l'allegria degli ultimi giorni di carnevale coi suoi compagni di scorribande.

Non vedeva l'ora d'incontrare Cecco, Vanni, Jacopo e tutti gli altri membri della loro numerosa, divertente brigata. Divertente per chi ne faceva parte, a voler essere sinceri. Non certo per i venditori del mercato che venivano spesso alleggeriti di qualche mercanzia dalle piccole mani degli inafferrabili ladruncoli, o per le altre combriccole di scavezzacolli che osavano sfidarli nella lotta o nel tiro dei sassi, riportando lividi e sanguinanti ferite. La banda di Petruccio (perché da molto tempo lui ne era, a tutti gli effetti, il capo indiscusso) era ormai temuta da tutti i garzonacci del quartiere, e anche più lontano, visto che a volte Petruccio aveva guidato le incursioni dei suoi fidi ben oltre i confini di Santa Maria Novella.

Si riunirono in uno dei vicoli che portavano alla grande piazza del mercato, già gremita dai banchi dei venditori tra cui la folla sciamava curiosa. Parlarono a bassa voce, gli sguardi intensi e determinati, come un gruppo di congiurati prima dell'azione. Laceri, scalzi, figli del popolo dalle pance mai piene, ma colmi di tutti gli appetiti del mondo.

«Oggi si mette a sacco il mercato» sibilò Petruccio ai suoi uomini, usando quella parola che gli era garbata assai da quando l'aveva sentita, per la prima volta, da un soldataccio fiorentino in licenza dall'assedio di Pisa. «Sapete tutti quello che dovete fare» aggiunse, in un tono duro che non ammetteva repliche.

Agendo all'unisono, come un manipolo ben addestrato, la folta banda di monelli si divise in coppie o in gruppetti di tre, disperdendosi tra i banchi del mercato che a carnevale esponevano tutto ciò che produceva Firenze, il contado e perfino il lontano Oriente. Niente di meglio di quegli ultimi giorni di festa per sgraffignare indisturbati, approfittando della confusione creata dalla folla. La tecnica era semplice ma efficace: distrarre il venditore (se non lo facevano già eventuali clienti), impossessarsi rapidi del bottino e passarlo subito a un compagno che si sarebbe altrettanto velocemente dileguato, portando la refurtiva in luoghi appartati nei vicoli adiacenti alla piazza. Roba da mangiare, da bere, da poter scambiare o vendere… Petruccio e i suoi fidi non erano schizzinosi, si contentavano di ciò che riuscivano a prendere. Il capo divideva poi il bottino della giornata tra tutti, secondo la gerarchia, come ogni buon condottiero avrebbe fatto.

Cominciarono con il cibo, di cui sentivano un desiderio mai del tutto soddisfatto: lampredotto fumante (avevano abbastanza calli e vesciche, sui palmi delle mani, da non sentire il bruciore dello squisito stomaco bollito quando ne afferravano i pezzi per nasconderseli addosso), frutta fresca e secca, pan pepato, fragranti e profumati cenci di carnevale, gustosi biricuocoli, con noci e canditi di cedro, esposti assieme ai cavallucci, morbidi dolciumi che i tavernieri usavano offrire, sulla soglia delle locande, ai cavalieri di passaggio per ristorarli, tazze di vin caldo aromatizzato... E poi salumi, e forme di formaggio di vario peso... Ciò che per molti clienti del mercato era un semplice spuntino, o il piacere di un attimo, per i monelli diventava un piccolo tesoro da degustare con gioia, con la soddisfazione di aver sfidato il pericolo per procurarselo, mettendo alla prova il proprio coraggio. Così tutto acquisiva più sapore, il gusto intenso del proibito.

Ma quel giorno Petruccio aveva puntato una preda alquanto difficile, su uno dei banchi degli orafi. Obbligati a lavorare in botteghe a vista da una legge ancora in vigore del Magnifico Lorenzo, al mercato si arrischiavano a mettere in vendita solo i meno preziosi tra i loro manufatti. Eppure il sottile bracciale d'oro adocchiato dal fanciullo avrebbe ugualmente fatto la felicità di Lucrezia, la bella figlia di un taverniere alla quale Petruccio faceva da tempo una corte spietata, finora senza molto successo. Di pochi anni più grande di lui, Lucrezia lo considerava infatti ancora un moccioso, preferendo le attenzioni dei più maturi garzonacci che frequentavano la taverna del padre. Forse, pensò Petruccio fissando il gioiello mentre l'orafo era distratto, un regalo del genere avrebbe spalancato il cuore della ragazza, facendogli magari guadagnare perfino uno dei suoi baci. Del resto non ne era poi tanto avara, con i clienti della taverna…

Finora il fanciullo non aveva mai azzardato qualcosa di così rischioso, ma quel bracciale lo tentava coi suoi riflessi dorati, come avrebbe fatto con una gazza ladra.

Deciso a giocarsi il tutto per tutto, Petruccio fece un segno convenzionale a Jacopo e Cosimo, che in quel momento lo accompagnavano. I due garzoni cominciarono subito a inscenare un violento litigio, fingendo di picchiarsi tra la folla che si ritrasse immediatamente, lasciando il vuoto intorno ai due contendenti. Prima che l'orafo e i suoi avventori distogliessero gli occhi dai due litiganti, che alcuni giovanotti di buona volontà stavano già dividendo, Petruccio fece scattare la mano verso l'oggetto del suo desiderio. Ma per la prima volta, nella sua ancora breve carriera di ladruncolo, non fu abbastanza rapido. Forse fu la troppa emozione a giocargli lo scherzo, oppure il destino. Fatto sta che l'orafo intercettò il suo gesto, colpendolo sul dorso della mano con un grosso bastone. La botta fu così violenta da fargli spalancare le dita, lasciando cadere il bracciale che già pensava d'intascare. Naturalmente Petruccio non ci pensò neppure a tentare di raccoglierlo. Al diavolo il gioiello e pure Lucrezia… Stavolta l'aveva combinata grossa, e non ci teneva proprio a visitare le Stinche per quella smorfiosa.

Con la mano dolorante, convinto di avere qualche osso spezzato, si gettò nel caos protettivo della folla. Evitò agilmente altre mani che, certo più sane e forti della sua, tentavano di afferrarlo da ogni parte. Anche Jacopo e Cosimo, vista la mala parata, si erano subito dileguati.

Per alcuni lunghissimi, interminabili istanti Petruccio si abbandonò a una corsa sfrenata, ignorando le grida di *Al ladro* che gli riecheggiavano nelle orecchie, scivolando per puro istinto sotto gambe sconosciute e scartando come un gatto impazzito ogni possibile ostacolo che si frapponesse tra lui e la salvezza dei vicoli. Una volta abbandonata la piazza, nessuno sarebbe riuscito ad agguantarlo nelle anguste viuzze del quartiere, che conosceva come le sue tasche.

Infatti, dopo un tempo che non stette a calcolare, si ritrovò al sicuro in un vicoletto dove nemmeno il rumore del mercato giungeva più. Solo allora si fermò per calmare il fiatone, i polmoni fiaccati dalla corsa e la mano, rossa e dolorante, che iniziava a gonfiarsi. Per fortuna, a una sommaria verifica, gli sembrò di non avere nulla di rotto. Avrebbe avuto solo bisogno di metterci un po' di ghiaccio, come faceva sua madre quando tornava a casa con qualche livido dopo le battaglie coi sassi... Però casa sua era distante, adesso, e comunque non gli conveniva tornarci. Se qualcuno del quartiere lo aveva riconosciuto, sarebbe stato il primo posto in cui l'avrebbero cercato. Ma non poteva neppure restare fermo in quel vicolo, a leccarsi le ferite.

Con un sospiro, decise di continuare a camminare con calma, come se nulla fosse, fino alle sponde dell'Arno. In mancanza di ghiaccio, avrebbe messo la mano a mollo nell'acqua gelida, sperando di ridurne il gonfiore per evitare le insistenti domande di mamma Gianetta. Alle brutte, le avrebbe confessato di aver fatto a sassate con dei rivali e di aver avuto la peggio. A volte, anche se si preoccupava per lui, Gianetta sapeva essere davvero fastidiosa...

Era seduto da un po' di tempo su una spalletta del fiume, meditando con la mano a mollo su quanto fosse sciocco l'amore, e su quanti guai potesse procurare, quando percepì una presenza alle sue spalle. I compagni lo avevano finalmente raggiunto? Oppure erano gli sbirri?

Nell'indecisione, Petruccio non trovò il coraggio di voltarsi subito. Lasciò passare qualche istante. Poi, lentamente, tolse la mano ormai livida dall'acqua e si girò con un sospiro rassegnato.

Non erano i suoi compagni. Neppure gli sbirri. E neanche un battelliere, o un pescatore. Nessuno che si potesse incontrare, di solito, sul Lungarno.

Era una strana figura che non aveva mai visto nel quartiere. Indossava un grande mantello scuro dall'ampio cappuccio che lasciava a stento intravedere il volto. A Petruccio sembrò che portasse una maschera priva di particolari connotati, dalla superficie quasi liscia. L'unico elemento che attirava l'attenzione erano le fessure per gli occhi, dalle quali si affacciavano due iridi azzurre dallo sguardo fisso, inespressivo. Un uomo, o una donna in maschera, pensò il fanciullo scrutando diffidente la figura che l'osservava in silenzio, seduta su un pietrone a pochi passi da lui. Le ampie pieghe del mantello ne celavano la corporatura, impedendo a Petruccio d'identificarne il sesso. Comunque era diversa dalle tante persone che giravano in maschera in quei giorni e in quelle notti di carnevale. La gente si mascherava per essere notata. Il travestimento di quella figura sembrava fatto, invece, proprio per renderla quasi invisibile, per farla scomparire tra la folla. Che fosse anche lui (o lei) un ladro?

Furono pressappoco questi, anche se non proprio uguali, i pensieri che affollarono, in un solo istante, la mente confusa del fanciullo.

Poi, all'improvviso, la figura parlò.

«Sei Petruccio?»

Anche la sua voce, ovattata dalla maschera, avrebbe potuto essere quella troppo stridula di un uomo, oppure troppo profonda di una donna.

«E tu sei uno sbirro?» replicò Petruccio, sebbene non ne fosse certo, alzandosi di scatto dall'argine in atteggiamento difensivo. Era pronto a schizzare via in qualsiasi momento, in caso di pericolo. Inoltre aveva notato, sulla ghiaia intorno a lui, alcuni ciottoli adatti al lancio. Lo sconosciuto non poteva sapere quanto Petruccio diventasse pericoloso, con il sasso giusto in mano…

Da dietro la maschera sibilò una specie di risata. Un suono frusciante, come di vento tra le fronde. «Niente di più sbagliato. Però ti ho visto nella piazza del mercato.»

«E allora? Mi vuoi denunciare?» domandò il fanciullo, nel tono più rude e aggressivo che gli riuscì. Non fu facile, perché una sottile inquietudine si stava facendo largo nel suo piccolo cuore. Pensò a quanto fosse lontana, in quel momento, sua mamma Gianetta. Era la prima volta, da quando andava in giro per scorribande, che pensava una cosa simile.

Il volto mascherato fece un lento, solenne cenno di diniego. «Non ci penso neppure. Sei stato coraggioso. Se continui così, diventerai un tipo davvero duro. Com'era tuo padre. Ne sarebbe fiero, sai? Il mio era molto orgoglioso di me, quando avevo la tua età. Ma per altri motivi…»

Petruccio non rispose, sentendo crescergli in gola il solito, doloroso groppo che lo soffocava sempre quando si parlava di suo padre, un uomo di cui conservava soltanto sbiaditi ricordi. A volte rammentava una figura maschile indistinta, senza volto, che entrava in casa a notte fonda, completamente ubriaca (adesso lo sapeva, perché aveva imparato a riconoscere gli ubriachi), picchiando sua madre e facendole altre cose che allora non capiva, ma che adesso stava pian piano imparando a comprendere, osservando i cani e le cagne e ascoltando le allusioni dei garzoni più grandi... Un orco che aveva popolato i suoi peggiori incubi infantili, ma che per fortuna era presto scomparso. Sua madre non gliene aveva più parlato, anche se una parte di lui gli era sempre rimasta dentro, accompagnandolo negli anni successivi. Non era facile liberarsene. Forse non ci sarebbe mai riuscito...

«Ma tu preferisci non ricordare tuo padre, giusto?» sibilò la voce neutra dietro la maschera. Dal tono della domanda, Petruccio ebbe la sensazione che la figura incappucciata conoscesse la sua vita passata. Gli aveva forse letto nel pensiero? Era una specie di mago? Uno di quegli esseri fantastici delle favole che gli raccontava sempre Gianetta, quand'era piccolo, per farlo addormentare? Petruccio non seppe darsi una risposta, e non rispose alla domanda.

«Per qualcuno la perdita del padre è una fortuna. Quasi un dono di Dio» riprese la misteriosa figura, come parlando a se stessa. «Per altri... una maledizione.»

Petruccio rimase ancora in silenzio, senza capire.

«Ma tu volevi questo, vero?» Il bracciale d'oro scintillò al sole ormai alto, costringendo il fanciullo a socchiudere gli occhi.

«Avanti, prendilo» sussurrò ancora l'essere misterioso, muovendo lentamente il gioiello davanti al volto di Petruccio, abbacinato dai riflessi. Scintille luminose scaturivano dal bracciale, come per un'arcana magia. Com'era bello, e come sarebbe piaciuto a Lucrezia!

Il fanciullo fece per muovere un passo, spinto dal desiderio del possesso... Poi si fermò, ricordandosi delle raccomandazioni di mamma Gianetta. Gli aveva ripetuto molte volte di non farsi avvicinare da sconosciuti, soprattutto uomini e specialmente sul Lungarno. Diceva che Firenze era piena di uomini cattivi che facevano brutte cose ai bambini, anche se non gli aveva mai spiegato quali fossero quelle brutte cose. Ma dovevano essere brutte davvero, se Gianetta se ne preoccupava tanto... Però quella figura non era né uomo né donna, e il bracciale era bellissimo, e Lucrezia gli avrebbe di sicuro dato un bacio pur di averlo...

Vinta la diffidenza, Petruccio si avvicinò. Tese esitante la mano sinistra, quella ancora sana. Sapeva bene che era la mano del Diavolo, come gli predicava sempre sua madre, e che doveva usarla il meno possibile. Ma l'altra gli faceva troppo male.

«Ecco, bravo, così...» sussurrò la figura incappucciata. «Vieni a prenderlo. Non avere timore.» I fissi, glaciali occhi azzurri avevano un effetto calmante su Petruccio. Invece di fargli paura lo rilassavano, lo spingevano a fidarsi.

Quando riuscì a stringere il gioiello, un brivido di piacere gli attraversò la schiena. Era suo. Finalmente suo, e quindi di Lucrezia. Forse perché lo aveva tanto desiderato, e come nelle favole...

«Sei un mago?» chiese senza più timore. Adesso, con gli occhi fissi in quelli dello sconosciuto, si sentiva stranamente tranquillo, in pace con se stesso e con il mondo.

«Certo che sì. Ora te lo dimostro.»

La figura protese una mano guantata verso un orecchio del fanciullo, facendo strani segni con le dita. Petruccio non si ritrasse. Ormai non diffidava più di quel bizzarro personaggio. Sentiva che era un mago buono, che non voleva fargli del male…

Infatti, dopo qualche altro movimento delle dita, nella mano guantata comparve un enorme, profumato biricuocolo pieno di canditi. Sì, doveva essere proprio un mago, pensò Petruccio. Di quelli che facevano apparire e scomparire le cose nelle feste di piazza. A volte li aveva visti compiere prodigi ancora più sorprendenti, anche se Gianetta diceva che erano tutti trucchi da imbroglioni. Ma allora, se quei portenti non erano frutto di magia… Perché i frati maledivano i loro autori, facendosi il segno della croce, e i birri li scacciavano, o spesso li arrestavano per consegnarli all'Inquisizione?

«Volevi anche questo, vero?» sibilò la voce dietro la maschera, i freddi occhi azzurri fissi sul volto stupito del fanciullo. «L'ho fatto comparire per te. Mangia, piccolo mio. Mangia pure tranquillo. Vedrai, è il più buono che tu abbia mai assaggiato…»

Petruccio non aveva bisogno d'inviti. Aveva già addentato il pasticcino, cominciando a divorarlo con gusto. Non aveva mangiato tanti dolci nella sua breve esistenza, ma quello era davvero il più saporito in cui avesse mai affondato i denti… Però ora si sentiva stanco, tanto stanco… Forse la corsa, e tutte le emozioni di quella strana mattinata… Voleva solo riposare…

«Sì, bravo, dormi…» gli ripeteva la voce frusciante, sempre più lontana, cullandolo come una magica litania.

Dormi…

Fu l'ultima cosa che Petruccio sentì, prima di scivolare nel buio.

VIII

Lo stesso giorno, verso l'ora sesta

«Hanno rapito un fanciullo!»

Il grido rimbalzava ormai di bocca in bocca, riecheggiando in ogni angolo del quartiere di Santa Maria Novella. L'intera popolazione sembrava in rivolta, come all'epoca degli scontri che avevano contrapposto i *Piagnoni* di frate Girolamo ai *Bigi* filomedicei e ai nobili *Arrabbiati* appoggiati dai *Compagnacci*, i più fieri, violenti avversari del rigorismo del Savonarola. Ma neppure allora le vie del quartiere erano state così sconvolte.

Uomini, donne, vecchi e fanciulli si precipitavano fuori da case e botteghe, si riversavano nelle strade come un fiume in piena, sciamavano ovunque come animali impazziti, travolgendo ogni ostacolo nella loro frenetica, esagitata corsa. Molti non sapevano neppure perché correvano, né *chi* o *cosa* volessero raggiungere. Correvano e basta, galvanizzati da quel grido che li spronava come cavalli al galoppo, seguendo l'insensato flusso della folla che, come un solo organismo vivente, si snodava sinuosa tra le stradine del quartiere.

«Correte! Hanno rapito un fanciullo!»

Un solo grido moltiplicato per dieci, cento, mille bocche urlanti. La gente era impazzita. Cercava qualcosa, o qualcuno. Ma non sapeva come, né dove.

La causa di tutto quel trambusto era Petruccio. O meglio, per essere più precisi, la sua improvvisa scomparsa.

Sua madre Gianetta, che aveva bisogno di lui per una commissione, all'inizio lo aveva chiamato a lungo dall'uscio della loro stamberga. Poi, spazientita, aveva cominciato a cercarlo nei luoghi che Petruccio frequentava più spesso. Prima nella zona del mercato dove, ora che si era a carnevale, i garzoni coi volti camuffati dal trucco si divertivano a scagliare la palla all'interno dei fondaci e delle botteghe. Poi, non avendolo scovato tra i ragazzacci che scorrazzavano nella piazza in spregio agli editti degli Otto di Guardia, causando danni alle merci e panico tra bottegai e avventori, Gianetta si era spinta fino alle sponde dell'Arno, nel punto dove sapeva che suo figlio andava spesso a divertirsi lanciando richiami ai battellieri e combattendo a sassate con certi suoi compagni. Ma anche là non lo aveva trovato. Solo allora aveva cominciato a preoccuparsi. Certo, Petruccio era uno scavezzacollo e un pendaglio da forca, ladro e bugiardo, ma non era mai stato tanto tempo fuori casa. Dopo aver vagato per l'intero quartiere, cercandolo invano in tutti i posti dove poteva ragionevolmente essere, Gianetta aveva cominciato a lamentarsi e poi a gridare, invocando l'aiuto dei passanti.

«Il mio figliolo!» aveva urlato ai vicini di casa. «Aiutatemi a ritrovare il mio Petruccio!»

Aveva solo lui. E solo il Signore sapeva quanto le era costato tirarlo su, tutta sola, col suo mestiere di lavandaia. Ormai aveva quasi dodici anni, era un bel garzone snello, ben proporzionato, dalla riccia capigliatura fulva e con grandi occhi color nocciola. Avrebbe potuto fare da modello a pittori e scultori. Un Bacco, oppure un Apollo giovinetti, le diceva spesso un signore che le portava i panni da lavare, un musicista che bazzicava con gli artisti. Faceva sempre dei gran complimenti a Petruccio. Però a Gianetta non piaceva troppo come lo guardava. Sapeva bene che molti uomini, a Firenze, avevano quel brutto viziaccio contro cui si scagliavano i frati predicatori. E se Petruccio, Domineddio lo scampasse e liberasse, fosse caduto nelle grinfie di uno di quei degenerati? Ci voleva poco a traviare un buon figliolo... Doveva trovarlo. E doveva trovarlo *subito*.

I vicini si erano fatti in quattro, battendo il quartiere ognuno in una direzione diversa, poi il passaparola aveva coinvolto anche i curiosi, formando piccoli gruppi di volenterosi che si erano sparpagliati per le stradine, nei vicoli, nelle botteghe, frugando in ogni angolo. I gruppetti erano diventati manipoli, poi squadroni di cittadini che correvano avanti e indietro, chiamando a gran voce il nome di Petruccio. La solidarietà popolare era scattata immediatamente, crescendo a ogni istante.

Era logico che i nobili e i ricchi borghesi, affacciati alle finestre dei loro palazzi signorili, avessero pensato a un tumulto vedendo quella folla esagitata...

Un folto gruppo di sbirri era infatti accorso sul posto dal palazzo del Bargello, che da tre anni era sede del Consiglio di Giustizia.

Gli armigeri, spintonando con i manici delle alabarde, si fecero largo tra la folla fino all'origine del tumulto, trovando Gianetta che si lamentava e piangeva, quasi in deliquio, tra le braccia caritatevoli di alcune comari.

«Che succede, donna?» le chiese il capo dei bargellini, in tono duro, fissandola con sospetto.

«Le hanno rapito il figliolo!» intervenne un uomo, corpulento e sudato.

«Non ho chiesto a te» lo zittì il bargellino dopo essersi assicurato, con una rapida occhiata alla sua fisionomia e al suo abbigliamento, che quell'individuo non meritasse più rispetto. «Allora, donna, come ti chiami?»

«Gianetta.»

«È vero che ti hanno rapito il figlio? Per questo stai mettendo in subbuglio tutto il quartiere?»

«Non lo trovo da nessuna parte!» singhiozzò la lavandaia, respirando affannosamente. Il petto florido, contenuto a stento dall'ampia scollatura della camicia di lana grezza, si alzava e si abbassava vistosamente. Nonostante i ventisette anni d'età e l'abbrutimento della fatica e della miseria, Gianetta poteva ancora dirsi una donna piacente. Era stato un grande sacrificio, per lei, non cedere alla tentazione di sfruttare il suo corpo per guadagnare qualche fiorino. Gli uomini non le sarebbero mancati.

«Dov'è tuo marito?» le chiese il bargellino, mentre gli altri sbirri tentavano di disperdere la folla di curiosi assiepata intorno all'affranta dai lunghi capelli biondi.

«Non ho marito» rispose Gianetta, fissando con fierezza i suoi grandi occhi azzurri in quelli dell'ufficiale. «Solo il mio Petruccio.»

Un sommesso mormorio di riprovazione attraversò la folla, mentre le comari di Gianetta, che ne conoscevano i trascorsi, le si strinsero attorno con amorevole sollecitudine, quasi volessero difenderla dal giudizio della gente. Che ne sapevano, gli altri, di ciò che aveva passato quella povera figliola, da quando era rimasta incinta all'età di quattordici anni? L'avevano forse aiutata, gli altri, quando si era trovata completamente sola, dopo che i genitori l'avevano cacciata di casa e dopo che Vannozzo, il padre del bambino, dopo qualche anno di turbolenta convivenza aveva tirato le cuoia, beccandosi una coltellata in una rissa? Aveva fatto davvero miracoli quella povera anima, con l'aiuto della Vergine, mantenendosi onesta dopo quel breve, fatale periodo trascorso nel peccato, e allevando Petruccio senza fargli mancare il necessario. Certo, il ragazzo era uno scavezzacollo, sempre a combinare guai, ma era cresciuto senza padre, senza una guida maschile che lo aiutasse a stare al mondo. Del resto, anche se Vannozzo fosse sopravvissuto, non avrebbe potuto insegnargli granché. Anzi, forse sarebbe stato il primo a traviarlo. Era sempre stato un poco di buono, un beone, un bestemmiatore e un puttaniere, dedito a strani traffici e a cattive compagnie. In fondo non era stato un male, se un giorno qualcuno gli aveva dato il fatto suo.

«Disperdetevi!» intimò il capo dei bargellini alla folla. «Tornate alle vostre attività. La giustizia è compito nostro. Vieni con noi, donna» aggiunse, prendendo Gianetta per un braccio.

«Questa è bella!» gridò una delle comari, allontanando la mano dello sbirro con uno strattone. «Invece di cercarle il figliolo, portano lei alle Stinche!»

Al nome dell'antica prigione della Signoria la folla cominciò a rumoreggiare. Si strinse minacciosa intorno agli armigeri, che sollevarono le alabarde in posizione di guardia.

«Bada a ciò che dici, tu» sibilò l'ufficiale. «Nessuno ha parlato di arrestarla. La portiamo al Bargello per interrogarla.»

«Lasciatela stare!» cominciò a inveire la folla. «Fate il vostro dovere! Trovate il ragazzo!»

Il capo degli sbirri stava valutando la situazione, indeciso se mandare uno dei suoi a chiamare rinforzi oppure ritirarsi in buon ordine, lasciando che la gente del quartiere continuasse a cercare il fanciullo, quando una vecchia megera scarmigliata sbucò dalla folla come un'apparizione.

«Sono state le streghe!» gridò con voce stridula, roteando a destra e a manca gli occhi cisposi, spiritati, mentre un silenzio improvviso calava sui presenti. «Rapiscono i fanciulli perfino dalle culle, succhiando il loro sangue per storpiarli! Così vuole Satana, il loro padrone!»

Un brivido percorse all'unisono uomini, donne, vecchi e bambini, quasi avessero una schiena sola. Qualcuno si fece, furtivamente, il segno della croce. Perfino i bargellini rimasero interdetti, abbassando un poco le alabarde.

«Hai le prove delle tue affermazioni?» chiese alla megera il capo degli sbirri, riflettendo se non fosse il caso di arrestare proprio *lei* per stregoneria.

«Non servono prove, davanti all'evidenza!» replicò la vecchia, sputando davanti ai piedi dell'armigero. «Quand'ero bambina, a Siena, frate Bernardino degli Albizzeschi invitò la città a scovare le streghe e a farne un gran falò! Le ricordo ancora, io, le sue prediche in piazza del Campo, che Domineddio lo abbia sempre in gloria! Perché Firenze non dovrebbe fare lo stesso? Sareste meno cristiani di noi Senesi? Al rogo le fattucchiere, le maliarde, le incantatrici che di notte, trasformate in gatte, succhiano il sangue dei fanciulli!»

«Cacciamo da Firenze le malefiche!» cominciò a gridare qualcuno, agitando i pugni.

«Al rogo! Al rogo!» replicarono altri, mentre la folla iniziava a rumoreggiare.

«Attenti, figlioli!» intervenne una voce stentorea, imponendosi sul mormorio che andava man mano crescendo. «Non chiudete gli occhi per non vedere! Il pericolo è più subdolo, più grave di quanto pensiate!»

Centinaia di occhi si volsero in direzione della voce. Apparteneva a un Domenicano magro, dalla tonaca lercia e sdrucita. Solo i grandi occhi scuri, nel volto pallido ed emaciato, brillavano di una luce intensa, come animati da vivide fiammelle. Il frate, ora al centro dell'attenzione, salì con un agile balzo sul bordo di un abbeveratoio di pietra, per trovarsi almeno due braccia al di sopra delle centinaia di teste che, come una sola, si erano sollevate a fissarlo. Un grande silenzio, più greve di quello seguito alle parole della megera, era calato all'improvviso sulla folla.

«Fate attenzione, figlioli miei,» ripeté il Domenicano «che i vostri pensieri non siano confusi dal Maligno, che sempre trama per allontanarci dal retto giudicare! Riflettete bene, prima di scegliere il bersaglio della vostra sacrosanta indignazione!»

«Parla più chiaro, frate!» gli intimò l'ufficiale del Bargello, che cominciava a seccarsi. Ci mancava solo un monaco predicatore, adesso, per aizzare ancora di più la folla già in tumulto...

«La chiarezza non è nelle mie parole, ma nei fatti!» replicò il Domenicano, scoccando al bargellino un'occhiata fulminante. «A Trento, i Giudei martirizzarono un fanciullino di appena tre anni e mezzo, di nome Simonino! Devo rinfrescarti la memoria, o Firenze? Egli è adesso beato, che possa intercedere sempre per noi dall'alto dei Cieli!» La massa degli uditori, accalcata intorno all'abbeveratoio come davanti a un pulpito, si segnò devotamente. «Scomparso la sera del Giovedì Santo, fu ritrovato la Domenica di Pasqua nelle acque di un canale del ghetto, orribilmente seviziato! Quindici Giudei, arrestati e torturati, confessarono di aver straziato il corpo del fanciullo per raccoglierne il sangue, usandolo per impastare le azzime di Pasqua!» La folla lanciò un improvviso, attonito mormorio di disgusto. «Un oscuro, demoniaco rito della loro festa blasfema!» aggiunse il Domenicano, in tono cupo. «Pregate, o Fiorentini, che la prossima Pasqua non si trasformi anche per voi in un maledetto, sacrilego giorno di sangue!»

«Dio ci protegga!» urlarono molte voci femminili. Gianetta, il petto squassato dai singhiozzi, si accasciò tra le braccia delle comari, mugolando come una bestia ferita.

«Il Creatore protegge sempre i suoi figli!» declamò il frate, allargando le braccia scheletriche come per circondare, in un unico abbraccio, l'intero uditorio. «Ma le creature devono fare la propria parte! Domineddio opera mediante ciascuno dei suoi devoti servitori. Senza distinzione di nascita, ceto o ricchezza. Udite e meditate, o Fiorentini! Quanti santi predicatori furono scacciati dalla vostra città perché osarono maledire non solo gli usurai giudei, ma anche i banchieri e i Medici, loro protettori?»

«A morte gli usurai!» urlò la folla, sollevando i pugni. «A morte i Giudei! A morte i Medici!»

Mentre il Domenicano faceva vagare lo sguardo acceso sull'uditorio in subbuglio, misurando soddisfatto l'effetto delle proprie parole, l'ufficiale del Bargello gli si accostò per costringerlo a scendere dall'abbeveratoio. Aveva compreso il vero obiettivo del frate, di certo un seguace del defunto Girolamo Savonarola. Voleva turbare l'ordine pubblico, aizzando il popolino alla rivolta. La predica contro i Giudei era un pretesto. Un po' meno la frecciata ai Medici. Se la folla, nella sua rabbia incontrollata, avesse linciato qualche personalità filomedicea, i *Piagnoni* ne avrebbero di certo gioito...

«Vieni con me, frate» mormorò l'ufficiale, nel tono più pacato che gli riuscì d'impostare, afferrandolo per un braccio. «La strada non è il luogo più adatto, per una predica.»

«Nostro Signore Gesù predicava nelle strade, nelle piazze, sulle spiagge, perfino sulle montagne!» replicò l'altro inviperito, liberandosi con uno scossone dalla stretta dello sbirro. «Non osare ostacolare la parola di Dio, figliolo! Chi difende i peccatori, si macchia del loro stesso peccato!»

«Vieni via, ho detto!» insisté il bargellino, che stava perdendo la pazienza, facendo cenno ai suoi uomini d'intervenire.

«A me, popolo di Dio!» urlò il frate con quanto fiato aveva in gola, assestando un calcio in pieno viso all'ufficiale. «Fai il tuo dovere, popolo di Firenze, per la maggior gloria del Signore! Non lasciare impuniti gli spregiatori di Cristo, e i loro seguaci!»

Gli sbirri sollevarono all'unisono le alabarde, correndo in soccorso dell'ufficiale, ma capirono subito che sarebbero riusciti a stento a difendere se stessi. La folla si era mossa all'improvviso, come un solo individuo, con un suono simile al ruggito di una favolosa, immensa belva feroce. I bargellini furono travolti, spinti contro i muri dalla massa che sciamava urlando in direzione dei ponti che, scavalcando il fiume, conducevano Oltrarno, dove sorgeva il quartiere ebraico.

«Al ghetto!» gridava la folla. Tra i pugni, agitati nell'aria con furore, comparvero anche bastoni, coltelli, asce da lavoro. «Uccidiamo i Giudei sacrileghi!»

«Cerchiamo Petruccio!» urlavano alcuni. Ma si trattava di

una minoranza. Ormai quasi nessuno si ricordava di lui. Erano tutti assetati di sangue ebreo, correvano verso il ghetto lasciandosi alle spalle Gianetta, ormai svenuta tra le braccia delle comari, e i bargellini che rianimavano, con una secchiata d'acqua attinta dall'abbeveratoio, il loro capo stordito dal calcio del frate.

Appena l'ufficiale riprese conoscenza, si lanciò come un ossesso in direzione del Bargello, costringendo i suoi sbirri a tenergli dietro col fiatone. Doveva subito avvertire il Capitano di Giustizia affinché mandasse rinforzi, moltissimi rinforzi ai ponti per l'Oltrarno, per tentare di bloccare la folla ai loro imbocchi. Forse, in spazi ristretti, gli armigeri sarebbero riusciti a respingere quella massa di scalmanati senza spargere troppo sangue. In fondo Orazio Coclite, all'epoca degli antichi Romani, aveva tenuto in scacco da solo, sul ponte Sublicio, un intero esercito etrusco...

L'ufficiale aumentò la corsa. Doveva dare l'allarme prima che la masnada dei facinorosi raggiungesse i ponti, li superasse e dilagasse all'interno del ghetto. Sperò di fare in tempo.

Era l'unico modo di evitare un atroce massacro.

IX

Lo stesso giorno, verso l'ora nona

Quando Michelangelo irruppe trafelato nella Sala del Maggior Consiglio, Leonardo stava ritoccando le grandi figure centrali della *Battaglia di Anghiari*. Uno dei suoi giovani allievi, impegnato ad accompagnare col liuto gli sforzi creativi del maestro, smise subito di suonare. Per un istante, nel vasto salone si udì solo il rimbombo dei passi del Buonarroti.

«Chi vi ha dato il permesso di entrare?» sibilò il Vinci, lanciando al nuovo arrivato un'occhiata in tralice. «Avevo ordinato di non essere disturbato.»

«Sì, gli inservienti me l'hanno detto» sorrise l'altro, ansimando per la corsa. «Ma non potevano impedirmi l'ingresso. Vi ricordo che il Gonfaloniere mi ha concesso alcuni privilegi, tra i quali osservare a piacimento il progredire, in verità un po' lento, della vostra magistrale *Battaglia*.»

Leonardo increspò appena le labbra, in una smorfia di sufficienza. «Potevate almeno farvi annunciare... Insomma, a che devo questa improvvisa... Intrusione?» domandò, tornando a concentrarsi sul lavoro. Michelangelo non si stupì di vederlo maneggiare ferri arroventati, invece che pennelli. Sapeva che il Vinci aveva deciso di usare, per dipingere la sua *Battaglia*, l'antica tecnica dell'encausto, stendendo a caldo, sopra l'intonaco, i colori stemperati in cera d'api.

«Non avete sentito la campana del Bargello?» chiese Michelangelo, stupito. Infatti la *Montanina*, come chiamavano i Fiorentini la campanella posta in cima alla Torre Volognana contigua al Palazzo di Giustizia, aveva suonato a distesa fino a pochi istanti prima.

«Ah, sì...» mormorò Leonardo, in tono distratto. «Mi era sembrato di sentire degli echi molesti, che disturbavano la melodia di Barduccio» aggiunse, indicando il garzone con il liuto. «È proprio vero il proverbio che ripeteva mia madre Caterina, che Dio l'abbia in gloria: *quando suona la campana della Volognana, suona sempre a vituperio.*»

«C'è stato un tumulto!» esclamò Michelangelo, ancora eccitato dalle scene viste in strada. «È scomparso un fanciullo a Santa Maria Novella, e la gente del quartiere, sobillata da un frate, si è messa in marcia verso i ponti per Oltrarno, per assalire il ghetto. Urlavano che erano stati i Giudei. Avreste dovuto vederli, ser Leonardo... Erano centinaia!»

«Interessante» sussurrò l'altro in tono piatto. Si allontanò di qualche passo dalla *Battaglia*, per dare uno sguardo d'insieme ai ritocchi appena eseguiti.

«Ma i bargellini sono riusciti a occupare gli imbocchi dei ponti, prima che arrivasse la folla!» continuò Michelangelo imperterrito, gli occhi brillanti d'eccitazione, sebbene Leonardo mostrasse palese disinteresse per il suo racconto. «I più scalmanati hanno tentato di sfondare lo schieramento, ma gli armigeri li respingevano con i manici delle alabarde... Che scontro! Meglio della *Battaglia dei Centauri e dei Lapiti* che scolpii per il Magnifico Lorenzo! I corpi dei bargellini s'intrecciavano con quelli dei facinorosi, alcuni cadevano nell'Arno ancora avvinghiati. Davvero una battaglia da ritrarre! Se solo avessi avuto fogli e carboncino...»

«E come è finita?» chiese Leonardo, sovrappensiero, riprendendo a ritoccare una delle sue figure.

«Ecco... A un certo punto, nonostante gli sforzi dei bargellini, la folla stava quasi avendo il sopravvento» riprese il giovane. «Temevo che gli armigeri cominciassero a maneggiare le alabarde di punta e di taglio, facendo scorrere molto sangue, e poi...» esitò, per dare più suggestione al racconto.

«Poi?» sospirò Leonardo, che cominciava a seccarsi. Quelle inutili chiacchiere lo stavano distraendo. Gli impedivano la concentrazione.

«È arrivato l'Arcivescovo in persona!» esclamò Michelangelo, accompagnando la rivelazione con uno schiocco di dita. «Proprio lui, il nobile Rinaldo Orsini! È sceso da una portantina e si è diretto verso la folla in tumulto, senza scorta, come un'apparizione sacra...»

«Addirittura» scrollò le spalle l'altro, con un sorriso ironico.

«Poi ha detto qualcosa che non ho udito, perché mi trovavo troppo distante» riprese il Buonarroti, ignorando il commento. «Però aveva sollevato le braccia verso la folla e i bargellini, come volesse stringerli tutti in un unico, paterno abbraccio. E si sono fermati. Sono rimasti immobili, improvvisamente silenziosi. Se non l'avessi visto con questi occhi, non l'avrei mai creduto!»

«Fatela breve, Michelangelo» sbuffò il Vinci. «Non ho tutta la giornata, per ascoltare la vostra cronaca!»

«Quelli più vicini alla scena,» continuò l'altro, rabbuiandosi in volto per il tono sprezzante dell'interlocutore «mi hanno riferito che l'Arcivescovo ha spronato armigeri e rivoltosi alla pace e alla concordia, pregandoli di non combattersi tra cristiani. Poi ha rassicurato la folla che, se i Giudei erano responsabili del rapimento del fanciullo, sarebbe stato compito suo, e degli Otto di Guardia, punire i colpevoli. Ha promesso di far perquisire l'intero ghetto, per stabilire se il bambino sia stato davvero rapito o ucciso dagli Ebrei. Poi si è fatto condurre la madre in lacrime, abbracciandola e consolandola come una figliola.»

«Molto commovente» lo interruppe Leonardo. «E posso sapere, di grazia, perché venite a raccontarmi tutto questo, disturbando il mio lavoro?»

Michelangelo sussultò, fulminandolo con gli occhi. «Non certo per impedirvi di dipingere, messer Leonardo» sibilò, offeso. «Non temo a tal punto la vostra concorrenza. Se vi ho importunato, ritengo di avere le mie buone ragioni. Mi chiedevo, e volevo sottoporre il mio dubbio al vostro acume,» continuò, in tono ironico «se per caso la scomparsa del garzone abbia a che fare con l'assassino che...»

Il Vinci lo interruppe, scaraventando sul pavimento il ferro da encausto. Il metallo tintinnò sinistramente nella grande sala. Gli allievi, che finora avevano bisbigliato tra loro approfittando della distrazione del maestro, ammutolirono di colpo.

«Uscite subito da qui, tutti!» li apostrofò Leonardo. «Voi no, Michelangelo. Devo parlarvi in privato.»

Appena i garzoni ebbero lasciato la Sala del Maggior Consiglio, il Vinci riprese subito la calma.

«I miei allievi sono giovani, sventati e pettegoli come donnette» bisbigliò, afferrando un altro ferro arroventato da un piccolo braciere. Ne usò la punta per prendere da una ciotola un po' di cera color rosso carminio, che cominciò a stendere con cura sull'intonaco. «Che stoltezza parlare di assassini in loro presenza!

Avete già dimenticato le raccomandazioni di Machiavelli?»

«Vi chiedo scusa, messer Leonardo» disse Michelangelo mortificato. «Ma bruciavo dalla voglia di chiedervi se anche voi credete che...»

«Avete così poco da lavorare, ragazzo mio, da perdere tempo in attività che non vi competono? Ci sono gli Otto di Guardia, per questi affari.»

«Mi sembrava che il Segretario avesse impegnato anche noi nell'indagine» bofonchiò l'altro, piccato per quel *ragazzo mio*. Se l'atteggiamento del Vinci non fosse stato così offensivo, Michelangelo avrebbe anche sorvolato sui suoi toni arroganti, riconoscendogli i diritti dell'età. Ma non permetteva a nessuno di mancargli di rispetto.

Leonardo scosse la testa, con una smorfia di disappunto. «E a me sembrava di avervi parlato chiaro, qualche giorno fa. Noi siamo artisti. Dobbiamo fare ciò che *sappiamo* fare. Se Domineddio ci avesse voluto sbirri, avrebbe provveduto in altro modo, non credete?»

«Certo, se la mettete così...»

«E come dovrei metterla?» replicò Leonardo, con un sospiro. «Invece di perdere tempo prezioso, lambiccandovi inutilmente il cervello, fareste meglio a dedicarvi a qualche opera di pittura, se ne siete capace...»

«Sto realizzando dei disegni» disse Michelangelo in tono vago. «Ci lavoro quando i miei impegni di scultura me lo permettono» concluse rimarcando la parola *scultura*, che aveva il potere di rimescolare il sangue a messer Leonardo.

Ma l'altro non sembrò raccogliere la provocazione. «Sono mesi che cincischiate. State esitando troppo, a mio parere. Non siete sicuro di voi stesso, o della vostra arte?»

Stavolta fu Michelangelo a non raccogliere la frecciata.

«Mi stupisce che lo diciate proprio voi» sorrise, avvicinandosi con interesse alla *Battaglia*. «Non siete stato forse voi ad affermare: *l'ideare è opera signorile, l'operare è atto servile*?»

«Non rinnego le mie parole» brontolò l'altro. «Infatti mi sono preparato molto, prima di mettermi all'opera. Ho temporeggiato, sì, ma non quanto voi.»

Michelangelo non rispose. Era concentrato a scrutare la *Battaglia di Anghiari*, soffermando lo sguardo sui minimi particolari dell'epica, colossale scena. Dopo un inizio lento e incerto, che aveva procurato a Leonardo le rampogne del Soderini, il lavoro stava ora progredendo a vista d'occhio. Del resto il Vinci, una volta consegnata l'opera, avrebbe percepito dalla Signoria un compenso di diecimila fiorini. Un bel motivo per darsi da fare, nonostante ser Leonardo fosse già ricco di famiglia. A lui, invece, pensò il ragazzo con amarezza, la Signoria ne avrebbe offerti molti meno, ammesso che avesse approvato il suo ambizioso progetto di affrescare la parete di fronte a quella di Leonardo. D'altro canto, per il gigantesco *David* aveva guadagnato appena quattrocento scudi. Ma non era questa, la cosa importante. Non per lui, almeno. Lo era purtroppo per suo padre, sempre avido di denaro. Se Ludovico avesse avuto il Vinci come figlio, meditò tristemente Michelangelo, di certo avrebbe toccato il cielo con un dito.

«Cosa c'è, ragazzo mio, non vi convince?» si burlò Leonardo, alle sue spalle. «Avreste forse qualche consiglio da darmi?»

Ancora quel *ragazzo mio*. Il Buonarroti serrò i denti, tentando di controllare la rabbia.

«Al contrario» disse, sforzandosi di mantenere la voce calma. «Questa mischia è ancora migliore di quella che ho visto sui ponti per Oltrarno» tentò di sorridere, sinceramente ammirato. L'immagine principale, che campeggiava al centro della parete, era addirittura sconvolgente. Un gruppo di cavalli e cavalieri, avvinghiati l'uno all'altro nella violenta, frenetica lotta per conquistare uno stendardo. Uno scontro realistico, atroce, dove l'odio rabbioso degli uomini faceva da contrappunto a quello degli animali. Sembrava quasi di sentire le urla, i nitriti, l'odore della polvere e del sangue. Nessuno come Leonardo da Vinci, rifletté Michelangelo con un misto d'invidia e stupore, conosceva così perfettamente l'anatomia di uomini e cavalli. La dissezione era sempre stata una vera *ossessione*, per lui.

Ma fino a che punto era una pura, giustificabile ossessione *artistica*? La pratica continua sui cadaveri, la costante profanazione dei morti per l'orgoglio dell'arte, potevano forse traviare l'anima umana, spingendola in abissi imprevedibili? Michelangelo si era posto spesso tali domande, quesiti irrisolti che coinvolgevano innanzitutto la sua coscienza. Pregava sempre Dio di essere perdonato, prima di accingersi a sezionare il corpo di un essere umano. Cercava di allontanare dalla propria mente il tanfo, l'orrore, l'incubo della morte squadernata, svelata, indagata, privata di mistero. Aveva sempre saputo che sarebbe potuto impazzire, prima o poi, continuando quella pratica necessaria ma infame… Però non era impazzito. Non per il momento, almeno. Conosceva se stesso.

Ma non conosceva messer Leonardo…

Perché, si chiese all'improvviso, il Vinci era così svogliato nel seguire le direttive di Machiavelli? Sembrava non gli importasse affatto che un folle assassino, capace di uccidere e anatomizzare un pover'uomo senza motivo apparente, girasse libero per Firenze. Avrebbe dovuto preoccuparsene, se non altro per il discredito che la notizia di quell'omicidio, se fosse trapelata, avrebbe gettato sull'intera categoria degli artisti. Ci voleva poco, nell'immaginazione popolare, a creare una *leggenda nera*. Ne esistevano già molte altre, come quella recentissima sorta su Papa Alessandro VI, subito dopo la sua morte. Storie di diavoli in Vaticano e di altri orrendi fenomeni, uno più fantasioso dell'altro... Sì, messer Leonardo avrebbe dovuto essere il primo a desiderare di consegnare, il più presto possibile, l'assassino al Capitano di Giustizia. A meno che...

«Allora?» chiese la voce del Vinci alle sue spalle, facendolo sobbalzare. «Che state osservando, con tanta attenzione?»

«Le figure sono meravigliose» mormorò Michelangelo, scacciando quell'orribile sospetto. «Ma perché avete scelto la tecnica dell'encausto, invece dell'affresco tradizionale? Sì, lo so che voi non dipingete velocemente, come necessita l'affresco e come farei io. Voi avete bisogno di continui ritocchi e ripensamenti, ma siete sicuro che i vostri colori si manterranno stabili?» chiese, indicando le ciotole di terracotta contenenti cere mescolate al nero vite e a quello elefantino, alla resina bruzia, alla cerussa, al cinabro, all'armenio, all'indaco, al purpurisso... «Per quanto ne so, queste misture di pigmenti e cera rischiano sempre di alterarsi, a causa dell'umidità delle pareti.»

«Da quando, di grazia, v'intendete di encausto?» replicò l'altro in tono astioso. «Avete forse studiato la *Naturalis Historia* di Plinio il Vecchio, dove parla di questa tecnica usata da Prassitele e da Apelle, i massimi artisti dei Greci?»

«L'ho letta nella traduzione di Lorenzo Ghiberti, come avete fatto voi» replicò secco Michelangelo.

Vinci accusò il colpo, fingendo indifferenza. «Allora saprete che molto dipende dalla cera, da dove hanno pascolato le api... Questa viene dalle pendici del Vesuvio, la migliore! È stata immersa in acqua di mare, mescolata a liscivia e poi esposta alla luna, come prescrive Plinio. Ci scommetto quello che volete, sulle mie misture!»

«E se i colori fossero ugualmente instabili?» insisté Michelangelo, cocciuto. «Sarebbe un vero peccato veder colare un capolavoro del genere...»

«Se dovesse succedere, e ribadisco il *se* perché non lo credo affatto,» concesse Leonardo «farò in tempo a fissare la cera col calore, accostando dei grandi bracieri alla parete.»

«Ammesso che il calore del fuoco riesca ad arrivare fin lassù» replicò il Buonarroti indicando la sommità del dipinto, distante quasi quattordici braccia. «In caso contrario, resterà integra solo la scena principale, mentre il resto sarà irrimediabilmente rovinato.»

«Mi meraviglia che v'intendiate tanto di pittura, voi che finora avete dipinto solo un piccolo, misero tondo per il mercante Agnolo Doni!»

«Se riuscirò a realizzare ciò che ho in mente, ser Leonardo, vedremo quale delle due opere susciterà più ammirazione!»

L'altro stava per replicare quando uno sbirro, entrando a passo deciso nella Sala del Maggior Consiglio, attirò l'attenzione dei due artisti.

«Siete entrambi convocati alla Seconda Cancelleria» annunciò l'armigero, con un lieve inchino. Sapeva bene chi aveva di fronte.

«Il Segretario sente la nostra mancanza» sospirò Leonardo, con aria rassegnata.

X

Lo stesso giorno, un'ora dopo i rintocchi di nona

«Non posso assentarmi qualche giorno, che trovo l'intera città a rumore!» stava sbraitando Machiavelli, mentre i suoi assistenti subivano in silenzio i suoi rimbrotti, con i volti ingrugniti e gli occhi bassi. Mica era colpa loro, se era sparito un fanciullo. Ormai il *Machia*, pensavano con amarezza, sembrava ritenerli responsabili di tutto ciò che accadeva a Firenze. Lo pensavano, ma non avevano certo il coraggio di dirlo.

Leonardo e Michelangelo, introdotti da un valletto, si fermarono sulla soglia dello studiolo, incerti se entrare nel pieno della sfuriata.

«Venite pure avanti, voi!» gridò il Segretario in direzione dell'uscio. «Sono proprio curioso di sapere cosa avete combinato, in tutto questo tempo! E chiudete quella porta!»

I due artisti si fecero avanti, accomodandosi sulle sedie che Machiavelli indicò con un gesto distratto, ancora impegnato a fulminare con lo sguardo i suoi mortificati tirapiedi. Seduto in un angolo della piccola stanza, Girolamo Fracastoro osservava la scena in silenzio, con espressione impenetrabile.

«Avete saputo la novità?» chiese il Segretario, cercando di ricomporsi mentre fissava, ancora rosso in viso per la rabbia, i due nuovi arrivati. «Mi riferisco alla scomparsa di Petruccio, quel fanciullo di dodici anni abitante a Santa Maria Novella.»

«Ho visto la scena dell'assalto ai ponti per Oltrarno, ma da lontano» rispose pronto il Buonarroti, come rianimandosi al ricordo dell'epica, violenta mischia avvenuta sulla riva del fiume.

«Io so quello che mi ha detto lui» aggiunse Leonardo in tono distaccato, indicando Michelangelo con un cenno del capo. Sembrava perfino sul punto di sbadigliare.

«Allora vi aggiorno io» annuì Machiavelli, intrecciando le dita sul piano dello scrittoio. «Vengo adesso da un colloquio con gli Otto di Guardia. La folla è stata dispersa, anche grazie all'intervento dell'Arcivescovo, e i bargellini, assieme ai famigli degli Otto, hanno perquisito il ghetto palmo a palmo. Senza trovare il povero Petruccio, naturalmente.»

«I Giudei potrebbero averlo nascosto, oppure già ucciso» commentò Michelangelo, giusto per partecipare alla conversazione.

«Non credo proprio» replicò secco il Segretario, lanciandogli un'occhiata di sufficienza. «Gli Ebrei sanno benissimo di essere scampati a un massacro. Hanno ancora paura di ritorsioni, soprattutto se il garzone non si trova. Collaborare con gli sbirri è diventata, per loro, una questione di sopravvivenza. E infatti hanno collaborato, in tutti i modi. Se Petruccio fosse stato nel ghetto, lo avrebbero di sicuro consegnato, vivo o morto. No, sono convinto che i Giudei siano innocenti, almeno questa volta.»

«E allora?» intervenne Leonardo, riscuotendosi da una specie di torpore. «Credete che la scomparsa del fanciullo abbia a che fare con…»

«Non lo so» lo interruppe Machiavelli, cupo. «Spero di no, perché in questo caso potremmo trovarci di fronte a un nuovo, atroce delitto. C'è quasi da sperare che Petruccio sia stato vittima di un sordido ma banale sodomita.»

Michelangelo cominciava ad appassionarsi alla questione. «Esiste qualche legame tra la famiglia del fanciullo e Bartolomeo Canacci?» chiese, stavolta con maggiore interesse.

«Questo dovranno dircelo i signori qui presenti» sospirò il Segretario, indicando i tre coadiutori «che invierò subito a interrogare la disgraziata madre di Petruccio. Può darsi che salti fuori qualcosa. Prima, però, sentiamo il loro rapporto. Allora, Biagio, che avete scoperto in questi giorni?»

«Ancora niente d'interessante, purtroppo» disse il Buonaccorsi, rassegnandosi a parlare anche per gli altri. «Abbiamo fatto domande discrete in giro, come ci avevi ordinato, soprattutto nelle taverne e nei bordelli della zona del mercato.»

«Immagino con quale sacrificio» ghignò Machiavelli. «E cosa avete saputo, tra un cosciotto di montone e un fiasco di Trebbiano? Per non dire tra le cosce di qualche bella femmina, dove sicuramente avrete indagato…»

«Nessuno ha visto niente, quella maledetta notte» continuò il Buonaccorsi, fingendo d'ignorare le frecciatine del capo. «Tranne quel Bastiano, il capo della ronda notturna, che abbiamo interrogato fino alla nausea. Ricorda solo un'ombra, intravista per pochi istanti. Non saprebbe nemmeno dire se appartenesse a un uomo, o a un animale.»

Oppure a un demonio, si disse Michelangelo, ripensando con orrore alla *leggenda nera* sulla morte di Alessandro VI. Si vociferava che una presenza diabolica, sotto forma di un gigantesco babbuino, fosse apparsa al capezzale del Borgia morente per esigere la sua anima, venduta anni prima in cambio del seggio pontificio... Che il male allignante a Roma fosse traboccato, contaminando anche Firenze? Esistevano confini, per il fiato corruttore di Satana?

«Quindi brancoliamo ancora nel buio, da questo punto di vista» tagliò corto Machiavelli, scoraggiato. «E per quanto riguarda Bartolomeo Canacci? Qualche novità?»

«Me ne sono occupato io» intervenne Agostino Vespucci. «Sono andato a Fiesole, dove Canacci aveva un paio di lontani parenti. Li ho scovati e interrogati. Credono alla versione che abbiamo messo in giro sulla sua scomparsa, naturalmente, ma non mi sembravano troppo sconvolti dalla notizia. Non avevano rapporti con lui da molto tempo. Ora sono interessati all'eredità della bottega di falegname, che era di sua proprietà, e ai pochi quattrini che aveva in deposito al Monte di Pietà. Non ne sapevano granché, sulla vita e le amicizie di Bartolomeo. Mi hanno detto solo che, fino a una dozzina d'anni fa, lavorava come stalliere per la famiglia dei Martelli, nella loro villa di San Gervasio. Poi lasciò il servizio, acquistando il laboratorio da falegname qui a Firenze.»

«Uhm...» rifletté Machiavelli, fissandosi le mani intrecciate. «E con quali soldi l'ha acquistata, la bottega? Con i suoi risparmi di stalliere?»

«Abbiamo chiesto anche questo, ma non ci hanno saputo o voluto rispondere» intervenne Andrea di Romolo, che evidentemente aveva accompagnato il Vespucci a Fiesole. «L'unica cosa che ricordavano è che, quando lasciò il servizio dei Martelli, Bartolomeo aveva una piccola somma da investire, ma non sanno da dove provenisse. Forse una gratifica dei padroni.»

«Molto generosi» commentò il Segretario con una smorfia d'incredulità, come parlando a se stesso. «Questo elemento andrebbe approfondito. Scavate a fondo. Scomodate anche i Martelli, se ce ne fosse bisogno. Con molto tatto, naturalmente, e senza scoprire le vostre carte...»

«Già fatto» sorrise Biagio Buonaccorsi, fiero di aver anticipato un ordine del capo. «Abbiamo compiuto un giro per i poderi intorno a San Gervasio, chiedendo di Canacci ai mezzadri e ai contadini... Come pestare acqua in un mortaio, purtroppo. Nessuno ricordava nulla di particolare su di lui, neppure i più anziani. Stessa cosa il fattore dei Martelli e l'amministratore della villa, assunti da poco e quindi ignari dei precedenti servitori. Ci hanno detto di non avere più neppure i libri mastri di quel periodo, andati distrutti in un piccolo incendio qualche anno fa... Di più non abbiamo potuto fare. Ottenere udienza diretta da un membro dei Martelli, solo per parlare di un loro vecchio stalliere ufficialmente scomparso, è stato ovviamente impossibile...»

«Ovviamente» gli fece eco Machiavelli, pensoso. «Allora recatevi di corsa a Santa Maria Novella e interrogate Gianetta, la lavandaia. Voglio sapere tutto su di lei, sulla sua famiglia, sui suoi trascorsi... Con molto tatto, mi raccomando. Sarà ancora disperata per la scomparsa del figliolo. Beh, che aspettate? Vi ho dato un ordine. Andate!»

Con qualche lieve mugugno, i tre uomini si alzarono con aria indolente, uscendo uno dopo l'altro dallo studiolo. E non salutarono neppure, notò Leonardo con un certo disappunto. Le nuove generazioni mancavano sempre più di rispetto, pensò indignato. Salaì era bugiardo, ostinato e goloso, e lo affliggeva con ogni sorta di ruberie. Però gli voleva bene. Quando lo aveva preso in casa, era un bellissimo fanciullo di dieci anni, quasi la stessa età di Petruccio. Se fosse accaduto a Salaì di sparire nel nulla, dalla disperazione Leonardo avrebbe messo a soqquadro tutta Firenze pur di trovarlo. In un certo modo, anche se non avrebbe mai potuto immedesimarsi in una donna, riusciva a comprendere il dolore della povera madre.

«E adesso veniamo a voi» riprese Machiavelli, rivolgendosi ai due artisti. «Avete fatto qualche progresso nelle indagini? Che dicono i vostri amici, i pittori e gli scultori della dotta Firenze, la *nuova Atene*? Continuano a praticare anatomie illegali, per migliorare nell'arte?»

«Se lo fanno, non vengono di certo a confidarlo a noi» rispose Leonardo in tono calmo, ricambiando con un sorriso ironico il ghigno sarcastico del Segretario.

«Davvero?» insisté quest'ultimo, volgendosi a Michelangelo. «Neppure con voi si confidano, Buonarroti? Forse voi incutete meno soggezione del grande, famoso Leonardo da Vinci.»

«Teniamo le orecchie tese e gli occhi bene aperti» replicò l'interpellato, scrollando le spalle. «Di più è difficile fare, senza rivelare ciò che sappiamo. E poi abbiamo molti impegni di lavoro, in questo periodo.»

«Lo stesso vale per me» aggiunse Leonardo con un'occhiata d'intesa al giovane scultore. «Voi sapete benissimo, Segretario, che non siamo né sbirri né bargellini. Siamo artisti. Non vedo perché v'intestardiate a farci richieste che esulano dalle nostre competenze. Gli Otto non hanno abbastanza uomini per far luce su questo omicidio? Sono forse troppo occupati a stanare i sodomiti, oppure a sovrintendere agli affari delle meretrici, per dare seriamente la caccia a un assassino?»

Machiavelli stava cominciando a indispettirsi: «Risparmiatevi quest'ironia a buon mercato» disse perentorio. «È l'ultima cosa di cui abbiamo bisogno, al momento. Con la scomparsa di quel fanciullo, la situazione si complicherà. Soderini mi sta col fiato sul collo. Ogni giorno mi chiede ragguagli sui progressi delle indagini, a voce o per lettera. Sbraita, va in escandescenze... Minaccia di prendere lui stesso le redini della situazione, se continuo a non cavare un ragno dal buco! Come fosse facile...»

«Lasciate le indagini al Gonfaloniere, allora,» consigliò Michelangelo «e rinunciate a questa rogna. Sarebbe una buona via d'uscita.»

Machiavelli trattenne a stento una risata. «Lo credete davvero? Detto fra noi, signori miei, il Soderini non distinguerebbe un culo da una vagina. E non perché sia un sodomita come affermano in molti, intendetemi bene! Perché proprio... non ci arriverebbe! In politica è maldestro, ingenuo, credulone... Perché dovrebbe mostrare più acume, come cacciatore di assassini? Il giorno che morirà sono certo che la sua anima verrà rifiutata dall'Inferno, per essere inviata nel limbo dei bambini.»

«Vi fidate molto di noi, Segretario,» sorrise Leonardo «per rivelarci, così scopertamente, il vostro giudizio sul Gonfaloniere!»

«Solo perché, se riferiste in giro le mie parole, negherei tutto risolutamente, e voi paghereste la pena dei calunniatori» ribatté cupo Machiavelli. «Del resto, mi permetto questi apprezzamenti solo in privato. In pubblico, e per iscritto, sostengo messer Piero a spada tratta. Già troppi gli sono contro, evidenziando i suoi difetti per metterlo in ridicolo davanti al popolo. Soprattutto i filomedicei e i loro seguaci, che non vedono l'ora di far cadere la Repubblica. Difendere Soderini, con tutte le sue magagne, significa proteggere lo Stato. Per questo lo appoggio, pur conoscendolo bene. Ma devo tenerlo lontano dalle indagini. Se vogliamo raggiungere qualche risultato, non deve metterci le mani. Rovinerebbe tutto, con la sua goffaggine.»

«E allora cosa consigliate?» chiese Michelangelo candidamente.

«Non vi ho dato consigli!» esclamò il Segretario, battendo un pugno sullo scrittoio. «Vi ho dato degli ordini, ed esigo che siano eseguiti! Forse non mi sono spiegato bene, l'altra volta. Allora ve lo ripeto. Non mi basta che teniate occhi e orecchie aperti. Può farlo qualunque spia da quattro soldi. Pretendo che mi procuriate una lista dei pittori e degli scultori di Firenze che hanno praticato, in passato oppure di recente, anatomie umane in segreto. Voglio sapere *dove* le hanno compiute, *da chi* e con l'appoggio *di chi* si sono procurati i cadaveri… Voglio i nomi dei medici compiacenti che li hanno aiutati. Pretendo da voi tutto questo, e presto. Sono stato chiaro?»

«E con quale autorità?» si inserì Leonardo, in tono di sfida.

«Con l'autorità di cui mi ha investito il Gonfaloniere in persona, affidandomi questo delicato incarico» replicò secco Machiavelli. «Del resto, credo che a voi convenga collaborare, senza farvi troppo pregare. Soprattutto perché siete artisti.»

«Se intendete ricominciare con le vostre velate minacce,» cominciò il Vinci, facendo il gesto di alzarsi per andarsene «vi dico subito che non ho la minima intenzione di…»

«Calmatevi e sedetevi, ser Leonardo» sorrise il *Machia* con fare conciliante. «Non è da voi, farvi trascinare dall'ira. Volevo solo dirvi» continuò, rivolgendosi anche a Michelangelo «che dovrebbe essere vostro primario interesse, proprio in quanto artisti, tentare di catturare questo assassino con discrezione, senza che la cosa si risappia in giro. Perché se la notizia venisse divulgata… Avete visto cosa è accaduto un'ora fa, solo per un sospetto? La furia popolare è difficile da contenere, specialmente in questi tempi di tensione politica. La gente è esasperata. Ogni pretesto è buono per scatenare la violenza. Immaginate se il popolino credesse che a Firenze vive un pittore, o uno scultore che uccide per sezionare le sue vittime. Pensate a come reagirebbe, debitamente aizzato dai frati *piagnoni* sempre pronti a destabilizzare la Repubblica… Migliaia di scalmanati irromperebbero in via degli Artisti, decisi a farsi giustizia da soli. Facinorosi che strappano onesti artigiani del marmo e del colore dalle loro botteghe, trascinandoli in piazza della Signoria per linciarli, o per impiccarli alle ringhiere dei balconi e delle logge… Sarebbe successo oggi anche ai Giudei, senza l'intervento dell'Arcivescovo. Ma il nobile Rinaldo Orsini non può sempre accorrere a sedare tumulti.»

Michelangelo annuiva, impressionato. Le parole del Segretario gli ricordarono le orribili scene viste anni prima, quando i seguaci del Savonarola impazzavano in città deturpando sculture, bruciando su grandi falò quadri, libri e manoscritti antichi, malmenando chiunque osasse ostacolarli. Un *rogo delle vanità*, come lo avevano definito i *Piagnoni*, che aveva privato Firenze, purtroppo per sempre, di molti capolavori artistici. Rammentò anche l'assalto del popolo al Palazzo dei Medici, dopo che la Signoria aveva decretato il bando contro Piero, figlio e successore del Magnifico Lorenzo. Aveva assistito di persona al saccheggio, da parte della plebaglia infuriata, delle sontuose stanze del palazzo. Lui stesso aveva protetto il *David* bronzeo di Donatello dall'impeto della marmaglia, facendogli scudo col suo corpo, fingendo poi di razziare monete antiche, gioielli, preziose statuette per sottrarle all'avidità della folla. Tra gli scalmanati che avevano infranto mobili e suppellettili, tracannando i preziosi vini della cantina in un'orgia di folle distruzione, aveva riconosciuto molti probi cittadini, tranquilli padri di famiglia trasfigurati, invasati dall'ira... Allora, per la prima volta, si era reso conto di quanto fosse incontrollabile la furia scatenata della folla.

«Per non parlare dei frati *piagnoni,*» continuò Machiavelli, come facendo eco ai suoi pensieri «e di tutti i bigotti che ancora appestano Firenze. Sarebbero felici di avere un'altra occasione per perseguitare l'arte, accendendo altri *roghi delle vanità* contro lo stile pagano degli artisti. Sono anni che attendono un pretesto, una minima scintilla per far divampare di nuovo l'incendio...»

«Uno scenario quasi dantesco, Segretario» commentò Leonardo. «Complimenti per la vostra capacità immaginativa.»

«Non si tratta di pura fantasia» ribatté Machiavelli, continuando a fissare il volto impallidito di Michelangelo. «In quel triste periodo voi eravate a Milano, ser Leonardo, ma il Buonarroti sa benissimo di cosa sto parlando. Noi le abbiamo vissute, quelle vicende. E vi assicuro che non fu piacevole.»

«In questo senso, devo concordare con il Segretario» assentì Michelangelo, anche se a malincuore. Non gli piaceva dare ragione alla serpe che, per una questione ormai vecchia di anni, aveva minacciato di tradurlo davanti agli Otto. Ma non c'era nulla da fare. Il *Machia* stava dicendo la verità.

Machiavelli sembrò sollevato dall'appoggio del Buonarroti. «Anche se non volete preoccuparvi per voi stesso,» continuò rivolgendosi stavolta a Leonardo «dovreste almeno impegnarvi per evitare che tutti gli artisti, indistintamente, cadano in discredito. Sapete bene che, anche prima dei deliri del Savonarola, pittori, scultori e simili non erano troppo amati dal popolino di Firenze. La gente che si spacca la schiena per pochi quattrini, con lavori umili e duri, vi ha sempre considerato un'accolita di privilegiati perdigiorno, ruffiani e puttane del potere, dediti alla crapula e alla lussuria. Immaginate con quanta gioia, se trapelasse il segreto del delitto dell'*anatomista*, il popolo coglierebbe l'occasione per ritenervi anche atroci, sacrileghi assassini! È forse questo che volete, ser Leonardo? Tenete conto che, a quel punto, la vostra reputazione come *artista*, a prescindere dalla vostra fama personale, sarebbe irrimediabilmente rovinata. E non servirebbe tornare su a Milano, oppure emigrare nel regno di Francia, per scrollarvi di dosso il *marchio di Caino*. Le leggende non hanno confini, e l'immaginario popolare è dovunque fecondo nel partorire favole. Questo, Buonarroti, vale ovviamente anche per voi» concluse il Segretario, lanciandogli un'occhiata d'intesa.

Che stesse cercando un alleato, pensò Michelangelo perplesso, per spingere il Vinci a impegnarsi di più nelle indagini? Oppure un alleato per *sorvegliare* Leonardo, di cui sospettava qualcosa?

«Vi vedo taciturno, Fracastoro» riprese il Segretario, indirizzando una lunga, interrogativa occhiata al giovane seduto in un angolo dello studiolo. «Anche voi non avete nulla da dire?»

Il medico sobbalzò, come fosse stato finora assorto in tutt'altre riflessioni, schiarendosi la voce con un colpetto di tosse. «Quello che avete appena detto... Vale anche per i medici?» chiese, in tono preoccupato.

«Più o meno» sospirò Machiavelli, con un mezzo sorriso. «Diciamo che per voi la situazione non cambierebbe granché, sul piano della reputazione. La vostra categoria possiede già una pessima fama, fin dall'antichità. Avrete certamente letto, nel *De medicina* di Aulo Cornelio Celso, che alcuni medici alessandrini praticarono perfino la *vivisezione* umana, rinunciando a ogni pietà per indagare i misteri del corpo. Del resto non si contano gli esempi, nella storia antica, di medici assassini e avvelenatori. Se il nostro *anatomista* fosse un dottore, oppure uno studente in medicina, ciò non farebbe che confermare una vecchia, consolidata tradizione.»

Fracastoro avvampò. «Io non vi permetto di...»

«Ah, allora il nostro Veneto in fondo ce l'ha, un po' di sangue nelle vene!» esclamò Machiavelli, divertito. «Sono riuscito a infondervi un po' di vita, malinconico amico! Scusate il mio tono, non volevo offendervi. Però gli *exempla historiae* parlano chiaro, ne converrete con me! Esistono molti più medici che artisti assassini. Comunque, ci conviene rimandare questa dotta diatriba a tempi migliori. Adesso ditemi: avete scoperto qualcosa d'interessante, tra gli scienziati del nostro Studio?»

«Non si confidano con uno straniero» rispose il medico con un'alzata di spalle. «Sto provando da giorni a far sbottonare qualcuno, soprattutto gli studenti, ma non c'è verso di farli parlare. Sono chiusi, diffidenti.»

«State sondando il terreno riguardo alle anatomie illegali?» chiese il Segretario. «Come reagiscono alle vostre domande?»

«Sono costretto a mantenermi nel vago, naturalmente. Non posso certo chiedere, ai medici e agli allievi dello Studio, se abbiano per caso un cadavere, o parti di cadavere tra le mani, oppure se esista, qui a Firenze, un metodo per procurarmeli! Non ci tengo a finire davanti agli Otto di Guardia, proprio mentre sto cercando un assassino. Sarebbe il colmo, non vi pare?»

«Concordo» ammise il Segretario. «Comunque insistete. Può darsi che ve ne capiti uno più ingenuo, o più loquace, o semplicemente... più avido di denaro.»

«Di... denaro?»

«*L'argent qui fait la guerre*, come dicono i nostri alleati francesi. Sì, ho convinto Soderini a mettermi a disposizione una certa cifra per le indagini, diciamo... cinquecento fiorini. Quindi siete autorizzato a offrire anche denaro, fingendo di voler comprare corpi per i vostri studi. Un incentivo potrebbe scucire le bocche cucite.»

«Oppure spedirmi subito alle Stinche» borbottò il medico.

«In questo caso, non ci restereste molto» lo rassicurò Machiavelli. «Però sareste scoperto, e non servireste più come *osservatore*.»

«Dite pure come *spia*» intervenne Leonardo, in tono ironico.

Machiavelli annuì, fissando i tre uomini senza scomporsi. «Proprio questo vi chiedo di essere. I miei occhi, le mie orecchie, la mia lingua. Tre spie in più non sono certo un dramma, rispetto alle centinaia che tramano in città! Non ve lo chiederei, se non fossi costretto ad assentarmi da Firenze. Ma devo recarmi ancora nel contado, per arruolare i contadini nell'Ordinanza. Altrimenti condurrei io stesso le indagini, e vi assicuro che quel mostro avrebbe le ore contate! Purtroppo l'organizzazione della Milizia Cittadina non può attendere, credetemi. Ne va dell'indipendenza della Repubblica, cioè della nostra libertà. Aiutate me e aiuterete lo Stato.»

«In quanto cittadino della Serenissima, io sono considerato un *nemico* qui a Firenze» ricordò Fracastoro. «Che motivo avrei, per aiutarvi?»

«Quei fiorini di cui parlavo prima» rispose pronto il Segretario, con un ghigno astuto. «Quindi mi pare che abbiate non *una*, ma ben *cinquecento* ragioni per collaborare... Ah, dimenticavo, la stessa cosa vale per voi» si rivolse ai due artisti. «Diciamo che si tratta di una *taglia*, messa ufficiosamente dalla Signoria sulla testa del nostro uomo.»

«Mi ci comprerei un paio di farsetti, e forse un mantello» sorrise Leonardo, sprezzante. «Credete davvero che potrei trascurare, per una somma così ridicola, la mia *Battaglia di Anghiari*?»

Michelangelo lo guardò indispettito. Il solito Vinci: ricco, viziato, arrogante. Sempre vestito con abiti sontuosi, sempre profumato... E tutto per far scordare al mondo, e per dimenticare lui stesso, di essere figlio di una contadina, o peggio ancora di una schiava orientale, come molti vociferavano a Firenze. Perfino il titolo di *messere*, che tutti gli attribuivano con deferenza, non gli spettava, perché il ricco notaio ser Piero non lo aveva mai riconosciuto come figlio legittimo. In fondo era un semplice bastardo, come ce n'erano tanti in città e nel contado. Ma era Leonardo da Vinci.

«A me, invece, quella sommetta farebbe comodo» sospirò il Buonarroti, pensando all'avidità del padre Ludovico. «Io non sono schizzinoso come ser Leonardo. Non me lo posso permettere.»

«Lo stesso vale per me» annuì tristemente Fracastoro. «Non sono ancora al servizio personale di qualche gran signore, e la professione medica, quando si è giovani e poco noti, non è remunerativa come si crede. *Aurea non sunt omnia quae lucent.*»

«E la faccenda di Petruccio?» chiese all'improvviso Michelangelo, ricordandosi della scomparsa del fanciullo.

«Non vi compete» scosse la testa Machiavelli. «Per il momento, ringraziando Iddio, non esiste alcun legame tra la sparizione del garzone e l'*anatomista*. Preghiamo il cielo che sia così. In caso contrario, se l'assassino avesse colpito di nuovo, stavolta potremmo avere difficoltà a tenere segreto il delitto. Il popolo è già agitato, con tutti i sensi all'erta.»

«E allora?» chiesero i tre uomini, quasi all'unisono.

«Allora Dio ci aiuti» mormorò Machiavelli, con una luce inquieta nei vividi occhi scuri.

XI

30 gennaio, poco dopo il Vespro

Il povero Petruccio, nonostante le molte ricerche condotte dagli Otto di Guardia, non era stato ancora trovato, ma Firenze festeggiava ugualmente gli ultimi giorni di carnevale.

Anche in passato, tragedie peggiori non avevano impedito al popolo fiorentino di darsi alla pazza gioia, in attesa del tetro periodo della Quaresima. Solo durante la dittatura del Savonarola i divertimenti carnevaleschi avevano subìto una battuta d'arresto, accomunati alle altre *vanità* che il frate aveva tentato, con le prediche o con la violenza, di estirpare da Firenze. Ma era stata solo una breve, anomala parentesi. Dopo la morte di frate Girolamo, i Fiorentini avevano riscoperto la voglia di godersi la vita. Specialmente a carnevale.

Un po' dovunque in città, soprattutto dopo il rintocco del Vespro, era un susseguirsi di cortei, danze, processioni di carri allegorici, per non parlare delle giostre e dei tornei in piazza Santa Croce, o delle cacce di animali esotici e feroci in piazza della Signoria. Migliaia di persone mascherate, o con i volti alterati da trucchi bizzarri, scorrazzavano per le strade ridendo e schiamazzando. Uomini, donne e bambini invadevano festosamente ogni quartiere, bersagliandosi a vicenda con burle e canzonacce grossolane, in un'orgia di spensierato, sfrenato divertimento. Nel caos brulicante della folla si mescolavano nobili, mercanti, artigiani, soldati, contadini, operai, senza più distinzioni di ceto o di sangue. Perfino le meretrici d'infimo ordine, camuffate a dovere, potevano infiltrarsi di nascosto tra la gente, andando a caccia di clienti senza portare sul vestito il nastro giallo, simbolo della loro professione. L'anonimato delle maschere metteva tutti sullo stesso piano. Un'effimera, illusoria sospensione delle differenze sociali che durava il tempo di una notte, di un ballo al ritmo di timpani e tamburelli, di un canto o uno strambotto accompagnati dai pifferi, dai cornetti e dai chitarroni.

Lontano dalle strade e dalle piazze in festa, il carnevale si celebrava anche nelle esclusive stanze dei palazzi signorili, dove poeti e musicisti eseguivano dotti madrigali al suono melodioso dei liuti, delle viole e delle arpe, allietando i raffinati convitati di sontuosi, interminabili banchetti. Ma dopo qualche ora, mandate a letto le dame e le damigelle, i giardini dei grandi palazzi sarebbero stati aperti al popolo, e i rampolli delle nobili famiglie non avrebbero disdegnato di danzare, in ogni senso, con lavandaie e contadine.

Quella sera, anche Michelangelo uscì di casa dopo i rintocchi del Vespro. Per tutto il giorno non aveva neppure toccato i cartoni per la *Battaglia di Cascina*. Si era riposato, in attesa di una serata molto speciale.

Indossò la sua giubba migliore e un paio di brache nuove, si avvolse nel mantello e s'immerse tra la folla schiamazzante, dirigendosi a passo svelto verso via della Scala. Aveva appuntamento, in casa dello scultore Giovan Francesco Rustici, con tutti gli altri membri dell'Accademia del Paiolo, uno scherzoso sodalizio di artisti fondato dallo stesso Rustici. Michelangelo vi era entrato al posto del vecchio e malato Cosimo Rosselli, e da allora aveva sempre partecipato ai periodici incontri di quella godereccia accolita di buontemponi. Non aveva mai avuto molti amici a Firenze e quelli gli erano cari.

Dall'ora di cena, e per tutta la notte, avrebbero festeggiato il carnevale. Le regole del sodalizio erano semplici: ogni socio doveva recitare, a turno, una propria poesia, e portare qualcosa per la cena. Ma che fosse una pietanza originale, preparata in modo *artistico*. Se due soci portavano per caso la stessa vivanda, o venivano alla cena vestiti in modo simile, pagavano pegno.

Mentre si faceva largo tra la folla in maschera, sorridendo divertito ai lazzi della marmaglia, il Buonarroti si chiese *quali* e *quanti* piatti avessero preparato stavolta i sodali. Per quanto lo riguardava, aveva già dato disposizione al suo unico allievo, Piero Argiento, di recapitare a casa del Rustici una porchetta arrosto che aveva scolpito in forma umana.

Percorrendo l'imbocco di via della Scala, costeggiando l'antico ospedale dei Barelloni, Michelangelo già pregustava le piacevoli conversazioni che avrebbe avuto, oltre che col padrone di casa, anche coi suoi ospiti Francesco Granacci, Botticelli, Sansovino, Filippino Lippi, Andrea del Sarto, Leonardo da Vinci…

All'improvviso, il pensiero che avrebbe trovato tra i membri dell'Accademia del Paiolo anche Leonardo, grande amico e maestro del Rustici, gli riportò alla mente il delitto dell'*anatomista*, proprio ciò che voleva dimenticare. Quella notte sentiva un forte bisogno di distrarsi, di non pensare più al corpo straziato di Bartolomeo Canacci, né alla preoccupante scomparsa del povero Petruccio. Ma non era facile. Appena aveva un po' di tempo per riflettere, il ricordo di quel cadavere sezionato tornava a perseguitarlo. Perché si trattava, in fondo, di una concreta, vivida rappresentazione della *morte*, un'immagine che spesso lo tormentava. Forse era il senso di colpa mai sopito, nonostante tutto, per le anatomie che aveva eseguito all'obitorio di San Bastiano. Anche su quel periodo rifletteva spesso, quando la sua mente vagava in libertà. Solo il lavoro era in grado di assorbirlo del tutto, impedendogli di pensare ad altro.

Michelangelo tentò di scacciare quelle tetre meditazioni, concentrandosi sulla folla festante che invadeva via della Scala. Uomini e donne in maschera lo incrociavano, lo urtavano da ogni parte. Quelle centinaia di persone, vestite da orrendi demoni o da grotteschi animali, gli sembrarono all'improvviso sinistre, addirittura ostili. Si chiese, con un brivido, se per caso sotto una di quelle orrende, bizzarre facce di cuoio nero, oppure smaltate con vivaci colori, si nascondesse il volto misterioso dell'assassino, del mostro senza cuore che aveva ucciso e sezionato, con fredda precisione, il povero Canacci. Forse si annidava tra la folla del carnevale, meditando il suo prossimo delitto. O forse aveva già colpito, insanguinando Firenze con un nuovo orrore.

Chi era? Quali oscure, terribili motivazioni lo spingevano? Se solo avesse potuto comprenderle, pensò il Buonarroti con un disperato senso d'impotenza. Se solo avesse potuto penetrare nel buio inferno di quella mente…

Era ancora in preda all'angoscia, quando giunse a casa del Rustici. Sperò che non gli si leggesse in viso, perché gli sarebbe dispiaciuto rovinare la serata agli amici. Per fortuna, quando entrò nella sala approntata per il banchetto, nessuno dei soci dell'Accademia del Paiolo sembrò accorgersi del suo muso lungo. Lo accolsero con saluti, sorrisi, amichevoli pacche sulle spalle. Leonardo, impegnato ad accordare la sua lira d'argento a forma di teschio di cavallo, lo gratificò di un lieve cenno del capo. Era venuto solo, perché allievi o parenti non erano ammessi a queste riunioni conviviali. In quel momento, il Salaì stava probabilmente scorrazzando in maschera per le strade della città, impegnato come gli altri garzonacci a combinare scherzi di cattivo gusto a chiunque gli capitasse a tiro.

Michelangelo contemplò la grande tavola apparecchiata, mentre i suoi nervi cominciavano a distendersi nella gioviale atmosfera di casa Rustici. Tra le decine di bottiglie di Trebbiano e di costoso vino greco (sicuramente, quest'ultimo, dono di Leonardo), si allineavano grandi vassoi ripieni di squisite pietanze, ornate come vere opere d'arte. Pasticci di carni varie raffiguranti scene dell'Iliade e dell'Odissea, budini di verdure lavorati come bizzarre, eleganti sculture, grandi forme di cacio intagliate a bassorilievo, dolci di ogni tipo modellati in forma di animali fantastici... Ma quella sera per unanime decisione fu acclamato re del banchetto Andrea del Sarto, che aveva davvero superato se stesso. Aveva infatti portato in tavola il modello di un tempio a otto facciate, simile a quello di San Giovanni ma posto su colonne. Il pavimento era un enorme piatto di gelatina colorato a mosaico, le colonne, che sembravano di porfido, erano grandi salsicciotti con i capitelli di cacio parmigiano, i cornicioni fatti di pasta di zucchero e la tribuna di marzapane. Nel mezzo c'era un leggìo da coro di vitella fredda, con sopra un libro di lasagne con le note scritte con granelli di pepe, mentre i cantori che lo circondavano erano tordi cotti con il becco aperto. *Sarà quasi un dispiacere*, pensò Michelangelo sorridendo, *scompaginare un tale capolavoro solo per mangiarlo.* Anche la sua porchetta arrosto, però, non sfigurava affatto. L'aveva modellata a imitazione del *Bacco* di dieci palmi che aveva scolpito a Roma, tanti anni prima, per il gentiluomo Jacopo Galli. Ed era venuta proprio bene, doveva ammettere. Se era saporita quanto bella, i soci dell'Accademia non si sarebbero certo lamentati di lui.

Durante la cena si scherzò e si rise, i convitati si scambiarono, in tutta confidenza e libertà, battute salaci, ma si parlò anche seriamente d'arte.

Il Vinci, non perdendo occasione per fare il guastafeste, dichiarò ad alcuni commensali, ad alta voce perché Michelangelo potesse udirlo, di aver rifiutato a suo tempo l'offerta di scolpire il blocco marmoreo rovinato da Agostino di Duccio, perché aveva sempre considerato la scultura un'attività rozza, meccanica, da operai.

Ma ormai, a causa del vino che aveva tracannato, il Buonarroti era troppo allegro per prendersela. Che messer Leonardo, il figlio della schiava, continuasse pure con la sua ossessione di offendere la scultura, comportandosi come la volpe di Esopo con l'uva. Michelangelo decise di essergli superiore, ignorando le sue provocazioni. Si sentiva troppo bene in quel momento, troppo riscaldato dal vino e dal calore dell'amicizia per rovinarsi la festa con inutili, volgari battibecchi.

Ormai non pensava nemmeno più al cadavere di Bartolomeo Canacci, né al misterioso *anatomista*, e neppure al destino del povero Petruccio. Si sentiva in pace col mondo, e con se stesso.

Sbirciò divertito il Vinci che assaggiava con garbo, senza strafare, solo pasticci di verdure, formaggio e dolci.

Il Rustici gli si rivolse ridendo: «Non capirò mai, ser Leonardo,» disse mentre addentava con gusto una coscia di fagiano «il vostro bizzarro vezzo di non mangiare animali. Se Domineddio li ha creati, avrà ben voluto che ce ne nutrissimo!».

«Non ci tengo a diventare albergo e sepoltura di cadaveri» replicò il Vinci. «Verrà il giorno, credetemi, che moltissimi uomini si comporteranno come me, rifiutando di procurarsi la vita con l'altrui morte.»

Il riferimento ai cadaveri rischiò di togliere l'appetito a Michelangelo. Se solo avesse fatto in tempo a tapparsi le orecchie... Perché le parole di Leonardo lo riportavano all'angoscia dalla quale voleva liberarsi. Tracannò d'un fiato una coppa di vino greco, maledicendo in cuor suo le fisime del Vinci. Non voleva pensare all'*anatomista*. Eppure, rifletté con un senso di sconforto, il banchetto dell'Accademia del Paiolo sarebbe stata un'ottima occasione per fare qualche discreta domanda ai migliori pittori e scultori di Firenze. Il vino faceva abbassare le difese, scioglieva le lingue. Ma poteva mai *spiare* i suoi stessi amici? Come sospettare di omicidio artisti accomunati dalla medesima passione per la grazia e la bellezza? Machiavelli chiedeva troppo. Ipotizzava negli altri il suo stesso, gelido cinismo.

«Una canzone! Una bella canzone!» avevano cominciato a gridare i commensali nel frattempo, incitando Leonardo a intonare un canto sulla sua preziosa lira. Stavolta toccava a lui intrattenere la comitiva, la sua voce melodiosa, la sua abilità di cantore erano famose dentro e fuori Firenze.

Dopo essersi fatto pregare, come suo solito, il Vinci si accomodò in grembo l'argenteo, scintillante teschio di cavallo. Nel silenzio generale, calato come per magia sulla rumorosa combriccola, sulle corde pizzicate dalle lunghe, eleganti dita ingioiellate nacquero dolci note. Poi la voce dell'artista si sovrappose, vincendolo in armonia, al suono melodioso della lira.

Movesi l'amante
ver la cosa amata
se la cosa amata è vile
l'amante si fa vile.
Quando l'amante
è giunto all'amato
lì si riposa.
Quando il peso
è posato
lì si riposa.

Tutti gli ascoltatori compresero subito il profondo, recondito significato del componimento. Leonardo aveva scritto un testo ispirato ai suoi studi sulla caduta dei gravi, camuffandolo da poesia d'amore. Geniale, come sempre.

Quando l'eco dell'ultima nota si disperse nella sala, i commensali restarono ancora qualche secondo in silenzio, gli sguardi fissi nel vuoto, come rapiti da un arcano canto di sirene. Poi, a un segnale del Rustici, esplosero in un sonoro, prolungato applauso, alzandosi tutti in piedi.

«Viva Leonardo di ser Piero da Vinci!» gridavano, spellandosi le mani. «Viva il più famoso pittore e musicista di Firenze!»

Anche Michelangelo era balzato in piedi e applaudiva entusiasta, reprimendo lacrime di commozione. C'erano istanti in cui Leonardo gli faceva dimenticare tutte le sue provocazioni, tutta la sua tronfia arroganza. In certi momenti, quando ad esempio suonava e cantava, diventava quasi *divino*. Del resto, musica e pittura erano sempre stati, per lui, un binomio inscindibile. Quando dipingeva amava farsi accompagnare dal suono del liuto, o di altri melodiosi strumenti. Piero Soderini, che aveva ammirato il suo famoso *Cenacolo* in Santa Maria delle Grazie a Milano, sosteneva che le posizioni delle mani dei discepoli, e dei pani disposti sulla mensa, raffigurassero le note di una partitura musicale leggibile da destra a sinistra, cioè come Leonardo usava scrivere. Un inno a Dio, criptato all'interno dell'affresco. Il Vinci non aveva mai smentito tale ipotesi.

Il tempo era fuggito in fretta in casa Rustici. Le bottiglie erano ormai vuote, e sui vassoi c'erano solo ossi e briciole.

«Direi che è tempo di mescolarci al popolo!» dichiarò l'ospite, gettando sulla tavola una manciata di maschere artisticamente lavorate. «La festa continua!»

«Non per me» si schermì l'anziano Botticelli, indicando sconsolato le grucce che gli erano ormai necessarie per sostenersi in piedi. Anche Filippino Lippi scosse la testa, con aria malinconica. Ultimamente non stava troppo bene. Era pallido, sofferente. Certo, non avrebbe rinunciato per nulla al mondo a una riunione dell'Accademia del Paiolo, ma una scorribanda carnevalesca per le strade era tutt'altro discorso.

«Noi ci ritiriamo» aggiunse il Lippi, parlando per entrambi. «Il carnevale è una cosa da giovincelli, o da uomini ancora in gamba come ser Leonardo.»

«E allora andiamo!» disse Giovan Francesco Rustici rivolgendosi a Michelangelo, al Granacci, ad Andrea, al Sansovino e a Leonardo, la cui resistenza fu presto vinta dai più giovani amici. «Le belle bimbe ci aspettano, qui fuori! Non facciamole attendere troppo!»

Indossate le maschere, i sei artisti uscirono e si diressero allegramente verso via Larga, per assistere al corteo dei carri allegorici. Michelangelo ricordava ancora con nostalgia quello allestito nel 1490 dal Magnifico Lorenzo, che proprio per un carro mitologico aveva scritto la *Canzone di Bacco e Arianna.*

Quant'è bella giovinezza/ che si fugge tuttavia, canticchiò tra sé, lasciandosi trascinare dalla folla in festa. *Chi vuol esser lieto, sia:/ di doman non v'è certezza…*

Un canto carnascialesco, il più famoso dei tanti composti dal Magnifico. Il più grande signore di Firenze non aveva mai disdegnato le canzoni popolari. Ne aveva scritta perfino una sui *bericuocolai*, i venditori di dolci. Dopo la sua morte, il Savonarola aveva fatto distruggere molti strumenti musicali e libri di melodia profana. Il frate odiava il carnevale. Ma la tradizione si era conservata, era stata coltivata di nascosto, per resuscitare come fenice dalle proprie ceneri.

La folla si affrettava verso via Larga, una delle più ampie e dritte arterie della città, per fare in tempo a veder sfilare i carri che, partiti da Santa Maria del Fiore, percorrevano tra musica, canti e applausi le vie del Proconsolo e de' Gondi per giungere in piazza della Signoria e poi verso Ponte Vecchio e sul Lungarno, davanti al Ponte Santa Trinita dove la gente, appena pochi giorni prima, si era scontrata coi bargellini. Ma ora quel tumulto, originato dalla scomparsa di Petruccio, sembrava del tutto dimenticato. La folla si scatenava per altri motivi, per affogare in un'orgia di divertimento le fatiche, le preoccupazioni, le miserie di ogni giorno. *Chi vuol esser lieto, sia:*

di doman non v'è certezza. Solo questo aveva importanza, per la plebaglia che sciamava dovunque…

Trascinato dalla marea in maschera come da un fiume in piena, Michelangelo percepiva i suoni, i rumori, gli odori di Firenze come un caos di sensazioni senza forma. Il sudore fetido, pungente, dei corpi che lo stringevano da ogni lato si mescolava all'aroma del *lampredotto*, lo stomaco bovino bollito dai trippai nei loro calderoni, e al fragrante profumo dei *cenci*, i classici dolci carnevaleschi fiorentini. Odori e ricordi dell'adolescenza, di quando l'artista aveva l'onore di festeggiare il carnevale con la famiglia del Magnifico, e di giocare con sua figlia Contessina…

Quando cominciarono a passare i primi carri, la folla assiepata ai lati della strada li salutò con un'ovazione di grida e di applausi. Michelangelo, trascinato dalla ressa, si ritrovò separato dagli amici a pochi passi dalla facciata di Palazzo Medici, ormai disabitato dopo il bando comminato alla famiglia.

Vide passare i carri dei Turchi, dei Mori e degli Zingari, poi quello dei Lanzi, i cui occupanti, vestiti di tutto punto con le uniformi dei picchieri tedeschi, ne imitavano l'accento in modo caricaturale, suscitando l'ilarità della folla. Un modo per esorcizzare la paura che i Lanzichenecchi incutevano all'intera Europa. Fu poi la volta dei carri delle Arti e dei Mestieri: i sarti, i mugnai, i facitori d'olio, i brunitori d'armi, gli uccellatori, le donne maestre di far cacio, ognuno accompagnato dal suo canto carnascialesco.

Poi arrivò un enorme carro nero che Michelangelo non avrebbe *mai* voluto vedere.

Era preceduto da cavalli magrissimi coperti da gualdrappe scure decorate con croci candide, montati da cavalieri vestiti di tela nera sulla quale erano dipinte in bianco tutte le ossa, tanto da farli apparire, alla luce rossastra delle fiaccole, come scheletri viventi. Il carro, trainato da bufali neri, aveva al centro una gigantesca morte con la falce in mano. La circondavano sepolcri che, aprendosi di tanto in tanto, lasciavano uscire figure vestite allo stesso modo dei cavalieri. La loro voce, triste e malinconica, cantava al suono cupo delle trombe:

Dolor, pianto e penitenza
ci tormentan tuttavia;
questa morta compagnia
va gridando penitenza.

Fummo già come voi siete,
voi sarete come noi;
morti siam, come vedete:
così morti vedrem voi,
e di là non giova poi,
dopo il mal, far penitenza.

Ancor noi per carnovale
nostri amor gimmo cantando;
e così di male in male,
venivam moltiplicando:
or pel mondo andiam gridando
«penitenza, penitenza».

Un'allegoria molto adatta, per il carnevale, ironizzò Michelangelo tra sé con un ghigno cupo. *Sarebbe piaciuta al Savonarola.*

La cosa che più lo infastidiva, di quel macabro canto, era la sfacciata parodia dei versi del Magnifico. L'autore, chiunque fosse, era riuscito a trasformare in un funerale l'allegra, prorompente gioia di vivere della *Canzone di Bacco e Arianna*.

«Andiamo via» mormorò il Buonarroti, al Sansovino e al Rustici che l'avevano raggiunto, turbato dalla vista del carro. Gli scheletri, ghignanti alla luce delle torce, gli ricordarono di nuovo che l'*anatomista*, in quel preciso istante, poteva aggirarsi tra la folla, pronto a uccidere ancora. Sembrava proprio non esserci rifugio dall'orrore, nelle notti fiorentine. Come se un diabolico, macabro sortilegio di morte gravasse sull'intera città.

«Michelangelo ha ragione!» esclamò Jacopo Sansovino, facendo un gesto di scongiuro in direzione del carro. «Stanotte dobbiamo divertirci, non fare penitenza! Seguitemi!» e così dicendo si diresse alla vicina piazza San Lorenzo, da cui giungevano echi di canti e danze.

Voltandosi per seguire gli amici, Michelangelo urtò un uomo camuffato da *Alichino*, uno dei diavoli descritti nella *Commedia* di Dante. Un travestimento abbastanza comune durante il carnevale fiorentino. L'uomo, che camminava in direzione opposta alla sua, lo fissò per un istante. Gli occhi azzurri, dietro il ghigno infernale della maschera di cuoio nero, non sembravano allegri. Anche se lo incrociò soltanto per un attimo, al Buonarroti quello sguardo glaciale diede i brividi. Prima che l'individuo sparisse, inghiottito dalla folla, Michelangelo fece in tempo a notare che portava in spalla dei sacchi vuoti. Ne girava di gente strana, a carnevale.

Quando i tre artisti giunsero nell'ampio piazzale, lo trovarono ingombro di folla festante. Di fronte alla facciata della Basilica di San Lorenzo, la più antica di Firenze, gruppi di uomini e donne in maschera danzavano carole, salterelli, tresconi e ridde al suono dei timpani, dei pifferi e delle trombette, mentre le coppie ballavano chirintane e bassedanze reali, intrecciandosi le une alle altre in veloci, acrobatiche figure.

Dopo un istante di esitazione, i nuovi arrivati si lanciarono nella mischia.

Michelangelo afferrò al volo una florida giovinetta che si lasciò condurre con una squillante risatina. In un istante lo scultore dimenticò il carro della morte, la penitenza, gli scheletri, perfino l'ombra inquietante dell'*anatomista*. Sentiva solo la musica trascinante della chirintana, e la risata argentina della fanciulla mentre le stringeva le mani calde, pulsanti di vita.

Chi vuol esser lieto, sia: di doman non v'è certezza…

XII

31 gennaio, un'ora dopo il Notturno

Il cappellano della Basilica di San Lorenzo non riusciva a dormire, quella notte.

Forse era l'orgia carnevalesca che si svolgeva in piazza, a pochi metri dalla sua cameretta, a impedirgli di chiudere occhio. Gli echi dei canti e delle danze giungevano, sebbene attutiti dalle spesse mura della chiesa, fino al giaciglio dove si rigirava da ore, smanioso, pregando per il sonno che non arrivava. Forse era stata la cena troppo pesante (eh sì, più di una volta era stato trascinato anche lui al peccato della gola, in quei giorni di perdizione…). Magari avrebbe dovuto alzarsi e prendere una tisana calda, per rimettere a posto lo stomaco.

Con un grande sforzo, ancora confuso dal dormiveglia, l'anziano si sollevò dal suo spartano giaciglio, strofinandosi gli occhi stanchi e arrossati. Con movimenti lenti, procedendo a tastoni nel buio della stanzetta, infilò le babbucce di lana, indossò la veste da camera sull'ampio camicione da notte, poi calzò la berretta. Appena fu in piedi, il gelo lo assalì all'improvviso. Il fuoco del piccolo braciere, sistemato in un angolo del minuscolo ambiente, si era ormai spento, e solo qualche minuscolo tizzone rosseggiava ancora nella cenere. L'inverno non accennava proprio a congedarsi, quell'anno.

Il cappellano rabbrividì, cercando a tentoni il mozzicone di candela che, prima di coricarsi, aveva posato sul comodino. Lo trovò e lo accese con uno dei piccoli tizzi morenti, reprimendo un lungo sbadiglio. La fiammella diffuse una luce fioca, proiettando inquietanti ombre sulle pareti bianche della stanzetta. Per un istante colpirono la sua immaginazione già sollecitata dall'agitazione notturna, sembrandogli sinistre figure di lamie o di demoni, simili agli *incubi* e ai *succubi* che venivano a tormentare sessualmente i peccatori, oppure i santi che volevano far cadere in tentazione… Il vecchio presbitero scacciò via quei cupi pensieri con tre frenetici segni di croce, bisbigliando una veloce giaculatoria contro gli spettri della notte. Poi, abbastanza rinfrancato dalla preghiera, s'incamminò alla luce della candela verso la sagrestia attigua alla sua cameretta.

Appena entrato nel grande ambiente, si diresse verso uno dei mobili in noce scuro dove aveva riposto, prima di andare a letto, una caraffa di terracotta contenente un po' di latte che un pastore gli aveva portato al tramonto.

Il cappellano prese la caraffa con una mano reggendo il mozzicone di candela con l'altra, richiuse lo sportello del mobile con un gomito e se ne tornò in camera, dove si dedicò a riaccendere il fuoco aggiungendo della nuova carbonella. Quando questa fu di nuovo rosseggiante, appoggiò sul braciere una tazza di latte, aggiungendo qualche chiodo di garofano preso da uno dei vasetti di spezie che teneva ben allineati su una mensola. Quella bevanda calda gli aveva sempre fatto bene. Non c'era niente di meglio per aggiustare lo stomaco e rilassarsi, recuperando il sonno.

Mentre sorseggiava soddisfatto il caldo latte aromatizzato, il cappellano decise di conciliare l'abbraccio di Morfeo facendo un giretto nella Basilica. Del resto, visto che era sveglio, tanto valeva cogliere l'occasione per ispezionare gli ambienti del grande edificio. Spesso, soprattutto in periodo di carnevale, qualche malintenzionato approfittava della confusione per penetrare di nascosto nella chiesa, forzando le porte delle sagrestie e scassinando i mobili, in cerca di denaro e suppellettili preziose. Per non parlare dei sacrileghi che, sempre in periodo di carnevale, s'infiltravano tra le cappelle per commettere ogni sorta di nefande sconcezze, e perfino sodomia.

Il vecchio prete rabbrividì a quel pensiero, segnandosi di nuovo con devozione. Da quando i festeggiamenti per il carnevale erano tornati in auge, come all'epoca del Magnifico Lorenzo, in alcune case private si sovrapponevano perfino alla Quaresima, gola e lussuria avevano di nuovo inquinato il periodo penitenziale. Invece di prepararsi degnamente alla Santa Pasqua, con digiuni e preghiere, i Fiorentini preferivano trascorrere il tempo in orge e gozzoviglie.

Il cappellano scosse la testa disgustato, pensando alla degenerazione dei costumi che era seguita alla morte di Girolamo Savonarola, che Dio lo avesse sempre in gloria. C'era quasi da rimpiangere la dura, rigorosa intransigenza del frate. Certo, *i roghi delle vanità* erano stati forse eccessivi, distruggendo tantissime opere d'arte e preziosi libri rari, ma la dittatura del Domenicano aveva almeno distolto, con le buone o con le cattive, i Fiorentini dalla loro proverbiale crapula.

Nel frattempo il prete era sbucato in una delle navate laterali, costeggiando a passo lento il colonnato corinzio sul quale poggiavano archi a tutto sesto in pietra serena, in contrasto con l'intonaco bianco delle pareti.

Spostandosi nella navata centrale, il presbitero si fermò a contemplare affascinato, come faceva spesso quando la chiesa era vuota, il vasto, arioso ambiente a croce latina, sollevando lo sguardo ai magnifici rosoni dorati sul fondo bianco del soffitto. Quel Filippo Brunelleschi era uno che sapeva il fatto suo, pensò l'anziano prete con ammirazione. Mica come gli architetti moderni, pieni di presunzione e di idee strampalate. Messer Filippo aveva studiato le proporzioni della chiesa con molta attenzione, creando una grande armonia.

Il sacerdote lanciò un'occhiata al monumentale altare maggiore, sotto il quale era sepolto Cosimo il Vecchio dei Medici, il *pater patriae* di Firenze. Poi illuminò col mozzicone di candela le opere di Donatello, di Filippo Lippi, di Domenico del Ghirlandaio, di Antonio del Pollaiolo, e tutte le altre meraviglie che abbellivano la chiesa... Dietro la semplice, spoglia facciata in bugnato di San Lorenzo si celavano tesori inestimabili, come gemme preziose custodite in una rozza, anonima scatola di legno.

Con un sorriso compiaciuto, il vecchio prete decise di terminare il giro con una visitina al sepolcreto mediceo. Vi si recava spesso quando voleva meditare sulla fugacità della vita e del potere umani. *Sic transit gloria mundi.* Sotto quelle lapidi marmoree, decorate con iscrizioni latine, giacevano le spoglie mortali, o il loro ricordo, di tutti i membri della famiglia Medici, la potente casata che per sessant'anni, fino alla cacciata di Piero, aveva retto le sorti politiche di Firenze. Usurai e tiranni, senza dubbio. Però avevano accresciuto il prestigio della città, protetto artisti e letterati, aumentato il benessere della popolazione… La stessa Basilica di San Lorenzo, meditò il sacerdote dirigendosi verso la cripta, era stata ampliata e abbellita grazie al sostegno economico dei Medici, suoi parrocchiani.

L'anziano prete entrò sotto le basse volte del sepolcreto. Stava quasi pensando di rinunciare, temendo che la candela lo piantasse in asso lì sotto, lasciandolo al buio nella dimora dei morti… Poi, qualcosa attirò la sua attenzione.

All'inizio non riuscì a distinguere di cosa si trattasse. Era una forma vaga, quasi un gioco di luci e di ombre… Si avvicinò, protendendo la fiamma sempre più fievole della candela. Ormai era ridotta a una scintilla. Ma fu abbastanza per discernere, finalmente, le *cose* distese sulle bianche pietre tombali dei Medici.

L'urlo del cappellano fu strozzato dall'orrore, il mozzicone di candela cadde a terra e si spense.

La cripta piombò nel buio mentre il prete, segnandosi ossessivamente, fuggì come un forsennato. Rischiando di rompersi la testa contro un pilastro, guadagnò l'uscita della cripta senza neppure accorgersene. Sebbene non avesse più fiato in gola, percorse in un istante la navata centrale della chiesa, perdendo le babbucce e quasi volando sui lisci marmi a mosaico. Spalancò il portale principale e si lanciò fuori tra la folla ancora festante.

Cinque degli artisti mascherati, che si erano ricongiunti e ancora danzavano nella piazza nonostante l'ora tarda, se lo videro correre incontro a piedi scalzi, in berretta e veste da camera mentre gesticolava e gridava frasi sconnesse.

«Ehilà, che vi prende?» ridacchiò Granacci, afferrandolo per un braccio. Anche se il viso del vecchio era alterato da una smorfia d'orrore, il pittore lo aveva subito riconosciuto come il cappellano di San Lorenzo. «Avete visto il diavolo in persona?»

Leonardo, l'ultimo dell'allegra brigata ad essere finalmente rispuntato dalla folla, si accostò incuriosito.

«Traducetemi voi questo strano idioma, ser Leonardo,» continuò a ridacchiare il Granacci «perché io non ci capisco nulla!»

Quando il Vinci riuscì a distinguere, nel clamore della festa, il confuso balbettio del prete, capì subito che quelle frasi, in apparenza senza senso, nascondevano un preciso, terribile significato. Solo lui e Michelangelo potevano conoscerlo.

Dopo averlo affidato alle forti braccia da scultore del Buonarroti, Leonardo si fece largo a spintoni tra le maschere danzanti, raggiungendo di corsa una coppia di sbirri che pattugliava la piazza.

«Chiudete il portale della chiesa e sorvegliatelo!» ordinò ai due armigeri, indicando la facciata di San Lorenzo. «Non fate entrare nessuno, per nessun motivo!»

«E voi chi siete, per darmi ordini?» chiese il più anziano degli sbirri, in tono arrogante. Forse non lo aveva riconosciuto. Oppure, più probabilmente, non amava l'arte.

«Sono un semplice pittore» sibilò Leonardo, stringendo il braccio dell'armigero in una terribile morsa. La sua stretta, famosa in tutta Firenze, era in grado di deformare un ferro di cavallo. «Però ti posso assicurare che, se qualcuno entrerà nella Basilica, domani stesso il Gonfaloniere Soderini ti spedirà sotto i bastioni di Pisa, a fare da bersaglio alle artiglierie! Te lo promette Leonardo da Vinci!»

XIII

Lo stesso giorno, due ore dopo il Notturno

Incorniciato dai corti capelli candidi, il volto ossuto di Piero Soderini sembrava più magro e pallido del solito mentre fissava attonito, alla luce delle lanterne, l'abominio disteso sul pavimento della cripta medicea.

Appena sceso nel sepolcreto, preceduto da Leonardo e Michelangelo e scortato da due guardie alle quali aveva affidato lo sconvolto cappellano, il Gonfaloniere era rimasto immobile, ammutolito dall'orribile scena che aveva davanti agli occhi. Soderini, avvolto nell'ampio mantello azzurro bordato d'oro, simbolo del suo rango, sembrava una statua riccamente decorata. Accanto a lui, in ginocchio sul marmo gelido, l'Arcivescovo Rinaldo Orsini bisbigliava, con labbra tremanti, monotoni *requiescat* per l'anima che aveva albergato nella martoriata spoglia mortale che giaceva adesso sulle bianche lapidi dei Medici. Nella cripta aleggiava un forte e dolciastro tanfo di fiori marci. Il puzzo della morte.

Quando l'Arcivescovo ebbe concluso il suo pietoso ufficio, un silenzio spettrale calò sui presenti. Tutti gli sguardi, tranne quello del cappellano che si contorceva mugolando nella stretta delle guardie, erano fissi all'*orrore* sul pavimento. Il corpo del fanciullo era smembrato in sei parti. Testa, gambe e braccia disposte a raggiera intorno al busto, in una posizione che a Leonardo sembrò una macabra e alquanto bizzarra parodia dell'*Uomo vitruviano*, un disegno che aveva realizzato più di dieci anni prima. Anche il ragazzo, come la sua vecchia raffigurazione, era perfettamente inscritto in un cerchio e in un quadrato immaginari. Con un lieve brivido, il Vinci si chiese se quella sinistra messinscena fosse una semplice coincidenza. In caso contrario, c'erano due alternative: o l'assassino aveva visto il suo disegno, e quindi bazzicava l'ambiente degli artisti, oppure aveva letto il *De architectura* di Vitruvio, soprattutto la parte relativa alle proporzioni del corpo umano. In ogni caso, c'era da chiedersi perché l'omicida stavolta avesse fatto riferimento al canone vitruviano, mostrandosi esperto di *studia humanitatis*. Un messaggio in codice? Era come se l'assassino, rifletté Leonardo, avesse voluto ribaltare la visione umanistica di Vitruvio, esprimendo un feroce sarcasmo nei confronti della possibilità di *comprendere* il mondo, di spiegarlo in modo geometrico e razionale... Sì, forse si trattava proprio di un occulto, criptico messaggio. Ma un messaggio... per *chi*?

Anche Michelangelo si era avvicinato al cadavere, sforzandosi di osservarlo nonostante la compassione gli opprimesse il petto. A giudicare da ciò che ne restava, non doveva avere più di undici, dodici anni. Gli arti erano stati completamente scorticati. L'assassino aveva operato con meticolosità e pazienza, mettendo in mostra tutti i muscoli delle braccia e delle gambe, sia i superficiali che i profondi. La stessa cosa aveva fatto con il busto. Solo alla testa aveva lasciato l'epidermide. I lunghi, riccioluti capelli fulvi erano stati pettinati come una raggiante aureola d'oro vecchio, di quelle che cingevano le fronti delle sculture marmoree o bronzee degli angeli. E proprio un volto angelico pareva quello del povero garzone, se non si guardava all'orrore del corpo violato. Il viso, con gli occhi chiusi e l'espressione distesa, sembrava quello di un fanciullo addormentato. Un angelo dormiente, placido e sereno nell'abbraccio di Dio. Un volto che avrebbe potuto essere dipinto dal Botticelli. Questo diede a Michelangelo la speranza che il ragazzo, in qualche modo, non avesse sofferto, ma solo le osservazioni di Fracastoro avrebbero potuto confermarlo. Stavolta l'omicida non aveva aperto il ventre né la cassa toracica, lasciando gli organi interni al loro posto. Aveva soltanto effettuato un grande taglio all'altezza del cuore, estraendolo e posandolo accanto al cadavere.

«Credete che... si tratti di Petruccio, Eccellenza?» bisbigliò il Gonfaloniere all'Orsini, fingendo d'ignorare la presenza dei due artisti.

«Ho paura di sì» sospirò l'Arcivescovo. «Comunque non possiamo esserne sicuri, prima del riconoscimento da parte della madre.»

«Allora temo ci vorrà un po' di tempo, Eccellenza» replicò Soderini. «Prima, almeno, bisognerebbe ricomporre il cadavere, e avvolgerlo in un sudario perché non si scorgano le mutilazioni. Per fortuna la testa è intatta, quindi sarà facile sistemarlo cristianamente per la sepoltura.»

«Mi sembra ovvio, Gonfaloniere! Un po' di pietà è più che necessaria. Volete che la povera madre, se si tratta davvero di Petruccio, lo veda... In queste condizioni?»

«Sono perfettamente d'accordo con voi, Eccellenza» annuì l'altro, soddisfatto della propria astuzia. Aveva appena indotto il prelato, col pretesto della carità cristiana, a suggerire di occultare le orrende condizioni del corpo. In realtà, l'unica preoccupazione di Soderini era mantenere il segreto, per ovvi motivi di ordine pubblico, anche su quest'ultimo, atroce delitto. La madre non avrebbe *mai* dovuto sapere come era morto il suo figliolo.

«Inoltre, ci sono molte cose da accertare» aggiunse pensoso l'Arcivescovo, lanciando un'occhiata diffidente a Leonardo e a Michelangelo. «A cominciare da una strana coincidenza: io vedo qui due artisti, e lì sul pavimento un corpo che sembra...»

«Il Vinci e il Buonarroti sono stati i primi a soccorrere il cappellano» lo interruppe Soderini. «Proprio una coincidenza, in effetti. Stavano festeggiando il carnevale qui fuori, in piazza. Hanno intuito che c'era qualcosa di strano in Basilica, e ser Leonardo è corso ad avvisarmi» concluse scoccando al pittore un'occhiataccia del tipo *dopo facciamo i conti*.

Leonardo ricambiò con un imbarazzato cenno di scusa, accompagnato da una lieve scrollata di spalle. Che ne sapeva che avrebbe trovato Rinaldo Orsini a colloquio col Gonfaloniere? A quel punto, non poteva certo invitare l'Arcivescovo di Firenze ad abbandonare la stanza, mentre lui conferiva con Soderini! Sarebbe stata un'oltraggiosa mancanza di rispetto per la prima carica religiosa della città, oltre che un atteggiamento sospetto. Così aveva fatto buon viso a cattivo gioco, ripetendo a entrambi ciò che aveva visto e sentito fuori della Basilica. E naturalmente Orsini, saputo che uno dei suoi cappellani era fuggito dalla Cattedrale come un ossesso, aveva insistito per accompagnare il Gonfaloniere nella sua ispezione. Voleva vederci chiaro, su quella faccenda.

Adesso l'Arcivescovo poteva ritenersi soddisfatto, pensò Leonardo scrutando di sottecchi il volto pallido e sconvolto del prelato. La sua curiosità era stata saziata. Bisognava solo sperare che non facesse troppe domande indiscrete, e che non parlasse di ciò che aveva visto. L'ultima cosa di cui la Signoria aveva bisogno, con un folle assassino in giro per Firenze, erano le prediche di qualche frate fanatico pronto a terrorizzare il popolo, favoleggiando d'interventi demoniaci e invocando, sulla città impenitente, i fulmini e le saette del castigo divino.

«E voi che spiegazione date per questo... Questo...» riprese Orsini rivolto ai due artisti, indicando il pavimento senza il coraggio di guardare, né di terminare la frase.

«Dovrebbe trattarsi di un'anatomia, a prima vista» mormorò Leonardo, in tono piatto.

«Questo lo vedo anch'io!» sbottò l'Arcivescovo. «Il cadavere di un innocente fanciullo, smembrato e anatomizzato in una chiesa! Nella cattedrale di Firenze! Vi sembra una cosa normale? Qui deve esserci la mano del Demonio!»

Leonardo scosse la testa, senza riuscire a reprimere una lieve smorfia di sarcasmo. Come aveva previsto, il prelato dava la stura alle sue ataviche e superstiziose paure. Papi, cardinali, arcivescovi, semplici preti o frati... In fondo, tranne lodevoli eccezioni come il suo amico Luca Pacioli, francescano e matematico insigne, i religiosi erano tutti uguali: avevano la tendenza a rifugiarsi nell'irrazionale ogni volta che il senso della realtà sfuggiva loro di mano. Era una fortuna, pensò sconsolato il Vinci, che Rinaldo Orsini non fosse al corrente del primo delitto. Messo di fronte a due omicidi dello stesso genere, sarebbe stato capace di scatenare su Firenze i rigori dell'Inquisizione.

«Mi sembra più probabile, Eccellenza,» intervenne il Soderini, con rispetto «che si tratti di un assassino in carne e ossa, magari esperto di dissezione.»

«Già, la maledetta anatomia!» inveì l'Arcivescovo, tremando d'indignazione. «Medici e artisti che profanano corpi umani, per l'assurdo orgoglio della conoscenza! Forse abbiamo sempre sbagliato, Gonfaloniere, a consentire questa pratica obbrobriosa nel nostro Studio, anche solo una volta l'anno! Ecco la conseguenza d'indulgere troppo alle abitudini peccaminose, magari giustificandole in nome della *scienza*! Il male traligna, rompe gli argini, non si accontenta dei limiti che gli vengono imposti! Per quale motivo, altrimenti, il venerabile Sant'Agostino si sarebbe scagliato, nel *De civitate Dei*, contro gli anatomisti profanatori del corpo umano? Vani indagatori delle leggi divine che sfuggono, per loro intrinseca natura, al povero intelletto dei mortali! Del resto, anche Tertulliano afferma che...»

«Certo, Eccellenza, certo...» disse Soderini conciliante, tentando di limitare la furia oratoria dell'Arcivescovo. «Vi garantisco che m'impegnerò a rivedere gli statuti dello Studio. Per il momento, però, è nostro dovere assicurare alla giustizia l'assassino di questo povero fanciullo.»

«È vostro compito, Gonfaloniere» riconobbe sua Eccellenza, paonazzo in viso. «Siete voi, il braccio secolare. Cominciate col chiedere a questi due,» aggiunse, lanciando a Michelangelo e Leonardo un'occhiata diffidente «come mai stanotte si trovassero proprio qui. Per esperienza, io credo poco alle coincidenze.»

«Lo farò senz'altro.» Soderini continuò ad annuire facendo cenno ai due artisti di non rispondere. «E state certo che chiederò spesso il vostro illuminato consiglio, su questa terribile faccenda. Vorrei però implorarvi, nel comune interesse della giustizia, di non fare parola a nessuno di ciò che avete visto.

Capite, la segretezza è il metodo migliore per non svelare le nostre mosse all'omicida.»

«Non sono un bambino, Gonfaloniere» replicò Orsini. «Vi fate scrupoli inutili.»

«Non ne dubitavo, Eccellenza. Ma per quanto riguarda il cappellano...» aggiunse Soderini indicando l'anziano prete che si era da poco calmato, afflosciandosi privo di forze tra le robuste braccia delle guardie «vi pregherei di garantire voi della sua discrezione.»

«Lo farò accompagnare prima dell'alba in un convento del contado, dove gli sarà imposta la regola del silenzio» lo rassicurò l'Arcivescovo.

«Ottima decisione, Eccellenza» sorrise Soderini. «Prima, però, vorrei interrogarlo.»

«Accomodatevi pure, se riuscite a farlo tornare in sé» ghignò l'Orsini, lanciando al cappellano una fugace occhiata di disprezzo. «Mi restituirete questo pusillanime quando avrete finito.»

«Grazie, Eccellenza. Per il momento lo chiuderò in una stanza di Palazzo della Signoria, sorvegliato a vista finché non si sarà calmato e sarà in grado di ragionare» disse il Gonfaloniere, facendo cenno alle guardie di portarlo via. «Abbiamo bisogno della sua testimonianza. In fondo, sembra sia stato il primo a scoprire il cadavere.»

«Ho anch'io una richiesta per voi, Gonfaloniere. Quando potrò avere il corpo del fanciullo? Vorrei avvertire io stesso la madre, e tributare a Petruccio esequie degne del suo martirio.»

«Mantenendo ovviamente il segreto sulle cause della morte» ribadì Soderini, sperando che l'Arcivescovo non si rimangiasse i suoi propositi.

Rinaldo Orsini stava per replicare, quando giunsero nella cripta due uomini in mantello scuro. La luce delle lanterne rivelò i volti pallidi di Niccolò Machiavelli e Girolamo Fracastoro. Entrambi s'inchinarono, rispettosamente, ai massimi rappresentanti dell'autorità politica e religiosa di Firenze.

«E loro che ci fanno qui?» chiese Orsini al Gonfaloniere, con una smorfia di disappunto. «Mi sembrava voleste mantenere segreto questo scempio!»

«Non ho segreti per il Segretario della Seconda Cancelleria» replicò Soderini, in tono piccato. Era così irritato da non accorgersi di aver pronunciato un ridicolo gioco di parole. Con tutto il rispetto per l'Arcivescovo e per la Chiesa, non avrebbe permesso ingerenze nella conduzione di quell'indagine. Il potere politico era laico e autonomo, a Firenze. Il Gonfaloniere non accettava consigli, e tanto meno ordini da nessuno, fosse pure il Papa in persona.

Orsini ricambiò l'inchino del Segretario con un'occhiata malevola. «Sì, Machiavelli lo conosco fin troppo bene» mugugnò. Sapeva che quell'ambizioso funzionario non risparmiava frecciate alla Chiesa di Roma e alla politica di Giulio II, calunniando e infamando preti e frati ogni volta che ne aveva l'occasione. A Firenze si vociferava che avesse odiato gli ecclesiastici fin dall'infanzia, quando era stato molestato sessualmente da ser Paolo Sasso, suo maestro di grammatica e latino. Un prete degenere, un depravato che gli aveva perfino fatto leggere poeti osceni... Ma non era un buon motivo, aveva sempre pensato l'Arcivescovo, per scagliarsi contro l'intera Chiesa di Cristo. «Non credo invece di conoscere quest'altro giovane...» concluse interlocutorio.

«Girolamo Fracastoro da Verona, Eccellenza» s'inchinò di

nuovo il medico. «Dottore in medicina, lettore di logica e *consiliarius anatomicus* presso lo Studio di Padova. Per servirla.»

«Uhm… Ma non siamo in pessimi rapporti con la Repubblica di San Marco?» chiese perplesso l'Arcivescovo al Gonfaloniere. «Credete sia davvero il caso di coinvolgere questo Veneto in…»

«Il dottor Fracastoro è un valente medico, Eccellenza» intervenne Machiavelli, poggiando una mano sulla spalla del veronese. «E sinceramente mi fido più di lui, proprio in quanto straniero, che dei settari, corrotti medici fiorentini.»

«Allora conducete voi le indagini, Segretario?» gli domandò l'Orsini, lanciando al Soderini un'occhiata d'ironica commiserazione.

«Per conto e sotto la guida del nostro amato Gonfaloniere, che Dio ce lo conservi a lungo» ammiccò Machiavelli. «Io sono un umile, mero esecutore dei suoi ordini.»

«C'è da sperare che sia così» commentò l'Arcivescovo, in tono acido. «Allora, visto che abbiamo anche il medico… Volete ordinargli, ser Soderini, di ricomporre le misere spoglie del fanciullo? Avrei urgenza di svolgere il mio pietoso dovere nei confronti della madre. In fondo sono stato proprio io, quando il povero Petruccio è sparito, a consigliarle di avere fiducia nella giustizia. Se solo avessi potuto immaginare… A questo punto, l'ingrato compito di straziare un cuore materno spetta a me. Lo considererò una penitenza.»

«Tutto a suo tempo, Eccellenza» intervenne di nuovo Machiavelli, con un gesto conciliante. «Prima sarà necessario, temo, fare qualche… accertamento sul cadavere.»

«Ancora?» chiese l'Orsini, tra lo stupito e l'indignato. «Non è stato straziato già abbastanza? Cosa volete accertare che non...»

«Qualsiasi cadavere, se ben interrogato,» trovò il coraggio di dire Fracastoro «può darci molte più risposte di un vivo, Eccellenza. Potrebbe perfino fornirci suggerimenti per scovare il suo assassino.»

«Ma questa sarebbe... negromanzia!» sbraitò l'Arcivescovo, rosso in viso. «Evocazione dei defunti! Magia nera, e proprio nella cattedrale di Firenze!»

«No, Eccellenza» mormorò il medico, in tono calmo. «Sarebbe semplice, cristiana *autopsia*, cioè, tradotto dal greco...»

«Conosco il greco» lo interruppe Orsini, con sufficienza.

«In realtà, un semplice esame *post mortem*» continuò Fracastoro, senza scomporsi. «Le condizioni stesse del cadavere, analizzate alla luce della scienza e delle lanterne, ci forniranno molte indicazioni sul *modus operandi* dell'assassino. Il che potrebbe aiutarci, se siamo fortunati *et Deo adiuvante*, a cominciare a stringere il cappio intorno al collo di questo mostro.»

«Niente cappio» sbottò l'Arcivescovo incupito. «*Se* e *quando* l'omicida sarà consegnato alla giustizia, lo attenderà l'eviscerazione sulla pubblica piazza, e poi il rogo. Questa è la pena dei sacrileghi assassini profanatori di chiese e di cadaveri.»

«Una pena che il colpevole subirà molto presto, Eccellenza» intervenne Soderini. «Ve lo prometto sul mio onore.»

«Lo spero per voi, Gonfaloniere. E per tutti noi. La città di Firenze non merita un simile scempio» sibilò Orsini, indicando le membra sul pavimento. «Questa blasfema atrocità potrebbe essere stata compiuta da uno, o da più individui. Vi confesso che, a questo punto, mi pento di aver impedito al popolo infuriato di devastare il ghetto. Questa profanazione potrebbe essere davvero opera dei Giudei. Sarebbe proprio nello stile di quei subdoli cani negatori di Cristo!»

«Io non lo credo, Eccellenza» replicò Machiavelli, scuotendo la testa. «I riscontri che finora...»

«Non m'interessa ciò che credete, Segretario» lo zittì Rinaldo Orsini, con alterigia. «Cercate di stare al vostro posto, se vi riesce. In quanto a voi, Gonfaloniere, non intendo interferire col vostro ufficio, né con quello degli Otto di Guardia e di Balìa. La Chiesa di Firenze è rispettosa dell'autorità secolare. Voglio avvertirvi, però, che vi darò dieci giorni di tempo, a partire da oggi, per assicurare alla giustizia l'autore, o gli autori di questa orribile blasfemia. In caso contrario, interesserò della questione la Santa Inquisizione. Sono stato abbastanza chiaro?»

«Molto chiaro, Eccellenza» rispose Soderini remissivo, mentre un brivido gli correva lungo la schiena. Orsini aveva evocato lo spettro che il Gonfaloniere più temeva: il duro, spietato Tribunale del Santo Uffizio. Quando gli inquisitori papali si mettevano in movimento, non si poteva prevedere fin dove sarebbero giunti. E diventava difficile, per l'autorità politica, fermarli.

«I miei rispetti, Gonfaloniere» concluse secco l'Arcivescovo, uscendo dalla cripta senza salutare nessun altro.

Per qualche istante, i cinque uomini si guardarono a vicenda senza parlare. Si scambiarono lunghe occhiate, incupite dalla presenza di quel misero corpo. La tragica parodia di ciò che era stato, appena pochi giorni prima, un leggiadro fanciullo pieno di vita. Evitavano di guardarlo. Evitavano di fissare negli occhi l'assurdo, inquietante volto della *follia*.

«Avete sentito l'Arcivescovo?» disse alla fine Soderini, rompendo quel pesante silenzio. Si era rivolto a Machiavelli, che annuì con espressione assorta.

«Ma... voi non eravate in Mugello, Segretario?» domandò Leonardo.

«Sono tornato appena tre ore fa» confermò l'interpellato. «Anzi, dovrei ripartire prima dell'ora terza, perché l'arruolamento della milizia cittadina...»

«Al diavolo la milizia cittadina!» sbraitò irato Soderini, pestando con un piede il pavimento di marmo. «Adesso voi mi servite in città, Segretario! La vostra guerra è qui, non a Pisa! Questo mostro assassino sta provocando più danni della calata di Carlo VIII di Francia, che Dio lo stramaledica!»

«Chi, l'assassino o re Carlo?» domandò Machiavelli, senza scomporsi.

«Tutti e due! Uno è già all'Inferno, l'altro voglio spedircelo subito!» urlò il Gonfaloniere esasperato.

«Attendo ordini» sussurrò il Segretario, con un lieve inchino.

«Bene» sibilò il Gonfaloniere, facendo scorrere i suoi freddi e inespressivi occhi chiari sui presenti. «Allora vi rivolgo, con le dovute modifiche, l'avvertimento che Orsini ha fatto a me: se non mi consegnerete questo mostro, vivo o morto, entro dieci giorni a partire da stanotte... V'incontrerete tutti alle Stinche, parola mia!»

«E... con quale accusa?» domandò Machiavelli, con un sorrisino ironico.

«Non lo so, ma qualcuna ne troverò!» sbraitò Soderini. Poi, con uno scatto nervoso, si avvolse nell'azzurro mantello bordato d'oro, uscendo come una furia dallo spettrale sepolcreto mediceo. «I Medici continuano a portarci iattura!» lo udirono mormorare, con voce strozzata, mentre spariva tra le basse volte.

Sembra che abbia la morte alle calcagna, si disse Michelangelo, osservando la fuga precipitosa del Gonfaloniere. E pensò che, fuori di metafora, non aveva poi tutti i torti.

«Allora, vogliamo darci da fare?» chiese Machiavelli, in tono impaziente.

XIV

Lo stesso giorno, tre ore dopo il Notturno

«E così... sembra che il nostro *anatomista* abbia colpito ancora» commentò Machiavelli, avvicinandosi al cadavere smembrato. «Un corpo anatomizzato e questa cripta come sfondo. Un chiaro riferimento alla famiglia Medici, come il giglio di sangue del primo delitto. Sembra proprio la *sua* firma. Se la madre di Petruccio riconoscerà il cadavere, saremo costretti a ipotizzare un collegamento tra questo omicidio e quello di Bartolomeo Canacci, anche se stento a capire cosa possano avere in comune.»

«Può darsi che l'omicida, se si tratta della stessa persona, abbia scelto le vittime a caso» suggerì Michelangelo.

«Sull'ipotesi dell'identità non avrei incertezze» replicò il Segretario. «Dubito che esistano, non solo a Firenze ma in tutta Europa, due folli assassini con la stessa passione per l'anatomia. Per quanto riguarda le vittime, scoprire un loro eventuale legame ci aiuterebbe a comprendere cosa spinge l'assassino a uccidere, ammesso che il mostro abbia un movente.»

«Se davvero questo corpo straziato appartiene a Petruccio, bisognerebbe sentire la madre» suggerì Leonardo.

«I miei assistenti dovrebbero averla già interrogata, seguendo le mie disposizioni» disse il Segretario. «Appena avremo finito qui, chiederò a quei tre fannulloni un rapporto dettagliato. Naturalmente, se il fanciullo ucciso è davvero Petruccio, la lavandaia dovrà essere interrogata di nuovo. Voglio vederci chiaro, in questa faccenda.»

«Questa volta, però, dovrete rinunciare ai sospetti su di noi» intervenne Michelangelo, indicando il Vinci con un cenno del capo. «Dai rintocchi del Vespro siamo rimasti sempre insieme, in compagnia dei più famosi artisti di Firenze. Vi farò tutti i nomi, se lo desiderate. Ognuno può testimoniare sull'innocenza degli altri.»

«A meno che il Segretario non pensi che intendiamo coprirci a vicenda,» sorrise Leonardo, ironico «e che i membri dell'Accademia del Paiolo siano una setta di perversi, diabolici assassini...»

«Ma io non ho *mai* sospettato di voi» replicò Machiavelli con aria innocente, come cadendo dalle nuvole. Michelangelo represse un moto di rabbia. L'ipocrisia di quella serpe era addirittura sfacciata. Un vero politico di razza.

«Piuttosto... Non c'è nessuno che si è allontanato dal gruppo, a un certo punto?» riprese il Segretario. «Non so, magari dopo la cena... Siete rimasti davvero *tutti* sempre insieme?»

«In effetti Botticelli e Filippino Lippi, subito dopo il banchetto, si sono ritirati a casa, ma non credo che...» mormorò il Buonarroti, perplesso. Non ritenne di dover menzionare il fatto che lui stesso, e ancor di più ser Leonardo, fossero rimasti a lungo isolati tra la folla. I sospetti del *Machia* erano già abbastanza assurdi, non era il caso di rinfocolarli.

«Ah... Quindi non potete garantire proprio per *tutti*» lo

interruppe Machiavelli, con un sorriso astuto. «E ditemi, Michelangelo, *che cosa* non credete?»

«Finiamola con queste sciocchezze!» sbottò Leonardo. «Botticelli è anziano, ha bisogno delle grucce per camminare, e Filippino è malato... Sospettare di loro è ridicolo! Basterà interrogarne i famigli e le persone di casa, per confermare la loro estraneità al delitto.»

«Sarà fatto, non dubitate» annuì Machiavelli, fissando pensoso il cadavere. Poi si rivolse a Fracastoro. «E voi, dottore? Dove siete stato nelle ultime ore?»

«Ho fatto un lungo giro di visite a domicilio» rispose pronto il medico. «Tutte famiglie poco abbienti, naturalmente. Sono le uniche, qui a Firenze, a contentarsi dei servigi di uno straniero senza prestigio e senza appoggi altolocati. Se volete, vi darò un elenco di tutti i pazienti che ho visitato. Così potrete controllare.»

«Ve ne sarò grato. Allora, dottore, volete darci qualche prezioso ragguaglio su quest'ultimo omicidio? Su, fate parlare questo cadavere, come avete millantato all'Arcivescovo.»

«Non si tratta di millanteria, ma di scienza» replicò Fracastoro, piccato. Poi si accostò al fanciullo, illuminandolo con una lanterna. Osservò a lungo, con estrema cura, le fasce muscolari esposte, la mandibola, i bulbi oculari, toccando il corpo smembrato in vari punti. «Sembra proprio che i nostri *alibi* non siano più validi» mormorò, sollevando uno sguardo ironico sui due artisti che seguivano, in ansioso silenzio, la sua ispezione.

«E perché mai?» chiesero, quasi all'unisono, Leonardo e Michelangelo. Machiavelli continuava a tacere, spostando di continuo lo sguardo dal medico ai due artisti. Aveva un'espressione enigmatica, quasi impenetrabile.

«Perché a giudicare dall'*algor mortis*, oltre che dal *rigor* e dal *livor,*» declamò Fracastoro, secondo la formula di rito «posso affermare, quasi con certezza, che questo fanciullo è morto quasi due giorni fa. La temperatura corporea, il livello di rigidità dei muscoli e di stagnazione del sangue, l'intorbidamento e lo sfaldamento superficiale degli occhi,» continuò, indicando le parti menzionate «sono tutti elementi che parlano chiaro.»

«Ma... non è possibile che si trovi qui da due giorni!» esclamò Machiavelli, incredulo. «Sarebbe stato scoperto molto prima!»

«Infatti non penso sia morto nella cripta» assentì il medico. «Sono propenso a credere che sia stato portato qui *dopo* l'omicidio. Il che spiegherebbe il macabro particolare dello smembramento.»

Leonardo aggrottò le eleganti, ben disegnate sopracciglia. «Volete dire che l'assassino lo ha fatto a pezzi per...»

«Per un motivo squisitamente *pratico*» annuì Fracastoro. «Cioè per trasportarlo, con più comodità e in segreto, dal luogo del delitto fino a qui. Probabilmente, deve aver occultato le membra in uno o più sacchi.»

All'improvviso, Michelangelo si sentì quasi svenire. Le ultime parole del medico gli avevano richiamato alla mente la sinistra, fugace immagine mascherata che lo aveva urtato tra la folla...

«Io... L'ho visto!» trovò la forza di balbettare, mentre un forte brivido lo scuoteva da capo a piedi. «Io forse... devo aver visto... l'assassino! Mio Dio, l'ho anche *toccato*!»

«Che vi prende, Michelangelo?» chiese Leonardo, fissandolo con aria sorpresa.

L'altro cercava di controllare l'intenso tremore che gli attraversava il corpo, maledicendo per l'ennesima volta la propria emotività. «Mentre guardavamo il *carro della morte*... Un uomo con dei sacchi vuoti sulle spalle mi ha urtato! Per un attimo, i nostri sguardi si sono incrociati. Gli occhi erano azzurri, gelidi, vuoti...»

«Ricordate altri particolari?» domandò Machiavelli, improvvisamente interessato.

Michelangelo si concentrò, sforzandosi di ricordare. Sentiva addosso gli sguardi indagatori dei tre uomini. L'immagine nella sua mente era confusa, sbiadita... Non avrebbe mai immaginato, quando si era scontrato con quello strano individuo, che fosse tanto importante rammentarne la fisionomia. Eppure *doveva* ricordare. «Mi sembra che fosse camuffato da *Alichino*. Indossava un costume scuro, e una maschera di cuoio nero dal ghigno demoniaco...»

«Un travestimento molto frequente, durante il carnevale fiorentino» disse Leonardo, deluso. «Poteva essere chiunque. Portare sacchi vuoti in spalla non vuol dire, necessariamente, averci nascosto pezzi di cadavere.»

«Rammentate qualcos'altro?» domandò ancora Machiavelli, ignorando il commento del Vinci. «Era alto, basso, magro, robusto?»

«Direi... statura e corporatura medie, per quanto posso ricordare» mormorò il giovane artista, aggrottando l'ampia fronte sporgente. «Capite, eravamo in mezzo alla folla, e l'ho visto per pochi istanti. Ciò che mi ha colpito di più sono gli occhi. Fissi, immobili, privi di luce... Sembravano due pezzi di ghiaccio azzurro. Spero proprio di non sognarli, se stanotte riuscirò a dormire...»

«Siete molto impressionabile, *ragazzo mio*» sorrise Leonardo, calcando la voce sulle ultime parole.

«Ognuno ha il suo temperamento» replicò secco Michelangelo. «E non so, sinceramente, se all'arte giovi più l'emozione o la freddezza.»

«Silenzio, signori miei» ordinò Machiavelli. «Non disturbiamo il lavoro del nostro dottore.»

Chinato accanto al cadavere, Fracastoro aveva estratto alcuni scintillanti strumenti metallici dalla capiente borsa di cuoio che portava a tracolla. Per essere più libero nei movimenti, aveva poggiato il mantello su un altarino. Poi avvicinò ai miseri resti tutte le lanterne disponibili. Un alone di luce giallognola circondava adesso il corpo del fanciullo, lasciando il resto del sepolcreto nella semioscurità.

«Uhm... Ematoma diffuso sul dorso della mano destra» mormorò il medico, quasi a se stesso, esaminando uno degli arti superiori scorticati. «Forse il fanciullo ha tentato di difendersi, colpendo invano l'assassino con le sue poche forze... Ma non è questo che c'interessa, per il momento» aggiunse, continuando a scrutare. Dagli strumenti che aveva allineato sul pavimento, sopra un panno di lino bianco, scelse una piccola spatola appena ricurva. «Avvicinatevi pure, messeri» disse. La passò più volte, con delicatezza, sulle fasce muscolari scoperte del torso e degli arti, come se le accarezzasse. Poi se l'accostò alle narici, annusandola come avrebbe fatto un bracco in cerca di preda. I tre uomini, immobili, lo osservavano perplessi. Infine toccò la spatola con un polpastrello, che si passò poi sulla punta della lingua, suscitando negli altri un moto di ribrezzo. Solo un medico poteva accostare alla bocca, con tanta disinvoltura, materia proveniente da un cadavere. Del resto, rifletté Michelangelo, la loro professione li abituava a molte pratiche disgustose, come assaggiare l'urina dei pazienti per controllarne lo stato di salute.

«Ah... Dicevo che mi sembrava strano!» esclamò Fracastoro, con un guizzo di soddisfazione negli occhi. «Adesso tutto torna.»

«Vorreste essere così gentile da spiegare anche a noi?» chiese Machiavelli, in tono impaziente.

«Allume di rocca» rispose il medico, mostrando i residui biancastri sulla spatola. «Sapete di cosa si tratta?»

«È una sostanza molto rara, che si estrae solo dai Monti della Tolfa, nei domini del Pontefice» rispose pronto il Segretario. «L'appalto delle cave appartiene ad Agostino Chigi, il ricchissimo magnate che presta denaro perfino al Papa e ai sovrani. L'allume è insostituibile per la lavorazione della lana e del vetro, per la tintura dei tessuti e la concia delle pelli. Un gran bell'affare, per il banchiere Chigi. Ma cosa diavolo c'entra con...»

«Viene usato anche dagli stampatori, per fissare gli inchiostri sulla pergamena» intervenne Leonardo.

«E dagli artisti, per rendere stabili i colori delle miniature» aggiunse Michelangelo.

«Tutto esatto, ma non serve solo a questo» specificò il medico. «Nel nostro mestiere lo usiamo come emostatico, per le ferite superficiali. Ha la capacità di fermare le lievi emorragie, e inoltre... È in grado di ritardare la decomposizione dei cadaveri. Evidentemente, l'assassino conosce i rudimenti della medicina. Ora capisco perché, sebbene questo povero fanciullo sia morto da più giorni, all'esterno sembri ancora intatto.»

«Solo... all'esterno?» chiese Machiavelli, incuriosito.

«Se lo aprissi con lo scalpello anatomico troveremmo, probabilmente, i suoi organi interni già colorati di verde. Il primo stadio della successiva putrefazione.»

«Non credo sia il caso, se non è utile alle vostre osservazioni» suggerì il Segretario, con una smorfia di ribrezzo.

«No, infatti non lo è» annuì Fracastoro, accostandosi alla testa del cadavere. «Povero fanciullo... Ha un'espressione così tranquilla...»

«Quindi non ha sofferto, vero?» si affrettò a domandare Michelangelo, sulle spine per quel dubbio angoscioso.

«Direi proprio di no, per quello che posso constatare» confermò il medico. «Sembra sia stato ucciso in modo rapido e indolore, oppure narcotizzato profondamente prima della dissezione. Cose avvenute di sicuro giorni fa, e comunque non qui.»

Michelangelo tirò un profondo sospiro di sollievo. Il peso che aveva sul petto sembrò sciogliersi un poco alla notizia che il fanciullo era volato tra gli angeli senza dolore. Almeno in quello, l'*anatomista* non si era dimostrato del tutto crudele. Evidentemente, si disse lo scultore, anche negli individui peggiori albergava sempre una scintilla della *ratio* divina, che distingueva gli uomini dai demoni votati unicamente al male. Allora anche quel misterioso assassino era pur sempre un *essere umano*, rifletté il giovane artista. Ma quel pensiero gli donò consolazione e paura nel medesimo tempo. Il mostro viveva in mezzo a loro. Indistinguibile, almeno in apparenza, da chiunque altro. Michelangelo si segnò, elevando una muta preghiera per l'anima della giovane vittima. Forse non avrebbe avuto lo stesso valore di quelle dell'Arcivescovo, ma la recitò con tutto il cuore.

«Quindi, riassumendo,» intervenne Machiavelli «sappiamo che non è stato ucciso, né sezionato qui nella cripta. Ma allora... dove?»

«È ciò che sto cercando di capire» rispose il medico, infastidito dall'impazienza dell'altro, accingendosi ad esplorare con una pinza tra le pieghe delle rossastre fasce muscolari. «Se siamo fortunati, dovremmo rintracciare qualcosa che potrebbe aiutarci a rispondere alla vostra domanda...»

A quel punto, con una certa sorpresa da parte degli altri tre uomini, Leonardo distolse lo sguardo, girando quasi la schiena al medico chino sul cadavere. Michelangelo ne approfittò per seguirne l'esempio. Avrebbe voluto farlo da tempo, non sopportando più quella scena straziante, ma temeva il dileggio da parte del Vinci, il famoso scienziato che non si fermava davanti a nulla pur di osservare, conoscere, sperimentare... Invece il grande maestro aveva rinunciato, questa volta, alla sua fredda determinazione. Chissà perché, si chiese Michelangelo, sbirciando di sottecchi la luce mesta apparsa per un istante, e poi subito sparita, nei grandi occhi chiari dell'altro. Non aveva mai visto, sul suo viso, un'espressione così turbata. Sembrava quasi commosso. Eppure, tempo prima Leonardo stesso aveva sezionato il cadavere di un bimbo di due anni, ovviamente già morto per cause naturali, per gli scopi della scienza e dell'arte. Forse stava pensando al Salaì, ai rischi che anche il suo pupillo avrebbe potuto correre da fanciullo, se non lo avesse preso in casa. L'infanzia poteva diventare carne da macello, perfino nella civilissima Firenze. Soprattutto quella sbandata, o abbandonata.

«Vogliate scusarci, messer Fracastoro, se ci esimiamo dal guardare ulteriormente. Siamo artisti, non medici» mormorò il Vinci, ricambiando l'occhiata furtiva di Michelangelo. All'improvviso, si era creata una commossa complicità tra di loro, e Leonardo aveva parlato per entrambi. Solo Machiavelli continuò a tenere lo sguardo fisso, concentrato sul medico e sul cadavere. Ma il Segretario non si smentiva mai. Voleva mantenere il controllo sugli eventi, sempre.

Fracastoro continuò a esplorare il corpo, alla ricerca di qualcosa che gli altri non riuscivano a capire. Ma stavolta non gli fecero domande. Rimasero in rispettoso silenzio, aspettando che terminasse l'indagine.

Il tempo scorreva lento, cupo, terribile...

«Guardate un po' qui» disse finalmente il medico, mostrando con soddisfazione ciò che stringeva tra le punte della pinza. Il sorriso di trionfo che gli scoprì i denti, luccicanti nel folto della barba scura, fece capire agli altri che aveva trovato ciò che cercava.

I tre uomini si avvicinarono, incuriositi. «Usate questa» aggiunse il medico, porgendo a Machiavelli una grossa lente d'ingrandimento montata su un'impugnatura d'argento. Attraverso il vetro della lente, il Segretario vide un ragno morto di colore biancastro, dal grande addome e dalle lunghissime, esili zampe.

«Ebbene?» chiese Leonardo, dopo aver guardato a sua volta.

«Ancora un attimo» replicò Fracastoro, deponendo il cadavere del ragnetto su una pezzuola di lino. «Se desiderate voltarvi ancora,» aggiunse, in un tono che ai due artisti sembrò vagamente ironico «vi avverto che dovrò purtroppo investigare ancora un po' sul corpo di questo sfortunato fanciullo... Voglio una conferma.»

Questa volta Leonardo e Michelangelo si limitarono a distogliere solo lo sguardo, fissandolo sul Segretario che, immobile come una statua, continuava a osservare imperturbabile il *lavoro* del medico. Dopo qualche istante, la pinza stringeva una piccola larva giallastra, stavolta viva e vegeta, che si contorceva con movimenti spasmodici tentando di sfuggire alla fredda, implacabile stretta del metallo. Fracastoro depose la larva, con cura, accanto al ragno. Con successive esplorazioni, ne portò alla luce un'altra decina, che sistemò in fila sulla pezza di lino.

«Ecco, signori, ora vi chiederei di guardare...» mormorò la voce calma del medico. I due artisti abbassarono di nuovo lo sguardo, abbastanza controvoglia, verso il cadaverino.

Quando vide le larve, Michelangelo rischiò di vomitare. Sentì montargli dentro una sorda rabbia nei confronti del medico. Che scopo aveva quell'ulteriore, oscena profanazione del povero corpo?

«Mi sembrate addirittura... *compiaciuto* di tutto questo... orrore!» sbottò lo scultore, cercando di controllare la nausea.

Fracastoro si voltò di scatto, fulminandolo con lo sguardo. «Come vi permettete, Buonarroti? Vi ricordo che sono un medico, non un mostro. Preoccupiamoci piuttosto di quello a cui diamo la caccia. Se insisto su certi particolari, è perché ritengo siano molto importanti per la nostra indagine. Anch'io sono angosciato da questa *autopsia*, ve lo giuro davanti a Dio e agli uomini! Bisogna avere stomaco forte, per giungere alla verità.»

«Ma cosa volete dimostrare, dottore?» intervenne Leonardo, tra l'indignato e il perplesso. «Già il divino Ippocrate, e poi Aristotele nel suo trattato *Sulla generazione degli animali*, affermarono che gli *entoma*, detti in latino *insecta animalia*, nascono spesso dai cadaveri per generazione spontanea. Teoria confermata in epoca romana da Celso, da Plinio il Vecchio e da Terenzio Varrone, e che da loro è giunta fino al saggio Alberto Magno.»

«Già, Aristotele non si discute» disse Fracastoro pensoso, con un sorrisetto sulle labbra. «*Ipse dixit*... Non è così?»

Leonardo ebbe un sussulto: «Vorreste forse contestare il grande filosofo?» disse sgranando gli occhi. «Colui che ha studiato la natura più di ogni altro?»

«In un certo senso... sì» assentì il medico, suscitando intorno a sé un silenzio imbarazzato. «Sull'argomento della generazione spontanea, perlomeno. Ho fatto una serie di osservazioni a riguardo, negli ultimi tempi. Esperienze e prove tese a verificare la teoria ippocratica e aristotelica sulla generazione dei piccoli animali. C'erano molte cose che non mi convincevano, nelle asserzioni dei due grandi maestri. E devo dire che le sperimentazioni hanno rafforzato il mio dissenso.»

«E quale sarebbe, di grazia,» ironizzò Leonardo «la *vostra* teoria per spiegare la presenza degli insetti e delle larve nei cadaveri?»

«Molto semplice» replicò Fracastoro, senza scomporsi. «Raggiungono i corpi morti dall'*esterno*, e alcuni vi depositano uova o larve che, maturando nella putrefazione, diventeranno a loro volta insetti.»

«Un'ipotesi interessante, anche se molto fantasiosa» disse Leonardo, con sufficienza.

«Se però fosse vera,» insisté il medico «potrebbe esserci molto utile, in questo momento.»

«Credo di cominciare a capire» s'intromise Machiavelli, aggrottando la fronte. «Secondo la vostra teoria, l'insetto e le larve presenti sul cadavere provengono dall'esterno, cioè dal luogo dove il corpo è rimasto più a lungo.»

«Esattamente, Segretario.»

«Quindi, conoscendo quali tipi di posti frequentano solitamente questi insetti...»

«Potremmo ipotizzare in quale genere di ambiente l'assassino ha ucciso e sezionato il povero fanciullo» concluse il medico, con espressione trionfante.

«E... avete per caso riconosciuto queste creature?» intervenne Michelangelo, indicando il ragno e le larve sul panno di lino. «Sapreste dire da dove provengono?» Vinto il primo moto di disgusto, cominciava ad appassionarsi alla questione. In fondo, la teoria di Fracastoro non era del tutto strampalata. Anzi, aveva una certa logica. Del resto, il Buonarroti non era ossequioso quanto Leonardo nei confronti dell'*ipse dixit*. Quattro anni prima aveva seguito con interesse a Roma le lezioni di Niccolò Copernico, un astronomo che metteva in discussione, in maniera ardita e rivoluzionaria, le teorie cosmologiche di Aristotele e Tolomeo.

«Credo proprio di sì» affermò Fracastoro, gonfiando il petto. Si vedeva lontano un miglio che gli piaceva stare al centro dell'attenzione. Quello era il suo momento, e voleva goderselo. Non era cosa da poco, per un giovane medico squattrinato e privo di fama, discutere col grande Leonardo da Vinci e riuscire a stupire Niccolò Machiavelli, il più abile politico della penisola italica.

«Questo,» aggiunse, prendendo il ragno con la pinzetta «è un *insectum* cieco. E proprio l'atrofia degli occhi, assieme al suo colore bianco e quasi trasparente, indicano che abita in luoghi senza luce. Tombe, o grotte. Conosco anche queste giovani larve» continuò, afferrando con la pinza una delle mobili, frenetiche creaturine. «Le ho già incontrate altre volte, nei miei esperimenti. Vengono deposte negli orifizi naturali, ma anche nelle ferite dei cadaveri dalla mosca grigia, detta *sarcophaga* perché penetra nei sepolcri, attratta dall'odore della morte.»

«Ne dovremmo dedurre,» concluse Machiavelli «che il nostro assassino ha agito in un sepolcro, o in una grotta... E allora perché non qui, nella cripta medicea?»

Fracastoro scosse la testa, con un sorriso di sufficienza. «Gli *insecta* di cui parlo frequentano cavità naturali del terreno, ricche di umidità, oppure cave o cisterne abbandonate al degrado del tempo e delle intemperie. Non le cripte ricoperte di marmo.»

«Bene, allora,» sospirò il Segretario «non ci resta che esplorare tutte le grotte e gli antichi sepolcreti, tutti i cimiteri e le cisterne in disuso che si trovano intorno a Firenze, nella speranza di sorprendere il nostro *anatomista* nella propria tana. Niente di più facile, no?» continuò con voce sempre più stridula e tono sarcastico. «Se avessi già addestrato i primi quattrocento fanti che ho arruolato nell'Ordinanza, forse nemmeno basterebbero a battere la campagna. Come cercare un ago in un pagliaio!»

«Sempre che la teoria del nostro dottore sia valida, il che è ancora da dimostrare» aggiunse Leonardo.

«Per il momento non c'è molto altro che possiamo fare, se non andare a sentire il rapporto dei miei assistenti» concluse Machiavelli, tornando a dominarsi. «Sperando che abbiano qualche novità da comunicarci.»

«E... il fanciullo?» domandò Michelangelo, indicando le misere spoglie sul pavimento. *O meglio, quello che ne resta,* pensò tristemente. Faceva ancora fatica a convincersi che qualcuno avesse ucciso, in quel modo atroce, un garzone così giovane.

«Ci penserà l'Arcivescovo al riconoscimento del corpo e al funerale» scrollò le spalle il Segretario, afferrando una lanterna e avviandosi fuori della cripta. «Manderò un valletto ad avvertirlo che abbiamo finito. Qui, ormai, non abbiamo più niente da fare.»

I tre uomini lo seguirono di corsa. Nessuno di loro ci teneva a restare in quel tetro luogo di morte.

XV

Lo stesso giorno, un'ora prima delle Lodi

Biagio Buonaccorsi era ancora assonnato e un po' confuso, oltre che seccato per essere stato svegliato nel cuore della notte. Gli sbirri inviati dal Segretario lo avevano infatti scovato in un letto non suo, suscitando grave imbarazzo alla procace donna, moglie di un ricco mercante in viaggio d'affari, che gli aveva dato asilo notturno tra le sue preziose e profumate lenzuola. Un po' di quell'odore celestiale gli era rimasto addosso e adesso aleggiava, col suo aroma dolciastro, nello studiolo di Machiavelli. Il Segretario storceva il naso, non era abituato a quelle leziosità femminili, perché sua moglie Marietta, brava massaia e seria madre di famiglia, profumava solo di biancheria pulita e di lavanda. Ma con Biagio era sempre la stessa storia. Benché fosse sposato a una ragazza di ottima famiglia, addirittura la nipote di Marsilio Ficino, era rimasto un inguaribile estimatore del genere femminile, a qualsiasi ceto appartenesse.

Agostino Vespucci era stato invece trovato, ubriaco fradicio, in una locanda d'infimo ordine della zona del mercato, rendendo necessaria una secchiata d'acqua gelata per risvegliargli i sensi. Aveva ancora i capelli grondanti, attaccati alla testa come le piume di un pulcino bagnato.

Dulcis in fundo, Andrea di Romolo era stato rintracciato dagli sbirri in un famoso bordello della città, frequentato soprattutto da schiave orientali. Le fulve, statuarie Schiavone provenienti dai domini veneziani erano la sua passione.

In ogni modo, quando il capo li mise al corrente delle ultime novità, ogni residua traccia di sonno o di sbornia sparì, come per incanto, dai volti improvvisamente attenti dei tre. Seduti accanto a loro, stringendosi alla meglio nell'angusto studiolo, Leonardo, Michelangelo e Fracastoro li osservavano in silenzio, pensando che non avrebbero voluto, per nulla al mondo, trovarsi nei loro panni. Il Segretario era teso, nervoso, comprensibilmente preoccupato. Con qualcuno doveva pur sfogarsi.

«Sì, ha colpito di nuovo!» confermò Machiavelli, incrociando irato gli sguardi attoniti dei suoi assistenti. «Proprio sotto il naso, ve l'ha fatta! Allora, che avete da rispondere?»

«Non vedo come avremmo potuto evitarlo» bofonchiò il Buonaccorsi.

«Vigilando, indagando... Facendo insomma il vostro dovere!» sbraitò il Segretario, battendo un pugno sullo scrittoio. «Se aveste fatto sentire all'assassino il vostro fiato sul collo, forse sarebbe stato timoroso di agire ancora!»

«Ma noi abbiamo investigato...» provò a giustificarsi il Vespucci, con la voce ancora un po' impastata per la sbornia.

«Davvero?» chiese Machiavelli, con un ghigno sarcastico. «Nelle taverne e nei bordelli? *Fingendo* di essere clienti?»

«Sono i luoghi ideali, per raccogliere un certo tipo d'informazioni» intervenne Andrea di Romolo, piccato per i rimproveri del capo. «Nel torbido si pesca sempre meglio.»

«Anche tra le lenzuola delle mercantesse?» replicò il Segretario al Buonaccorsi, che abbassò gli occhi imbarazzato. «Se questi sono i vostri metodi d'indagine, cattureremo il nostro *anatomista* alle calende greche! Cioè *mai*, dato che i Greci non misuravano il tempo in calende! Scusate l'ultima precisazione, signori,» aggiunse, rivolgendosi al medico e ai due artisti «ma i miei uomini non brillano per erudizione classica» concluse, mentendo per mortificare i suoi assistenti. Biagio Buonaccorsi era infatti un discreto umanista, scrittore e copista che si firmava spesso *frater Blasius*, mentre il Vespucci, allievo del grande poeta Poliziano, leggeva e annotava i classici latini. Tutti loro, insomma, compreso Andrea di Romolo, non ignoravano affatto gli *studia humanitatis*. Tacciarli d'ignoranza era una calunnia bella e buona.

Ma i tre incassarono il tono sprezzante del capo senza battere ciglio. Arrabbiato com'era, pensarono fosse meglio non farlo innervosire con repliche non richieste. Si chiusero quindi in un dignitoso silenzio, aspettando di essere invitati a parlare.

«Allora, Biagio» riprese Machiavelli, sbollendo un po' la rabbia con un lungo sospiro. «Avete interrogato la povera lavandaia?»

«Sì, ma ci ha detto ben poco. Dopo la scomparsa del figliolo non si fida di nessuno. Ha parlato pochissimo con noi, sebbene la rassicurassimo che stavamo facendo del nostro meglio per trovare Petruccio. Ha paura di tutto e di tutti. E non riesco a darle torto, poveretta.»

«Ma che vi ha detto, in sostanza?» incalzò il *Machia* impaziente.

Biagio allargò le braccia con espressione desolata. «Le stesse cose che conosce tutto il quartiere di Santa Maria Novella. Lei si chiama Gianetta, figlia unica di Bernardo Narducci e di sua moglie Bianchina, che la concepirono in età già avanzata. Appena quattordicenne rimase incinta di un tale Vannozzo Banducci, un quarantenne che frequentava in quel periodo. I genitori la cacciarono di casa, e per un po' di anni convisse *more uxorio* col Banducci assieme al figlio Petruccio, finché il tipo non la mollò per un'altra più giovane, dando il benservito anche al bambino. Da quel momento Gianetta lo allevò da sola, mantenendosi col suo mestiere di lavandaia, anche perché Bernardo e Bianchina, che non avevano più voluto vedere né figlia né nipote, morirono entrambi di febbre terzana quando Petruccio aveva circa sei anni.»

«E Vannozzo?» chiese Machiavelli, puntando gli acuti occhi scuri in quelli del Buonaccorsi. «Che fine ha fatto quel *bravo* padre di famiglia?»

«*Mortuus est*» rispose Biagio, scimmiottando goliardicamente il linguaggio ecclesiastico. «Si beccò una coltellata in una taverna, durante una rissa, pochi giorni dopo aver abbandonato Gianetta per il suo nuovo... *amore*.»

«E... avete per caso interrogato questa nuova amante?» ammiccò il Segretario, interessato.

Biagio scosse la testa, con espressione delusa. «Non è più a Firenze, lasciò la città poco dopo la morte di Vannozzo. Era una forestiera. Una francese di nome Elenoire proveniente da Lione, almeno a quanto diceva. Abbiamo raccolto qualche voce su di lei tra le comari del quartiere, testimonianze comunque molto vaghe. Dicono fosse una poco di buono, dedita a procurare aborti e forse in sospetto di stregoneria per certi medicamenti che vendeva in segreto... Abbiamo cercato inutilmente notizie sul suo conto negli archivi degli Otto, ma sai bene che qui non ci si preoccupa di queste cose come a Roma...»

Per il momento, rifletté Machiavelli turbato. *Se non dovessimo catturare in tempo quel folle assassino, e Orsini ci scatenasse addosso i rigori dell'Inquisizione, dovremo preoccuparcene eccome!*

«Lione, eh?» sospirò con un sorriso ironico. «L'avessi saputo prima, avrei condotto una piccola ricerca personale quando ci sono andato in missione presso Luigi XII. Chissà, magari l'indagine sulla misteriosa Elenoire avrebbe dato più risultati di quell'ambasceria... Ma torniamo a Gianetta: nessun coinvolgimento, nell'omicidio di Vannozzo, da parte della fanciulla sedotta e abbandonata? Magari una vendetta esercitata per mano di un nuovo amante, o di un sicario prezzolato. Succede spesso.».

«Non in questo caso» scosse la testa Biagio. «Ci furono altri due morti e qualche ferito in quella rissa. Fu causata da motivi di denaro camuffati da rivalità politica. Le solite, vecchie storie di allora. *Arrabbiati* contro *Piagnoni*, per coprire con una patina di *nobiltà* squallidi regolamenti di conti. Gli Otto di Guardia stabilirono le responsabilità, e impiccarono i due assassini di Vannozzo e delle altre vittime. La povera Gianetta non c'entrava nulla, in quella brutta storia.»

Machiavelli incrociò le mani sullo scrittoio: «Bene, diamolo per acquisito. Avete saputo nient'altro?».

«Non dalla lavandaia» cominciò Agostino, schiarendosi la gola. Sembrava finalmente uscito dai fumi della sbornia, o quasi. «Io ho raccolto le testimonianze delle sue comari. Niente di preciso, naturalmente. Voci, pettegolezzi... Dicono che quel Vannozzo fosse un poco di buono, schiavo del vino e del gioco ma anche ladro, e forse sodomita.»

«Il solito, maledetto vizio che appesta Firenze» sibilò Machiavelli a denti stretti. Le labbra gli tremavano, come fosse sottoposto a una dolorosa tensione. Michelangelo gli lanciò un'occhiata perplessa. Forse non erano del tutto campate in aria le voci che giravano in città sugli abusi subiti dal Segretario quand'era fanciullo. Sembrava covare un odio feroce per il *vizio fiorentino*. Troppo intenso per non esserne, in qualche modo, emotivamente coinvolto. Voltandosi per istinto verso Leonardo, lo scultore notò che questi mostrava invece (o fingeva) grande indifferenza per l'argomento, fissando con esagerato interesse le decorazioni che abbellivano il soffitto dello studiolo.

«Ma non è tutto» s'intromise Andrea. «Dalla tenutaria del bordello dove mi avete pescato ho saputo, in cambio di qualche *favore personale*,» ammiccò «che Vannozzo svolgeva probabilmente, per chiunque lo pagasse bene, anche l'attività di sicario.»

«E Gianetta non vi ha detto assolutamente *nulla*, in proposito?» chiese Machiavelli, incredulo. «Mi sembra strano che...»

«No, lei non ha mai sparlato del padre di suo figlio» confermò il Buonaccorsi. «Una donna così è davvero degna di questo nome!» esclamò, con espressione quasi sognante.

«Fai piuttosto attenzione,» sogghignò Machiavelli «che la degna donna che hai come consorte non fugga da te a gambe levate, dopo averti conosciuto meglio!»

Biagio stava per replicare, ma il Segretario lo zittì con un gesto imperioso della mano. «Stiamo scherzando troppo, e questo non è bene. Non finché un mostro assassino gira indisturbato per Firenze. Allora, signori miei» continuò, rivolgendosi al medico e ai due artisti. «Dato che i vostri *alibi*, volendo usare l'originale termine di Fracastoro, non sono validi come sembravano, siete di nuovo al punto di partenza. Datevi da fare per raccogliere indizi, se non volete che torni a sospettare di voi.»

Michelangelo represse l'insulto che gli affiorava sulle labbra, mentre Leonardo e Fracastoro sospirarono, rassegnati. Si erano ormai assuefatti alla cinica diffidenza del *Machia*.

«Per quanto invece vi riguarda,» riprese il Segretario, lanciando un'occhiata severa ai suoi assistenti «vi preoccuperete d'interrogare di nuovo Gianetta. Perseguitatela, ossessionatela, rivoltatela come una calza. Qualcosa mi dice che potremmo scoprire cose interessanti, stimolandole la memoria.»

«Dobbiamo farlo... subito?» chiese Biagio Buonaccorsi, parlando a nome di tutti.

«Naturalmente no!» sbottò stizzito Machiavelli, dando una manata sullo scrittoio. «Ma vi devo spiegare tutto? Datele tempo. Innanzitutto, dobbiamo avere la certezza che il fanciullo ucciso sia davvero Petruccio. Aspettate il funerale, lasciate passare qualche giorno, giusto per consentire alla madre di abituarsi al dolore. Poi andatela a cercare, e mettetela sotto torchio. Con molto tatto, ovviamente.»

Michelangelo si agitò sulla sedia di legno intarsiato, sforzandosi di trattenere l'indignazione. Come poteva parlare così, quella viscida serpe? Cosa ne sapeva del dolore di una madre? Anche se era un politico, come riusciva a essere tanto freddo, cinico e insensibile?

Se un anatomista aprisse con lo scalpello il petto di quest'uomo, pensò disgustato, *avrebbe difficoltà a trovare il cuore.*

«Cominciate invece a investigare sul passato di Vannozzo» continuò Machiavelli. «Che luoghi e compagnie bazzicava, per chi si dice abbia *lavorato*, se era coinvolto in questioni politiche... Non mi fido delle apparenze, e di quello che dice la gente. Magari ha paura di parlare. Ma noi dobbiamo sapere tutto su quell'anima dannata. Stessa cosa per quanto riguarda Canacci: conosciamo ancora troppo poco di lui, della sua vita, dei motivi che possono averlo condotto a una morte così atroce... Datevi da fare, insomma! È tutto, signori» concluse il Segretario. «Mi aspetto da voi risultati concreti. Vi avverto: non tollererò altri fallimenti. Ho dieci giorni di tempo, prima che l'Arcivescovo e Soderini chiedano conto del mio operato. Siate certi che, se non avremo rintracciato l'assassino per quella data, verrò a trovarvi alle Stinche» disse lanciando loro un'occhiata minacciosa. «Mi serve un colpevole, per salvare la faccia e la carriera. Se non posso averlo, mi accontenterò di semplici sospetti. Potete andare, ora. E per l'*ultima* volta... Buona fortuna a tutti.»

«Amen» sospirò Biagio, suscitando le risatine soffocate di Andrea e Agostino.

Leonardo li fissò con disprezzo. Era facile scherzare su quell'orribile situazione, per degli oscuri notai al servizio della Seconda Cancelleria. Non erano artisti famosi per gli studi anatomici, né medici, né chirurghi di professione. Non rischiavano nulla, *loro*.

Nessuno dei tre, neppure per sbaglio, poteva essere l'*anatomista*.

* * *

Anche quel mattino, Michelangelo non rientrò a casa dei genitori.

Uscito da Palazzo della Signoria, mentre i rintocchi delle campane di Firenze invitavano alle Lodi, si diresse a passo svelto verso l'abitazione non del tutto terminata, all'angolo di Borgo Pinti con via della Colonna, che la Signoria stava facendo costruire per lui dall'architetto Simone del Pollaiolo, detto il Cronaca per la sua scioltezza nel descrivere luoghi e situazioni. Là, nel grande studio delimitato dall'intera parete che dava a mezzogiorno, riprese a lavorare ai disegni per la *Battaglia di Cascina*. Ormai, quando faceva molto tardi, evitava sempre di affrontare le ire di suo padre. Preferiva rifugiarsi, fino all'ora del desinare, nella casa nuova o all'Ospedale dei Tintori a Sant'Onofrio, nello stanzone messogli a disposizione dalla Signoria per realizzare i cartoni preparatori del suo affresco. Non ne poteva più delle rampogne paterne, anche perché Ludovico non era veramente interessato alla sua salute, o preoccupato che la notte frequentasse cattive compagnie. In realtà, suo padre temeva solo che *qualcosa* o *qualcuno* (oppure, ancora peggio, *qualcuna*) potesse distoglierlo dal lavoro, cioè da un'attività che Ludovico considerava, più che un'*arte*, una vantaggiosa fonte di guadagno per l'intera, avida, vorace famiglia Buonarroti.

Michelangelo non sopportava più i ritmi che fin dall'adolescenza, da quando cioè aveva scolpito le prime opere per il Magnifico, suo padre non smetteva d'imporgli, attratto dal luccichio del denaro. Nella casa di via San Procolo, col resto della famiglia, non si trovava più bene. Si sentiva quasi soffocare. Non vedeva l'ora di trasferirsi definitivamente nella sua nuova abitazione, tutta per lui e dotata di ogni comodità, anche se avrebbe dovuto provvedere all'arredamento di tasca sua. La Signoria aveva dato ordine di costruirla come anticipo sul pagamento per i *Dodici Apostoli* da scolpire per l'Opera del Duomo. Una casa. Una casa *sua*, dove nessuno avrebbe potuto controllarlo... Gli sembrava troppo bello, per essere vero.

Però quel mattino, dopo l'orrore che aveva visto nella cripta medicea di San Lorenzo, non gli riusciva affatto semplice concentrarsi sui disegni per la *Battaglia di Cascina*. Eppure *doveva* farlo.

Aveva scommesso con Soderini, in un momento di esaltazione, di essere in grado di affrescare l'altra grande parete del Maggior Consiglio, superando l'opera di Leonardo in assai meno tempo. Non poteva tirarsi indietro, né fare una pessima figura col Gonfaloniere che gli aveva dato fiducia, sebbene fosse la prima volta che si cimentava con la tecnica dell'affresco. Del resto, la competizione col Vinci non lo spaventava. Era sicuro che l'originalità della propria composizione, assieme all'esecuzione impeccabile dei disegni preparatori, avrebbero suscitato l'ammirazione di tutta Firenze e convinto la Signoria a stipulargli un buon contratto. Si trattava solo di lavorare duro, senza lasciarsi distrarre da nulla e da nessuno, fosse pure un mostro assetato di sangue.

Con un sospiro, mentre squadernava i cartoni sul pavimento e vi piazzava intorno qualche candela accesa, Michelangelo invidiò la lucida calma di Leonardo e perfino l'indifferente cinismo di Machiavelli. Non si lasciavano coinvolgere troppo, *loro*, dagli avvenimenti. Se solo avesse potuto imitarli, almeno un poco, non avrebbe avuto tante angosce. Ma non c'era nulla da fare. Ognuno nasceva a suo modo. Non esistevano scalpelli per modellare gli uomini, e tanto meno le loro anime.

Per fortuna, dopo qualche istante il lavoro lo assorbì completamente, come gli accadeva ogni volta. Aveva scelto di raffigurare un episodio della guerra tra Firenze e Pisa, ma di quella combattuta più di cento anni prima. Un tema molto attuale, comunque, visto che le due città erano tuttora in conflitto.

Aveva deciso di non rappresentare cavalli, perché su quel punto non poteva certo competere con Leonardo, espertissimo di anatomia equina. Avrebbe invece cercato di eguagliarlo, o perfino di batterlo, nel campo della figura umana dove si sentiva forte quanto lui, se non superiore. A questo scopo, avrebbe dipinto un gruppo di soldati fiorentini sorpresi dai Pisani mentre si bagnavano nell'Arno. Il che gli avrebbe consentito di rappresentare figure nude e seminude in tantissimi atteggiamenti diversi, facendo sfoggio della sua capillare conoscenza di muscoli e ossa.

Mentre disegnava a carboncino con tratti veloci e sicuri, secondo il suo stile, Michelangelo pensò, sorridendo tra sé, che in realtà lui e Leonardo non stavano eseguendo due *Battaglie*, ma stavano combattendo tra loro una *sola* battaglia, senza esclusione di colpi, per la supremazia artistica, a Firenze ma non solo. Erano già circolate voci sulla virtuosa competizione tra i due massimi artisti fiorentini. A lavori ultimati, tutta Europa sarebbe venuta ad ammirare le due pareti della Sala del Maggior Consiglio.

Alternando tratti di carboncino a lumeggiature di biacca, per ottenere dinamici effetti di chiaroscuro, Michelangelo si dedicò al disegno preparatorio di una delle figure centrali dell'affresco. Si trattava di un vecchio armigero che, sollecitato a uscire dall'acqua dal clamore della battaglia, si sforzava d'indossare le calze che non gli entravano a causa delle gambe umide. Un ottimo pretesto per sottolineare i fasci di muscoli e i tendini tesi per lo sforzo, rivelato anche dalla smorfia del viso. Intorno al vecchio, altri corpi muscolosi di bagnanti uscivano dall'Arno in ardite, insolite contorsioni.

Mentre dava spessore e vita all'anziano soldato, ritoccando

ogni tanto le ombreggiature delle figure che lo circondavano, Michelangelo cominciò a provare una sottile angoscia. Gli accadeva spesso, quando sperimentava la propria maestria nel disegnare l'anatomia umana. Era una specie di antico, oscuro senso di colpa. Da dove veniva la sua abilità nel raffigurare la muscolatura, infatti, se non dai tanti cadaveri che aveva profanato, facendoli a pezzi in nome dell'arte? Tentò di scacciare quel pensiero ossessivo che veniva spesso a turbarlo durante il lavoro, sia quando scolpiva che quando disegnava o dipingeva. Ma fu tutto inutile. La vista del cadavere scorticato in San Lorenzo aveva acuito i suoi sensi, rendendoli anche più vulnerabili al dolore. Sebbene cercasse di dominarsi, di concentrarsi sul disegno senza pensare ad altro, provava una sensazione di fastidio sempre più forte, quasi una *repulsione* per i muscoli gonfi, tonici, ben delineati delle sue figure. Sotto la pelle dei suoi bagnanti, tesa fino allo spasimo, gli sembrò di vedere la carne scoperta, rossastra, sanguinolenta delle fasce muscolari. E ancora più a fondo, il sangue pulsante nelle vene e la molliccia consistenza degli organi interni… Un senso di distacco, quasi di nausea per le parti anatomiche che stava raffigurando lo spingeva ad astrarsi, a vagare con la mente lontano dai cartoni preparatori, fuori dal suo studio, verso il rifugio di un limbo privo di pensieri…

Confuso dalla luce delle candele che strappava vaghi riflessi dai corpi disegnati, Michelangelo fu sopraffatto dal sonno, dalla stanchezza, dalle forti emozioni di quella notte maledetta. Pian piano scivolò nell'incoscienza, addormentandosi sui cartoni preparatori.

Mentre si agitava in un dormiveglia inquieto, gli sembrò di sentire dei rumori nello studio. La porta che si schiudeva con un lieve, quasi impercettibile cigolio (ma non l'aveva chiusa a chiave?), un felpato incedere di passi. La sensazione di una presenza, di un respiro lento e regolare nello stanzone. Una presenza sempre più vicina, incombente...

Quasi del tutto sveglio, sbattendo gli occhi per abituarli alla semioscurità, Michelangelo allungò una mano verso un mozzicone di candela quasi spento. Agì con calma, quasi con lentezza, come se uno strano, impellente istinto gli consigliasse di limitare al minimo i movimenti. Provava un'angosciante sensazione di *pericolo*, ma non riusciva a identificarne la fonte. Preso coraggio, usò la fiammella ormai spirante del mozzicone per accendere una nuova candela.

Fu allora che lo vide.

Una figura vestita di scuro, in piedi, immobile a pochi palmi da lui. La prima cosa che notò fu il demoniaco ghigno della maschera nera di *Alichino*. E poi gli inespressivi, gelidi occhi azzurri che lo fissavano. Una promessa di sofferenza, di morte, di dannazione... L'artista cercò di gridare, ma qualcosa gli strozzò la voce in gola. Si sentiva come paralizzato, incapace di qualsiasi reazione. Poi, quando la figura in nero estrasse dal mantello lo scalpello anatomico, luccicante al chiarore giallognolo dell'unica candela, Michelangelo riuscì finalmente a gridare...

Si svegliò urlando, madido di sudore. Era ancora riverso sui cartoni della *Battaglia*, le candele quasi del tutto consumate. Era ormai giorno fatto, e il sole inondava di luce lo studio.

Eppure, quando riuscì a dominare il tremore nervoso che lo squassava, non fu completamente sicuro di aver solo *sognato*.

* * *

Mentre dava gli ennesimi, meticolosi ritocchi al ritratto di Monna Lisa, Leonardo continuava a pensare al cadavere trovato in San Lorenzo. L'autopsia effettuata da Fracastoro aveva aggiunto alcuni inquietanti elementi al *modus operandi* dell'assassino, senza però contribuire all'acquisizione d'indizi utili alla sua cattura. Riguardo allo spostamento del cadavere, trasferito nella cripta medicea da una presunta cavità sotterranea, era un'idea che il medico basava sulla critica alla teoria della generazione spontanea, e quindi un'idea fortemente opinabile. Per quanto fosse propenso all'osservazione scientifica dei fenomeni naturali, e forse proprio per questo, Leonardo era convinto che le proposizioni di Ippocrate, ma soprattutto quelle di Aristotele, non si potessero mettere in discussione. Un'autorità antica quasi due millenni andava comunque rispettata. Se nuovi esperimenti sembravano contraddirla, andavano ponderati e ripetuti anche infinite volte, prima di trarre conclusioni contrarie all'*ipse dixit*. Infine c'era il problema del movente, che il secondo omicidio non aveva certo contribuito a chiarire. Che legame poteva esserci tra l'uccisione di un anziano falegname, ex stalliere dei Martelli, e quella del figlio dodicenne di una povera lavandaia? La mente scientifica di Leonardo rifiutava un nesso casuale, tantomeno d'ipotizzare bizzarri, occulti collegamenti che sfuggivano al pensiero razionale. Che il Canacci e Gianetta si conoscessero, per qualche motivo ancora misterioso? Che avessero lavorato entrambi per la nobile famiglia dei Martelli? E che quindi anche Vannozzo c'entrasse qualcosa, in qualche modo? Erano ipotesi plausibili, sulle quali era compito dei tirapiedi del *Machia* fare luce. Non erano quelli i dubbi che lo tormentavano.

Ciò che invece sconvolgeva maggiormente il Vinci, impedendogli di concentrarsi a dovere sulla *Gioconda*, era il rituale che l'omicida stava mettendo in atto, sempre più complesso a ogni delitto. Non era tanto turbato dalla specificità dei messaggi che *l'anatomista* lasciava dietro di sé, firmando le sue atrocità in modo quasi inconfondibile, quanto dalle *caratteristiche* di quei segnali, che stavano ormai assumendo una dimensione coerente, quasi omogenea. L'omicida era esperto di dissezione anatomica, ma anche di medicina e chirurgia, il che poteva identificarlo come medico professionista. Nello stesso tempo, però, la posizione in cui aveva disposto le membra del povero fanciullo rivelava un gusto raffinato, anche se macabro e perverso, per il senso della proporzione tipicamente umanistico. Una sensibilità da artista. Tutti questi elementi, difficilmente riscontrabili assieme in un solo individuo, ne facevano quasi un *alter ego* dell'unico umanista fiorentino che potesse fregiarsi del titolo di *scienziato* oltre che di *artista*... Cioè di *Leonardo da Vinci*, rifletté il pittore con un brivido, posando il minuscolo pennello col quale cercava da un'ora di catturare l'espressione che sempre sfuggiva dagli enigmatici occhi di Monna Lisa.

In fondo era questo ad angosciarlo di più, sospirò Leonardo, fissando lo sguardo misterioso della donna dipinta. Il fatto che l'assassino fosse una specie di *copia*, anche se deviata, di *se stesso*. Da questo punto di vista, pensò il Vinci aggrottando le sopracciglia, Machiavelli non aveva tutti i torti a sospettare di lui. Riusciva perfino a giustificare il Segretario, in un certo senso. Chiunque, dati gli elementi a disposizione, avrebbe fatto lo stesso. Inoltre, queste cupe considerazioni gli facevano sentire il peso di un'enorme responsabilità: se l'omicida possedeva una preparazione culturale simile alla sua, allora la persona più indicata a comprenderne le azioni (se simili atrocità *potevano* essere comprese) era proprio lui, Leonardo da Vinci. Solo lui poteva riuscire a prevederne e anticiparne le mosse, tentando di mettersi nei suoi panni e di *pensare* come l'assassino, per arrivare a catturarlo e consegnarlo al patibolo. Ma quella d'identificarsi con un mostro del genere era un'ipotesi che gli faceva orrore. Non poteva chiedere tanto a se stesso.

Sovrappensiero, Leonardo allungò una mano ingioiellata verso la ciotola che doveva contenere dei pennelli puliti, ma li trovò, con disappunto, tutti sporchi e incrostati di pittura. Il giorno prima aveva chiesto al Salaì di lavarli e asciugarli con cura e il ragazzo, come al solito, aveva ignorato i suoi ordini. Trovava sempre una buona scusa per non eseguire le lievi incombenze che gli assegnava in cambio di vitto, alloggio, splendide vesti e denaro sonante. Leonardo lo trattava meglio di un figlio, sicuramente meglio di quanto suo padre, il ricco notaio ser Piero, avesse mai trattato lui. E mai un'oncia di riconoscenza, mai un minimo, anche simbolico atto di sottomissione alla volontà del padrone di casa! Salaì era orgoglioso, selvatico, indipendente, ladro e ruffiano come un gatto. Ma questa era la goccia, pensò il Vinci con rabbia. Non gliel'avrebbe fatta passare liscia. Ogni pazienza aveva un limite...

Scaraventò con rabbia i pennelli sul pavimento, uscendo come una furia dallo studio. Stavolta, giustificazioni o meno, aveva intenzione di percuoterlo, perché non dimenticasse mai più, in futuro, i suoi doveri.

Dopo una rapida ricognizione della grande casa, lo trovò come sempre nella luminosa cucina al piano terreno, intento a saccheggiare la dispensa. Si stava ingozzando di dolci, il goloso, come se fosse ancora un bambino.

Lo sorprese alle spalle e il giovane ricambiò il suo sguardo irato con l'usuale espressione: un misto d'innocenza e d'insolente, arrogante sfacciataggine. Eppure, anche così, il suo viso era bellissimo. Ma questa volta, si disse Leonardo, non si sarebbe lasciato incantare dalla faccia angelica di quel malandrino. Non importava quanto sforzo gli costasse, lo avrebbe punito come meritava.

Mentre si stava preparando a colpirlo, si ricordò all'improvviso del corpo straziato in San Lorenzo. Salaì, quando lo aveva preso con sé, aveva pressappoco la stessa età di quel fanciullo. Ripensò alla violenza e alla morte che quell'innocente aveva subito in solitudine, abbandonato da Dio e dagli uomini, senza neppure la consolazione di vedere per l'ultima volta il viso materno, di stringere la mano di chi l'aveva messo al mondo...

Allora allungò la destra e fece al Salaì, che già s'irrigidiva in attesa della percossa, una delicata, tenera carezza.

* * *

Chiuso nella grande soffitta che aveva adibito a studio e laboratorio, oltre che a precaria abitazione, Girolamo Fracastoro si preparò a controllare il risultato dell'esperimento iniziato qualche giorno prima. Adesso, visti gli ultimi sviluppi del caso dell'*anatomista*, ci teneva ancora di più a verificare la sua teoria. Dopo aver convinto se stesso, avrebbe dovuto cercare di persuadere gli altri, orientando le indagini in modo più proficuo ed efficace. Se le sue considerazioni erano valide, non si doveva perdere altro tempo. Machiavelli, di fronte all'evidenza dei fatti, avrebbe dovuto sguinzagliare tutti gli sbirri disponibili, e perfino i soldati della nuova milizia cittadina, alla ricerca delle tracce giuste, ordinando loro di perlustrare ogni cava, grotta, antica cisterna abbandonata nei dintorni di Firenze. Da qualche parte nelle profondità della terra, fuori dalle mura della città, era stato ucciso, smembrato e scuoiato un fanciullo. Trovare il luogo dove era stato eseguito quell'orrendo rituale significava, senza ombra di dubbio, scovare la tana del mostro e fare un grosso passo avanti verso la sua cattura.

Avvicinandosi all'enorme tavolo che occupava quasi un terzo della stanza, ingombro di strumenti medici e alchemici e di antichi, polverosi volumi dalle pagine ingiallite, Fracastoro osservò con attenzione le due campane di vetro sotto le quali aveva disposto, alcuni giorni prima, due pezzi di carne bovina. Una delle campane era integra, l'altra era traforata da alcuni minuscoli buchi, grandi abbastanza per consentire il passaggio di mosche, moscerini e altri piccoli insetti. Dopo essersi spalmato sul labbro superiore un sottile strato di unguento ai sali di ammonio, per non essere disgustato dal puzzo della putrefazione, sollevò con cautela la campana integra. Il pezzo di carne sottostante, sebbene rivelasse già segni di decomposizione, era del tutto privo di larve o insetti. L'altra campana preferì non sollevarla subito, perché al suo interno erano intrappolate decine di mosche e moscerini, che volavano frenetici urtando le pareti di vetro.

Siete entrati per deporre uova e larve nella carne putrefatta, sorrise il medico, scrutando da vicino il caotico movimento degli insetti, *e adesso non riuscite più a uscire...*

Dopo essersi divertito un po', osservando gli scoordinati tentativi di fuga delle creaturine alate, decise di regalare loro la libertà, scoperchiando il pezzo di carne in decomposizione. Poi, con una pinza e un coltello, prese a esplorarlo alla ricerca di nuove, più profonde tracce di vita. Non rimase deluso. La carne nerastra era piena di puntini bianchi, e di vermetti giallognoli che si contorcevano sotto i suoi ferri. Uova e larve.

«Gli insetti non nascono *dalla* carne!» gridò il medico trionfante, come se stesse parlando a un intero, attento consesso di scettici studiosi. Aveva ripetuto quell'esperienza svariate volte, negli ultimi mesi, e sempre con gli stessi risultati. «Non importa ciò che dice Aristotele!» esclamò, continuando a pensare ad alta voce. «La carne isolata dall'esterno non ha *generato* nulla! Questa è l'ennesima dimostrazione, se ancora fosse necessario, che uova e larve vengono portate dall'*esterno* sui cadaveri in putrefazione!»

Chissà se Leonardo da Vinci, messo di fronte all'evidenza, continuerebbe a sostenere la teoria della generazione spontanea, rifletté dubbioso, proseguendo la sua esplorazione. *Possibile che non gli sia venuto in mente di verificare con un esperimento simile, anche solo per curiosità scientifica, gli assiomi del suo caro Aristotele?*

Mentre gettava dalla finestra i due pezzi di bue, affidandoli al canale di scolo sottostante, Fracastoro pensò che, se il Vinci e Machiavelli continuavano a ironizzare sulla sua teoria, li avrebbe costretti ad assistere a una dimostrazione pratica. *Doveva* convincerli che la base segreta dell'*anatomista* si trovava in un luogo sotterraneo, dove non entrava *mai* la luce. Dovevano rintracciarlo, scovarlo, braccare l'assassino senza tregua...

Prima che uccidesse ancora.

XVI

Lo stesso giorno, ai Vespri

I tre uomini, camuffati con rozzi abiti popolani per non dare nell'occhio, avanzavano cauti tra la rumorosa folla che gremiva il rione di San Pietro a Scheraggio, tenendo le dita serrate sulle else dei pugnali nascosti tra le pieghe dei vestiti. Gli occhi spalancati, i sensi all'erta, procedevano guardinghi pur senza darlo a vedere, mescolandosi con finta naturalezza alla puzzolente ressa di mendicanti, imbonitori, borsaioli, tagliagole, zingare e donne di malaffare dediti alle loro attività in quell'angolo di Firenze, più simile a una bolgia dantesca che a un rione cittadino. Sembrava quasi impossibile che, nelle immediate vicinanze di piazza della Signoria, si spalancasse quell'antro infernale dimenticato da Dio, dove qualsiasi ignominia poteva accadere e da cui perfino gli Otto di Guardia si tenevano volentieri alla larga. Se non fossero stati diretti a un incontro che poteva dare una svolta alla loro indagine, i tre coadiutori della Seconda Cancelleria avrebbero di certo evitato di avventurarsi tra quella marmaglia. Ma in quel caso il gioco valeva la candela. Con un po' di fortuna, avrebbero messo a segno un colpo per cui il *Machia*, una buona volta, sarebbe stato fiero di loro.

A questo pensavano Biagio Buonaccorsi, Agostino Vespucci e Andrea di Romolo mentre si facevano largo a spintoni nella calca, tra vicoli luridi di escrementi e di piscio sui quali si affacciavano fatiscenti casacce popolari in cui tra il vociare risuonavano spesso, come contrappunto di una musica diabolica, orribili oscenità e feroci bestemmie.

Erano diretti verso l'antica osteria *della Baldracca*, l'infame locanda che aveva dato il nome all'intero rione e che ben meritava quell'epiteto. La sua origine derivava dalla storpiatura della città orientale di Baldacco sul fiume Tigri, l'antica Babilonia madre di ogni nefandezza. Persino Petrarca e Boccaccio l'avevano citata in alcune prose. Non esisteva altro luogo di Firenze, infatti, dove si radunasse un numero più grande di ribaldi e rifiuti della società, nel quale si tramasse una maggiore quantità di furti, aggressioni, omicidi, mercimoni di corpi maschili e femminili, falsificazioni di moneta, fatture, sortilegi e altre attività criminali e sacrileghe. Era raro che un avventore o un'avventrice della *Baldracca* non fosse un'anima già destinata alla dannazione eterna, nonostante l'immensa misericordia di Dio. In mezzo a questa fauna di esseri bestiali e disperati, i tre assistenti di Machiavelli dovevano incontrare colui che avrebbe potuto aiutarli ad aprire una nuova pista nella difficile caccia all'*anatomista*.

Animati da questa speranza, i tre si spinsero con coraggio fino alla famigerata osteria, varcandone la soglia dopo essersi scambiati una fugace occhiata d'intesa. Ognuno aveva il proprio compito, ma toccava ad Andrea di Romolo l'incombenza più delicata.

Mentre i suoi compagni si fermavano poco dopo l'uscio, fingendo di guardarsi attorno con aria svagata, Andrea si diresse con passo deciso verso uno dei banconi della locanda, sopraelevato rispetto agli altri come il pulpito ligneo di una chiesa sacrilega. Era il posto di comando dell'unica, indiscutibile regina della *Baldracca*: Monna Tessa, vedova del precedente proprietario Uguccione, defunto in tarda età per motivi ai quali si vociferava non fosse estranea la bella consorte, molto più giovane del marito. Comunque fosse andata la faccenda, Tessa aveva ereditato la più malfamata, ma anche una delle più redditizie, osterie di Firenze e del contado, gestendola da sola con pugno di ferro. Nonostante le molte profferte maschili di aiuto e protezione, non aveva mai voluto condividerne la gestione. Ma la solitudine di Tessa riguardava solo la conduzione degli affari, leciti o meno, che si svolgevano tra le sordide mura dell'osteria, e non certo il suo letto. Era bravissima a difendere se stessa e i suoi negozi, coadiuvata da una piccola ma agguerrita corte di giovani sgherri, disposti a dare perfino la vita in cambio di buoni fiorini e delle sue grazie. A quasi quarant'anni, Monna Tessa celava infatti uno spirito da capitano di ventura in un corpo ancora piacente, al quale il trascorso esercizio della cortigianeria aveva donato una sensualità in grado di far perdere la testa alla maggior parte degli uomini che frequentavano la sua locanda.

Andrea di Romolo, però, si era mostrato da subito diverso. Era fatto di ben altra pasta rispetto ai violenti, sboccati, volgari bifolchi che animavano le notti di Monna Tessa. La prima volta che i loro sguardi si erano incrociati, la donna aveva provato una strana sensazione. La diffidenza, che una del suo ambiente avrebbe dovuto normalmente provare per un funzionario della Seconda Cancelleria, aveva ben presto ceduto il posto a una strana curiosità. Perché veniva così spesso alla *Baldracca*?

Perché si sedeva da solo a un tavolo d'angolo, restando a fissarla per ore in silenzio? Quando, dopo giorni di quello strano comportamento, Tessa gli si era avvicinata chiedendogli, con aria sgarbata, cosa diavolo cercasse da lei, e se per caso avesse intenzione di condurla alle Stinche, *Andrea* (non avrebbe mai creduto, in vita sua, di arrivare a chiamare per nome un signore di quel livello), le aveva regalato il più bel sorriso che avesse mai ricevuto. E da quel momento in poi, in un crescendo che l'aveva stordita come un'ubriacatura da Malvasia (com'era squisito ma traditore, quel vino orientale!), i loro incontri erano divenuti, pian piano, sempre più frequenti e più intimi... Tessa era ormai letteralmente impazzita per quel gioviale, scherzoso, buffo giovane che la teneva allegra con le sue facezie e le declamava, nei momenti della passione amorosa, sonetti del Petrarca e del Poliziano, e al quale preparava, con le sue stesse mani, saporite pietanze che non avrebbe mai cucinato per chiunque altro dei suoi amanti... Anzi, ormai si concedeva sempre meno agli altri, giusto ogni tanto ai suoi sgherri per tenerli buoni e conservarne la fedeltà. Ma in realtà aveva occhi solo per *Andrea*... Era *innamorata*? Non avrebbe saputo dirlo. In tutta la vita, se ne accorgeva solo adesso, non aveva mai conosciuto il significato di quella parola. Sapeva solo che, quando giaceva tra le coltri con quel giovane, avrebbe voluto restare lì in eterno, cancellando per magia, una volta e per sempre, l'intera osteria *della Baldracca* e tutto il merdoso rione di San Pietro a Scheraggio.

«Ti stavo aspettando, amore mio» cinguettò la donna appena lo vide. Lo sguardo le si era illuminato e assunse l'atteggiamento di una grossa gatta che fa le fusa.

Andrea le sorrise, ponendosi l'indice davanti alla bocca.

«Abbassa la voce, mia allodola. Sono venuto con due amici, per quell'incontro che mi avevi promesso...»

«Mantengo sempre la parola, mio caro» replicò Tessa, lanciando intorno un'occhiata da cospiratrice. Trovarsi per una volta dall'altra parte della barricata, aiutando il suo amante in una misteriosa indagine degli Otto di Guardia la eccitava terribilmente. In fondo la vita dell'ostessa, perfino quella di una che bazzicava il sottomondo criminale, poteva essere molto monotona. E poi era felice di dare una mano al suo *Andreuccio*, sebbene non lo avrebbe mai ammesso. «Certo che mi fai fare degli azzardi...» sospirò infatti, fingendosi preoccupata. «Io e te non dovremmo condividere certe cose...»

«Verrà presto il giorno in cui condivideremo *tutto*, mia colomba» le sussurrò Andrea all'orecchio, sfiorandolo con la lingua e godendosi, abbastanza divertito, l'effetto provocato dalle sue moine sul volto rapito di Monna Tessa. E dire che stava pensando da un po' di troncare quella relazione troppo pericolosa che gli stava, oltretutto, anche venendo a noia. Stava proprio rimuginando su qualche espediente che, una volta abbandonata, lo proteggesse dalle ire dell'ostessa, quando Biagio e Agostino gli avevano proposto di utilizzarla come *cavallo di Troia* per forzare il silenzio omertoso della criminalità fiorentina. Il piano poteva essere buono, anche se avevano riso a crepapelle di come quella similitudine omerica si adattasse benissimo ai trascorsi e alla natura stessa della femmina in questione... In ogni modo, l'abbandono era stato rimandato, con un certo sollievo che Andrea si era ben guardato dal confessare agli amici. In fondo, non si poteva mai sapere come una donna simile potesse reagire a certi scherzi...

Biagio e Agostino avevano continuato a osservare la scenetta da lontano, aspettando un cenno dal compagno. Nel frattempo controllavano il resto della grande sala al piano terreno ingombra di avventori avvinazzati, tra i quali decine di garzoni e servette si muovevano frenetici, facendo la spola tra le grandi botti di rovere sulla parete di fondo, la cucina e i sudici tavoli impregnati di unto e di vino. Il vasto ambiente era illuminato da un chiarore fioco, in quanto Monna Tessa risparmiava sull'olio delle lampade, ma la penombra era sempre assai gradita dalla clientela della *Baldracca*, per ovvi motivi di discrezione...

«Allora, amore mio, dov'è il *nostro* uomo?» chiese Andrea all'ostessa, con una certa impazienza. Aveva già recitato abbastanza la parte dello spasimante, ed era ansioso di risultati. «No, non lo indicare. Devo insegnare *io* a *te* certe cose? Dimmi solo dov'è seduto, e descrivimelo bene, fingendo di ridere con me per tutt'altra conversazione. Al resto penserò io coi miei amici.»

Ricevute le informazioni, Andrea tornò nella ressa facendo un segno a Biagio e Agostino, che lo seguirono senza dare nell'occhio verso un piccolo tavolo d'angolo un po' isolato dagli altri.

Tessa ha organizzato le cose a puntino, pensò Andrea soddisfatto. *L'ha fatto sedere in un punto dove potremo parlare tranquilli, lontano da orecchie indiscrete. Per quanto sia comunque difficile ascoltare i conversari dei vicini, in questa bolgia infernale...*

Al tavolo, con le spalle appoggiate alla parete, sedeva un vecchio male in arnese. Le sue vesti, sdrucite e piene di buchi, avevano di certo vissuto giorni migliori. Dal cranio gli pendevano poche, lunghe ciocche di sporchi capelli bianchi. Il colore violaceo delle gote rugose e del grosso naso rivelava il beone incallito, come pure il tremore delle labbra da un angolo delle quali, facendosi strada tra pochi denti giallastri, colava ogni tanto un filo di bava. Andrea si sedette di fronte al vecchio che in quel momento, con il capo chino sul tavolo, non sembrò accorgersi della sua presenza, e neppure di quella di Biagio e Agostino.

Siamo venuti fin qui per incontrare questo ubriacone? si chiese il Buonaccorsi, lanciando ad Andrea uno sguardo perplesso. Anche il Vespucci fissò il vecchio e poi l'amico con aria interrogativa, cercando di respirare il meno possibile. Il fetore, accanto a quel rottame umano, era ancora maggiore che nel resto della locanda.

«Buona serata, nonno» mormorò Andrea, toccando una mano rugosa del vecchio per attirarne l'attenzione. La velocità con cui l'anziano ritirò l'arto, sollevando di scatto la testa, fu degna di un ragazzino. Possedeva ancora una forza e una vitalità insospettabili. Ma non solo. Quando incrociò lo sguardo dei tre uomini, un lungo brivido corse lungo le loro schiene. I suoi occhi, sebbene arrossati e cisposi, erano infatti vispi, intelligenti, vividi di una luce maligna. Occhi che avevano visto cose orribili, specchi di un'anima altrettanto orribile, pensò Andrea cercando di sostenerne la vista. Aveva fatto male a sottovalutare quel vecchio, sebbene all'inizio gli avesse dato l'impressione di un comune avvinazzato. Del resto, Monna Tessa sapeva il fatto suo. Non gli avrebbe mai fatto incontrare un semplice ubriacone.

«Non sono tuo nonno» replicò l'anziano con voce roca. «A meno che non mi sia capitato d'ingravidare quella puttana di tua nonna all'insaputa del marito... Ma questo puoi dirmelo solo tu, ragazzo.»

Nonostante l'offesa, Andrea non poté fare a meno di sorridere alla salace battuta. «M'informerò e ti farò sapere» ghignò, trattenendo con un cenno l'istintiva reazione dei due compagni. Almeno avevano rotto il ghiaccio.

«Nel frattempo,» ghignò a sua volta il vecchio «che ne diresti di sciacquarci un po' la gola? Monna Tessa, che il Diavolo la protegga sempre, mi ha detto che avrei incontrato tre gentiluomini generosi...»

Buonaccorsi afferrò per un braccio uno degli affannati garzoni che correvano tra i tavoli ai richiami dei clienti. «Tre mezzette di quello buono» ordinò. «Il migliore che avete.»

«Facciamo *cinque boccali*» lo corresse l'ubriacone, facendo segno con la mano aperta. Aveva lunghe e nodose dita dalle unghie nere, adunche come quelle di un rapace. «Non so che tempra di bevitori siano lor signori... Ma una mezzetta a me basta appena per cominciare.» Le dita non tremavano neppure un po', a dispetto dell'evidente sbronza. I tre uomini pensarono che quelle mani, sebbene incartapecorite dagli anni, fossero ancora capaci di stringere un pugnale, o di strangolare un malcapitato. «E al vino unirei qualcosa da masticare» aggiunse, sornione. «Sempre facendo affidamento sulla vostra generosità, s'intende...»

«Una padellata di *granelli*» ordinò allora Agostino al garzone che Biagio non aveva ancora mollato, riferendosi ai testicoli di montone fritti con aglio, olio e rosmarino che aveva visto servire ai tavoli vicini. «Poi un grosso tondo di *carbonate*,» continuò, indicando le lunghe salsicce piccanti che sfrigolavano sulle graticole «per aiutarci a bere.»

«E anche un bel po' di *tomaselle*» concluse Andrea, pregustando le squisite polpette di pasta zuccherata e uova. Ormai, in barba alla tensione, il gusto per la buona tavola aveva preso come sempre possesso dei tre. Del resto, Andrea aveva garantito che l'osteria *della Baldracca* poteva anche essere un covo di tagliagole, ma per il resto si mangiava benissimo e si beveva ancora meglio. E quindi, perché non approfittarne? D'altro canto, dovevano porre quel vecchio demonio nella migliore disposizione d'animo per sciogliergli la lingua, e nulla come il buon vino e il buon cibo poteva raggiungere meglio lo scopo.

I boccali arrivarono subito, portati da una procace servetta tutta sorrisi e moine.

«Adesso che ci siamo mostrati generosi,» disse Andrea al vecchio, dopo che ebbero tutti tracannato abbondanti sorsi di Chianti «potresti anche confermarci il tuo nome. Altrimenti è difficile fare conversazione. Tu sai chi siamo. Te l'ha detto Tessa. E tu dovresti essere Neri...»

«Già... *Conversazione*...» mormorò l'altro, con una smorfia di sarcasmo. Un lungo filo di bava, colorato di rosso dal vino, gli scese da un angolo della bocca. «Monna Tessa, che l'Inferno da cui viene la riaccolga un giorno con tutti gli onori, mi ha accennato che cosa volete sapere... Ma vedete... Un povero vecchio come me ha difficoltà a ricordare. Il buon vino può sciogliere la lingua, soprattutto di chi non lo regge, ma può oscurare i pensieri...»

Figlio di buona donna, pensò Andrea, irritato. *Cerca di alzare la posta. Tessa me l'aveva detto che non si sarebbe accontentato di una cena e di una sbornia. Era prevedibile. Mi sa che dovremo pagare ogni informazione, e anche salata...*

«Però il tuo nome, almeno, lo ricorderai...» intervenne Biagio, lasciandosi sfuggire un tono da interrogatorio ufficiale. I due colleghi gli scoccarono un'occhiata di rimprovero. Diplomazia, ci voleva, se non intendevano rovinare tutto. Anche se non si trovavano alla corte di Francia, in quell'ambiente dovevano muoversi ugualmente con molta cautela.

«E cosa conta un nome?» ridacchiò il vecchio, tossendo cupamente dopo una lunga sorsata di vino. «Ai miei tempi, quand'ero giovane e in gamba, avreste potuto chiamarmi oscurità, terrore, crudeltà, *morte*... Sarebbero stati tutti adatti a descrivermi, signori miei, ve lo garantisco... Ma adesso non importa più come mi chiamo. Il mio nome non spaventa più nessuno. Altrimenti non sarei ridotto così, come mi vedete.»

Commovente, pensò Biagio, senza lasciar trapelare alcuna ironia dal suo volto imperturbabile. Con quell'avanzo da forca bisognava essere bravi giocatori, come ai dadi, per non pagare troppo la sua presunta collaborazione. Se fiutava l'odore dei fiorini, era capace d'inventarsi le storie più strampalate.

«Anche Vannozzo era come te?» riprese il Buonaccorsi, andando direttamente al dunque. Non era il caso di girarci troppo intorno. Tanto valeva scoprire le carte, e vedere a quanto saliva la posta. «Pare che tu l'abbia conosciuto...»

I quattro si zittirono improvvisamente quando un garzone depose sul tavolo una grande padella e due tondi carichi di cibo fumante. Attesero con prudenza che si allontanasse, anche se Agostino aveva avuto l'impressione che il ragazzo, o un altro servo simile a lui, si fosse attardato già prima nei dintorni del loro tavolo. Che fossero spiati? In effetti, una locanda come quella non era il posto migliore per un interrogatorio, l'aveva sostenuto fin dall'inizio. Ma Andrea aveva insistito che un tipo come Neri, da come lo aveva descritto Monna Tessa, sarebbe diventato muto come un pesce se portato alla Seconda Cancelleria, o peggio alle Stinche, o in qualsiasi luogo dove non volesse recarsi di propria volontà. Andava preso con le buone. Solo così c'era speranza di cavarne qualche informazione utile alle indagini.

«Vannozzo! Puah! A petto a me era un… *apprendista*» replicò sprezzante il vecchio, riempiendosi la bocca sdentata di bocconi che neppure riusciva a masticare. Sembrava molto irritato dal paragone fatto da Biagio. Si vedeva dalle intense occhiate malvagie che gli lanciava, senza risparmiare gli altri due commensali.

«In effetti, era molto più giovane di te. Magari gli avrai fatto da *maestro*» intervenne Andrea, conciliante, versando nel coccio del vecchio un'abbondante dose di Chianti. Continuava a sperare che il vino robusto lo avrebbe ammorbidito, anche se per ora pareva bevesse acqua di fonte…

«Gli ho insegnato tutto io» rispose l'altro, tracannando d'un fiato il denso liquido. «Imparò tutto da me, quel figlio di puttana. Ma è sempre stato ingrato. Sì, un ingrato e maledetto figlio di troia…» Il vino che aveva scolato, spinto dall'abile strategia dei suoi ospiti, stava cominciando a fare effetto. Gli occhi di Neri si erano velati di una strana, vitrea malinconia, fissi nel vuoto come a inseguire antichi ricordi… «Mi lasciò fuori dal suo lavoro più importante, quello che ci avrebbe garantito la vecchiaia. Io no! Non ero degno, io, di servire i gran signori come faceva lui! Io che gli avevo insegnato tutto… Maledetto ingrato. Il figlio di puttana, però, non se l'è goduta la ricompensa! È andato all'Inferno, quando meno se l'aspettava! E quando lo raggiungerò gli sputerò anche in faccia! Certo che lo farò!» Il vecchio cominciava a balbettare, la voce impastata dalla sbornia. I tre assistenti del *Machia* gli si fecero più vicini, drizzando le orecchie. Anche se in modo incoerente, stava cominciando a raccontare dettagli interessanti. Doveva essere stimolato a parlare di più, a organizzare i ricordi in modo più lucido...

«Qual era il *lavoro* importante?» gli sussurrò all'orecchio il Buonaccorsi, il cuore che gli batteva all'impazzata. *Forse ci siamo*, si disse, con la medesima emozione di un cacciatore in vista della difficile, agognata preda. *Finalmente una pista, e su di essa delle tracce...* «Chi erano i... *grandi signori*?»

L'altro lo fissò a lungo in silenzio. Poi scoprì i pochi denti giallastri in un sorriso di derisione. «Non sono informazioni che si comprano con una cena e un po' di vino. Ci vuole ben altro, signori miei...»

«Ad esempio... Cinquanta fiorini?» azzardò Biagio che aveva ricevuto da Machiavelli l'ordine di disporre, in caso di necessità e con la dovuta parsimonia, dei cinquecento che la Signoria aveva posto come taglia sull'*anatomista*.

Gli occhi vitrei del vecchio s'illuminarono. «Monna Tessa aveva ragione a definirvi gentiluomini generosi. Per quella cifra vi racconterò, a patto di farlo come col prete in confessione, un bel po' di cose su Vannozzo e sul suo ultimo *lavoro*, che quell'ingrato possa bruciare nel più profondo dell'Inferno... Ma non qui. Datemi qualche istante di vantaggio, poi seguitemi fuori della locanda. Conosco un posto dove potremo parlare in pace.»

Dopo essersi scambiati un'occhiata di assenso, i tre uomini osservarono il vecchio che si dirigeva all'uscita con passo sorprendentemente fermo nonostante l'età e il vino che aveva in corpo, poi pagarono il conto e gli andarono dietro. Non intendevano perderlo di vista neppure un attimo.

All'esterno dell'osteria, il chiarore rossastro del tramonto aveva ormai ceduto il passo al crepuscolo, e presto sarebbe arrivata la notte. I tre funzionari si stavano chiedendo dove li avrebbe condotti il vecchio, accelerando il passo per accorciare le distanze, quando l'ombra che li precedeva si fermò all'improvviso con un urlo soffocato. Si portò le braccia al petto, si accasciò e cadde sul selciato.

I tre accorsero cercando di penetrare la coltre della semioscurità... Agostino fu il primo a scorgere, a una certa distanza, un uomo a cavallo che si dileguava al galoppo. Impossibile inseguirlo a piedi.

Quando raggiunsero Neri, ammesso che si chiamasse davvero così, era troppo tardi.

Un dardo di balestra gli aveva spaccato il cuore.

XVII

Lo stesso giorno, dopo la Compieta

«Da non credere» sibilò Machiavelli, stringendo i pugni fino a far sbiancare le nocche. «Avevate una pista, forse addirittura un testimone… E ve lo siete fatto ammazzare sotto il naso!»

In quel momento, gli sarebbe piaciuto strangolare con le proprie mani i tre uomini che gli sedevano davanti con gli occhi bassi e l'atteggiamento da cani bastonati. Come se la notizia non fosse già pessima, quegli idioti erano corsi a riferirgliela direttamente a casa, gridando e facendo irruzione nell'austero palazzotto di famiglia, come se l'edificio stesse andando a fuoco. Gli avevano interrotto la cena e sua moglie Marietta, che stava mettendo in culla il piccolo Bernardo, era quasi morta per lo spavento. C'era voluto del buono e del bello per calmarla. Adesso si era ritirata nelle sue stanze col bimbo che vagiva come un ossesso, mentre lui, irritato e digiuno, aveva indetto una riunione d'emergenza nel suo studio privato, dove si nutriva dell'unico cibo che gli era davvero congeniale: la ricerca storica. Ricevere gli assistenti proprio lì, nella fucina dei propri *studia humanitatis*, gli sembrava quasi un sacrilegio. Tanto più che si trovava in veste da camera, mentre di solito nel suo studio privato indossava una toga di foggia romana, per immedesimarsi negli *antichi*.

«Allora» continuò, celando nei cassetti dello scrittoio, con gesti rapidi e gelosi, fogli su fogli vergati in elegante grafia umanistica. «Cosa avete da dire per giustificarvi?»

«Giustificarci?» esclamò Biagio, senza credere alle proprie orecchie. Questo era troppo. Ora il *Machia* stava proprio esagerando. «Ma ti rendi conto che potevamo lasciarci la pelle anche noi, come quel rottame di Neri?» Gli altri due annuirono vigorosamente.

Un ammutinamento, di bene in meglio, pensò Machiavelli, sempre più infuriato. «E con questo?» sbraitò, senza dare tempo a nessuno di aggiungere altro. Certe insubordinazioni andavano stroncate sul nascere. «Tutti noi abbiamo giurato di dare anche la vita per la Repubblica! Vi ricordo che molti Fiorentini si sono già immolati, e si stanno ancora immolando sotto le mura di Pisa! Se preferite servire lo Stato in quel modo, non avete che da chiederlo… E vi giuro che sarete subito accontentati» concluse minaccioso. I tre tornarono ad abbassare lo sguardo.

«Noi… abbiamo fatto del nostro meglio» replicò Agostino, in tono dimesso. Gli altri due annuirono con un cenno lieve, appena percettibile.

«Non ne dubito» sorrise ironico Machiavelli. «Anche in questo caso, però, chissà perché, non è stato abbastanza… Ma non perdiamo tempo in chiacchiere. Visto che il nostro testimone è ormai all'Inferno, riflettiamo su quello che *avrebbe potuto* dirci. Tu che ne pensi, Andrea? In fondo sei stato tu a organizzare l'incontro.»

«Dico che mi viene quasi da piangere, *Machia*, se penso a quanto fossimo vicini alla verità su questa brutta faccenda…

L'assassinio stesso di Neri ne è la prova. Un filo segreto di sangue lega Vannozzo al povero Petruccio, e di conseguenza all'*anatomista.*»

«Io non ne sarei tanto sicuro» intervenne Biagio, scuotendo la testa. «Non abbiamo elementi certi per collegare le attività criminali di Vannozzo con gli ultimi delitti. Sappiamo solo che *qualcuno* ha voluto impedire a Neri di parlare. Di *cosa* non potremo mai saperlo, purtroppo. Certo, qualche legame dovrebbe esserci, soprattutto perché Petruccio era figlio di Vannozzo... Ma *quale*? Non abbiamo fatto nessun passo avanti su questa ipotesi, e non è detto che porti dritto al nostro misterioso *anatomista.*»

«Inoltre, nel caso di Neri l'omicida non ha seguito il solito *modus operandi*» aggiunse Agostino, perplesso.

«Questo è un elemento trascurabile» replicò pronto Machiavelli. «Il nostro uomo potrebbe aver cambiato tecnica, spinto dall'urgenza di zittire per sempre uno scomodo testimone. In questo caso, dovremmo attribuirgli una nuova competenza, quella di abile balestriere.»

«Certo non era facile nella semioscurità, da cavallo e a quella distanza...» annuì Andrea. «Un uomo d'armi, un ex soldato?»

«Il che allargherebbe il numero dei sospettabili a qualche altro centinaio» sospirò il Segretario. La delusione cominciava a trasparire dal suo volto stanco. «Se l'assassino di Neri non fosse l'*anatomista*, ma avesse qualcosa a che fare con lui, non è che questo ci aiuterebbe molto. Anzi, ci sono tantissimi uomini, a Firenze, in grado di usare con maestria una balestra. A proposito, credo che abbiate già tentato d'identificare il dardo, da quale armaiolo sia stato acquistato...»

«Il marchio della bottega è stato abraso» scosse la testa Biagio. «Senza quello, è solo un pezzo simile a tanti altri. Comunque, se lo desideri, possiamo chiedere a tutti gli artigiani di via dei Balestrieri, ammesso che sia stato venduto a Firenze...»

Machiavelli fece un irritato cenno di diniego.

«Neri ha fatto in tempo ad accennare a un importante *lavoro* che Vannozzo avrebbe svolto per conto di... *gran signori*» riprese Biagio, pensoso. «Che si riferisse ai Martelli? In fondo Canacci, la prima vittima dell'*anatomista*, aveva lavorato per loro. Se devo essere sincero, *Machia*, mi ha molto insospettito la reticenza degli amministratori di San Gervasio nel rispondere alle nostre domande sull'ex stalliere. Forse sarebbe il caso di approfondire facendo convocare un portavoce dei Martelli dal Gonfaloniere.»

Il Segretario chiuse gli occhi e si prese la testa tra le mani, scuotendola lentamente. «Taci, Biagio, ti prego... A volte, senza offesa, ragioni come un fanciullo...»

«Ti sembrano così assurdi, i miei sospetti?»

«Niente affatto. Anzi, li avrebbe anche un idiota. Ma non è questo il punto. Te l'immagini, il Segretario della Seconda Cancelleria che chiede al Soderini d'importunare la Famiglia Martelli, per chiederle chiarimenti sul suo presunto coinvolgimento nell'assassinio di un ex stalliere? Come minimo, saremmo tutti trasferiti sotto le mura di Pisa...»

Il Buonaccorsi annuì in silenzio, con aria rassegnata.

«In ogni modo, è inutile rimuginare sul passato» tagliò corto Machiavelli, battendo un palmo sullo scrittoio. «La brutta esperienza di questa sera è già *storia*, ma la storia è *magistra vitae*, quindi vediamo cosa può insegnarci. *In primis et ante omnia*, incontrando Neri avete toccato, in qualche modo che ancora non ci è chiaro, il nervo scoperto di *qualcuno* che non vuole si conoscano i trascorsi di Vannozzo. Il che potrebbe voler dire, *secundum*, che la caccia all'*anatomista* ci sta conducendo in territori ignoti che si allargano verso confini inattesi… *Tertium*, il filo di sangue che lega Neri, Vannozzo e i misteriosi *gran signori* potrebbe non aver nulla a che fare con la nostra indagine, anche se su questo ho molti dubbi. Il povero Petruccio era figlio di Vannozzo, e non credo possa essere una semplice *coincidentia*. Comunque sia, dobbiamo continuare a muoverci nel campo delle ipotesi. Probabilmente, quel dardo di balestra ha solo ritardato il nostro cammino verso la soluzione dell'enigma. Sono convinto che sia solo questione di tempo. Purtroppo *tempus fugit*, mentre il Gonfaloniere mi sta sempre più col fiato sul collo!»

«Novità sul fronte medico e artistico?» chiese Agostino, cercando di stornare la rabbia del *Machia* dalle loro teste.

«Sebbene ciò non vi giustifichi affatto,» sospirò il Segretario, intuendo il tentativo del Vespucci «Leonardo, Michelangelo e Fracastoro non stanno progredendo di un'oncia. Devo ammettere che, tutto sommato, vi state impegnando assai di più rispetto a loro, anche se i risultati non sono molto differenti…»

«Che facciamo adesso?» lo interruppe Andrea, per evitare un altro predicozzo.

«Quello che avevamo già previsto, ma che ora diventa ancora più urgente» rispose Machiavelli, seccato per l'interruzione. «Interrogate di nuovo Gianetta, stavolta con calma e in maniera approfondita. Potrebbe sapere cose, sul defunto Vannozzo, che non ha ancora voluto confessare.»

«Ci andiamo tutti e tre?» chiese Andrea, lanciando un'occhiata ai compagni.

Il Segretario scosse la testa. «Niente affatto. Solo uno. Gianetta non deve essere *interrogata* in senso stretto, non ne sarebbe in grado. Diciamo che dovrà essere coinvolta in... un'amichevole *conversazione*, con molto tatto e delicatezza. Dalle notizie che ho ricevuto, è ancora in stato pietoso per la morte del figlio.»

«Posso propormi per quest'incarico, *Machia*?» intervenne il Buonaccorsi, battendo sul tempo i due colleghi che si scambiarono un ammiccante sguardo d'intesa.

Il Segretario lo fissò a lungo negli occhi. «Qualsiasi cosa tu abbia in mente, Biagio, ti ricordo che la lavandaia è adesso sotto la protezione dell'Arcivescovo Orsini, il che fa di lei una specie di *nobildonna*. Quindi comportati bene. Non voglio sentire lamentele sul tuo conto. Ti riterrò personalmente responsabile di qualsiasi evento possa turbare l'animo di Gianetta, fosse pure un tuono improvviso o il rintocco di una campana a morto.»

«Se Biagio non se la sente, io mi sacrifico volentieri» sorrise Andrea di Romolo. «E tu, Agostino? Non saresti pronto a togliere un amico dai guai?»

«Grazie per l'aiuto» replicò seccamente il Buonaccorsi, indirizzando ai due un'occhiata di disprezzo. «Dalle vostre stesse profferte di soccorso, si evince quanto io sia l'unica persona in grado di svolgere con serietà questo compito, e non certo per gli scopi che immaginate voi. Perdonali, *Machia*, perché non sanno ciò che fanno.»

«E con questa citazione dai Santi Evangeli, un po' sacrilega dato il contesto,» concluse Machiavelli alzandosi in piedi «dichiaro terminata la riunione. Non osate tornarmi davanti senza qualche nuovo elemento per cui valga la pena disturbarmi.

La mia pazienza ha un limite, e voi siete pericolosamente vicini a superarlo. Siamo intesi?»

I tre annuirono uscendo uno dopo l'altro dal *sancta sanctorum* del capo.

Non dissero una parola neppure quando si trovarono in strada, abbacchiati e pensosi, finché un garzone dai vestiti unti non li strappò dalle loro cupe riflessioni.

«Chi di voi è Andrea di Romolo?»

Quando l'interpellato fece un cenno d'assenso, il garzone gli porse un biglietto. «Da parte della mia padrona. Non esige risposta» concluse, allontanandosi a passo svelto.

Alla luce della lampada appesa fuori del portone di casa Machiavelli, Andrea aprì il pezzo di pergamena ripiegato. Era un messaggio di Monna Tessa. Gli comunicava, in un fiorentino abbastanza sgrammaticato, di aver avuto molti problemi a causa del ritrovamento, poco lontano dalla sua locanda, del cadavere di Neri. Non era al corrente di che parte avesse avuto Andrea, oppure i suoi amici, nell'assassinio del vecchio, né voleva saperlo. Naturalmente non aveva detto nulla agli sbirri (non era certo una spia o un'infame, poteva esserne sicuro) che l'avevano però infastidita a lungo con insistenti domande, importunando anche i suoi clienti. Quindi gli chiedeva di non farsi più vedere all'osteria, per la tranquillità di entrambi, finché lei stessa non gliene avesse dato il permesso. Appartenevano a mondi opposti e avevano fatto male a collaborare in certe faccende. Se anche Andrea se ne rendeva conto, gli sarebbe stato più facile evitare di vederla per un periodo che Tessa non sapeva quanto sarebbe stato lungo, ma di certo non breve.

«Novità?» chiese Biagio, avvicinandosi e sbirciando incuriosito il biglietto.

Per tutta risposta, Andrea gli allungò il messaggio con aria indifferente.

«Sempre fortunato, tu» ridacchiò il Buonaccorsi, dopo aver letto e passato il foglio al Vespucci. Per certe cose, tra i tre compari non c'erano segreti.

«Davvero» sorrise Agostino, scrollando le spalle. «Dicevi sempre di voler trovare un modo per lasciarla... Ed eccoti servito su un piatto d'argento!»

«La vera fortuna l'ha avuta stasera il nostro Biagio!» esclamò Andrea, dandogli una pacca sulla spalla. «Potrà *interrogare* a piacimento Monna Gianetta, e con la benedizione del *Machia*!»

«Ma ci riuscite, almeno una volta, a essere meno *animali*?» sbottò Biagio, allontanando con ira la mano del Vespucci che aveva imitato il gesto di Andrea. «Vi ricordo che stasera abbiamo assistito alla morte violenta di un *uomo*, anche se era un sordido beone carico di chissà quali peccati... Tralasciando il fatto che forse l'abbiamo addirittura *provocata*, voi avete ancora genio di scherzare? E su chi, poi! Su quella santa donna della povera Gianetta...»

«Sì, sì, certo... Guarda che ti abbiamo capito, ti conosciamo bene, noi!» continuò a ridacchiare Andrea assieme al Vespucci, per nulla impressionati dalla reazione del collega. «Proprio tu che cerchi sempre di schivare ogni incarico stavolta ti offri *volontario*, guarda caso!»

«Voi non avete capito nulla, e non mi conoscete affatto!» ringhiò il Buonaccorsi, sputando per terra e voltando loro la schiena. In realtà l'uomo, avendo due figli piccoli, si era immedesimato nel profondo dolore della lavandaia, anche se non lo avrebbe mai confessato ai suoi compagni.

Le risate e i richiami dei due compari lo spinsero ad allontanarsi a passo sempre più svelto, sparendo tra i vicoli della città notturna.

A questo punto, Andrea e Agostino si zittirono, scambiandosi occhiate perplesse. Biagio non aveva mai reagito così alle loro battute. Ripresero a chiamarlo a gran voce finché una secchiata d'acqua, lanciata da Machiavelli da una finestra del secondo piano, non li colpì in pieno costringendoli a dileguarsi.

XVIII

4 febbraio, verso l'ora terza

«Questa l'abbiamo trovata un'ora fa, svuotando uno dei *tamburi*» disse Machiavelli, spiegando sullo scrittoio un pezzo di pergamena. «Si tratta di una denuncia anonima, una delle tante infilate nei contenitori messi dagli Otto a disposizione dei cittadini. In genere la giustizia non tiene conto delle delazioni non firmate. Ma per il momento, visto che brancoliamo ancora nel buio, possiamo anche prenderla in considerazione. Prego, datele pure un'occhiata» disse al medico e ai due artisti, porgendo loro il foglio. «Qualsiasi commento è bene accetto.»

Leonardo fu il primo a prendere la pergamena sgualcita, osservandola con attenzione. Conteneva un breve messaggio, vergato in inchiostro nero con raffinata grafia umanistica. La scrittura di una persona colta, su questo non c'erano dubbi. Il biglietto recitava:

Notifico a voi Signori degli Otto che in verità Baldo Folchi, che tiene bottega di pittore in via degli Artisti, è persona trista di animo e di costumi, ed è incestuoso e sodomita ma, per sua maggiore vergogna, pratica e ha praticato molte anatomie fuo-

ri della legge di Dio e degli uomini, sezionando e profanando molti corpi di morti, sottraendoli ai cimiteri e agli Ospedali col consenso di Confraternite di sepoltura e di medici compiacenti. E forse ha commesso anche omicidio per la nefanda pratica dell'anatomia. Di ciò vi faccio fede.

«Lo conoscete?» chiese Machiavelli a Leonardo. «Il Folchi, intendo.»

«Mai sentito» rispose passando il foglio a Michelangelo.

«Neppure io» confermò il Buonarroti, leggendo a sua volta la denuncia. «Si tratta comunque di un'accusa grave.»

«Direi proprio di sì» annuì il Segretario. Poi si rivolse a Fracastoro, che stava in quel momento esaminando la pergamena. «Trattandosi di un pittore e non di un medico, mi sembra inutile chiedervi se sappiate chi sia.»

«Infatti non lo conosco» scosse la testa l'interpellato, restituendo il foglio.

«Si tratta comunque di una delazione anonima» intervenne Michelangelo, dubbioso. «Potrebbe averla scritta l'assassino stesso, per depistare le indagini.»

«Oppure un pittore rivale, per invidia verso il Folchi» aggiunse Leonardo. «Succede anche di peggio, nel nostro litigioso ambiente.»

«Dalle informazioni che ho preso,» sorrise ironico Machiavelli «mi sembra difficile che Baldo Folchi possa suscitare l'invidia di qualcuno, e tanto meno di un artista concorrente. I suoi affari non sono mai andati troppo bene. Si tratta di un oscuro artistucolo, che sbarca il lunario con lavoretti di poco conto. Del resto, se fosse il contrario, lo conoscereste almeno di fama, no?»

«Avete intenzione di procedere nei suoi confronti?» chiese Leonardo, osservando di nuovo la denuncia con aria scettica. Più di vent'anni prima, quando era ancora in vigore la magistratura degli Ufficiali della Notte, aveva subìto anche lui una denuncia anonima tramite il *tamburo*. Era stato accusato di sodomia attiva nei confronti di Jacopo Salterelli, un diciassettenne garzone di orafo che prestava i suoi *servigi* a molti Fiorentini, almeno da come affermava la delazione. Convocato davanti agli Ufficiali, se l'era cavata solo perché l'accusa era anonima. Era stato assolto, a condizione che non pervenisse una seconda denuncia firmata.

«Ho già proceduto» sospirò il Segretario, ripiegando con cura il pezzo di pergamena. «Baldo Folchi si trova alle Stinche. Capite, se ci fosse anche un briciolo di verità nell'accusa... Non potevamo rischiare che il sospettato ci sfuggisse di mano. Ci sarà tempo per appurare se si tratta di una calunnia. Per il momento l'ho messo al sicuro, garantendogli vitto e alloggio a spese della Signoria.»

Michelangelo commentò con una smorfia di disappunto il sarcasmo del Segretario. L'antico carcere delle Stinche, che sorgeva in via del Palagio, era durissimo per i detenuti che non potevano permettersi di pagare una libbra al giorno per il mantenimento. Per i benestanti, incarcerati per motivi politici o di bancarotta fraudolenta, la detenzione poteva anche diventare umana. Ma per i poveri, come doveva essere Baldo Folchi, la permanenza tra le sue mura poteva trasformarsi in un inferno.

«Ha parenti?» domandò, pensando alle conseguenze della carcerazione sulla famiglia del detenuto.

«Secondo le mie informazioni, aveva una moglie che morì qualche anno fa» rispose Machiavelli. «Probabilmente di stenti, e per le percosse che il marito le somministrava quotidianamente, col pretesto di correggerne il brutto carattere. Un tipo violento, il che coinciderebbe con il temperamento del nostro *anatomista*.»

Fracastoro strinse i denti, fremendo d'indignazione. Ne aveva curate molte, da quando era medico, di donne e fanciulle ridotte in fin di vita dalle botte dei padri, dei mariti o dei fratelli. Del resto, anche nella civilissima Firenze, la *percussio* sulle donne a fini pedagogici era consentita dalla legge.

«Folchi ha anche una figlia» continuò Machiavelli. «Si chiama Agnese. Ma è in pessimi rapporti con il padre, non lo frequenta più da molto tempo. E comunque non è a conoscenza del suo arresto. A quest'ora starà ancora dormendo» aggiunse con un sogghigno. «Per riposarsi dalle sue... *fatiche notturne*, se così possiamo dire.»

«È una meretrice?» chiese Leonardo, inarcando appena le sopracciglia.

«Non di quelle da poco prezzo» ammiccò il Segretario. «Si tratta di una bellissima fanciulla, a quanto mi dicono. Ha una clientela abbastanza selezionata. In genere si appoggia a qualche bordello di una certa qualità, ma a volte lavora anche in proprio. È comunque iscritta nel registro degli Ufficiali dell'Onestà, sebbene non le sia imposto, in quanto meretrice saltuaria, di portare cucito sulle vesti il nastro giallo. Però ha l'obbligo, nel giorno di Santa Maria Maddalena, di ascoltare almeno un sermone di un frate predicatore. Eh sì, non sempre *nomen est omen*» concluse, motteggiando sul significato di *casta* e *pura* che aveva Ἁγνὴ in greco antico.

Fracastoro sorrise tra sé. Non di quella facezia etimologica ma del fatto che la Chiesa, sebbene percepisse congrue tasse dall'attività delle meretrici, ci tenesse a salvaguardarne l'anima.

«I miei assistenti stanno già perquisendo la bottega del Folchi, in cerca d'indizi utili alla nostra indagine» riprese Machiavelli, rivolgendosi ai due artisti. «Sarebbe opportuno che faceste anche voi un sopralluogo. Chissà, occhi esperti potrebbero notare qualcosa che sfugge ai profani. Per voi non ho incombenze particolari, Fracastoro» concluse, incrociando lo sguardo del medico. «Ma… stavate per dirmi qualcosa?»

«Volevo chiedervi…» attaccò esitante il dottore «se non fosse possibile organizzare una piccola dimostrazione scientifica, qui nel vostro studiolo. Durerebbe solo qualche giorno, e non vi arrecherebbe alcun disturbo. Vorrei addurvi prove abbastanza sostanziali della mia teoria sulla generazione degli…»

«Ah, sì… I famosi insetti» lo interruppe il Segretario, con aria annoiata. «Ne parleremo poi con calma. Adesso non abbiamo tempo. Dobbiamo indagare su un presunto assassino.»

* * *

Via degli Artisti era costellata di botteghe che affacciavano sulla strada, alcune sormontate da appariscenti, variopinte insegne fatte apposta per attirare l'attenzione dei clienti.

Leonardo e Michelangelo si sentivano fuori posto, quasi estranei all'ambiente che li circondava mentre percorrevano la strada a passo svelto, in cerca dell'attività di Baldo Folchi. Avevano sempre frequentato assai poco via degli Artisti. Trascurata dalla maggior parte dei pittori e degli scultori di prestigio, era infatti luogo di raccolta di modesti artigiani che tiravano a campare vendendo, ogni tanto, opere dozzinali a clienti privi di gusto.

Era una bella giornata, e il sole invernale aveva spinto molti artefici a lavorare fuori dalle botteghe, approfittando della luce proveniente dal terso cielo azzurrino che sovrastava in quel momento Firenze. Leonardo e Michelangelo passarono accanto a molti squallidi imbrattatele, intenti a ritoccare con attenzione le loro misere croste, mentre gli *scultori*, in realtà mediocri scalpellini, modellavano rozze statuine da giardino tra schegge di marmo e nuvole di polvere bianca, in un frenetico concerto di tonfi di martello sui manici delle subbie e degli scalpelli. In tanta alacre attività, la strada si riempiva di odori di pittura e di polvere di marmo, solleticando le narici di chiunque costeggiasse le umide botteghe brulicanti di uomini e garzoni all'opera. Nonostante si trattasse di semplici artigiani, il lavoro in genere non mancava agli abitanti di via degli Artisti. I cittadini di Firenze, con la loro innata passione per l'arte, commissionavano spesso opere di livello e costo assai vario, a seconda del ceto sociale e delle possibilità economiche, garantendo un minimo di sussistenza anche all'artista meno dotato. Si trattava comunque di una vita dura per gli artefici, sempre in cerca di un cliente e sempre a combattere coi dolorosi morsi del freddo e della fame. Erano pochi, in città, i pittori e gli scultori riveriti e corteggiati dai potenti della Repubblica, artisti privilegiati che frequentavano le stanze sontuose dei palazzi signorili, banchettando alle mense dei nobili e dei grandi banchieri. Per gli altri, i meno bravi o i meno fortunati, c'era solo la quotidiana lotta per la sopravvivenza.

Leonardo procedeva con aria impettita tra le file di quei caduti nella battaglia per la fama, tra quegli sconfitti che spesso lo riconoscevano e s'inchinavano, rispettosamente ma con malcelata invidia, al più famoso pittore di Firenze. Gli scalpellini salutavano invece con schietta cordialità Michelangelo, sorridendo al giovane maestro della scultura già noto per la sua splendida *Pietà* romana e soprattutto per il mitico *David*, orgoglio del popolo fiorentino, la più gigantesca statua mai scolpita dall'epoca degli antichi Greci.

Michelangelo accettava di buon grado, con la sua innata modestia, i segni di stima dei colleghi meno fortunati, ricambiando con gioia i sorrisi degli scalpellini. Le giornate trascorse da ragazzo a Settignano, tra i tagliapietre che scavavano la montagna in cerca del marmo, gli avevano insegnato il rispetto per il sudore e la fatica. Non si era mai sentito *migliore* di un qualsiasi lavoratore della pietra. Era stato solo baciato con più amore dalla Dea Bendata. Una sorte che non era toccata ad altre centinaia di onesti, scrupolosi artigiani del marmo.

La bottega di Baldo Folchi si trovava in fondo alla strada, nascosta in un angolo buio. I due artisti la riconobbero vedendo gli sbirri che, armati di alabarda, montavano la guardia fuori dell'uscio socchiuso. Quando i nuovi venuti si avvicinarono alla vecchia porta di legno tarlato, la coppia di armigeri lanciò loro un'occhiata interrogativa, stringendo le aste delle alabarde.

«Dite a Biagio Buonaccorsi che Leonardo e Michelangelo sono qui» comandò il Vinci alla guardia più anziana.

Mentre l'armigero eseguiva l'ordine, Michelangelo ebbe il tempo di osservare la bottega. La facciata aveva l'intonaco scrostato in molti punti. Dall'unica finestra del primo piano, dove il Folchi probabilmente abitava, si era staccato uno degli scuri. L'altro, appeso a un solo cardine, sembrava pronto a sganciarsi. Già dall'esterno, l'insieme dava un profondo senso di abbandono, di squallore, di miseria. Una sensazione di speranze tradite, di sogni non realizzati, di profonda delusione... Con un brivido, Michelangelo pensò che avrebbe potuto trovarsi al posto del Folchi se la ruota della Fortuna, in ossequio al suo cognome *Buonarroti*, non avesse sempre girato a suo favore. Come diceva spesso Machiavelli, la *virtus* di un uomo serviva a poco senza l'aiuto della *fortuna* e dell'*occasio*.

Le sue riflessioni furono interrotte dall'armigero che uscì e con un lieve inchino indicò ai due artisti la porta. Preceduto da Leonardo, il giovane scultore entrò nell'angusto spazio al piano terreno, dove il Folchi teneva il suo laboratorio. Per qualche oscuro istinto, Michelangelo non riusciva a considerare il proprietario di quella stamberga come il misterioso, feroce *anatomista*. Folchi poteva essere violento quanto si voleva, ma troppi elementi non quadravano. A ogni modo, era presto per giudicare.

All'interno della bottega, impregnata dal lezzo della muffa e dall'odore pungente dei colori, i tirapiedi di Machiavelli avevano già messo a soqquadro i pochi pezzi di mobilio e le scarse suppellettili del pittore. Gettati intorno alla rinfusa, senza il minimo rispetto per il loro presunto valore artistico, molti dipinti giacevano sul pavimento polveroso, invaso da ogni sorta di sporcizia. Leonardo e Michelangelo osservarono i quadri con aria critica. In effetti erano proprio croste, dipinte senza il tocco della vera arte. Le figure non erano tanto male, ma i colori lasciavano abbastanza a desiderare. I soggetti erano i soliti: crocifissioni, Pietà, Madonne con Bambino, qualche ritratto di piccoli borghesi o di artigiani, gente che non poteva spendere troppo per farsi raffigurare. La clientela tipica di Baldo Folchi, a giudicare dalle condizioni del suo studio. Era un esecutore di robetta da appendere sopra i camini, in case senza pretese, oppure sui poveri altari di chiesette di campagna.

«Avete trovato qualcosa d'interessante?» chiese Leonardo ai tre uomini, ancora impegnati a rovistare tra le cianfrusaglie della bottega.

«Niente strumenti chirurgici, né scalpelli anatomici, se è questo che intendete» sbuffò Biagio Buonaccorsi, senza degnarsi di salutare i nuovi arrivati. «E neppure un costume o una maschera da *Alichino*» aggiunse, lanciando a Michelangelo un'occhiata che allo scultore sembrò di derisione. «Abbiamo trovato un po' di allume di rocca, ma questo non significa nulla. Tutti i pittori lo usano.»

«Avete perquisito il piano superiore?» domandò Leonardo, guardandosi intorno con espressione disgustata. Quella bottega sembrava, più che lo studio di un artista, la fatiscente stamberga di un rigattiere.

«Da cima a fondo» intervenne Agostino Vespucci, scaraventando sul pavimento ciotole, tavolozze e pennelli incrostati di pittura. «Niente di niente. Di sopra ci sono solo un giaciglio puzzolente, un tavolo e due sedie sgangherate, un piccolo focolare e un buiolo per i bisogni. Pieno, per giunta» concluse torcendo la bocca in una smorfia di disgusto. «Comunque lo abbiamo svuotato, nel caso l'indiziato avesse nascosto prove schiaccianti nella merda e nell'orina. Naturalmente non c'era nulla. Ma se volete salire a ricontrollare...»

«In compenso abbiamo trovato questi» s'inserì Andrea di Romolo, porgendo a Leonardo un fascio di grandi fogli di pergamena. «Se volete dare un'occhiata... Sembrano interessanti» aggiunse, con un sorriso ammiccante.

Assieme a Michelangelo, che si era avvicinato incuriosito, il Vinci osservò i fogli con attenzione. Contenevano studi di figure realizzati a sanguigna o a carboncino. Ma si trattava di schizzi molto particolari.

Raffiguravano satiri e ninfe in vari atteggiamenti carnali, dai più comuni ai più imprevedibili e fantasiosi. In alcuni era rappresentata una discreta dose di violenza, con villosi fauni che percuotevano o torturavano giovani Naiadi dai corpi flessuosi, accanendosi soprattutto sulle parti intime. Michelangelo ammirò la maniera in cui il disegnatore aveva abbozzato le sue figure, specialmente quelle femminili. Non era tanto la resa anatomica, non eccezionale, quanto il *vigore espressivo* dei visi e dei corpi a stupirlo. Quelle ninfe sembravano *vive*. Le loro espressioni di sfrenato godimento o d'intenso dolore, spesso fuse su uno stesso volto, sembravano uscire dalla carta per assumere un'esistenza reale. Michelangelo si chiese, con curiosità morbosa, se per caso Agnese non avesse fatto da modella per quelle oscene, eccitanti figure.

«Se questi disegni sono di Folchi,» mormorò, meravigliato «ci troviamo comunque di fronte a un valido artista.»

«Oppure all'assassino» commentò Leonardo, aggrottando la fronte con aria severa. «Dietro questi schizzi, per quanto realizzati con abilità, si nasconde senz'altro una mente perversa. A meno che l'autore non li abbia disegnati, invece che per *proprio* piacere, per qualche committente amante dell'osceno. Ce ne sono molti a Firenze, soprattutto tra i nobili e i ricchi borghesi. Un florido commercio clandestino, per gli artisti senza scrupoli.»

«Pervertito deve esserlo di certo» confermò Buonaccorsi, con un sorriso astuto. «Dalle informazioni che abbiamo preso, raccogliendo i pettegolezzi qui in giro, risulterebbe che il Folchi tentò di violentare la figlia, qualche anno fa. Per questo Agnese lo ha abbandonato, andando a vivere da sola coi proventi della sua... *professione*. Diceva che, piuttosto che darla *gratis et amore Dei* al padre, preferiva commettere un peccato minore prostituendosi a chi poteva pagarla. Così promise al genitore che, se avesse rinunciato a rivendicare su di lei i diritti della *patria potestas*, non lo avrebbe mai denunciato come incestuoso agli Otto di Guardia.»

«Proprio una bella famigliola» ridacchiò il Vespucci, seguito a ruota da Andrea di Romolo.

«Bene» concluse il Buonaccorsi, con un sospiro. «Visto che in questa topaia non abbiamo trovato nulla, non ci resta che andare alle Stinche per interrogare Baldo Folchi.»

«Io ci terrei di più a interrogare la figlia» sogghignò di Romolo. «Non me la sono mai potuta permettere, con la misera paga che ci passa la Cancelleria. Dicono sappia fare dei giochetti da impazzire...»

«Arriverà il suo momento» ridacchiò il Vespucci, facendo l'occhiolino al compagno. «Per ora andiamo a fare una lunga, proficua chiacchierata col padre. Alle Stinche, ragazzi! E voi, messeri?» chiese con una caricatura d'inchino, rivolgendosi ai due artisti. «Vi degnate di accompagnarci? Il *Machia* ha richiesto la vostra presenza. Ci attende tutti al carcere. Avanti, non facciamolo aspettare!»

Mentre seguiva i tre fuori della bottega, Michelangelo pensò che quei superficiali e arroganti *gentiluomini* consideravano ogni cosa come un festoso divertimento. Perfino la probabile, imminente rovina di un essere umano.

XIX

Lo stesso giorno, verso l'ora sesta

I cinque rimasero in silenzio mentre percorrevano la lunga via del Palagio fino alla Porta Ghibellina che era stata costruita, nelle antiche mura, per celebrare la vittoria di Montaperti. Passarono anche davanti alla casa di Leonardo. Il Salaì, affacciato a una finestra del primo piano, salutò il suo tutore con un cordiale gesto della mano. Il Vinci sorrise, rispondendo con un cenno del capo.

«È sempre più ladro e bugiardo» mormorò, quasi a se stesso. «Ma gli voglio sempre più bene.» Ormai aveva capito che, procedendo con l'età, gli sarebbe stato assai difficile rinunciare alla spontanea freschezza del giovane. Preferiva non pensare all'eventualità che, un giorno, il Salaì potesse abbandonarlo. Del resto, era una possibilità molto remota. Quel malandrino stava troppo bene, a casa sua.

Il carcere delle Stinche sorgeva proprio al termine della strada, accanto a Porta Ghibellina. Era un semplice parallelepipedo in muratura, edificato dalla Repubblica due secoli prima. Aveva preso quel nome perché vi erano stati rinchiusi, subito dopo la costruzione, i prigionieri catturati dai Fiorentini nell'assedio al Castello delle Stinche, un antico maniero appartenente alla famiglia Cavalcanti. Per molto tempo aveva *ospitato* prigionieri di guerra e detenuti politici. Poi vi erano stati rinchiusi anche i debitori insolventi, i bancarottieri, i criminali comuni. Nella sua lunga storia, il carcere aveva visto molti uomini illustri varcare le sue porte: lo storico Giovanni Villani, il pittore Cennino Cennini, l'ambasciatore del Re di Napoli Pietro Vespucci, condannato per aver partecipato alla congiura dei Pazzi contro i Medici, perfino l'eroica moglie di Francesco Gianfigliazzi, entrata a Firenze travestita per perorare la causa del marito esiliato. Una lunga sequela di nomi, di volti, di vicende politiche e umane era passata per le oscure e squallide celle delle Stinche.

In tempi più recenti, però, era diventato il carcere dei derelitti. Cosimo il Vecchio e Girolamo Savonarola, quando erano incorsi nei rigori della legge, erano stati infatti segregati nel cosiddetto *Alberghetto*, una cella molto più prestigiosa, seppure angusta, situata nella torre di Arnolfo a Palazzo della Signoria. Le celle ricavate dal loggiato e dal verone del Palazzo del Bargello, sede del Capitano di Giustizia, erano tuttora riservate ai detenuti illustri. I nobili e i ricchi, anche nell'eventuale disgrazia di una detenzione, ricevevano da anni, almeno a Firenze, un trattamento assai migliore di quello destinato ai figli del popolo.

I tre assistenti del *Machia* non sembravano troppo impressionati mentre si avvicinavano, a passo svelto, all'altissimo muraglione che circondava l'edificio. Erano abituati a frequentare le Stinche, a causa degli incarichi assegnati loro dalla Seconda Cancelleria. Leonardo e Michelangelo erano invece turbati mentre la cupa ombra del carcere incombeva sulle loro teste. Non avevano mai varcato quella soglia, neppure come visitatori. Sarebbe stata un'esperienza nuova. E la cosa suscitava ai due artisti una sottile inquietudine.

Quando Biagio Buonaccorsi bussò alla porticina di legno scuro che costituiva l'unica via d'accesso all'edificio, porgendo al secondino venuto alla feritoia l'autorizzazione degli Otto a visitare Baldo Folchi, i due artisti fissarono pensosi la frase latina che sovrastava l'ingresso. *Oportet misereri*, recitava l'iscrizione, invitando i visitatori a compatire le atroci sofferenze dei detenuti. Per questo i Fiorentini, col solito sarcasmo, avevano battezzato *porta della miseria* l'ingresso delle Stinche. Ma al dovere dell'umana, se non della cristiana compassione, erano chiamati tutti gli abitanti di via del Palagio. Spesso Leonardo, quando non era rinchiuso nello studio a lavorare o a meditare, vedeva passare sotto le sue finestre i tristi cortei dei condannati a morte che dal carcere, confortati con canti e preghiere dai membri incappucciati della Confraternita dei Neri, si recavano al luogo dell'esecuzione presso la Torre della Zecca. Spesso aveva colto al volo, con rapidi schizzi a carboncino, le espressioni ora meste, ora torve dei volti emaciati di uomini e donne destinati a un'imminente, infamante morte. Bocche flosce, oppure digrignate come quelle di animali presi in trappola. Occhi inespressivi, oppure ardenti di una luce folle, spesso malvagia. Porte spalancate sugli abissi di anime sconosciute, tormentate da mille demoni.

E adesso, pensò Leonardo con un brivido, stava per entrare nel *loro* inferno, nel luogo oscuro dove si concentrava l'umanità sofferente, reproba e dannata di Firenze. Se avesse portato con sé il materiale per disegnare, avrebbe potuto raccogliere decine di meravigliosi schizzi sulle fisionomie dei volti e sulle sfuggenti espressioni dei detenuti. Ma probabilmente, una volta lì dentro, non avrebbe avuto il coraggio di farlo. Nonostante la sua fama di lucido ragionatore privo di emozioni, il carboncino gli sarebbe scivolato dalla mano tremante. Con una smorfia di disappunto, scacciò quei pensieri quasi fossero infantili sciocchezze. Bisognava avere almeno un po' di rispetto, per i sepolti vivi delle Stinche. Era il minimo che un uomo libero, padrone di sé e della propria vita, potesse fare.

Seguendo il Buonaccorsi e i suoi compagni, i due artisti superarono l'angusto posto di guardia, sorvegliato da due annoiati alabardieri, imboccando poi uno stretto e lungo corridoio dal soffitto basso, appena rischiarato da fioche lanterne. Man mano che i visitatori procedevano, guidati dall'indolente secondino vestito di panno scuro, il tanfo e i rumori del carcere diventavano sempre più intensi. Quando finalmente sbucarono, dopo un percorso che sembrava non finire mai, nella zona delle celle, il lezzo e il rumore li assalirono all'improvviso con tutta la loro violenza, penetrando nelle narici e nelle orecchie come una sostanza solida, vischiosa.

Sotto le basse volte, umide e mal illuminate, la puzza della muffa e del sudore si mescolavano a quella delle feci, dell'orina e del cibo andato a male, creando un nauseabondo miasma. I cinque uomini furono felici di non aver ancora desinato, perché avrebbero rischiato di non riuscire a trattenere nello stomaco quanto avevano mangiato. Le grida, i lamenti e le bestemmie dei detenuti si fondevano, rimbombando tra le volte, con gli ordini secchi, le brutali percosse e i perfidi scherni dei secondini. Anche se la regola delle Stinche prevedeva, per i reclusi che parlassero senza essere interrogati, la fustigazione con corde indurite nella pece, un supplizio che staccava brani di pelle a ogni colpo, la norma non veniva quasi mai applicata. Infatti il rauco clamore proveniente dalle celle si fondeva con la sinistra eco dei chiavistelli girati nelle serrature, col cigolio dei cancelli e con lo sferragliare delle catene.

A Michelangelo, che a Bologna aveva dilettato il nobile Aldovrandi leggendogli interi brani della *Commedia* di Dante, quella bolgia ricordò alcuni versi del Canto III dell'*Inferno*, dove il sommo poeta aveva descritto la pena degli Ignavi:

Quivi sospiri, pianti e alti guai
risonavan per l'aere sanza stelle,
per ch'io al cominciar ne lagrimai.
Diverse lingue, orribili favelle,
parole di dolore, accenti d'ira,
voci alte e fioche, e suon di man con elle
facevano un tumulto, il qual s'aggira
sempre in quell'aura sanza tempo tinta,
come la rena quando turbo spira.

Sembrava quasi che Dante avesse preso ispirazione proprio dalle Stinche per scrivere quegli immortali versi.

Continuando a tallonare i suoi compagni, che a loro volta seguivano docili il secondino, Michelangelo lanciò qualche rapida occhiata all'interno delle celle, spinto da una specie di morbosa curiosità. E la sua sensazione di trovarsi nell'*Inferno* dantesco ne uscì rafforzata. La maggior parte dei detenuti stavano ammucchiati in poco spazio, seminudi o nudi del tutto. Molti erano incatenati al pavimento o alle pareti, ed erano quindi costretti a liberare la vescica e gli intestini sul posto. Gli altri, i più fortunati, potevano defecare e orinare in un piccolo pozzo secco al centro della cella, tenuto sempre scoperto. In pratica i reclusi vivevano, mangiavano e dormivano in una sorta di latrine comuni, nelle quali il tanfo si mescolava alla puzza dolciastra, rivoltante del sangue rappreso. Sui corpi di alcuni detenuti, Michelangelo notò i segni di vecchi o recenti supplizi. Dita schiacciate, giunture slogate, tagli e bruciature rivelavano che quei disgraziati erano passati per la sala delle torture, subendo le pesanti attenzioni del boia. Per molti di quei relitti umani, una sentenza di condanna a morte sarebbe stata una liberazione.

Il secondino si fermò davanti a una porticina di legno scuro, rinforzata da stanghe di metallo arrugginito, facendone girare la serratura con una delle grosse chiavi che portava appese alla cintura di cuoio.

«È qua dentro» grugnì, indicando ai visitatori l'angusto interno della cella. «Quando avrete finito, mandatemi a chiamare» concluse, congedandosi con una scrollata di spalle. Per lui, tutti i detenuti erano uguali. Pezzi di carne, carogne umane senza speranza. Forse non ne ricordava nemmeno i volti. Anzi, magari neppure li *vedeva*. Il suo lavoro consisteva nell'assicurarsi che entrassero, con le loro gambe o spinti a calci, in quegli orridi buchi chiamati celle, e che ne uscissero poi in qualche modo: vivi, morti o storpiati per sempre, non aveva molta importanza.

Biagio Buonaccorsi ordinò ai compagni di attendere fuori, facendo cenno ai due artisti di entrare. Stavolta Michelangelo, spinto dalla curiosità, dimenticò di cedere il passo a Leonardo. Il Vinci lo seguì con una certa riluttanza, continuando a tenere sotto il naso il profumato fazzoletto di seta col quale, da quando era penetrato nelle Stinche, aveva difeso le sue delicate narici.

La prima figura che scorsero, stringendo gli occhi per abituarli alla semioscurità, fu quella di Niccolò Machiavelli. Era seduto su una panca bassa, tarlata, con accanto una fioca lanterna. La luce giallognola rischiarava appena l'ambiente, proiettando ombre allungate sulle pareti viscide dove decine di pidocchi, grossi come farfalle, scorrazzavano liberamente. Di fronte al Segretario, un uomo giaceva sul pavimento incrostato di sporcizia, le spalle appoggiate alla parete, con il collo incatenato al muro da uno spesso, arrugginito collare metallico.

«Accomodatevi, prego» mormorò Machiavelli in tono piatto, indicando ai due artisti lo spazio rimasto sulla panca. «Mi raccomando, non avvicinatevi alle pareti. I pidocchi vi spolperebbero vivi. Sono perfino più affamati dei topi, in questa sudicia cella. Mi dispiace di avervi convocato qui, ma avevo bisogno della vostra consulenza. Questa perversa carogna è sospettata di sodomia e d'incesto, oltre che d'omicidio, ma è pur sempre un... *artista*. Tra di *voi* dovreste comprendervi. Mi darete una mano a interrogarlo.»

L'uomo incatenato alla parete voltò la testa, per quanto glielo permetteva il collare, verso i due nuovi arrivati. La fioca luce della lanterna gli illuminò appena il viso, quel tanto che bastò a Leonardo e a Michelangelo per distinguerne i tratti.

I folti capelli arruffati, di un nero intenso, incorniciavano un volto squadrato, duro e rugoso, dalla mascella prominente. Gli occhi erano freddi, di un azzurro intenso. Le labbra sottili, appena increspate da una smorfia che poteva essere di sarcasmo o di malvagità, scoprivano una chiostra di denti ingialliti ma ancora integri. La corporatura era media, ma abbastanza robusta. Sotto la camicia, sudicia e sdrucita, s'intuivano muscoli da bracciante o da soldato, più che da pittore.

«Saluta i nostri ospiti, Baldo Folchi» gli ordinò Machiavelli con voce calma, allungandogli un calcio svogliato senza neppure muoversi dalla panca. «Sono venuti apposta a trovarti. Gentili, non trovi?»

L'uomo lanciò al Segretario un'occhiata torva, digrignando appena i denti giallastri. Poi voltò al massimo la testa verso i due artisti, strofinando la pelle sudata della gola contro il freddo, arrugginito metallo del collare.

«Siate il benvenuto, ser Leonardo» mormorò con voce strozzata, accennando col capo una ridicola parodia d'inchino. «Ammiro molto le vostre opere. Ma perché ci tenete tanto, a visitare in carcere un pittore mediocre? Salute anche a voi, Buonarroti» aggiunse meno deferente. «Anche voi siete bravo, sebbene la scultura sia un'arte da tagliapietre.»

«Da questo punto di vista, non posso che concordare con voi» sorrise Leonardo, guardando Michelangelo con una smorfia divertita. «Se il gusto estetico scagionasse dai sospetti, mio sfortunato Folchi, dovreste essere subito liberato!»

«Temo non sia così semplice» commentò Machiavelli, bloccando con un gesto l'istintiva replica del Buonarroti. Quei due erano capaci di accapigliarsi ovunque, pensò irritato. Perfino nel carcere delle Stinche. «Tieni per te i tuoi giudizi artistici, Folchi. Hai questioni più importanti di cui preoccuparti. Ti accusano di aver effettuato dissezioni illegali di cadaveri, e forse di aver addirittura ucciso per procurarti corpi da anatomizzare. Lo neghi?»

«Lo nego senz'altro» replicò pronto il detenuto. «E poi, se anche fossi colpevole di delitti tanto gravi, vi sembra che lo confesserei così facilmente?»

«Uhm... Allora, forse, potresti confessarne uno meno grave.

Ammetti di essere l'autore dei disegni osceni trovati nella tua bottega?»

«Disegni... *artistici*, vorrete dire» ghignò Folchi, sfidando lo sguardo indagatore del Segretario. «Certo che sono i miei! Non vorrei che qualcuno se ne attribuisse la paternità. Con tutti i plagiari che vanno in giro per Firenze...»

«Non credo esista questo pericolo» borbottò Machiavelli, disgustato. «E mi diresti, di grazia, chi ti ha commissionato quella robaccia?»

«Questo mai» scosse la testa Baldo Folchi, cupo. «Capite... Alcuni dei miei clienti sono persone altolocate, molto in vista in città. Non sarebbero affatto contente, se spiattellassi i loro nomi!»

«Mi chiedo cosa ne penserebbe la Santa Inquisizione, dei tuoi disegni... *artistici*» sogghignò Machiavelli. «Diavoli che sodomizzano, frustano e percuotono giovani vergini...»

«Quelli sono *satiri*, non *diavoli*» precisò il detenuto, con aria di sufficienza. «Proprio a voi, che siete un fine letterato, non dovrebbe sfuggire la differenza.»

«L'Inquisizione non farebbe tanti sofismi» sospirò il Segretario, con un sorriso astuto. «Allora, chi ti ha pagato per quelle oscenità?»

Baldo Folchi abbassò la testa, quel tanto che gli consentiva il collare di ferro, chiudendosi in un torvo silenzio. Era chiaro che, almeno su quel punto, non aveva interesse a continuare la conversazione.

«Esistono molti modi per sciogliere le lingue, anche le più annodate» lo ammonì il Segretario. «Potremmo fare una visitina alle segrete, per esempio.»

Il recluso fissò di nuovo Machiavelli torvo, tentando di appoggiarsi meglio alla parete. Negli ultimi istanti era scivolato di qualche centimetro sul pavimento, rischiando di strozzarsi col collare. Per mettersi di nuovo in posizione seduta, si puntellò con la sola mano sinistra, mentre l'arto destro gli pendeva inerte lungo il fianco.

«Ma... lo avete già torturato?» domandò Leonardo, al quale non era sfuggito lo strano movimento del prigioniero. Sembrava gli avessero slogato le giunture del braccio destro.

«Non ancora,» scosse la testa il Segretario «sebbene ci stia pensando seriamente. Mi sembra così ostinato, il nostro amico!»

«Perché non riuscite a usare quel braccio?» chiese il Vinci al detenuto, ignorando il borbottio di Machiavelli. Gli si era rivolto con il voi, al contrario di come aveva fatto il Segretario. Non intendeva trascurare le regole della buona educazione, solo perché quel disgraziato era in catene.

«Vi preoccupate della mia salute, ser Leonardo?» ridacchiò Folchi, scoprendo i denti gialli. «Quale onore! Dovevo capitare in questa fogna perché il famoso, ricco e profumato Vinci si accorgesse di me, dell'oscuro e puzzolente Baldo Folchi!»

«Pensate a rispondermi» sibilò il Vinci fissandolo con sguardo severo. «Ne va *proprio* della vostra salute. Più di quanto possiate immaginare.»

Turbato dall'espressione intensa di ser Leonardo, Folchi smise di sorridere. Per un istante si sentì ancora più prostrato, soggiogato da quei vividi, acuti occhi chiari. Sembravano scavargli nell'anima, inseguendo misteriosi pensieri. Chissà perché, si chiese confuso il prigioniero, il grande artista attribuiva la massima importanza alle condizioni del suo braccio destro. E non pareva semplice compassione.

«Io... dipingo con la sinistra da molti anni» balbettò, perdendo all'improvviso la sua corazza di becera, arrogante sicurezza. «Da quando questo ha smesso di servirmi» grugnì, sollevando con la sinistra l'altro braccio e lasciandolo ricadere come una morta, inutile appendice.

«Come è successo?» chiese Leonardo, sempre più interessato.

Baldo Folchi scrollò le spalle, con aria rassegnata. «Nove anni fa ho militato nella guerra contro Pisa. Non m'importava molto della patria, ma era un modo per fare un po' di soldi. C'ero anch'io alla battaglia di Vico, quando il nostro capitano fu ferito mortalmente. Le milizie della Serenissima e di Ludovico il Moro ce le suonarono di santa ragione, quella volta! A me toccò un colpo d'archibugio che mi fracassò il braccio.»

«Anche mercenario» commentò Machiavelli, con una smorfia di disgusto. Era nota la sua riprovazione per le truppe a pagamento.

«Il chirurgo militare, quel dannato ammazzacani, non riuscì a salvarmelo» continuò il Folchi, ignorando l'osservazione del Segretario. «Disse che la palla aveva tranciato di netto alcuni tendini, necessari al movimento. Per fortuna, già da prima mi ero esercitato a dipingere con entrambe le mani, per accelerare la produzione lavorando su due quadri nello stesso tempo. Capite, ser Leonardo, io ho sempre dipinto per sbarcare il lunario. Mica come voi, che potete permettervi di ritoccare un'opera per dieci anni!»

Ignorando l'indebito paragone, il Vinci fece cenno a Machiavelli di uscire dalla cella. Il Segretario, con aria perplessa, lo seguì nel buio corridoio.

«Avete qualcosa di urgente da dirmi?» gli chiese, fissandolo con sguardo interrogativo.

Leonardo annuì. «Non è stato lui» mormorò, in tono asciutto. «Per quanto riguarda i delitti, quell'uomo è innocente. Ci scommetto la mia *Gioconda.*»

«Sarei contentissimo di vincerla» sorrise ironico l'altro, con un lieve inchino. «Dicono sia un capolavoro. Se fossi in voi, ser Leonardo, non la rischierei su una scommessa persa in partenza. Considerati i suoi trascorsi, quel pittore fallito puzza di assassino a miglia di distanza.»

«Vi ripeto che non è stato lui!» insisté il Vinci, alzando la voce. «Ne sono sicuro.»

«Eppure... ha gli occhi azzurri, freddi e determinati» sussurrò il Segretario, pensoso. «Gli stessi che Michelangelo ha visto sotto la maschera di *Alichino*, l'individuo misterioso con i sacchi vuoti in spalla.»

«A Firenze ci sono centinaia di persone con gli occhi chiari, me compreso» protestò Leonardo. «Vi dico che è innocente. Non può aver commesso i delitti dell'*anatomista.*»

Già, voi compreso... rifletté Machiavelli.

«Cosa vi rende così certo?» domandò, aggrottando la fronte. «Volete spiegarmi, di grazia?»

«Niente di più facile» assentì l'altro, conducendo il Segretario accanto a una parete del corridoio. «Ricordate la scena del primo omicidio, quello di Bartolomeo Canacci?»

«È troppo presto per dimenticarla» sospirò Machiavelli. «Ne ho ancora l'immagine davanti agli occhi.»

«Anch'io. Voi però non la rammentate troppo bene, Segretario. Vi sfugge un particolare di grande importanza, che allora notai per primo.»

«Ammetto di non ricordare. Illuminatemi pure.»

«Pensate agli schizzi di sangue, sulla parete accanto alla quale Canacci fu colpito più volte alla nuca» disse Leonardo, fingendo col braccio destro di calare una pesante, immaginaria mazza. «La parete era a *destra* del punto in cui la vittima fu aggredita. Le gocce di sangue disegnavano una traiettoria inconfondibile, se ben ricordate. L'assassino, senza ombra di dubbio, inferse dei colpi violenti stringendo un pesante oggetto con la mano *destra*. Capite che significa? Se farete esaminare quel disgraziato dal dottor Fracastoro, vi dirà sicuramente che il suo braccio storpiato non è in grado di sollevare neppure un pennello.»

«Uhm... Questo varrebbe per il primo delitto» mormorò Machiavelli. «Ma per il secondo...»

«Non arrampicatevi sugli specchi, Segretario. I due omicidi sono senz'altro collegati, lo avete detto voi stesso. L'autore di uno, è di certo esecutore anche dell'altro.»

«L'*esecutore*, appunto...» sussurrò Machiavelli, pensoso. «Baldo Folchi potrebbe essere *complice* dell'assassino, anche se non ha eseguito materialmente i delitti. Anzi, ammettiamo che sia proprio così, dato che un uomo con un braccio fuori uso non potrebbe né uccidere, né sollevare da solo un cadavere. Però potrebbe fornirci fondamentali informazioni, se interrogato a dovere.»

Leonardo sorrise: «Non è che cercate un colpevole a tutti i costi? Niente di meglio che trovare un bel capro espiatorio, per far bella figura con la Signoria!» disse ironico.

«Non vi consento questo tono!» sibilò l'altro, stringendo i denti. «Mi permetto di ricordarvi che mancano solo sei giorni alla scadenza fissata da Soderini e dall'Arcivescovo. E devo confessarvi che l'*ultimatum* di Rinaldo Orsini mi preoccupa *molto* più di un eventuale fiasco nelle indagini. Se non gli consegniamo l'assassino, scatenerà su tutta Firenze i rigori della Santa Inquisizione. Vi rendete conto di cosa significherebbe? Voi sareste il primo, con le vostre notorie simpatie per l'eresia catara, a subirne le conseguenze!»

«Si tratta di un ricatto?» replicò l'altro, con una luce terribile negli occhi. «Mi minacciate, per costringermi a coprire i vostri maneggi?»

«Volevo solo ricordarvi che siamo dalla stessa parte, ser Leonardo» sussurrò Machiavelli, con aria innocente. «Non mi sembra il caso di scornarci fra di noi, quando abbiamo un mostro da assicurare alla giustizia.»

«E quindi? Che intendete fare?»

«Chiederò oggi stesso al Gonfaloniere l'autorizzazione a torturare Baldo Folchi.»

«Andiamo, Segretario! Lo sapete benissimo che quel disgraziato, dopo aver assaggiato i tormenti, dichiarerà di essere il Demonio in persona! Le confessioni estorte con la tortura non valgono nulla!»

«Senza la sua ammissione di colpevolezza, visto lo stato degli indizi, sarebbe difficile incriminarlo» replicò Machiavelli, senza scomporsi. «Cosa che invece ho intenzione di fare, e al più presto! Nel frattempo, i miei assistenti cercheranno Agnese, la figlia. Nessuno l'ha più vista in giro, da quando abbiamo arrestato il padre. Deve essersi impaurita, e adesso si nasconde. Ma la scoveremo. Potrebbe darci informazioni interessanti. Se ora volete congedarvi, ser Leonardo, desidererei dialogare un po' da solo col prigioniero. Portate con voi anche Michelangelo. Siete rimasti fin troppo in questa fogna. Non è posto adatto a *veri* artisti.»

«Diteglielo voi, ser Leonardo, che sono innocente!» sentirono gridare il Vinci e Michelangelo mentre si allontanavano lungo lo stretto corridoio. «Voi l'avete capito! Aiutatemi, vi prego!»

I due artisti si scambiarono una silenziosa, impotente occhiata.

XX

Lo stesso giorno, dopo i Vespri

Alla luce delle lanterne, chiuso nel suo stanzone all'Ospedale dei Tintori, Michelangelo lavorava al progetto della *Battaglia di Cascina*. Gli era dispiaciuto trascurarlo, anche se era stato distratto, tutto sommato, da motivi assai gravi. Del resto, dare la caccia a un folle assassino era un dovere altrettanto importante, nei confronti della Repubblica fiorentina, che ultimare un simbolo immortale della sua gloria. Ma adesso, finalmente, poteva avere qualche momento di pace, di concentrazione. Avrebbe potuto recuperare finalmente il tempo perduto, visto che Machiavelli riteneva di aver scovato il colpevole. Michelangelo osservò soddisfatto le figure finora disegnate. I corpi nudi dei nerboruti soldati fiorentini, sorpresi durante il bagno dall'attacco delle truppe pisane, erano tutti una torsione e un guizzare di muscoli, i tendini tesi allo spasimo cercando di rivestirsi e d'impugnare le armi per far fronte al nemico. Leonardo avrebbe naturalmente considerato *eccessiva* l'anatomia di quei lacerti, pensò l'artista con un sorriso sarcastico, come del resto aveva giudicato quella del *David*. Invidia? Gli sembrava strano che un genio come il Vinci potesse invidiare la sua tecnica nel disegnare i corpi umani, eppure spesso le sue rampogne gli apparivano davvero pretestuose. *Forse le cose stanno proprio così*, rifletté Michelangelo. Per l'anatomia dei cavalli ser Leonardo era imbattibile, ma riguardo a quella umana si sentiva forse inferiore. Magari solo un poco, ma abbastanza da irritarsi a ogni nuova produzione del più giovane collega.

Ritoccando i grossi tendini del collo del vecchio armigero, la figura centrale della composizione, Michelangelo ripensò al discorso che gli aveva fatto Leonardo mentre percorrevano fianco a fianco via del Palagio, gli occhi e le orecchie ancora pieni delle sofferenze e dei lamenti provenienti dalle Stinche. Il grido che riecheggiava maggiormente nella testa del Vinci, però, era quello che gli aveva scagliato dietro Baldo Folchi, dichiarandosi innocente e supplicando il pittore d'intercedere per la sua scarcerazione. Leonardo era convinto dell'innocenza di Baldo, rifletté Michelangelo ricordando le spiegazioni che il Vinci gli aveva fornito nel breve tragitto verso casa. Aveva continuato a ripetergli la sua teoria, insistendo sui particolari dell'omicidio del Canacci, finché non era giunto al portone della sua lussuosa abitazione.

«Ma... Quei disegni di satiri e ninfe non depongono a suo favore» aveva accennato Michelangelo, pensoso.

«Sciocchezze!» aveva sbuffato Leonardo. «Non siate bigotto, Buonarroti. Non è da voi. Sapete bene che molti artisti, qui a Firenze e nel resto d'Europa, riforniscono nobili e ricchi viziosi di disegni osceni. Il mercato è molto fiorente, e i pittori privi di scrupoli ne approfittano. Non per questo sono assassini!»

In quel momento, Michelangelo si era sentito di condividere le posizioni dell'altro, ma adesso le cose non gli sembravano più tanto chiare. Potenza dell'oratoria del Vinci, sorrise tra sé, e della sua capacità di suggestione. Lontano dallo sguardo di quei vividi occhi chiari, acuti e persuasivi, il giovane scultore non era più tanto convinto che Folchi fosse innocente. L'istinto gli diceva che quel pittore fallito, ex mercenario e forse sodomita e incestuoso, oltre che autore di disegni osceni, doveva *per forza* nascondere qualcosa di losco. Forse non era lui l'*anatomista*. Ma qualcosa, su quegli atroci delitti, doveva saperla di certo. In ogni modo, ci avrebbe pensato la tortura a sciogliergli la lingua, sebbene Leonardo non nutrisse fiducia in quel crudele metodo d'indagine. Del resto, se i supplizi venivano usati da millenni per convincere gli accusati a confessare, qualche motivo doveva pur esserci, pensò Michelangelo scrollando le spalle.

Lasciandosi andare al flusso dei suoi pensieri, mentre vergava veloci tratti col carboncino, il Buonarroti tornò col ricordo al solenne, commovente funerale di Petruccio, che si era tenuto il giorno dopo il ritrovamento del cadavere. Erano state esequie sontuose, degne di un piccolo santo. L'Arcivescovo aveva celebrato personalmente la funzione nella basilica di Santa Maria Novella, la parrocchia del povero fanciullo ucciso, e aveva pagato tutte le spese. Al funerale avevano presenziato, al gran completo, tutti i membri dell'Arciconfraternita della Misericordia, sfoggiando i sai neri e i simboli penitenziali tipici della loro associazione. Le lugubri note del *Miserere* e del *De profundis* avevano riecheggiato a lungo tra le ampie, eleganti navate gotiche della basilica. Michelangelo si era assicurato un posto tra le prime file, presentandosi in chiesa con quasi due ore d'anticipo. La partecipazione popolare era stata infatti numerosa, come se tutta Firenze avesse voluto dare l'ultimo, commosso saluto allo sfortunato fanciullo. Leonardo non se l'era sentita, rinunciando all'ultimo momento. Evidentemente, la sua acuta sensibilità gli aveva impedito di assistere a quella triste cerimonia. Machiavelli, in ossequio al suo solito cinismo, era invece rimasto a lavorare nella Cancelleria, considerando (erano state sue testuali parole) gli affari di Stato più importanti di un funerale, fosse pure quello di un piccolo martire. In sua vece aveva mandato Biagio Buonaccorsi.

Petruccio sembrava davvero un angelo addormentato, adagiato nella bara con indosso una lunga, candida tunica di raso che gli copriva anche i piedi. Il tessuto era molto spesso, per nascondere le orribili condizioni del corpo. Ma di quest'ultimo particolare erano a conoscenza, fra tutti i presenti al funerale, solo l'Arcivescovo, Michelangelo e Fracastoro, incaricato di restituire al cadavere di Petruccio una postura umanamente dignitosa. Il medico aveva svolto egregiamente il suo compito, aveva notato Michelangelo. Per quanto riguardava invece il viso, non c'era stato bisogno di alcun intervento. L'espressione del fanciullo era la stessa, dolce e serena, di quando l'avevano trovato nella cripta.

Rinaldo Orsini aveva pronunciato una predica esemplare, di grande impatto oratorio. Aveva tuonato dal pulpito contro la degenerazione dei costumi a Firenze, dove neppure l'innocenza dell'infanzia era ormai al sicuro. Dato che, ufficialmente, Petruccio era stato dichiarato morto in circostanze misteriose, sorvolando sulle cause del decesso, l'Arcivescovo aveva fatto solo velate allusioni a possibili colpevoli, che sarebbero stati presto assicurati alla giustizia. Ma almeno per quella volta, gli Ebrei erano stati lasciati in pace.

Quando l'Arcivescovo aveva citato il Vangelo di Matteo,

rievocando con accenti accorati la riprovazione di Cristo nei confronti degli scandalizzatori di bambini, un fremito di pentimento, più o meno sincero, aveva attraversato l'immensa platea. Molti di quei Fiorentini, aveva pensato Michelangelo con un sorriso di sarcasmo, avrebbero avuto ottimi motivi per legarsi una macina al collo e gettarsi in mare, o almeno nell'Arno. Se tutti i sodomizzatori di fanciulli avessero deciso, a Firenze e dintorni, di espiare la loro colpa in quel modo, il fiume si sarebbe riempito di annegati.

Ma la scena più commovente era stato l'estremo saluto di Gianetta al figliolo. La lavandaia, in un abito sobrio e pulito, si era avvicinata compunta alla bara e aveva sfiorato con una lieve carezza la fronte cerea del fanciullo, come se gli augurasse la buona notte. A quel gesto, molte Fiorentine erano scoppiate in singhiozzi mentre la donna aveva sempre conservato, per tutto il tempo della cerimonia, un'ammirevole dignità, insolita per una popolana.

Quando Biagio Buonaccorsi l'aveva interrogata di nuovo, due giorni dopo il funerale, alla presenza di alcune comari, la poveretta non aveva aggiunto molto alle sue precedenti dichiarazioni. Continuava a ricordare episodi della vita di Petruccio con aria malinconica, quasi sognante, l'espressione di una Madonna addolorata sul volto pallido, smagrito. Sebbene si fosse mostrata forte, da buona fiorentina, la sofferenza le aveva prosciugato il corpo e scavato l'interno dell'anima. Sul padre del fanciullo aveva mantenuto lo stesso dignitoso riserbo del primo interrogatorio. Diceva che non era bene sparlare dei morti, chiunque essi fossero. Certo, Vannozzo non era mai stato uno stinco di santo, ma era stato il suo uomo, e le aveva donato Petruccio. Questo solo ripeteva sul conto del suo ex amante, ogni volta che il tirapiedi del *Machia* la sollecitava sull'argomento. Poi tornava a fantasticare del suo figliolo, come fosse ancora vivo, ricordandosi le sue marachelle, o di quando aveva cambiato i denti.

«Mi restava soltanto lui» mugolava a quel punto la donna, accasciandosi tra le braccia delle comari. Piangeva un poco ma con discrezione, come se si vergognasse di esternare il dolore davanti a estranei. Poi, dopo essersi calmata, cominciava tutto daccapo. Una situazione davvero straziante, alla quale Michelangelo aveva assistito in prima persona. Anche in quel caso, Leonardo aveva preferito non essere presente. Sembrava proprio che non riuscisse a sopportare le tristi circostanze legate all'assassinio di Petruccio.

Con un sospiro compiaciuto, il Buonarroti contemplò, per un lungo istante, i sapienti ritocchi e le nuove lumeggiature che aveva appena dato ai suoi corpi muscolosi. Sembrava volessero schizzare fuori dal cartone per animarsi di vita propria, carichi di una forza quasi selvaggia. Rivelavano la determinazione ad agire, senza timore, per il trionfo di Firenze. Il giovane scultore inviò una muta preghiera di ringraziamento a Dio che gli aveva donato la capacità di far vivere le sue figure. L'arte gli forniva un rifugio dallo squallore, dalla bruttura, dall'insensata crudeltà dell'esistenza.

Posando carboncino e gessetto si sedette sul giaciglio dove riposava quando non aveva voglia di rientrare a casa. Un rozzo lettuccio di legno coperto da un paglericcio, ma più che sufficiente ai suoi bisogni. Avrebbe dormito anche sulla nuda terra, come Dante affermava usasse fare da bambino San Domenico di Guzmán, pur di non subire i rimproveri di suo padre Ludovico.

Pensò che in fondo, nonostante il numeroso parentado, la sua era una condizione di assoluta solitudine. Era difficile comunicare agli altri, a quelli che non condividevano la sua passione per l'arte, il sincero tormento che gli straziava l'anima ogni volta che iniziava un'opera, senza sapere se le sue mani sarebbero riuscite a liberare la segreta, impalpabile forma nascosta nel marmo, raggiungendo l'estasi dolorosa ma sublime della creazione. Per suo padre, come per il resto della famiglia, l'arte era solo una fonte di denaro.

Con un sospiro, Michelangelo prese da un mucchio di fogli sparso sul pavimento un grosso pezzo di pergamena, sul quale aveva fatto lo schizzo di una gamba e altri studi anatomici. Nello spazio rimasto bianco, quasi senza accorgersene, vergò con una penna alcuni versi che gli scaturirono dal cuore, mentre gli occhi gli s'inumidivano. Non aveva mai sentito, prima di quel momento, l'esigenza di scrivere poesie.

La rilesse con attenzione, quasi non fosse sua e tentasse di capirla. La grafia un po' incerta gli appariva distorta dal velo delle lacrime che cadevano, con lenta regolarità, sulla porosa pergamena biancastra.

Sol io ardendo all'ombra mi rimango,
quand'el sol de' suo razzi el mondo spoglia:
ogni altro per piacere, e io per doglia,
prostrato in terra, mi lamento e piango.

All'improvviso, provò un irrefrenabile desiderio di uscire in strada, di mescolarsi alla gente. Lo stanzone dell'Ospedale dei Tintori gli sembrò una tomba tetra, silenziosa. Lanciò una disperata occhiata ai cartoni sparsi sul pavimento, ma la muta compagnia di quei soldati disegnati non gli bastava più, almeno non quella notte. Da troppo tempo non vedeva che atrocità, morte e sofferenza. Sentiva il bisogno di essere circondato da corpi vivi, caldi, nelle cui vene scorresse vero sangue. Voleva distrarsi, senza pensare a nulla. Dimenticare, anche solo per un attimo, l'istinto di morte che spesso lo assaliva all'improvviso, lo soffocava, lo serrava nelle sue angosciose spire, costringendolo a piangere senza un apparente motivo. In quei momenti, Michelangelo aveva paura perfino di se stesso. Di ciò che avrebbe potuto fare contro il suo corpo, o contro quello degli altri. Con un senso di smarrimento, lo scultore si chiese se una scintilla dell'oscuro fuoco distruttivo che animava l'*anatomista* non albergasse anche dentro di lui. Forse erano state solo le circostanze, il caso, la Provvidenza divina a impedire alle fiamme di svilupparsi, divorando la sua esistenza e quella di chi gli era vicino.

Scacciò quei cupi pensieri alzandosi di scatto dal giaciglio. Afferrò il mantello, lo indossò, raccolse dal pavimento una lanterna e si diresse come una furia all'uscita dell'Ospedale. Da lì alla sua abitazione c'era una breve passeggiata, ma quella notte non aveva voglia di tornare a casa. Imboccò infatti via dei Servi, poi via dell'Oriuolo, costeggiando il retro di Santa Maria del Fiore. Aveva intenzione di recarsi al centro del quartiere di San Giovanni, sperando di trovare un po' di folla ancora impegnata a festeggiare il carnevale. Anche se i cittadini di Santa Maria Novella, dopo la morte di Petruccio, avevano deciso di celebrarne il lutto sospendendo ogni tipo di divertimento carnevalesco, gli altri quartieri di Firenze non avevano seguito il loro esempio. La festa continuava, nonostante tutto. Il decesso di un solo fanciullo, anche se avvenuto in circostanze misteriose, non bastava a distogliere la maggioranza dei

Fiorentini dalla sfrenata gioia di vivere tipica del carnevale.

Quando Michelangelo giunse in piazza San Lorenzo, la trovò infatti gremita di cittadini. Gli uomini, le donne e i bambini che danzavano carole e salterelli, al ritmo allegro dei timpani e delle trombette, non avrebbero mai immaginato quale orrore avesse celato, fino a pochi giorni prima, la cripta medicea. Ma l'artista ricordava. La Basilica gli rammentava la tragedia di Petruccio, oltre al fatto che il suo assassino, se non era Baldo Folchi, dovesse trovarsi ancora in giro per Firenze. Perciò tirò avanti, facendosi largo con difficoltà tra i danzatori.

A un certo punto, camminando senza meta per le stradine di San Giovanni, s'imbatté nell'insegna di una locanda. Raffigurava un Bacco ubriaco disteso tra i pampini, dipinto con rozzo realismo. Michelangelo sorrise del mediocre stile dell'ignoto pittore. Uno dei tanti artigiani di via degli Artisti, che sbarcavano il lunario con dozzinali lavoretti commissionati da osti e vivandiere. Si fermò davanti all'uscio accostato, dal quale spirava odore di vino e di cibarie, incerto se proseguire oltre oppure entrare. Non era un assiduo frequentatore di locande. In genere la sua era una dieta molto frugale e beveva pochissimo vino. L'unico strappo alla regola erano le periodiche cene dell'Accademia del Paiolo. Ma quella notte aveva voglia di trasgredire, di rinunciare alle sue parche, quasi monastiche abitudini. E poi voleva distrarsi, mescolandosi all'allegra, godereccia vita notturna di Firenze. L'osteria del *Bacco ebbro*, capitata per caso sulla sua strada, gli sembrava il posto giusto per soddisfare entrambe le esigenze.

Dopo un ultimo istante d'indecisione, spinse la porta ed entrò.

L'ambiente era caldo, fumoso. I rozzi tavoli erano gremiti di avventori che parlavano ad alta voce, intervallando bestemmie e imprecazioni con sonore, sguaiate risate. In un angolo dello stanzone, fiocamente illuminato da poche lanterne, un musico male in arnese strimpellava sul suo liuto, in cambio della cena, canzonette volgari piene di doppi sensi.

Michelangelo trovò con difficoltà un posto libero, intrufolandosi in un gruppo di gaudenti che affollavano un grande tavolo, dalla parte opposta a quella dove il musico canticchiava i suoi osceni stornelli. Gli avventori, già tutti alticci, accolsero il nuovo arrivato senza riconoscerlo e salutandolo con le coppe levate. La solita, effimera fratellanza da osteria, pensò l'artista, che si sarebbe dissolta alle prime, fredde luci dell'alba. Passata la sbornia, i suoi estemporanei *amici* non avrebbero ricordato neppure il suo viso. Ma andava bene così, sorrise tra sé Michelangelo, liberandosi del mantello e accomodandosi spalla a spalla con quei sudati e vocianti ubriachi. Era l'ideale per stordirsi, per svuotare la mente da tutti i pensieri tetri. Aveva intenzione di bere, di cantare, forse perfino di giocare a dadi con quei tubi digerenti a due gambe, come chiamava Leonardo gli uomini senza cultura. Voleva abbrutirsi insieme a loro, diventare addirittura, anche solo per una notte, *uguale* a loro, senza più pensare a nulla, nell'oblio più totale.

Una paffuta servetta sui quindici anni, dai lunghi riccioli neri e dal petto già prosperoso, gli si fermò davanti con aria interrogativa, sporgendosi sul tavolo in modo da mettere in mostra le sode, bianche rotondità del seno contenuto a stento dall'ampia scollatura. Aspettava la sua ordinazione, ignorando le generose manate che gli avventori più vicini le stampavano sul grosso sedere. Michelangelo, dopo un attimo d'incertezza, si ricordò del segno convenzionale che gli aveva insegnato il Granacci, assiduo frequentatore di bettole, per chiedere una mezzetta di vino, la misura giusta per dissetare una sola persona.

«Chianti o bianco?» domandò la servetta, allontanando con un gesto svogliato una mano che si stava insinuando, con troppa sfacciataggine, sotto la sua gonna.

«Bianco, ghiacciato e frizzante» rispose l'artista, con il tono più disinvolto che riuscì a simulare. Ci teneva, almeno quella notte, a sembrare un veterano di bagordi. Anzi, cominciava quasi a divertirsi.

Seguì con lo sguardo la ragazza paffuta che si allontanava ancheggiando. Sembrava che provasse gusto a provocare gli avventori, evitando di respingere con troppa durezza i loro approcci. Anzi, coi clienti più giovani e belli si soffermava a scherzare ammiccando con grossolana sensualità, come facevano le altre due cameriere adolescenti, altrettanto rustiche ma graziose, che si alternavano nel portare le ordinazioni. Anche loro, sorrise tra sé Michelangelo, dovevano far parte delle attrattive della locanda. Probabilmente, erano in grado di fornire ai clienti ben altri servizi di quello ai tavoli... Bastava mettersi d'accordo col padrone dell'osteria, o con le ragazze stesse.

Mentre ridacchiava su quelle boccaccesche considerazioni, la brunetta tornò verso di lui reggendo alta sulla testa la mezzetta di bianco, per evitare che qualche ubriaco gliela strappasse di mano. Osservando la ragazza mentre si faceva largo tra una selva di mani insinuanti, reagendo ai toccamenti con una flemma sorniona che ne aumentava la sensualità, Michelangelo pensò che non avrebbe mai avuto il coraggio di proporle un incontro. Ma forse non gli interessava neppure.

A quasi trent'anni, l'amore fisico non rientrava ancora tra le sue esperienze. L'arte della scultura, che aveva cominciato a praticare fin da giovinetto, aveva relegato quella amatoria ai margini della sua vita. Forse erano state le parole che gli ripeteva sempre Bertoldo, il suo maestro nel giardino dei Medici, a spingerlo a rifuggire dai contatti con le donne. Il vecchio diceva che la forza effusa nei ventri delle femmine veniva poi a mancare per scolpire.

Del resto, Michelangelo aveva incontrato poche figure femminili capaci di suscitargli interesse. Su Contessina aveva potuto solo fantasticare. Si era trattato di un amore platonico, tra fanciulli, e poi era la figlia del Magnifico Lorenzo. Non avrebbe potuto sfiorarla neppure con un dito, anche se avesse voluto. C'era troppa distanza sociale tra loro. Un abisso. La prima, vera occasione di godere di un corpo femminile gli era invece capitata quando si trovava a Bologna, ospite del nobile Aldovrandi che gli aveva presentato una bella cortigiana bionda della sua cerchia. In quella circostanza, l'amore sensuale lo aveva sfiorato ma se ne era subito ritratto, senza sapere neppure il perché. Un'altra occasione l'aveva avuta a Roma, mentre era ospite del banchiere Jacopo Galli. Quando aveva allestito il suo studio da scultore, in via Sistina, gli era stato proposto di prendere a servizio una ragazza francese sua dirimpettaia, per occuparsi delle faccende di casa e per scaldargli il letto. Aveva rifiutato, preferendo assumere il garzone Piero Argiento pagandolo con lezioni di disegno. E così via, occasione dopo occasione, tutte perse per una strana, inspiegabile forma di ritrosia nei confronti del corpo femminile. Eppure non era come messer Leonardo, che disprezzava tutte le donne tranne sua madre Caterina. *Forse il vecchio Bertoldo aveva visto giusto*, pensò Michelangelo con malinconia. Forse aveva davvero timore che il ventre della donna gli succhiasse tutta l'energia, impedendogli di usarla per dominare l'empito della creazione artistica. Ripensò ai guerrieri che aveva lasciato all'Ospedale dei Tintori, soli nel grande stanzone. Ebbe la sensazione di aver abbandonato dei fratelli. Forse addirittura degli amanti. Il pensiero di sfiorare il disegno dei loro muscoli gli provocava molta più eccitazione della remota, fantasiosa ipotesi di carezzare la liscia, calda e vellutata pelle di una donna.

La servetta, dopo avergli messo davanti il recipiente col vino e una coppa vuota, e aver incassato la moneta che l'artista le aveva porto, si era allontanata sculettando, di nuovo inghiottita dalla folla berciante degli avventori. Michelangelo la perse di vista, confusa tra gli ubriachi che ridevano e schiamazzavano, coprendo perfino la voce stridula del musico e le sonore note del suo liuto. Assaggiò il vino senza entusiasmo, e gli sembrò improvvisamente amaro. La forzata allegria della locanda gli parve di colpo falsa, ipocrita, insensata. Le sagome degli ubriachi si fusero, intorno a lui, in un'unica forma indistinta olezzante di vino e di sudore. Michelangelo cominciò a provare nausea. Che ci faceva, lui, tra quei pidocchi umani? Si sentì quasi soffocare nel caldo e fumoso ambiente fiocamente illuminato. Si era già pentito di essere entrato in quella sordida osteria. Ormai provava solo un impellente desiderio di uscire, di respirare a pieni polmoni l'aria frizzante della notte, quasi volesse purificarsi dal lezzo che doveva avergli già impregnato le vesti e il mantello, oltre che le narici.

Si alzò con uno scatto improvviso, rovesciando sul tavolo la coppa ancora piena. Si lanciò verso l'uscita come inseguito da mille diavoli, urtando in malo modo gli avventori che gli intralciavano il passo, incurante degli insulti. Alcune mani, rozze e callose, si protesero per afferrarlo, ma mancarono la presa.

Quasi senza accorgersene si ritrovò in strada, la fronte imperlata di sudore, rabbrividendo nell'aria fredda che gli sembrò perfino gelata dopo il malsano e soffocante calore della locanda. Per fortuna si era ricordato di afferrare il mantello, prima di fuggire da quel buco. Non sarebbe mai rientrato per recuperarlo. Lo indossò scosso dai brividi, calcandosi il cappuccio sulla testa che cominciava a dolergli. Si sentiva agitato, confuso, in preda a una strana inquietudine. Pensò che camminare gli avrebbe fatto bene, poteva schiarirgli le idee. Decise di prendere per via dei Benci, costeggiando le raffinate abitazioni dei Bardi che a quell'ora dovevano essere già immerse nel silenzio. Da lì sarebbe giunto alla porta della città, l'avrebbe superata dichiarando la propria identità agli armigeri di guardia e avrebbe poi oltrepassato il Ponte alle Grazie, spingendosi fino alla collina di Boboli. Una passeggiata che aveva fatto spesso, quando desiderava raccogliersi in solitudine contemplando la splendida distesa di Firenze addormentata. Al chiarore della luna, la città assumeva per lui l'aspetto di una compatta massa di pietra luminescente, quasi perlacea, come se le strade, le piazze, gli alti palazzi signorili fossero stati scolpiti da un gigantesco scalpello.

Cominciò a sentirsi meglio. Più tranquillo, più in pace con se stesso e col mondo. Il pensiero della brutale belva assicurata finalmente alla giustizia era comunque scemato sullo sfondo della sua mente, un residuo sempre più fievole d'angoscia sorda, appena strisciante. La sua testa si riempiva pian piano, come un recipiente lasciato troppo a lungo vuoto, di piacevoli riflessioni relative all'arte, alla scultura, al futuro...

Camminava talmente sprofondato in quei nuovi pensieri, il cappuccio calcato sulla testa e gli occhi bassi, da non accorgersi che una figura ugualmente incappucciata, sbucata da un angolo buio, lo stava seguendo in perfetto silenzio, mantenendosi a debita distanza. Michelangelo notò la sua presenza solo quando l'inseguitore gli si affiancò all'improvviso, in un tratto di strada deserto, premendo il fianco contro il suo. L'artista fece per voltarsi, ma la gelida pressione di un'affilatissima lama, che lo sconosciuto gli aveva insinuato poco sotto l'ascella sinistra forandogli il mantello e la giubba, gli bloccarono a metà il gesto e il respiro. Un lampo di terrore gli attraversò la mente, mentre il cuore gli balzava in petto. Cercò di mantenersi lucido per affrontare a sangue freddo quell'imprevista e pericolosa situazione. Un ladrone di strada? Un sicario inviato da qualcuno dei suoi tanti, arroganti rivali? L'*anatomista*?

«Continua a camminare» bisbigliò il suo aggressore con una strana voce stridula, ovattata dal cappuccio. «Procederemo fingendo di sostenerci a vicenda, come due ubriachi usciti da una taverna. Segui i miei passi, e non fare resistenza. Se tenti di fuggire, o di attirare l'attenzione, ti uccido.» L'ultima parola fu sottolineata da un'altra forte pressione della lama sotto l'ascella. Michelangelo annuì, seguendo docilmente il suo aguzzino. Conosceva abbastanza l'anatomia da sapere che pochi centimetri di quell'acciaio, penetrando con la giusta angolazione, potevano raggiungergli facilmente il cuore. Anche l'altro doveva saperlo bene. Quindi non era il caso di fare gli eroi, pensò lo scultore, evitando perfino di respirare troppo rumorosamente. Del resto, se lo sconosciuto voleva ucciderlo, avrebbe potuto farlo già da un pezzo, e senza testimoni. Stavano percorrendo un tratto di strada deserto, ideale per un agguato. Evidentemente, l'incappucciato aveva altre intenzioni.

Si trattava solo di aspettare, per scoprirle…

XXI

Lo stesso giorno, un'ora dopo la Compieta

Sebbene conoscesse il quartiere di San Giovanni come le proprie tasche, Michelangelo seguì il suo sequestratore in preda a una specie di delirio che gli impediva di riconoscere i vicoli, gli slarghi, le botteghe, le abitazioni che aveva già visto centinaia di volte. Camminava come un pupazzo privo di volontà, adeguando il ritmo dei propri passi su quelli, rapidi e circospetti, dell'incappucciato che lo trascinava nel silenzio spettrale della sera. L'artista non vedeva, non sentiva più nulla, tutto concentrato nel mantenere l'andatura perché il suo aguzzino non interpretasse un rallentamento, oppure un inciampo nel selciato irregolare, come un maldestro tentativo di sottrarsi alla sua presa. Controllava perfino il respiro, per evitare che un involontario gemito fosse scambiato per un grido d'aiuto. La gelida pressione della lama non lo abbandonava un istante, trasmettendogli brividi lungo la schiena. Sarebbe bastato un attimo, un malinteso, un sussulto da parte del sequestratore perché la pressione della punta d'acciaio aumentasse all'improvviso, affondando nella carne e raggiungendo il cuore. Poi sarebbe stata la tenebra. E poi, forse, la luce.

Miserere mei, Domine, pregò mentalmente Michelangelo. Non si era mai sentito, in tutta la sua vita, così vicino alla possibilità di perderla. Ma ciò che più lo angosciava, pensando alla fine, era il fatto di dover abbandonare tanti progetti, di lasciare incompiute tante opere... Se solo avesse potuto dare gli ultimi ritocchi ai disegni della *Battaglia*! Sarebbe di certo morto, se non più sereno, almeno con minori rimpianti. Ma adesso non doveva pensarci. Non ne valeva la pena, tanto non avrebbe cambiato la situazione. Anzi, rischiava di distrarsi, di rompere lo strano trotto a cui lo costringeva lo sconosciuto dalla voce stridula. E invece doveva mantenere il ritmo, doveva seguire l'incappucciato come una docile, silenziosa ombra se voleva sperare di vivere ancora un po'... Ma dove lo stava portando? Perché non lo aveva derubato, o pugnalato subito, lasciandolo agonizzante sul selciato? Cosa voleva, *realmente*, da lui?

Ma soprattutto... *Chi era*?

Il pensiero che avrebbe potuto morire senza conoscere l'identità del suo assassino lo attanagliò all'improvviso in una morsa d'angoscia. *Bisognerebbe sempre conoscere il volto del proprio carnefice*, pensò cupamente, riflettendo sul fatto che neppure i giustiziati dalla Signoria avevano questo privilegio. I boia portavano sempre cappucci di cuoio, durante le esecuzioni. *Pensieri di morte*, si disse, mentre un brivido nuovo si aggiungeva a quelli provocati dal sinistro contatto della lama. *Un viatico ideale per il percorso che mi attende...*

Poi, finalmente, il delirio vagabondo terminò davanti a una casetta a due piani, non lussuosa ma dalla facciata linda e sobria, abbastanza anonima. Una delle tante, banali abitazioni artigiane del quartiere di San Giovanni. Michelangelo la fissò con occhi vacui mentre l'incappucciato, continuando a premergli la lama sotto l'ascella, armeggiava con la serratura del portoncino. Schiuse l'uscio e lo spinse dentro, continuando a schiacciarsi contro il suo fianco. La larghezza dell'entrata fu appena sufficiente a farli passare. *Guarda com'entri, e di cui tu ti fide: non t'inganni l'ampiezza de l'entrare!* recitò mentalmente Michelangelo, ricordandosi dei versi della *Commedia* pronunciati da Minosse sulla porta dell'Inferno. Conosceva a memoria quasi tutto il poema di Dante, una delle sue grandi passioni, ma si stupì di ricordarne un passo proprio in quel momento. Ormai la sua mente vagava a ruota libera, forse per non pensare al pericolo imminente. Un modo come un altro per resistere all'istinto di urlare, di fuggire, di reagire a quella misteriosa, insensata violenza. Tutte alternative che gli sarebbero costate assai care, una volta messe in pratica. Non poteva sapere cosa lo aspettasse, varcata quella porticina in apparenza innocente. Poteva solo guadagnare tempo, evitando di farsi scannare troppo presto. Si ritrovò in un ambiente scarsamente illuminato, che non gli permise di distinguere gli oggetti circostanti. L'unica luce proveniva dal piano superiore. Michelangelo fissò quella pallida fonte di chiarore come un faro inatteso in un denso, oscuro mare di tenebra.

Pungolandolo con la gelida lama, lo sconosciuto lo spinse per una stretta rampa di scale, fino alla camera da cui proveniva la luce. Qui l'artista riuscì finalmente a vedere, alla fiamma di un ceppo che ardeva in un piccolo camino, un salotto non lussuoso ma ben arredato. Due sedie di legno scolpite e dorate e un lungo divano, ricoperti di stoffa damascata, poggiavano su soffici tappeti di Persia dai colori vivaci. Accostate alle pareti tappezzate di fresco, due grandi cassapanche di legno scuro, istoriate d'avorio, completavano l'arredamento. Senza dargli il tempo di distinguere altri particolari, l'incappucciato lo costrinse a sedersi su una delle sedie, facendogli cenno di incrociare le braccia dietro l'alta spalliera. Appena eseguì l'ordine, l'artista si sentì bloccare i polsi da due fredde ganasce di metallo. Ora non poteva più muoversi. Era completamente alla mercé dello sconosciuto, che gli scoprì la testa con un gesto brusco, fissandolo poi intensamente. Michelangelo ricambiò lo sguardo, ma non riuscì a distinguere il volto celato dall'ampio cappuccio. Si sentì ancora più indifeso, quasi nudo davanti agli invisibili occhi dello sconosciuto.

Dopo aver controllato l'efficacia dell'ordigno che assicurava il prigioniero alla sedia, l'incappucciato sembrò rilassarsi. Si avvicinò al camino con passo lento, quasi indolente, riattizzando la fiamma che cominciava a languire. Seguendolo con lo sguardo, l'artista notò qualcosa di strano nella sua andatura. I suoi dubbi furono chiariti quando il suo aguzzino si liberò dell'ampio mantello con un gesto elegante, aggraziato.

Sbattendo le palpebre per la sorpresa, Michelangelo si trovò davanti una fanciulla bionda poco più che adolescente, vestita di un ricco abito di broccato azzurro dotato di un'ampia scollatura. Una donna! Provò un'improvvisa rabbia contro se stesso. Fino a pochi istanti prima, valutando l'abilità dello sconosciuto nel maneggiare la lama, aveva quasi creduto di trovarsi in balìa dell'*anatomista*... E invece era stato sequestrato e, per di più, spaventato a morte da una femminetta! Se messer Leonardo lo avesse saputo, lo avrebbe deriso per il resto della vita! Tentò con furia, istintivamente, di liberarsi i polsi con un paio di forti strattoni, ma riuscì solo a farsi male.

«Non insistere, questi aggeggi li usano i carcerieri delle Stinche» ghignò la fanciulla, con una vocina flautata che a causa del cappuccio gli era sembrata stranamente stridula. «Se continui a strattonare, ti taglierai solo le vene. E mi sporcherai i tappeti.»

Mentre la ragazza spostava l'altra sedia, accomodandosi davanti a lui, Michelangelo non si fece ripetere il consiglio. Gli inutili sforzi per liberarsi dovevano avergli già graffiato la pelle, a giudicare dal bruciore che sentiva ai polsi. Ora che erano più vicini, poteva osservare con attenzione la sua misteriosa carceriera. In un solo istante, il suo sguardo d'artista colse ogni particolare di quel viso: i folti capelli biondi, estirpati con cura alla sommità della fronte per renderla più ampia e convessa secondo la moda, il visetto tondo dal naso piccolo, i grandi occhi color nocciola esaltati da un trucco sapiente e delicato, la bocca minuta, carnosa come un bocciolo di rosa. Se quel volto non fosse stato alterato da un'espressione imbronciata da bambina dispettosa, gli avrebbe ricordato quello della Vergine dipinta da messer Leonardo sulla tavola dell'*Annunciazione*. Eppure, a guardarla meglio, non era affatto una *bambina*. La linea candida, quasi marmorea del collo, delle spalle e del petto formoso gli fecero pensare ai nudi del Botticelli. Come al solito, quando scrutava una donna la vedeva come possibile oggetto di scultura o di pittura piuttosto che di carnalità e passione. Gli era sempre accaduto così, fin da ragazzo. In quel senso, il corpo maschile gli era sempre sembrato più bello, soprattutto in fase dinamica: il gioco dei muscoli, la distribuzione del peso e della tensione lo rendevano di certo più elegante, più armonico. Il corpo della donna, nella sua statica sensualità, poteva al massimo provocare l'eccitazione dell'amore, ma non dell'arte.

«Dimmi perché avete arrestato mio padre!» urlò la fanciulla, puntandogli alla gola l'arma con cui lo aveva minacciato in strada, una *misericordia* dall'elsa finemente cesellata. I suoi lineamenti erano adesso stravolti, resi quasi grotteschi dalla rabbia.

«Allora... Tu devi essere Agnese» mormorò Michelangelo, quasi a se stesso.

«Per servirti» sibilò l'altra, digrignando i bianchi denti perfetti. «Però le domande le faccio io, se ancora non hai capito! Allora? Perché lo avete arrestato?» ripeté agitando l'affilatissima lama del piccolo pugnale davanti al viso dell'artista.

«Piano con quell'aggeggio» borbottò Michelangelo preoccupato. «Non ci tengo a farmi sfregiare.»

«Non peggioreresti poi tanto» replicò Agnese, squadrandolo con una smorfia di disgusto. «Comunque non temere, so usare bene questo gingillo. Allora, per l'ultima volta... Vuoi dirmi perché avete arrestato mio padre?»

«Non l'ho arrestato io, ma gli Otto di Guardia» sospirò l'artista, scrollando le spalle. Ora che il suo sequestratore si era rivelato una giovane prostituta, probabilmente più confusa e spaventata di lui, si sentiva molto più rilassato. Forse, con un po' di sangue freddo, sarebbe riuscito a controllare la situazione.

«Però io ti ho visto, quando gli sgherri di Machiavelli perquisivano la sua stamberga» insisté la fanciulla. «Eri insieme al grande Leonardo da Vinci. Che ci facevate nella topaia di un pittore fallito? Esigo una spiegazione, scultore. E la esigo *adesso*, sennò...» un nuovo, eloquente guizzo del pugnale concluse la frase.

«E tu… Perché ci seguivi?» chiese Michelangelo, trovando il coraggio di rispondere, ancora una volta, con una domanda. Per il momento, prendere tempo gli pareva la cosa più sensata da fare, cercando di carpire più informazioni possibili senza scoprirsi. Del resto, gli sembrava che Agnese continuasse a minacciarlo, con aggressività perfino esagerata, per non cedere alla tensione e scoppiare in singhiozzi. In fondo, nonostante il suo *mestiere* l'avesse sicuramente indurita, si trattava pur sempre di una giovinetta.

«Continui a fare domande, scultore» replicò lei, scuotendo la testa bionda. «Comunque, se proprio sei curioso, non stavo seguendo *voi*. Sono semplicemente corsa a casa di mio padre, se quel buco schifoso può chiamarsi *casa*, appena è circolata la voce del suo arresto. Speravo che si trovasse ancora là, volevo vederlo prima che gli sbirri lo portassero alle Stinche, anche se quel bastardo non meritava certo le mie lacrime, né i miei conforti. Però è sempre mio padre.»

«Ti capisco» annuì Michelangelo, tentando d'ingraziarsi la sua carceriera. «Anch'io ho un cattivo rapporto con mio padre.»

«No, tu non puoi capire» lo interruppe Agnese, in tono secco. Il suo sguardo era diventato all'improvviso cupo, quasi glaciale. I grandi occhi nocciola si erano fatti assenti, come spalancati su orribili, lontani ricordi. «Nessuno di voi uomini potrà mai capire.»

Forse Baldo Folchi ha davvero abusato della figlia, rifletté Michelangelo, fissando il viso stravolto della fanciulla.

«Così ho visto, da lontano, te e messer Leonardo che frugavate tra le sue cose,» si riscosse Agnese «e ho deciso di nascondermi, aspettando la notte per saperne di più.»

«E perché hai scelto d'interrogare *me*?» domandò Michelangelo con un accenno di sorriso. Gli sembrava che anche la giovinetta, man mano che la conversazione andava avanti, si stesse rilassando. Lo capiva da come aveva abbassato la *misericordia*, impugnandola in maniera quasi distratta.

Agnese scrollò le bianche, tornite spalle. «Non potevo certo rapire messer Leonardo, l'artista più famoso di Firenze.»

«Ah, capisco...» grugnì Michelangelo. Quindi perfino le donne di malaffare, a Firenze, lo giudicavano inferiore al grande, magnifico ser Vinci.

«Tu non sei tanto famoso» aggiunse la fanciulla, come facendo eco ai suoi pensieri. «E poi... Sei quasi sempre *solo*» concluse, fissandolo dritto negli occhi.

«Già, una preda più facile» mormorò l'artista, abbassando lo sguardo con un lieve imbarazzo. Gli era parso di cogliere, negli occhioni di Agnese, una fugace espressione di... *compassione.*

Sono proprio arrivato alla frutta, se comincio a suscitare la pietà delle puttane, pensò con un moto di stizza. Non doveva dimenticare, nonostante l'apparente *innocenza* di quell'angioletto biondo, che si trovava pur sempre di fronte a una meretrice, sebbene fosse di alto bordo. All'improvviso, pensò a quanti uomini l'avessero già posseduta nei modi più perversi, a quanti vecchi avessero sbavato sul suo giovane corpo, a tutti gli adolescenti che Agnese aveva iniziato alle lascive primizie della carne. Quanti erano stati, finora? Cento, mille, diecimila? Eppure, vedendola così fresca e apparentemente *intatta*, Michelangelo non riusciva a provare ribrezzo nei suoi confronti. Cosa ne sapeva, in fondo, del suo segreto tormento? Di sicuro aveva sofferto, nella sua vita ancora giovane ma già così sporca, disperata... E forse continuava a soffrire, nonostante la sua scorza di arroganza. Non poteva giudicarla.

«Sai che gli Otto ti stanno cercando?» le chiese, sorpreso di sentire un'inaspettata dolcezza nel tono della propria voce.

La fanciulla annuì. Per un brevissimo istante, che non sfuggì all'occhio acuto dell'artista, assunse davvero l'espressione di una bimba spaventata. «Lo immaginavo. Per questo mi sono nascosta. Ma non mi scoveranno mai, se io non voglio. Posso trovare ottimi rifugi, in molte case insospettabili come questa.»

«Quindi non abiti qui.»

«Io vivo in tanti luoghi, e in nessun posto» sogghignò Agnese. «Posseggo le chiavi di molte abitazioni, sia a Firenze che nel contado. Luoghi di appuntamento, segreti e tranquilli, per i messeri che mi degnano delle loro attenzioni» aggiunse ironica. «Alcuni sono persone importanti. Molto importanti. Se ti dicessi i loro nomi, neppure mi crederesti. Ma non te li dirò mai. Non si tradisce la fiducia altrui, nel mio mestiere. E adesso, scultore... Vuoi dirmi per cortesia, da bravo gentiluomo, perché mio padre si trova alle Stinche?» concluse, in un tono tra il beffardo e il supplichevole che lasciò Michelangelo interdetto.

Questa furbetta sta cercando di commuovermi, per sciogliermi la lingua senza ricorrere a una violenza che, adesso ne sono certo, non sarebbe neppure in grado di esercitare, rifletté, tentando di decidere come comportarsi. A quel punto, tanto valeva rivelarle l'accusa infamante che gravava sul Folchi. Ormai era alle Stinche, a breve sarebbe stato torturato. Che Agnese lo sapesse o meno, non faceva molta differenza, almeno così gli sembrava. Forse Machiavelli non sarebbe stato d'accordo, si disse Michelangelo con un'alzata di spalle, ma al diavolo il *Machia* con tutta la sua segretezza! Quella povera fanciulla *doveva* conoscere la sorte di suo padre. Ne aveva il diritto.

«Ti dirò quello che vuoi sapere, anche se forse ti sconvolgerà» sospirò dopo un lungo, tormentato istante d'indecisione. Ancora non era certo di fare la cosa giusta. Eppure sentiva che *doveva* farlo. «Prima, però, ti dispiacerebbe liberarmi da questi maledetti ferri?»

«Perché?» chiese la fanciulla, improvvisamente diffidente.

«Per massaggiarmi i polsi e togliermi il mantello. Fa molto caldo, qui dentro. Sto cominciando a sudare.»

Agnese lo fissò intensamente, quasi cercasse di scrutargli l'anima per leggere le sue vere intenzioni. Poi, lentamente, si decise a liberarlo.

«Ricordati che ho sempre questo» mugugnò, facendo luccicare la *misericordia* alla fiamma del camino. «Un gesto e sei morto, scultore. E adesso parla, sbrìgati. Sono stufa di aspettare i tuoi comodi.»

Già ha cambiato tono, rifletté Michelangelo. *Proprio una furbetta. Muta umore e direzione come il vento.*

«Sono avvenuti due orribili delitti in città, nelle ultime settimane» sospirò, gettando il mantello sui tappeti e massaggiandosi i polsi indolenziti. I graffi non erano profondi, per fortuna, ma gli dolevano lo stesso. Una volta a casa, li avrebbe medicati con un unguento. *Se riuscirò a tornare a casa,* si disse con un brivido. «Un falegname cinquantenne, e un fanciullo di dodici anni,» continuò, rivedendo nella mente le orribili scene cui aveva assistito «uccisi e anatomizzati con perversa, diabolica ferocia. Anzi, pare che il falegname sia stato addirittura sezionato ancora vivo, a giudicare dai rilievi del medico.»

«Un fanciullo di… Ma allora è Petruccio!» esclamò Agnese, con una smorfia di genuino dolore. «Tutta la città ha saputo della sua morte, e dello strazio di quella povera madre! Ma non immaginavo che…»

«Nessuno sa come sono morti, tranne me e pochi altri» disse cupo l'artista. «Per non suscitare panico nel popolo, capisci. Non ti dovrei neppure raccontare certe cose. In ogni modo, sono state condotte delle indagini. E tuo padre è stato accusato di entrambi i delitti. È tutto ciò che so, davvero. Gli stessi Otto di Guardia brancolavano nel buio più fitto, fino a poche ore fa.»

«Non è stato mio padre» sbottò la fanciulla, scuotendo con vigore la testa.

«Anche messer Leonardo, se è per questo, sostiene la stessa cosa» annuì Michelangelo, aggrottando le sopracciglia.

«Vedi?» lo incalzò Agnese, avvicinando il viso al suo. L'artista ne percepì, per la prima volta, il fragrante profumo. «E se lo dice un grande filosofo come ser Leonardo…»

«Ma tu perché ne sei tanto sicura?» chiese l'altro, lievemente piccato. Era la seconda volta che Agnese esprimeva un'incondizionata ammirazione per il Vinci.

«Perché mio padre è un grande vigliacco» ghignò la fanciulla. «È sempre stato bravissimo a picchiare donne e bambini, ma uccidere e sezionare… Quello è un altro discorso. Ci vuole fegato, per fare certe cose.»

«Eppure… Ha servito come mercenario nella guerra contro Pisa» la contraddisse Michelangelo.

Agnese proruppe in una risatina sarcastica. «Ti ha parlato della battaglia di Vico, non è così? Ti ha mostrato il braccio offeso, vero? Già, il suo *trofeo*…»

«Perché? Non è stato ferito in battaglia, da un colpo di archibugio?»

«Sì, mentre *scappava* davanti alle truppe della Serenissima. Lui e tanti gaglioffi suoi compari, che il diavolo se li porti! Mio padre non ha mai ucciso nessuno, scultore. Non ne sarebbe capace. Non lo ha mai fatto neppure in guerra, quando scannarsi è una cosa *normale*.»

«Però ha un animo lascivo, perverso...» insisté Michelangelo, ricordando i disegni visti nella bottega del Folchi.

«Perché raffigura satiri che stuprano le ninfe, oppure le frustano a sangue?» ridacchiò ancora Agnese, divertendosi all'improvviso rossore dell'artista. «Tanti di voi lo fanno, magari per sbarcare il lunario. Quello che i committenti depravati chiedono, voi lo fate.»

«Non *tutti* noi» protestò Michelangelo, sempre più imbarazzato. «Però... Non puoi negare che tuo padre sia un perverso. Proprio tu dovresti saperlo bene» concluse, pentendosi subito di aver parlato. Non voleva riaprire un'antica ferita.

«Ti hanno raccontato anche quell'altra brutta storia, vero?» replicò la fanciulla. «Sì, è vero. Tentò di violentarmi quand'ero bambina, il sangue riscaldato da alcuni disegni osceni che stava preparando. Ma ci provò solo una volta, e raffreddò i bollori quando gli piantai un coltello sotto il naso. La gente fa solo chiacchiere, pettegolezzi per infamare *me*, ancora più di mio padre. Non lo so, forse mi avrebbe davvero preso con la forza, se quella volta non avessi reagito. Sta di fatto che non lo fece, perché ebbe paura del mio coltello. Paura di una bambina, capisci? Ecco tutto il coraggio, ecco tutta la *ferocia* di mio padre!»

«Sarà anche vero. Tu lo conosci certo più di me» assentì Michelangelo, pensoso. «Però resta il fatto che è in prigione e a breve verrà torturato. E non credo che le tue argomentazioni convincerebbero gli Otto di Guardia a scarcerarlo.»

«Non posso provarti che mio padre è innocente» ammise Agnese, mordendosi le labbra in preda alla tensione. «Però posso fornirti una pista *diversa* da seguire. Qualcosa che né ser Leonardo, né il *Machia*, né tu potreste mai immaginare.»

Michelangelo si fece improvvisamente attento. «E dimmi un po', mia buona Agnese... Di quale pista si tratta?»

«Non prendermi in giro, scultore» replicò la fanciulla contrariata. «Ascoltami bene, invece. Sto per dirti cose che, comunque vada a finire questa faccenda, dovrai *dimenticare*. Dovrai cancellarne dalla mente ogni ricordo, perché altrimenti rischieresti, prima o poi, di parlarne con la persona sbagliata.»

«E cosa accadrebbe di tanto grave, in questo caso?» sorrise l'artista, divertito dall'aria solenne di Agnese.

«Moriresti» sibilò lei seria. A quel punto, Michelangelo smise di sorridere. Il volto di Agnese era impallidito.

«Sembra una cosa grossa» bisbigliò l'artista, accostandosi al viso quasi esanime della fanciulla. «Dimmi tutto. Non aver paura.»

«Devi giurarmi il silenzio, prima.»

«Posso garantire per me» disse Michelangelo. «Però, se si tratta di scagionare tuo padre, sarò costretto a coinvolgere anche ser Leonardo, e naturalmente Machiavelli.»

«Se proprio è necessario, dovrai vincolare anche loro al segreto» insisté la fanciulla. «Ne andrebbe della mia vita, oltre che della vostra. Sono cose che non dovrei svelarti, ma devo tentare di scagionare mio padre, a tutti i costi!»

«Perché ti esponi per lui?»

Agnese accennò un sorriso triste, accompagnato da un'alzata di spalle. «Non lo so. Non dovrei, dopo quello che stava per farmi e ciò che forse fece a… mia madre. Sai anche questo, vero? Lo capisco dal tuo sguardo. Ero molto piccola, quando morì. Quasi non l'ho conosciuta. Le male lingue dicono che la uccise lui, ammazzandola di botte. Ma non voglio crederci. So che mi ha cresciuta da solo, mentre avrebbe potuto abbandonarmi. Mi ha insegnato a leggere e a scrivere, a suonare un po' il liuto. Mi ha dato una certa istruzione, a modo suo. Certo, come genitore si è dimostrato una vera bestia, però… Forse non è colpa sua. Non è stato capace di amarmi. Come una figlia, intendo. Tutto qui. In ogni modo, non voglio che muoia sul patibolo. Anche se fosse un mostro, rimane sempre mio padre. Ma sono certa che non è lui, l'assassino di quei disgraziati. Anche per questo sto rischiando grosso, raccontandoti ciò che non dovrei.»

«Va bene, siamo d'accordo. Un segreto per un segreto» Michelangelo sorrise per infonderle coraggio. «Anch'io ti ho rivelato notizie riservate. Così saremo pari, no?»

«Tu continui a scherzare, scultore. Sbagli a non prendermi sul serio. Ti decidi ad ascoltarmi, una buona volta? Non abbiamo tutta la notte. Te ne accorgerai da solo, quando avrò finito di parlare.»

«Non perdiamo tempo, allora. Sono tutto orecchi.»

XXII

Lo stesso giorno, alla stessa ora

Quando Biagio Buonaccorsi gli fece togliere il collare che gli segava la gola, Baldo Folchi lo giudicò un benefattore. Quell'uomo elegante, entrato nella sua sordida cella accompagnato da un carceriere, era venuto a dargli un po' di sollievo dalla sua lancinante sofferenza. Ora Baldo poteva sgranchirsi un po' le membra anchilosate, massaggiandosi le piaghe doloranti del collo. Non ne poteva più di restare in quella scomoda posizione, inchiodato al muro viscido da quel collare di ferro arrugginito. Quando l'uomo aveva ordinato al carceriere di aprire la gogna il prigioniero aveva rimpianto di non avere la forza di abbracciarlo, di ringraziarlo per il suo buon cuore.

«Ce la fai a camminare?» gli chiese l'uomo elegante in tono brusco, senza neppure guardarlo, mettendosi un fazzoletto profumato contro le narici.

Baldo fece cenno di sì, più che altro rivolgendosi al carceriere, perché la gola gli faceva così male da non riuscire a parlare. Il secondino riferì all'uomo, che annuì sbrigativamente.

«Allora scendiamo» disse, la voce ovattata dal fazzoletto.

Quando finalmente giunse, arrancando sulle gambe malferme, alla fine della ripida scalinata che conduceva alle segrete, Baldo Folchi capì di essere stato precipitoso nel giudicare il Buonaccorsi un buon uomo. Qualunque fosse il motivo della sua visita, non era certo venuto per aiutarlo. Da ciò che vedeva intorno a sé, alla luce rossastra delle fiaccole, quella doveva essere la sala degli *interrogatori*, secondo l'eufemismo usato dagli inquirenti. L'oscuro, sotterraneo luogo che popolava gli incubi di tutti i detenuti delle Stinche. Un antro misterioso, perché raramente chi tornava dalle segrete aveva la forza, oppure la voglia di raccontare la propria esperienza. Ma i corpi straziati e sanguinolenti che venivano ricondotti nelle celle, spesso portati a braccia dai secondini, parlavano benissimo da soli.

«Mi hanno affidato l'ingrato compito di mostrarti i tormenti ai quali potrai essere sottoposto, se non ti decidi a confessare» bofonchiò nel fazzoletto l'uomo elegante. Anche nella sala degli interrogatori c'era tanfo di sudore, di sangue, di morte. «Si chiama *territio visualis*, se t'interessa la terminologia giuridica. Se ti rendi conto, coi tuoi stessi occhi, dell'atroce dolore che la tua ostinazione potrebbe causarti, forse eviterai di soffrire inutilmente. Dipende tutto da te. Siamo buoni cristiani, in fondo. A dir la verità, la procedura avrebbe previsto d'iniziare con una *territio verbalis*, cioè la semplice descrizione degli strumenti senza farteli vedere. Ma abbiamo cercato di sveltire le cose, accorpando le due fasi in un unico momento. Spero non ti dispiaccia.»

Sempre a me il lavoro sporco, solo perché ho qualche anno in più d'anzianità rispetto a quei bischeri dei miei colleghi, pensò indispettito Biagio Buonaccorsi, notando l'espressione di terrore che si era dipinta sul volto pallido di Baldo Folchi. *Il Machia se n'è andato a visitare le truppe che assediano Pisa con quel pallone gonfiato del Soderini, lasciandomi qui a fare la parte dello schifoso bastardo.*

«Belli, vero?» disse al Folchi, notando che il prigioniero stava osservando una luccicante serie di strumenti allineati su un lungo bancone di legno, pieno di graffi e impregnato di sangue rappreso. «Sembrano coltelli da macellaio, ma in realtà sono *molto* più raffinati. Ognuno ha il suo compito specifico. Alcuni servono a cavare gli occhi, altri a tagliare il naso e le orecchie. Ci sono anche le tenaglie per strappare la lingua, ma quelle non le useremo su di te, perché altrimenti non potresti più confessare. Anche se, volendo, potresti rispondere annuendo alle domande del magistrato, siglando poi il verbale con una bella firma. Beh, vedremo. Ora seguimi, che continuiamo la visita. Questa, ad esempio, si chiama *cicogna di storpiatura*» continuò mentre il secondino sollevava, con un certo sforzo, una pesante asta di metallo dotata di anelli di diverse dimensioni. «Serve a bloccare il collo, i polsi e le caviglie in una posizione scomoda e dolorosa. In genere, dopo pochi istanti, l'incatenato prova fortissimi crampi ai muscoli dell'addome e del retto, poi a quelli del petto, della cervice e degli arti. Se hai trovato insopportabile la gogna della cella, non ti consiglio di provare la *cicogna*.»

Spinto in malo modo dal carceriere, che non lo perdeva di vista un istante, Folchi seguì il Buonaccorsi fino a un lungo tavolaccio terminante, alle due estremità, con due grossi argani dotati di corde.

«Questa è la *cremagliera*. Serve a stirare il corpo del soggetto, dopo averne assicurati i polsi e le caviglie alle corde. Abbastanza banale. Infatti a volte, come variante, vengono passati sul corpo steso dei pesanti rulli, fino a slogarne tutte le articolazioni. Quest'altra complessa, interessante *macchina* si chiama invece *culla di Giuda*» continuò il Buonaccorsi indicando, con un gesto svogliato del fazzoletto, un appuntito cuneo di legno sostenuto da un cavalletto. «Il soggetto, tramite una serie di corde, viene sospeso sulla punta del cuneo, posizionata a seconda dei casi nell'ano, sotto i testicoli o alla base della colonna vertebrale. Manovrando le corde, il carnefice può variare il peso del corpo gravante sul cuneo, può farlo dondolare o cadere di schianto. Volendo, si possono anche aggiungere pesi alle caviglie.»

Povero disgraziato, pensò notando che gli occhi del Folchi, a ogni nuova descrizione, si spalancavano sempre più. Il suo volto, scavato e teso, continuava a impallidire. *Sta cominciando a tremare come una foglia. Possibile che sia proprio lui, l'autore di quegli efferati delitti? Sarebbe quasi divertente, se non fosse tragico. In ogni modo, spero che confessi. Si risparmierebbe un sacco di fastidi. A questo punto, è comunque finito.*

«Questa è invece la *sedia ungara*» riprese, posando una mano sul bracciolo dell'ordigno. «Potrebbe sembrare una normale, comoda sedia se non fosse per le punte acuminate che la costellano. Ah, dimenticavo... Di solito, sotto la sedia viene posto un braciere ardente. Questi, invece, sono strumenti che servono a *schiacciare*» continuò, mostrando al Folchi una serie di marchingegni metallici di varie forme. «Ognuno per una specifica parte del corpo, come puoi intuire: testa, mani, pollici, gambe, piedi... Il sistema è sempre uno, comunque. Ganasce dotate di aculei, e viti che le stringono poco alla volta.»

Baldo Folchi, già malfermo sulle gambe, per non cadere dovette appoggiarsi al carceriere, che lo raddrizzò con un violento strattone.

«Calma, non fargli male» intervenne Buonaccorsi. «Non c'è bisogno di brutalità, almeno per il momento. Vedi quei secchi, Folchi? Contengono mezzo staione d'acqua. Ma non servono a farti il bagno, anche se ne avresti bisogno. Il carnefice potrebbe farti bere tutto il liquido, con un imbuto ficcato in gola, mentre sei legato supino su quell'asse orizzontale. È tremendo non poter respirare, mentre l'acqua viene versata. Poi, con lo stomaco teso come un otre, verresti inclinato con la testa in basso. Immagini quali dolori lancinanti possa provocare il liquido, premendo contro il diaframma e il cuore? A volte, il carnefice aggiunge brutali percosse sul ventre gonfio. No, non svenire. Devo mostrarti ancora una cosa. Poi abbiamo finito, non preoccuparti.»

Buonaccorsi si avvicinò a un lungo ripiano dove si allineavano decine di strumenti in ferro, simili a zampe di animale, montati su aste di legno. «Questi aggeggi servono per il *solletico spagnolo*, come viene chiamato in gergo. Sono arnesi da scorticamento, in grado di ridurre a brandelli pelle e carne. Ma la più bizzarra, oltre che fantasiosa, è la *gatta*» disse mostrando al Folchi un mazzo di corde di canapa. «Sembra quasi incredibile, eppure queste cordicelle, imbevute di una particolare mistura di zolfo e sale, applicate sul corpo lo consumano lentamente, scoprendo gli organi interni mentre il soggetto è ancora cosciente. Beh, direi che abbiamo finito. Puoi tornare in cella a meditare, caro Folchi. Ora sai cosa potrebbe accaderti, se non confessi *tua sponte*. Capisci cosa intendo dire?»

Baldo Folchi non comprese le ultime parole di Buonaccorsi, ovattate dal fazzoletto profumato. Anzi, non le sentì neppure. Si limitò a fissare l'uomo elegante con sguardo vacuo, mentre le immagini degli strumenti di tortura gli vorticavano davanti agli occhi. Aveva un forte senso di vertigine, una violenta nausea alimentata dall'aria fumosa e soffocante della sala degli interrogatori. I muscoli gli tremavano mentre pensava, febbrilmente, a quello che avrebbe dovuto fare nelle prossime ore. Confessare due delitti che non aveva commesso, andando al patibolo innocente? Oppure tentare di resistere a quelle orribili, devastanti torture, rischiando di ammetterli ugualmente dopo indicibili sofferenze? Non era una decisione facile…

Nell'incertezza, svenne.

Biagio Buonaccorsi lo fissò con un misto di pietà e disprezzo. Poi gli voltò le spalle, abbandonando a passo svelto le segrete e lasciando il lugubre carcere delle Stinche. Il suo lavoro là era finito, per il momento. Ma il *Machia* aveva affidato, a lui e ai suoi colleghi della Cancelleria, un altro compito da svolgere prima che la notte terminasse.

Sempre a loro, il lavoro sporco…

XXIII

Lo stesso giorno, due ore dopo la Compieta

Agnese fece una lunga pausa, prima di riprendere a parlare. Forse per raccogliere le idee, pensò Michelangelo disponendosi ad ascoltarla, oppure perché, per qualche oscura ragione, le costava fatica ricordare ciò che stava per dire. Gli sembrava che la fanciulla, qualunque fosse il motivo, compisse un grande sforzo per rivelare il suo segreto. Aveva aggrottato le sopracciglia sottili, ben disegnate, assumendo di nuovo una buffa, adorabile espressione da bambina imbronciata, e si torceva con apprensione le piccole mani affusolate.

«Sai... In genere non mi vergogno di quello che faccio» mormorò. «Quando mi serve del denaro, do agli uomini ciò che vogliono, a volte anche alle donne. Tutto qui. Ma quella notte... Beh, è stato diverso.»

«A cosa ti riferisci?»

«Ecco... Circa un mese fa, agli inizi di gennaio, comare Fiammetta mi offrì di partecipare a un'orgia. Una prestazione ben pagata.»

«Comare... Fiammetta?»

«Sì, ci conosciamo da molto tempo. Anche lei fa parte del

mio ambiente. Una volta, quand'era assai più giovane, veniva considerata bellissima, ed era assai richiesta. Almeno, questo dice lei. Si vanta molto del suo passato, giura di aver frequentato, in gioventù, perfino membri di casa Medici. Adesso è molto invecchiata. La sua pelle è cascante, rugosa, la sua voce roca. Pochi uomini la cercano ancora, e sempre per situazioni un po' strane. Sapevo benissimo che frequentava tipi poco raccomandabili, e che era meglio tenersi alla larga dai suoi maneggi, però il compenso era molto alto. Mi disse che un gran signore, che lei non aveva mai visto perché l'aveva sempre contattata tramite un servo, l'aveva incaricata di procurare belle e giovani fanciulle per un convegno, offrendo dieci fiorini a testa per il disturbo. Si trattava di una sola notte.»

«E tu accettasti?»

«Te l'ho detto, il compenso mi faceva gola. Chiesi a Fiammetta dove si sarebbe svolta l'orgia, e quanti sarebbero stati i partecipanti, ma lei si mantenne sul vago. Mi disse solo di tenermi pronta per quella notte, due ore dopo la Compieta, profumandomi e agghindandomi come meglio potevo. Sarebbe passata a prendermi, in una carrozza chiusa, per portarmi al luogo stabilito. Credo che neppure lei lo conoscesse, anche se si dava grandi arie di sapere il fatto suo. Insomma, per fartela breve, all'ora dell'appuntamento mi vesto e m'improfumo come una regina, e la carrozza arriva puntuale. La guida un cocchiere imbacuccato nel mantello. All'interno trovo Fiammetta, tutta elegante, e cinque fanciulle molto carine, mai incontrate prima, tre ancora più giovani di me. La vecchia le benda tutte, poi mi mostra un fazzoletto di raso, dicendo che le dispiace ma deve bendare anche me, perché i signori che pagano si fidano solo di lei, e noialtre non dobbiamo capire dove siamo dirette.

Fingo di aiutarla a bendarmi, docilmente, ma faccio in modo da coprire l'angolo dell'occhio destro solo col bordo trinato del fazzoletto, sottilissimo e quasi trasparente. Così riesco a sbirciare, dalla finestrella della carrozza, il percorso che stavamo facendo. Non mi andava di essere portata a zonzo, chissà dove, a mia insaputa.»

«Ma la vecchia non ti sorvegliava?» la interruppe Michelangelo. Era proprio curioso di sapere come aveva fatto, quella piccola volpe, a eludere il controllo della megera.

«Nonostante tutte le sue arie,» ridacchiò la fanciulla «un istante dopo anche Fiammetta si bendò, credendo di non essere vista. Evidentemente, era stato ordinato anche a lei di non guardare. A quel punto, mi azzardai a scoprire del tutto l'occhio destro e ad aprire un po' di più la finestrella. Solo un poco, perché temevo che Fiammetta o il cocchiere si accorgessero delle mie manovre, ma abbastanza per capire dove stavo andando. La notte era illuminata dal plenilunio, per cui non mi fu difficile riconoscere le strade che stavamo percorrendo.»

«Dove vi condusse la carrozza?»

«Attraversò lentamente la città, fino alla Porta al Prato» riprese Agnese. «Là il cocchiere parlò con qualcuno, e probabilmente *diede* qualcosa agli armigeri di guardia, perché lo lasciarono uscire dalle mura senza troppe storie, senza sbirciare dentro e avvertendolo che non sarebbe potuto rientrare, con la carrozza o anche da solo, dopo i rintocchi del Mattutino a meno di non pagare una multa.»

«E poi che direzione prese?» la sollecitò l'artista, che non vedeva l'ora di arrivare alle conclusioni. Agnese, sebbene avesse espresso l'intenzione di *farla breve*, aveva un modo di raccontare estenuante, pieno di pause e di divagazioni, atteggiamento che iniziava a irritarlo. Forse lo faceva per darsi importanza. «Cerca di riassumere, fanciulla mia.»

«Spronò i due cavalli in direzione di Signa, costeggiando l'Arno e infilandosi, a velocità più sostenuta, nei boschi che si trovano da quelle parti» tagliò corto l'altra, con aria lievemente offesa. «Notai subito che, una volta entrata nei boschi, la carrozza seguiva un percorso abbastanza dritto, senza cambiare direzione. Forse un sentiero già tracciato. Era diventato un po' difficile guardare fuori, perché la luna era coperta dalle fitte chiome degli alberi. Comunque procedemmo dritti, almeno finché non arrivammo alle due querce.»

«Le... due querce?»

«Sì, fu un particolare che mi colpì. Riuscii a distinguere due grandi querce che sembravano protendere le cime una verso l'altra, intrecciandole come due amanti in un abbraccio.»

«Molto poetico» grugnì Michelangelo, perdendo la pazienza. «Vuoi arrivare al dunque? L'hai detto tu, che non abbiamo tutta la notte. Ricorda che tuo padre, in questo momento, rischia la tortura nelle segrete delle Stinche. Sinceramente, non ti facevo così ciarliera.»

L'ultimo commento del Buonarroti dovette pungere la fanciulla sul vivo, perché gli lanciò un'occhiata malevola. «Devo essere precisa nei particolari, altrimenti non mi crederai! Già adesso, sento che non hai molta fiducia in me. No, non negare. Piuttosto stai zitto, e ascolta. Prestai attenzione a quegli alberi come punto di riferimento. Infatti, in quell'istante la carrozza voltò a sinistra, addentrandosi ancora nel bosco per il tempo che ci vuole a recitare una decina di *Pater noster*.»

«E... li hai recitati davvero?» sorrise l'artista, divertito. «Continui a sorprendermi. Non ti facevo così religiosa.»

«Sicuro che li ho recitati!» esclamò Agnese, squadrandolo con aria torva. «Per rendermi conto della distanza, e perché cominciavo ad avere un po' paura. Il bosco diventava sempre più fitto, e buio.»

«Povera innocente» la punzecchiò Michelangelo. «E poi... che accadde?»

La fanciulla gli scoccò un'altra occhiataccia. «A un certo punto la carrozza si fermò. Il cocchiere aprì lo sportello, ci ordinò di levare le bende – per fortuna avevo fatto in tempo a sistemare la mia e a chiudere la finestrella – e di seguirlo. Aveva in mano un piccolo lume a olio, che rischiarava appena le tenebre nere come pece.»

«Stai declamando di nuovo versi, Agnese» borbottò l'artista. «Quel farabutto di tuo padre, nonostante i suoi difetti, deve averti dato un'ottima educazione letteraria.»

«Lascia stare mio padre» lo redarguì lei, con sguardo duro. «Solo io posso permettermi d'ingiuriarlo, chiaro?»

«Chiedo venia, allora» sospirò Michelangelo. «Però andiamo avanti, ti prego. Non capisco dove vuoi andare a parare, con questo racconto.»

«Non si tratta di una novella. È tutto vero, purtroppo» mormorò la fanciulla, con aria assorta. «Seguii in silenzio, con Fiammetta e le mie cinque compagne, l'uomo col lume attraverso l'intrico degli alberi scuri, fino a delle antiche rovine in pietra.»

«Sì, quella zona è piena di ruderi etruschi e romani» intervenne Michelangelo, ricordandosi che messer Leonardo, in giovinezza, l'aveva esplorata in lungo e in largo.

«Non m'interrompere, se vuoi che mi sbrighi» lo zittì Agnese con un gesto imperioso della mano. «Me le ricordo ancora, la forma e la disposizione di quei mucchi di pietre. Saprei riconoscere il posto, se lo rivedessi. L'uomo rischiarò un'apertura celata da fitti cespugli, che si apriva nel terreno tra due cumuli di sassi, non troppo grande ma larga abbastanza da farci passare una persona. Ci ordinò d'infilarci in quel buco nella terra, cosa che facemmo una dopo l'altra a cominciare da Fiammetta, tutte un po' timorose ma decise a guadagnarci i nostri dieci fiorini – e quella megera di sicuro il triplo, come mercede del suo sporco lavoro di mezzana. Così scoprimmo che da quel pertugio aveva inizio una consunta e viscida scala di pietra che scendeva giù, sempre più giù nel sottosuolo. Appena fatti i primi ripidissimi gradini, la nostra inquietudine aumentò. Prima di entrare avevo letto sui volti delle mie compagne, e perfino su quello di cartapecora di Fiammetta, un'apprensione sempre maggiore, anche se all'inizio non sospettavamo di andare... negli abissi dell'Inferno stesso.»

«Cosa?» sussultò Michelangelo, con un brivido.

«Proprio così, scultore. Non sono pazza. L'uomo col lume ci stava guidando all'Inferno. O almeno alla sua tetra, orribile anticamera. No, non interrompermi. Altrimenti non avrò il coraggio di continuare.» Dopo una lunga pausa, durante la quale il Buonarroti osservò uno stupito silenzio, la fanciulla riprese a parlare con voce fievole, un po' tremante, fissando un punto nel vuoto, come inseguendo ricordi che ancora le suscitavano terrore. Sembrava sempre una bambina, ma stavolta una bambina spaventata a morte. «Facemmo un lungo percorso, un labirinto di cunicoli umidi, così stretti e bassi che spesso avevo paura di restarci incastrata, e in cui ogni tanto si spalancavano fosse piene d'acqua. A un certo punto stavo quasi per svenire per mancanza d'aria. Poi sbucammo finalmente in un vasto ambiente circolare di pietra bianca, con un soffitto a botte sorretto da un grande pilastro centrale.»

Deve trattarsi di un'antica cisterna romana in travertino, scavata all'interno di un precedente sistema etrusco per la raccolta delle acque, rifletté il Buonarroti. Sapeva che ne esistevano molti, sia in Toscana che in Umbria, di quegli ingegnosi labirinti creati dagli Etruschi per raccogliere l'acqua del sottosuolo, e poi sfruttati dai Romani.

«Quella sala sotterranea era illuminata da grandi fiaccole, e piena di gente» riprese Agnese, strappandolo dalle sue riflessioni. «Pochi uomini, vestiti di lunghi mantelli neri col cappuccio e coi volti coperti da maschere di cuoio tutte uguali, ma in compenso tante donne. Fanciulle molto giovani, come noi cinque, acconciate e abbigliate come per una festa. Alcune le conoscevo bene. Altre dovevano venire da fuori città, perché non le avevo mai viste a Firenze. Al nostro arrivo uno dei dieci uomini – ne avevo contati una decina e circa venti donne – fece un cenno agli altri, che si disposero con le spalle al muro a regolare distanza tra loro, circondandoci in silenzio. Lo stesso uomo, che evidentemente guidava il gruppo con la sua autorità, bisbigliò qualcosa all'orecchio di Fiammetta, la quale si affrettò a richiamare la nostra attenzione battendo più volte le mani. "Sedetevi in cerchio, all'interno del circolo dei gentiluomini!" ci comandò la vecchia, tutta eccitata. Appena eseguimmo l'ordine, alcuni valletti vestiti con sobria eleganza, ma sempre mascherati, cominciarono a servirci vassoi con squisite vivande e vini pregiati. C'era perfino quello bianco di Grecia, il migliore.»

«Lo conosco» annuì Michelangelo, immaginando di sentirne il sapore. «Il Magnifico Lorenzo ne offriva sempre ai suoi ospiti.»

«Poi Fiammetta, dopo aver ascoltato di nuovo l'uomo in nero, ci invitò a mangiare e bere a sazietà. Non ce lo facemmo ripetere due volte. Dovevano essere trascorse ormai più di tre ore dalla Compieta, e molte di noi avevano fame. Io di sicuro. Ricordo che mangiai di gusto molte pietanze saporite, bevendo quasi una bottiglia di vino greco, nonostante l'inquietudine che quella strana situazione mi suscitava. Osservando gli uomini in piedi lungo le pareti, immobili e silenziosi, mi chiesi perché se ne stessero lì come statue di sale, senza neppure degnarsi di rivolgerci la parola. Perché si erano presi il disturbo di portare tante bellissime puttane in quel buco sottoterra, se poi nemmeno ci toccavano? Certo che era una cosa strana! Come tutte quelle che organizzava Fiammetta, dopotutto... Insomma, dopo la bisboccia, i valletti portarono via i vassoi con gli avanzi. L'uomo in nero bisbigliò a Fiammetta di ordinarci il silenzio, poi prese da un recipiente una sostanza che mi sembrò carbone mescolato a creta: con quella mistura disegnò un grande cerchio al centro della sala, dove con ampi cenni invitò tutti a entrare, inclusi i suoi compari. Poi scrisse nel cerchio strani caratteri, pronunciando a voce alta parole che non ricordo. Nel frattempo, alcuni dei valletti mascherati avevano tirato fuori tamburi, timpani e violini, coi quali cominciarono a suonare una musica indiavolata.»

«Temo che l'ultimo aggettivo sia proprio quello giusto, se ciò che mi racconti è vero» la interruppe Michelangelo, rabbrividendo. Con ogni evidenza, Agnese era stata trascinata in un *sabba*. Una delle tante, demoniache feste che gruppi di superstiziosi esaltati, in genere plebei ignoranti ma a volte anche nobili, ricchi borghesi e perfino alti prelati organizzavano per sfogare manie da dementi e brutali istinti animaleschi. Il Buonarroti aveva sempre considerato quelle orge, nelle quali si adoravano i demoni implorando potere e ricchezza, come oscene follie da mentecatti. Opinione che aveva condiviso con i suoi grandi maestri, Marsilio Ficino e Agnolo Poliziano, con Giovanni Pico della Mirandola e con lo stesso Magnifico Lorenzo. I veri sapienti di Firenze, e di tutta Europa, avevano sempre disprezzato la magia nera e la negromanzia, ritenendole superstizioni da donnette. Nutrivano invece un grande, religioso rispetto per la magia naturale e l'astrologia, scienze praticate perfino dai Magi che avevano adorato il piccolo Gesù. «Quegli uomini incappucciati credevano d'invocare i demoni» disse l'artista, dando voce ai propri pensieri. «E tu? Ne sei convinta anche tu?»

«Io penso che i diavoli si trovino nel cuore degli uomini, non all'esterno» disse Agnese scrollando le spalle. «Certe superstizioni non mi hanno mai impressionata.»

Michelangelo sorrise, compiaciuto. Quella fanciulla continuava a stupirlo. Era strano che una ragazza del popolo non temesse il potere dei malefici, considerando gli sforzi fatti dalla Chiesa per inculcare negli ignoranti la paura delle streghe, dei maghi, degli incantatori, insomma di tutti i presunti, fantasiosi intermediari tra l'uomo e il male. Perfino il pio frate Bernardino aveva un tempo invitato i Senesi, che non avevano mai bruciato una strega, a offrire coi roghi *un poco d'incenso a Domineddio.* «Su questo siamo d'accordo, allora» annuì. «Continua. Sono curioso di sapere come andò a finire la tua avventura notturna, e cosa c'entri con la situazione di tuo padre.»

«In quel momento,» continuò la fanciulla, riprendendo il filo «la situazione diventò più *normale*, almeno dal mio punto di vista, perché Fiammetta, dopo aver confabulato col capo degli incappucciati, ordinò a noi ragazze di spogliarci. Finalmente potevamo fare il nostro lavoro, pensai con un certo sollievo, guadagnandoci la paga onestamente! Anche gli uomini in nero si spogliarono, e più in fretta di noi, perché erano già nudi sotto i mantelli, ma conservarono le maschere. Notai che avevano corpi dalla pelle rosea, morbida, ben curata. Corpi da gran signori, insomma. Del resto, chi altri poteva permettersi di spendere centinaia di fiorini per un'orgia? Gli uomini nudi ci offrirono dei vasetti con uno strano unguento, un po' puzzolente, ordinandoci di spalmarcelo qui» fece Agnese toccandosi fra le cosce, gesto che provocò a Michelangelo una nuova vampata di rossore. «Bruciava un po', a contatto con la pelle, ma eseguimmo senza discutere, perché anche loro si spalmarono gli attributi con la stessa pomata.»

Il Buonarroti annuì, cercando di controllare l'imbarazzo. Sapeva che i frequentatori dei *sabba* usavano spalmarsi su genitali e ano unguenti composti da una base grassa mescolata con oppio, aconito o belladonna, erbe capaci d'indurre allucinazioni. Per questo vedevano spesso materializzarsi, durante le orge, ogni specie di demoni e di mostri, i peggiori incubi della loro fantasia malata.

«A quel punto, gli uomini formarono un cerchio all'esterno di noi donne, voltandoci le spalle e prendendoci per mano a due a due, e cominciammo a danzare vorticosamente, al suono ossessivo dei violini, andando da destra verso sinistra.»

«Cerca di concludere» la invitò di nuovo l'altro, con una smorfia d'impazienza.

«Sì, ora arrivo al punto che c'interessa» assentì Agnese. «Dopo una mezz'ora di danza sfrenata, quando avevamo tutte il fiatone e ci girava la testa, gli uomini cominciarono a possederci in tanti modi diversi, tranne in quello che avrebbe permesso di generare.»

Michelangelo s'incupì. Anche i rapporti contro natura, simbolo di ribellione al Creatore, erano tipici del *sabba*. Fissò con tristezza il faccino infantile di Agnese, il suo fresco corpo da adolescente. Gli sembrava quasi impossibile che la fanciulla, in apparenza così innocente, avesse già sperimentato, chissà quante volte e nei modi più sordidi, la lussuria degli uomini.

«Quei bastardi ci possedettero con molta violenza,» sul volto di Agnese si leggeva una smorfia di rabbia repressa «ma non sentivo troppo dolore, forse a causa degli effetti magici di quell'unguento.»

«Soporiferi e allucinatori» la corresse Michelangelo, con un sorriso di sufficienza. «La magia non c'entra nulla.»

«Comunque ricordo che mi percossero, brutalmente, in ogni parte del corpo, mi tirarono i capelli fin quasi a strapparmeli dalla testa... E le altre non se la cavarono meglio, da quanto riuscii a vedere. Poi uno di quegli animali, mentre mi lavorava da dietro, mi sferzò a sangue la schiena e il sedere con un frustino. Quasi mi tolse la pelle a frustate, quel figlio di baldracca, tanto che nei giorni seguenti non riuscivo neppure a sedermi! Ne porto ancora i segni. Te li faccio vedere, se non mi credi...» aggiunse la fanciulla, facendo il gesto di sollevarsi la lunga gonna di broccato.

«Mi fido, mi fido» si affrettò a dire l'artista, fermandola con un gesto. Sebbene cercasse di dominare l'imbarazzo che la disinvoltura di Agnese gli provocava, si sentiva sempre più a disagio di fronte alla sua sensualità acerba, mista di malizia e d'innocenza. In un angolo remoto della sua mente, Michelangelo quasi rimpiangeva di averle impedito di scoprirsi il deretano. In realtà, sebbene si sforzasse di non ammetterlo neppure a se stesso, gli sarebbe piaciuto contemplare, anche solo per un attimo, il corpo nudo della giovane prostituta. E non solo per curiosità artistica.

«Alla fine della *festa*,» riprese lei, con un ghigno ironico «mi resi conto che Fiammetta non aveva soltanto il ruolo di mezzana. Era stata assoldata anche per un altro, speciale servigio. Infatti due valletti mascherati introdussero, trascinandolo al centro del circolo, un grosso caprone, con le zampe ben impastoiate perché non riuscisse a scalciare. Però era vivo e vegeto, eccome! Tanto è vero che la vecchia Fiammetta, che si era nel frattempo anche lei denudata, offrì al capro le sue decrepite *grazie*,» continuò Agnese con una risatina «iniziando a lavorarselo per bene in tutti i modi, incitata con sputi e percosse dagli uomini in maschera.»

«Risparmiami i particolari,» la interruppe Michelangelo con una smorfia di disgusto. «Mi avevi promesso di concludere. Insomma, dove vuoi arrivare raccontandomi queste oscenità?»

«Ma te l'ho detto prima, accidenti!» sbottò la fanciulla. «Quei tipi erano violenti, brutali fino al midollo. Delle belve feroci, te lo assicuro! Chi ti dice che l'assassino che cercate, l'autore di quegli atroci delitti, non sia uno di loro, oppure più di uno? Sarebbero capacissimi di squartare un uomo per divertimento, te lo assicuro, e forse perfino un bambino… Come quel povero Petruccio!» esclamò Agnese facendosi un rapido segno di croce.

L'ultima cosa che il Buonarroti si sarebbe aspettato da una frequentatrice di *sabba*. Ma Agnese era così: capace di attraversare l'Inferno restando, almeno in apparenza, un angioletto. Michelangelo rimase a lungo in silenzio, riflettendo sul suo racconto. Si ricordò degli insetti e delle larve trovati da Fracastoro sul cadavere di Petruccio, esseri che allignavano nei sepolcri, nelle grotte e nelle… *cisterne in disuso*. Sì, il discorso poteva anche quadrare…

«In effetti,» mormorò pensoso «i predicatori affermano che nei *sabba* si possa giungere a sacrificare al Demonio una giovane vergine, oppure un fanciullo innocente.»

«Vedi che ho ragione?» incalzò la giovane sempre più irrequieta.

L'artista scosse la testa, dubbioso. «Questo potrebbe spiegare la morte di Petruccio, ma non quella del falegname.»

«Forse faceva parte della setta, e gli altri hanno voluto punirlo per chissà quale motivo» intervenne pronta la fanciulla, a difesa della propria tesi. «Oppure lo hanno assassinato semplicemente per… tappargli la bocca. Forse il falegname voleva uscire dalla confraternita, e loro hanno temuto che intendesse tradirli, magari denunciandoli alla Santa Inquisizione.»

Il Buonarroti rifletté qualche istante anche su quest'ultima ipotesi. Il giglio accanto al cadavere del povero Bartolomeo Canacci poteva anche alludere a un rito demoniaco. Ser Leonardo gli aveva spiegato che il latino *lilium* derivava dall'ebraico *laila*, cioè *notte*. Nelle antiche leggende bretoni, *Lile* di Avalon era la *Dama del Lago*, la maga celtica che aveva raccolto la spada *Excalibur* dopo che Artù l'aveva spezzata. Ma Lile era anche la Diana lunare, Ecate triforme regina delle tenebre. Sì, la cosa poteva anche avere un senso. Però…

«Uhm… Un modesto falegname in una setta di ricchi signori…» scosse la testa, perplesso. «Sarebbe un po' strano, non trovi?»

«Forse lo hanno ucciso per altre ragioni» insisté Agnese.

«Magari come sacrificio umano, o per semplice divertimento. Si tratta di gente molto pericolosa, te l'ho detto. Sai cosa ci ordinò il loro capo alla fine della *festa*, dopo averci pagato profumatamente? Ci comandò di raggiungere in silenzio le carrozze e di non fare *mai* parola con nessuno di ciò che avevamo fatto, visto e sentito. Perché altrimenti, ci disse con voce spaventosa, se non ci avesse arrostito l'Inquisizione ci avrebbe pensato lui a scovarci, pure in capo al mondo, e ce l'avrebbe fatta pagare molto, molto cara... Capisci con chi abbiamo a che fare?»

«Va bene, ammettiamo che l'*anatomista*, cioè il folle omicida che stiamo cercando, faccia parte della tua confraternita di maiali mascherati...» Un brivido attraversò Michelangelo al pensiero del diabolico ghigno dell'*Alichino* che aveva incrociato la notte del ritrovamento di Petruccio. «Non potremmo mai dimostrarlo. Non sappiamo neppure chi siano, perché non li hai mai visti in faccia.»

«Riguardo a questo, ho un secondo segreto da rivelarti» sorrise Agnese con aria soddisfatta.

«Avanti, allora» sospirò l'artista. «Questa è proprio la notte delle rivelazioni!»

«Non prendermi in giro, scultore, te lo ripeto per l'ultima volta» ringhiò la fanciulla, aumentando la stretta sull'elsa della *misericordia*. «Taci e ascolta. Questa mattina ho incontrato la vecchia Fiammetta, tutta felice e contenta. Quando le ho chiesto il perché di tanta allegria, mi ha risposto che era un segreto. Ma si vedeva lontano un miglio che aveva una voglia matta di dirmelo. Così l'ho provocata un po', fingendomi interessata ai fatti suoi. Allora la megera, senza farsi troppo pregare, si è vantata di essere ancora desiderata dai grandi signori, quelli che pagano bene, e che insomma, nonostante qualche anno d'esperienza in più, poteva ancora competere con tante fraschette che si credono belle ma non ci sanno fare, e che ci voleva ben altro di un po' di carne fresca, per i palati degli uomini veramente fini... Insomma, fingendo d'ignorare che quelle frecciate erano rivolte a *me*, l'ho assecondata e le ho dato ragione su tutto, cercando di farla sbottonare ancora di più. E quella vecchia scema, naturalmente, c'è cascata come una pera matura. Mi ha raccontato di aver ricevuto, tramite un garzone, un biglietto assieme a una borsa contenente ben trenta fiorini. Nel biglietto un misterioso spasimante, che il garzoncello non aveva visto perché nascondeva la faccia in un cappuccio, le chiedeva un nuovo convegno notturno nello stesso posto, stavolta loro due soli, ordinandole il più assoluto segreto e promettendole altri trenta fiorini dopo l'incontro.»

«Interessante» mormorò Michelangelo, aggrottando le sopracciglia.

«Solo questo sai dire?» lo rimproverò la fanciulla, spalancando gli occhioni. «Quel misterioso *spasimante* deve per forza appartenere alla confraternita, sennò non si sarebbe espresso in quel modo! E perché, secondo te, ci tiene tanto a rivedere la megera, in un luogo segreto e senza testimoni? Per il suo *fascino*? Ma fammi il piacere. Quello la vuole *ammazzare*, credi a me. Ecco perché non ha mostrato il suo volto al messaggero. Perché tanto mistero, se non avesse cattive intenzioni? Vuole assassinare Fiammetta, me lo sento. E la vuole anche squartare!»

«Il termine corretto è *anatomizzare*, non squartare» la corresse soprappensiero lo scultore.

Agnese scrollò le spalle, irritata. «*Notomi*… l'accidente che vuoi! La sostanza del discorso non cambia! Quello la vuole ammazzare, credi a me. Intende sacrificarla al demonio, come ha già fatto con Petruccio e con quell'altro poveraccio!»

Michelangelo tacque a lungo, assorto. «Non è che magari… sei semplicemente invidiosa che Fiammetta abbia conquistato un cliente così ricco, e vuoi rovinarle la festa?» le chiese alla fine, fissandola con sguardo severo. «In fondo, tutte voi siete tornate vive e vegete dal *sabba*, e nessuno vi ha fatto del male a eccezione di qualche frustata o percossa…»

«Io… invidiosa di quella… carampana?» esclamò Agnese arrossendo fino alla punta delle orecchie. Michelangelo non avrebbe saputo dire se per vergogna o per rabbia. «Puah! Se credi che possa addirittura invidiarla… Non mi conosci e non sai quanto siano ricchi i miei, di clienti! Altro che trenta merdosi fiorini! Per quella cifra, io non affronterei mai il rischio di trovarmi davvero nei guai… Può succedere, bazzicando da sola certi ambienti. Ne ho esperienza. Mesi fa una mia amica frequentava un tipo strano, un nobile che si diceva facesse strani riti in una delle sue ville fuori Firenze… Rituali che le facevano molta paura, ai quali mi accennava sempre in modo vago ma col viso bianco come un cencio. Però veniva pagata profumatamente, per cui non riuscivo a convincerla a smettere. Ebbene, a un certo punto quella povera fanciulla è scomparsa. Letteralmente *sparita*, come neve al sole. E nessuno ha più saputo nulla di lei. Come lo spieghi, eh, intelligentone?»

«Non è detto che le due cose siano collegate» rifletté Michelangelo ad alta voce. «Non hai alcuna prova che la tua amica sia stata uccisa.»

«Già, tu vorresti che gli Otto cercassero le prove quando il sospettato è un nobile e la presunta vittima una puttana... Ma in quale mondo vivi, scultore? Oltretutto, io ho sempre avuto un *sesto senso* per certe cose. Me lo dicono anche le zingare, e tu sai che quelle se ne intendono di premonizioni...»

«Ammettiamo per un momento che tu abbia ragione» la interruppe Buonarroti con un sorriso ironico. «Allora perché non hai avvisato Fiammetta del pericolo?»

Agnese spalancò gli occhi, sinceramente stupita. «Fossi matta! Anzi, l'ho incoraggiata! Non capisci che la vecchia *deve* andare all'appuntamento? Sarà l'esca per acchiappare nella rete il tuo *notomi*... o come accidente lo chiami, per coglierlo sul fatto e scagionare quel farabutto di mio padre! Dimmi, non ti sembra una buona idea?»

«E se invece... si tratta di un semplice depravato attratto dalle vecchie puttane?» ghignò Michelangelo.

«Un... *semplice* depravato? Sarebbe pur sempre un frequentatore di *sabba*, un servo del demonio, un mostro schifoso e blasfemo... Insomma, varrebbe comunque la pena di assicurarlo alla giustizia, non trovi?»

«Adesso parli come un predicatore domenicano, e per giunta arrabbiato» sorrise l'artista.

«Per favore, aiutami a discolpare quello schifoso di mio padre» disse la fanciulla in tono supplichevole. «Che ti costa, in fondo? Farai comunque una bella figura, assicurando alla Santa Inquisizione un figlio del diavolo.»

Il Buonarroti rifletté per alcuni, brevi istanti che ad Agnese parvero secoli. La ragazza sembrava seduta sulle spine. Pendeva dalle sue labbra, in attesa di un sì o di un no.

«Mi hai quasi convinto» concluse finalmente Michelangelo,

con un sospiro. «Però, come ti ho detto prima, sarò costretto a coinvolgere altre persone. *In primis* ser Leonardo, e poi naturalmente Machiavelli. Solo il Segretario può dare l'ordine e fornire gli armigeri per una sortita notturna a quell'antica cisterna, ammesso che riusciamo a trovarla.»

«La troverete senz'altro, se vi accompagno» annuì Agnese, con un sorriso raggiante. «Mi ricordo molto bene che...»

«Questa è un'altra questione, che potremo risolvere in seguito» la interruppe l'altro, grattandosi la testa. «Per quando è fissato il convegno tra Fiammetta e il suo misterioso *spasimante*?»

«Per la mezzanotte di oggi, al rintocco del Mattutino.»

Michelangelo balzò dalla sedia, quasi gli avessero acceso un fuoco sotto il sedere. «Ma... mancano a stento tre ore!» esclamò, ricordando gli ultimi rintocchi di campana uditi.

«Allora dobbiamo sbrigarci, se vogliamo cogliere l'assassino sul fatto» rispose la fanciulla senza scomporsi.

«Dobbiamo subito andare in via del Palagio, a casa del Vinci» disse l'artista, indossando rapidamente il mantello. Chissà perché, cominciava davvero a credere all'ipotesi di Agnese. Sì, poteva essere una possibilità. La fanciulla non aveva tutti i torti, in fondo. Cosa ci perdevano a tentare? Il *Machia* e i suoi sgherri, con tutta la loro prosopopea, in realtà brancolavano ancora nel buio, rischiando di mandare alla tortura, e poi al patibolo, la persona sbagliata. Forse il Vinci aveva ragione. Baldo Folchi non era uno stinco di santo, ma probabilmente non era neppure l'*anatomista*. Forse il mostro che cercavano stava davvero per mietere, nelle buie profondità della terra, la sua terza vittima. In questo caso, perdere tempo sarebbe stato uno sciocco, imperdonabile errore. Messer Leonardo avrebbe sicuramente condiviso la sua opinione, Michelangelo ne era quasi certo. Convincere Machiavelli, invece, sarebbe stato più difficile. Il Segretario era troppo felice di avere un comodo capro espiatorio, già pronto e in catene, da consegnare al boia. Sarebbe stata dura persuaderlo a battere un'altra pista, ora che credeva di tenere in pugno il colpevole. Però bisognava tentare, si disse l'artista. Baldo Folchi, nonostante tutto, meritava un'altra possibilità.

«Ah, a proposito...» disse ad Agnese con un lieve imbarazzo, mentre scendevano di corsa le scale. «Quando ripeterò la tua storia a ser Leonardo... Ecco, vorrei evitare di raccontargli le... diciamo così... *circostanze* del nostro incontro.»

«Non preoccuparti, scultore» lo rassicurò la fanciulla, facendogli l'occhietto. «Non gli dirò che sei stato rapito da una fragile, indifesa donzella.»

Se tu sei indifesa, io sono Fidia in persona, pensò Michelangelo con stizza, lanciando un'occhiataccia alla scintillante *misericordia* che Agnese stava riponendo, con un gesto aggraziato, all'interno del candido corsetto ricamato.

XXIV

Lo stesso giorno, circa due ore prima del Mattutino

Le finestre del piano superiore erano ancora illuminate, ma Michelangelo dovette picchiare più volte sull'uscio col battente di bronzo prima che l'anziano servo del Vinci, assonnato e in papalina, venisse a schiudere con diffidenza il massiccio portone di legno pregiato.

«Chi siete, e cosa volete a quest'ora?» bofonchiò il vecchio, reprimendo uno sbadiglio. Il sonno, evidentemente, non lo aveva del tutto abbandonato, perché fissò su Michelangelo due occhi vacui, senza riconoscerlo. Del resto, era la prima volta che il giovane artista faceva visita a Leonardo.

«Sono il Buonarroti» bisbigliò l'altro, abbassando la voce a un sussurro nel tentativo di farsi perdonare i sonori colpi di poco prima. Il vecchio era abbastanza bisbetico da chiudergli il portone in faccia, se lo avesse fatto innervosire. E messer Leonardo, soprattutto di notte e quando dipingeva (momenti che spesso coincidevano), affidava completamente a quel vecchiaccio, come a un terribile Cerbero, la scelta di chi dovesse varcare la soglia della casa di via del Palagio. Il maestro aveva bisogno di tranquillità. Non poteva distrarsi per ogni scocciatore che picchiasse alla sua porta. A fare da incorruttibile baluardo tra il genio e il mondo esterno pensava il burbero servitore.

«Questa è la notte delle visite» mugugnò il vecchio, scuotendo la testa mentre lanciava un'occhiata di disapprovazione, al fioco chiarore di una lanterna, alla figura in penombra di Agnese. «E questa chi è?» chiese in tono sgarbato.

«Sta con me» si affrettò a rassicurarlo Michelangelo, prendendo la fanciulla per un braccio e spingendola verso il portone, in piena luce. «Abbiamo entrambi un urgente, anzi *impellente* bisogno di conferire con messer Leonardo.»

«Diciamo piuttosto, con parole semplici, che avete una fretta indiavolata, che Dio mi danni se capisco il perché» ghignò il servo, continuando a fissare Agnese con una smorfia di disgusto. «Al padrone non piacerà vedersi invadere la casa da garzoni e femminette, te lo assicuro. Già ha fatto una brutta faccia, quando è arrivato quell'altro scocciatore.»

«C'è qualcuno con messer Leonardo?» domandò il Buonarroti, trattenendo a forza Agnese che, da come fremeva, sembrava in procinto di rispondere al vecchio per le rime.

«Lo vedrai da solo» rispose il servo in tono asciutto, scrollando le spalle. «Vai, vai pure. Tanto, ormai questa notte bisogna rinunciare a dormire. Sei proprio sicuro di voler portare dentro anche questa… Sì, insomma, questa…»

«Lei viene con me» lo interruppe pronto l'artista, evitando al vecchio di concludere la frase. Da come Agnese fissava il servo, la parola che stava per pronunciare rischiava di procurargli grossi guai.

«Fa' come vuoi» replicò l'altro, scrollando di nuovo le spalle e schiudendo un altro poco l'uscio, quel tanto da permettere il passaggio di una persona alla volta. «Io mi preoccupavo per te. Non vorrei che il maestro mi ordinasse di buttarti fuori, tu e questa... Va bene, non dico altro. Non sono fatti miei. Salite, che state aspettando? Non volevate parlare a ser Leonardo? Mica posso stare tutta la notte sul portone, per i vostri comodi! Avanti, su per le scale» concluse, mostrandone l'imboccatura con la lanterna. «E poi lungo il corridoio, fino allo studio. A proposito... Avete armi con voi?» aggiunse lanciando a entrambi, ma soprattutto ad Agnese, una lunga occhiata sospettosa.

«Figurati» sorrise Michelangelo, con aria innocente. «Sai benissimo che non ne ho mai portate. E poi, non vorrai credere che una fanciullina come questa...»

Il vecchio lo interruppe con un grugnito, spingendolo in malo modo su per l'elegante scalinata in legno intarsiato. L'artista si tirò dietro Agnese con uno strattone, temendo per l'incolumità dell'anziano servo.

«Ancora un istante, e gli ricacciavo in gola il suo fiele da vecchio barbogio» gli sibilò nell'orecchio la fanciulla, mentre salivano rapidi le scale.

«Lo so» sospirò Michelangelo, aggrottando la fronte. «Cerca di calmarti, d'accordo? Ricorda in quale casa ti trovi. E lascia parlare me, quando saremo davanti a ser Leonardo. Non farmi fare brutte figure, mi raccomando.»

«Vai a farti fottere» replicò Agnese sdegnata.

«Come desideri.» L'artista scosse la testa rassegnato. «In cambio, però, ti prego di tacere, o almeno di controllare il linguaggio. Non credo che ser Leonardo, già solo per il fatto che sei femmina, possa averti granché in simpatia. Non peggiorare la situazione. Ricordati che la vita di tuo padre è appesa a un filo, e che solo il Vinci può aiutarti a salvarlo. Sempre se riusciremo a convincerlo che la tua storia è vera.»

Agnese stava per replicare qualcosa, probabilmente una nuova imprecazione, quando entrambi entrarono nel sontuoso studio del padrone di casa. La porta finemente scolpita era socchiusa, e dall'interno proveniva un fragrante odore di essenze orientali. Quattro grandi lanterne, appese in alto agli angoli delle pareti, illuminavano quasi a giorno il vasto ambiente riccamente arredato, dove un braciere diffondeva un tiepido calore. Il Buonarroti non si soffermò ad ammirare le lussuose suppellettili, ma avanzò deciso, senza far rumore sui soffici tappeti di Persia, fino alle due figure che in quel momento, ferme accanto a un tavolo, gli voltavano le spalle conversando a bassa voce, da veri gentiluomini. Uno, che la folta capigliatura fulva indicava come ser Leonardo, indossava una veste da camera di broccato rosso, l'altro una lunga toga scura.

Michelangelo li fissò per alcuni istanti, incerto se fosse il caso d'interromperli o di aspettare che, finita la conversazione, si accorgessero da soli della sua presenza. Agnese, invece, si guardava intorno estasiata, come in preda alla vertigine. Non aveva mai visto, in vita sua, una stanza più elegante e raffinata. E dire che ne aveva frequentati tanti, di gran signori. Ma quella camera non era solo sfarzosa. Era... *Diversa*. Vi si respirava un'atmosfera particolare, carica di magici significati. Era lo studio di un *genio*. Gli occhioni spalancati della giovane prostituta vagarono rapidi, come in un vorticoso carosello, sui disegni, sulle strane attrezzature, sui calchi e sui modelli in cera, marmo e bronzo che gremivano i lucidi ripiani dei mobili, sulle statuine e sulle terrecotte che sapevano di antico, sulle bizzarre forme di animali e piante che sembravano ricamate nelle pietre... Sebbene riuscisse a comprendere poco di ciò che vedeva, era in qualche modo consapevole, per puro istinto, di trovarsi in un luogo speciale, anzi unico. Le sembrava di avere l'occasione, inattesa e meravigliosa, di violare l'antro segreto di un mago leggendario, un arcano incantatore simile a quelli dei romanzi cavallereschi.

E poi c'era quella piccola, misteriosa tela su un cavalletto al centro della stanza, coperta da un drappo di velluto nero ricamato in oro. Tutti a Firenze sapevano, pensò Agnese con emozione, che messer Leonardo stava lavorando a un nuovo quadro. Un ritratto femminile che, una volta ultimato, avrebbe stupito il mondo.

«Non provarci, fanciulla» disse il Vinci in tono freddo, voltandosi all'improvviso. «Non ho consentito neppure a principi e cardinali di vederlo. Perciò metti giù quella mano, prima che te la tagli.»

Come paralizzata, il visino acceso di rosso porpora, Agnese si bloccò nell'atto di sbirciare sotto il drappo scuro, che scivolò di nuovo al suo posto.

Cominciamo bene, pensò Michelangelo, stizzito. Eppure le aveva raccomandato di comportarsi ammodo.

Anche Girolamo Fracastoro si voltò, accennando un inchino ai nuovi arrivati.

«Il dottore è venuto qui su mia richiesta» sbuffò Leonardo, notando lo sguardo interrogativo di Michelangelo. «Ho dovuto convocarlo d'urgenza, per liberarmi lo studio da quella schifosa, puzzolente carne putrefatta» aggiunse con una smorfia di disgusto, indicando un tavolino finemente scolpito. Sulla lucida superficie intarsiata d'avorio, sotto due distinte campane di vetro, facevano bella mostra di sé due piatti ricolmi di poltiglie nerastre, una delle quali brulicante di larve e d'insetti. «Sto bruciando profumi d'Oriente da giorni, per coprirne il tanfo!»

«Però... Converrete che ne è valsa la pena» mormorò timidamente Fracastoro. «Avete constatato con i vostri occhi, sorvegliando l'esperimento dall'inizio alla fine, che le larve e gli insetti attaccano solo la carne coperta dalla campana forata. Quindi il loro veicolo è l'aria, e la teoria della *generazione spontanea* non...»

«Sarà, ma non ne sono ancora convinto» lo interruppe il Vinci, lisciandosi pensoso la barba fulva. «In ogni modo, dottore, avremo tempo per discuterne. Ora, se non vi dispiace e con vostra licenza, devo occuparmi dei miei nuovi ospiti, perché non si dica che sono un cattivo padrone di casa. Allora, Buonarroti, a che devo la vostra... inaspettata visita?» domandò, fissando i gelidi occhi chiari sull'artista ma sbirciando di sottecchi la fanciulla, immobile come una statua di sale.

«Vi presento Agnese, la figlia di Baldo Folchi» dichiarò Michelangelo, dopo essersi schiarito la voce per darsi un contegno. In effetti, ora che ci pensava, si era infilato in una situazione abbastanza ridicola.

«Ma guarda...» sorrise l'altro ironico, continuando a lisciarsi la barba. «Posso conferire un istante con voi... in privato, Michelangelo?»

«Ne sarò onorato» annuì lo scultore, cercando di controllare l'imbarazzo mentre il Vinci lo trascinava in uno stanzino attiguo. Sembrava sull'orlo di un'esplosione di collera...

«Si può sapere,» gli sibilò Leonardo all'orecchio «come diavolo vi è saltato in mente di portare quella puttanella a casa mia, nel cuore della notte? Avete forse la febbre? Delirate? Credo mi dobbiate delle spiegazioni, e subito!»

«Non chiedo di meglio, se me lo lasciate fare» ringhiò l'altro, liberando con uno strattone il braccio dalla potente, dolorosa stretta del Vinci. La presa di Leonardo era capace di piegare perfino il metallo. Ma anche Michelangelo sapeva di avere mani possenti, abituate a spaccare il marmo con gli scalpelli. Se osava ancora strattonarlo, Leonardo o non Leonardo, gli avrebbe fatto assaggiare anche la sua, di forza!

«Avanti, allora» lo esortò il Vinci, incrociando le braccia. «Sto aspettando.»

«Ecco… Quella fanciulla mi ha raccontato una storia molto… interessante.»

«Non sapevo che aveste ancora bisogno di udire favole, per addormentarvi» ghignò l'altro, scuotendo la testa.

Negli occhi color ambra del Buonarroti, quasi sempre dolci, balenò una luce fredda. «Meno sarcasmo, ser Leonardo. Non sono venuto qui per farmi burlare. Non lo consento a nessuno, neppure a voi. Ho qualcosa da dirvi, e ve la dirò anche a vostro dispetto, perché potrebbe salvare la vita di un innocente. La vita di Baldo Folchi, per la precisione.»

Un fugace lampo d'interesse attraversò lo sguardo del Vinci. «Continuate. Vi ascolto.»

Per tutto il tempo in cui Michelangelo gli ripeté il racconto di Agnese, cercando di sintetizzarlo per renderlo più efficace, l'altro ascoltò impassibile, le braccia conserte. Nonostante gli occhi di Leonardo sembrassero a volte assenti, il Buonarroti percepiva la sua lucida attenzione. In fondo quella storia, anche se strampalata, ribadiva la convinzione del Vinci sull'innocenza di Baldo Folchi. *Quod erat demonstrandum*, sembrava pensare Leonardo, annuendo con aria soddisfatta. In fondo era stato proprio lui, sulla base di un rigoroso ragionamento, il primo a dubitare della colpevolezza di quel pittore fallito. Un degenerato, questo forse sì, ma non un crudele assassino.

Ciò che conferma le nostre idee ci sembra sempre più sensato, rispetto a ciò che le contraddice, rifletté Michelangelo, ricordandosi degli insegnamenti di Ficino e di Pico. Forse non sarebbe stato così difficile spingere il Vinci a verificare il racconto di Agnese. E se Leonardo si fosse convinto, sarebbe stato capace di persuadere anche Machiavelli.

«Ecco, questo è tutto» concluse il Buonarroti, terminando la breve narrazione con un'alzata di spalle. «Non saprei cos'altro dirvi.»

L'altro sollevò un sopracciglio. «E... voi credete a quella sgualdrinella?»

«Credo a una figlia che sta tentando, disperatamente, di salvare suo padre» replicò lo scultore, con un sospiro. «E credo che valga comunque la pena darle fiducia, almeno di tentare. Che ci perdiamo, in fondo? Ma solo voi, ser Leonardo, potete convincere il *Machia* a rinunciare, anche solo per questa notte, al suo capro espiatorio, fornendoci gli armigeri per controllare quell'antica cisterna, ammesso che riusciamo a trovarla.»

Il Vinci scosse la testa, con una smorfia di disappunto. «Machiavelli è fuori Firenze. Ha accompagnato il Gonfaloniere Soderini a Pisa, per ispezionare i progressi dell'assedio. Certo, potremmo rivolgerci agli Otto di Guardia. Ma non sarebbe la stessa cosa, temo. Già avremmo difficoltà a convincere il *Machia*, figuriamoci quei parrucconi mummificati! Hanno già il loro colpevole, e non vorranno smuovere le acque.»

«Cosa facciamo, allora?» domandò Michelangelo deluso, stringendo i denti per la tensione. Se non avesse sempre riso d'incantesimi e malie, c'era da credere che Agnese lo avesse *stregato*. Il solo pensiero di non riuscire ad aiutarla, di lasciare lei e suo padre al loro destino gli provocava un malessere quasi fisico. Non poteva abbandonarla così, senza darle neppure una speranza.

«Facciamo l'unica cosa che possiamo fare, a questo punto» concluse Leonardo. «Andiamo da soli.»

«Da... *soli*?»

«E perché no? In fondo, se il dottor Fracastoro accetta di essere dei nostri, saremo in tre. Un numero sufficiente, mi pare, per affrontare un solo assassino.»

«Ammesso che si tratti di una *sola* persona» annuì Michelangelo, cupo. All'improvviso, lontano dall'ammaliante potere persuasivo di Agnese, iniziava a considerare la pericolosità di quell'iniziativa. «Se fossimo in numero maggiore, avremmo comunque più probabilità di successo. Salaì è un garzone in gamba, forte e svelto. Magari potrebbe unirsi alla...»

«Questo è escluso» lo interruppe il Vinci, in un tono che non ammetteva repliche. «Vi ho già detto, e varie volte, che non intendo coinvolgerlo in questa storia. Lasciamolo pure dormire.»

«In questo caso,» sospirò Michelangelo «dovremo cavarcela in tre.»

«Numero perfetto» sorrise Leonardo. «Anche se faremo un buco nell'acqua, sorprendendo un banale pervertito con la sua vecchia puttana, sarà comunque una bella spedizione notturna fuori le mura, tra vecchi amici. Come le allegre brigate che frequentavo da giovane. Ma questa volta sarà più... interessante! Però dobbiamo sentire il nostro dottore, prima di schierare l'*Ordinanza*» concluse, facendo cenno a Michelangelo di seguirlo. L'altro lo fissò, stupito. Il Vinci sembrava, all'improvviso, quasi entusiasta all'idea di quella sortita, come un appassionato cacciatore sulle tracce di un'ambita preda. Forse era proprio questo a spingere Leonardo all'azione, a fargli sposare la teoria di Agnese senza più diffidenze: l'istinto della *caccia* presente in ogni uomo, fin dalla notte dei tempi. Il grande pittore, vegetariano e amante degli animali, forse lo aveva sempre represso. Solo ora poteva dargli sfogo, perché stavolta non si trattava di braccare innocente selvaggina.

Andremo in cerca di una belva sanguinaria, rifletté Michelangelo con un brivido. Chi altri, o meglio... *Cos'altro* era, in fondo, l'*anatomista*? Poteva definirsi un *essere umano*? Se l'intuizione di Agnese era vera, l'avrebbero scoperto tra breve.

«Sentiamo subito che ne pensa il dottore» lo invitò Leonardo, come facendo eco ai suoi pensieri. «Se il convegno all'antica cisterna è davvero per la mezzanotte di oggi, non possiamo permetterci di perdere altro tempo.»

Quando i due artisti rientrarono nello studio, trovarono Fracastoro in conversazione con Agnese. Anzi, era il medico a parlare fittamente. La fanciulla si limitava a pendere dalle sue labbra con aria compunta. Un atteggiamento insolito per la giovane prostituta, si stupì Michelangelo. Ma in fondo la conosceva poco. E poi era una donna, con mille facce diverse e imprevedibili...

«Badate con scrupolosa attenzione alla vostra salute, fanciulla mia» le stava mormorando Fracastoro, squadrandola da capo a piedi con un interesse che non sembrava solo professionale. «Non nutro alcun pregiudizio nei confronti del vostro lavoro, di grandissima utilità... Però fate attenzione al morbo chiamato *mal francese*, che oltralpe definiscono *male italiano* perché nessuno, evidentemente, ne vuole la paternità. Da quando le soldataglie di Carlo VIII lo diffusero nel Regno di Napoli, è raro trovare una donna, tra quelle che praticano il vostro antichissimo *mestiere*, che non ne sia infetta. Sto studiando la questione da molto tempo, e forse un giorno ne tratterò in un poema. Lo intitolerò *Syphilis*, dal nome di un pastore mitologico che fu punito dagli dèi con un'orrenda malattia. Comunque, se desiderate che vi visiti per scacciare ogni dubbio, sono disposto a...»

«Mi dispiace importunarvi, dottore,» lo interruppe Leonardo, con un lieve ghigno ironico «ma avrei una richiesta urgente da farvi: gradireste accompagnarci, stanotte stessa, in una... *battuta di caccia*?»

«La bella Agnese mi ha già raccontato tutto» disse il medico in tono grave, indirizzando alla giovane meretrice un'occhiata insinuante. «Credo che aiutarla, in questo pericoloso frangente, sia nostro dovere di gentiluomini.»

Michelangelo notò, sorridendo tra sé, che Fracastoro era un po' impallidito. Evidentemente, l'idea di affrontare l'*anatomista* gli gelava il sangue, ma ci teneva troppo ad apparire coraggioso agli occhi di Agnese. Un vero cavaliere senza macchia e senza paura, come quelli degli antichi poemi, avrebbe potuto ben sperare nei futuri, e gratuiti, favori della fanciulla. Sempre che fosse sopravvissuto.

«Non indugiamo oltre, allora» concluse Leonardo, sparendo in uno degli stanzini adiacenti allo studio. Ne uscì poco dopo, vestito con la solita eleganza. Unica concessione alla praticità, un paio di stivaloni al ginocchio di spesso cuoio nero. «Questo potrebbe risultare utile» aggiunse, staccando da una parete uno stocco dall'elsa finemente cesellata. La sottile, acuminata lama triangolare scintillò freddamente alla luce delle lanterne. «Da giovane sapevo usarlo bene» disse il Vinci sferzando l'aria con qualche fendente di prova. «E voi?» chiese ai due uomini che lo fissavano in silenzio. «Non pensate di portare armi?»

«Sapete bene che non mi sono mai piaciute» scosse la testa Michelangelo. «Nel caso ci sia da combattere, mi farò bastare i miei pugni» mormorò stringendo le grandi, robuste mani da scultore.

«Da quanto ne so,» sogghignò Leonardo «finora i pugni li avete solo ricevuti, e il vostro naso ne porta ancora i segni. E voi, dottore? Anche voi disarmato?» si rivolse a Fracastoro, impedendo a Michelangelo, rosso in viso per la rabbia, di rispondergli a tono.

«Per quanto mi riguarda, credo che porterò un paio di queste» rispose il medico, estraendo dalla sua inseparabile borsa due sottili, affilatissime lame pistoiesi da chirurgia. «Sono più efficaci della spada, quando si sa dove colpire.»

«Allora siamo pronti, direi» constatò Leonardo, poi rivolgendosi verso la fanciulla: «Tu aspetterai qui» disse in tono sgarbato. «Il mio servo ti sorveglierà finché...»

«Resto qui un corno!» esclamò Agnese. Michelangelo, osservando l'espressione basita del Vinci, riuscì a stento a trattenere una risata. Finora aveva creduto che la giovane meretrice provasse soggezione nei confronti del grande artista. Ma si era sbagliato. Il vero caratterino della piccola prostituta usciva di nuovo allo scoperto, finalmente! Ci sarebbe stato di che divertirsi...

«Osi discutere...» stava sibilando Leonardo, spalancando gli occhi per la sorpresa.

«Io vengo con voi!» lo interruppe di nuovo Agnese, digrignando i denti come un animaletto in trappola. «Sono io che vi ho messo sulla pista giusta! E poi... Senza di me non troverete *mai* quella maledetta cisterna!»

«Questo è possibile» intervenne Fracastoro conciliante. Si vedeva lontano un miglio che gli dispiaceva separarsi così presto dalla fanciulla. «Suggerirei di portarla con noi, perché altrimenti rischieremmo di sbagliare strada. Mi sembra l'unico modo per giungere in tempo a destinazione, salvando forse la vita di quella vecchia imprudente.»

«Penso lo stesso anch'io» mormorò Michelangelo, felice di mettere in minoranza il grande Leonardo. «Ci sono più cunicoli, sepolcreti e antiche cisterne che funghi, nei boschi là fuori. Non troveremo mai il luogo che c'interessa senza l'aiuto di Agnese.»

«Fate come volete» sbottò il Vinci, scrollando le spalle.

«Andiamo... a piedi?» chiese timidamente Fracastoro, infilando in una tasca della toga le lame pistoiesi, ben inguainate nelle loro custodie di cuoio.

«A questo ho già pensato» replicò Leonardo, immusonito. Non gli piaceva essere contraddetto, e tanto meno perdere il controllo delle situazioni. «Seguitemi alla stalla, sul retro della casa. E muovetevi, accidenti! Non abbiamo tutta la notte.»

XXV

Lo stesso giorno, un'ora prima del Mattutino

Fiammetta si osservò per l'ennesima volta nella grande specchiera che dominava il suo *boudoir*, l'accogliente salottino dove faceva toletta ed era solita ricevere i clienti importanti. La fastidiosa sensazione di aver trascurato qualcosa, anche un solo particolare, continuava a ossessionarla nonostante i suoi controlli, spingendola a verificare trucco e abbigliamento in modo maniacale. Tutto doveva essere perfetto per il misterioso (e di certo nobile e ricco) gentiluomo con il quale aveva appuntamento.

Aveva cominciato a prepararsi dalle prime ore del mattino, da sola, concedendo un'intera giornata di libertà alla giovane fantesca dalla quale si faceva di solito aiutare a recuperare, per quanto possibile, la perduta avvenenza degli anni giovanili. Ma stavolta no. Il misterioso gentiluomo si era raccomandato, tramite il garzone latore dei suoi messaggi, che Fiammetta usasse la massima prudenza anche assai prima del *rendez-vous*, allontanando orecchie e occhi indiscreti. L'anziana prostituta era intenzionata a eseguire con il massimo scrupolo quegli ordini. Non si sarebbe mai perdonata se, per qualche leggerezza, avesse mandato a monte quella straordinaria occasione non solo di guadagno (la borsa coi trenta fiorini era davanti a lei sul tavolino da toletta, a ricordarle che non era stato tutto un sogno), ma soprattutto di riallacciare vantaggiosi legami con la società che davvero contava, quella dei *pochi* che, discreti e silenziosi, dominavano le sorti dei mortali meno fortunati.

Forse ho fatto male a sbottonarmi con quella smorfiosa di Agnese, rifletté, un po' adirata con se stessa, mentre si strofinava le guance e la fronte con l'ennesima dose di biacca. Ormai il suo viso rugoso era scomparso sotto uno spesso strato della candida sostanza, rendendolo più simile al volto di una statua che di un essere umano. *Quella viperetta solo per invidia sarebbe capace di escogitare qualsiasi cosa per mandarmi a monte la festa...*

Eppure che soddisfazione era stata, anticiparle la notizia di quell'appuntamento! Agnese aveva fatto la vaga, si era perfino mostrata felice e contenta per lei – oh, come sapeva recitare, la sgualdrinella! – ma si vedeva lontano un miglio che invece crepava d'invidia!

Fiammetta sorrise alla sua immagine nello specchio. Gli angoli delle labbra, dipinte con purissima cera d'api colorata al carminio, si piegarono in una smorfia perfida, quasi crudele. Il viso bianchissimo e i grandi occhi neri, truccati con cenere grigio-azzurra, avevano composto una maschera di lussuria che avrebbe eccitato il più freddo degli uomini. I lunghi capelli ingrigiti, resi biondo-ramati dall'applicazione di una liscivia di edera bollita e poi asciugati al sole, erano tornati quelli della giovinezza, la fulva chioma che le aveva ispirato il nome di battaglia. Il suo vero nome, quello di battesimo, era stato sepolto da tempo assieme alla sua verginità. *È questa l'ar-*

te che Agnese non potrà mai capire, si disse la vecchia cortigiana, specchiandosi soddisfatta. *Lei e tutte le puttanelle che fondano i loro successi sulla giovinezza, credendo che la bellezza risieda solo nella Natura. Ma non saranno giovani per sempre. E allora...*

Una luce malinconica, causata da quell'ultima riflessione sul *tempus fugiens*, attraversò per un istante i grandi occhi scuri della prostituta, mentre provava davanti alla specchiera un paio di calzoni alla *galeota* da indossare sotto la *faldiglia*. Quel capo d'abbigliamento, tipicamente maschile, era diventato di moda tra le migliori cortigiane. Sembrava eccitasse gli uomini in modo straordinario, quasi quanto le pianelle dal tacco altissimo che esaltavano la sensualità del piede. *Purtroppo l'artificio non può restituire la floridezza delle carni*, ammise Fiammetta, dando gli ultimi ritocchi alla sapiente struttura dell'audace, scollatissimo corpetto. Ma non per questo avrebbe rinunciato a calzare i suoi preziosi *calcagnini*, alti quasi un braccio. Sebbene la costringessero a camminare come sulle uova, sembravano aizzare nei maschi indubbia lascivia e travolgente lussuria.

Una volta non avrei avuto bisogno di tutti questi trucchi, meditò l'anziana prostituta indossando una bianca, lussuosa sopravveste riccamente ricamata. Ai suoi tempi era stata perfino più bella di Agnese, più bella di tutte... Quando lo raccontava ora, quelle luride sgualdrinelle prive di classe le davano la baia, la prendevano in giro, non le credevano! Ma lei sapeva la verità.

Ricordava come fosse ora l'inizio della sua carriera, quando sua madre aveva cominciato a venderla negli squallidi retrobottega di osterie e bettole, in vicoli e chiassi sudici e olezzanti di piscio. Già allora, nessun cliente si era mai congedato da lei senza l'impressione di aver copulato con un angelo, caduto nel fango dopo la perdita delle ali. Nel frattempo sua madre era morta, costringendola ad appoggiarsi ad altre mezzane, forse meno *affettuose* ma non meno avide. La sua fama era presto cresciuta, assieme all'età e alla furbizia. Aveva ben presto capito che l'astuzia, in quel mestiere, era perfino più necessaria di un bel visino e di un corpo godibile. Così, intrecciando utili relazioni nei bassifondi di Firenze, era passata dalla *Stufa* di piazza della Padella, i cui clienti si sollazzavano con lei e altre garzoncelle tra un bagno di vapore e l'altro, alla più nota *Osteria della Baldracca* nel rione di San Pietro a Scheraggio, fino alla prestigiosa *Osteria dei Medici* in via dei Cardinali, di proprietà della celebre famiglia, dove gli avventori degustavano ottimi vini e compiacenti donnine.

E proprio là, una sera, Fiammetta era stata *notata* dai proprietari, entrando nell'*entourage* delle cortigiane che frequentavano i palazzi medicei. Era stata promossa così da volgare *cortigiana da lume*, quando attendeva i clienti nelle bettole alla luce di puzzolenti candele di sego, al rango di *meretrix honesta*, in ambienti ai quali non avrebbe mai sperato di poter accedere. Le avevano insegnato a stare a tavola con decoro, a conversare amabilmente, a suonare il liuto e a declamare il Petrarca… Un bel salto di qualità, dopo il quale aveva potuto assicurare a se stessa una bella casa con servitù, oltre all'ammirazione e al rispetto del popolo. Se nel tempo fosse stata più oculata con le spese, adesso avrebbe avuto sul Banco dei Gondi (nelle cui casse aveva trasferito il suo patrimonio dal Banco Medici prima che fallisse, grazie all'avvertimento di alcuni spasimanti ben informati) una somma molto più alta per garantirsi la vecchiaia. Ma non poteva lamentarsi, nonostante tutto. Le erano sempre piaciuti i begli oggetti e la bella vita. Senza contare la frequentazione, non per mestiere ma per proprio diletto, di amanti sempre più giovani e attraenti che bisognava foraggiare con denaro e regali costosi.

Aveva anche fatto cose che cercava invano di dimenticare, e che tuttora le facevano venire i brividi, ricordi inconfessabili che si riaffacciavano alla mente come sinistri fantasmi sussurranti… Non si poteva vivere tra gli intrighi della corte medicea, a nessun titolo, senza lordarsi di sangue. Ma tutto ciò, nel bene o nel male, apparteneva ormai al passato.

Negli ultimi tempi, lo sfiorire delle sue grazie l'aveva costretta sempre più all'attività di mezzana per conto di puttane più giovani, e quindi più gradite agli uomini. Ingrate che non la ritenevano neppure degna di fede, quando raccontava con orgoglio dei suoi trascorsi splendori. Irriconoscenti e arriviste senza scrupoli. Del resto, la concorrenza era spietata. Per una come lei, che aveva guadagnato somme tali da assicurarsi un'ottima vecchiaia (c'era stato perfino qualche spiantato disposto a sposarla, per fare di lei una donna onesta barattando l'onore con una vita agiata), altre mille erano finite strangolate, accoltellate o annegate nell'Arno, oppure allo spedale… Troppe già avevano, e avrebbero in futuro preso i *quattro ordini*, come si diceva nell'ambiente parodiando in modo blasfemo i quattro gradi del sacerdozio: prima affittacamere, poi tenutarie, in seguito lavandaie e alla fine accattone sui sagrati delle chiese…

Ma lei non avrebbe mai fatto quella fine, si disse con orgoglio. Soprattutto adesso che quello sporcaccione di Cupido sembrava volerla di nuovo favorire con le sue frecce, quando ormai aveva perso ogni speranza…

Un gran signore chiedeva ancora di lei, dopo tanto tempo. Non come vile mezzana, ma come cortigiana di cui godere. *Una nuova nascita*, pensò Fiammetta lusingata. Come fosse tornata fanciulla. Bella, allegra, leggera. Era proprio così che si sentiva.

Fiammetta, eccitata come forse mai era stata in vita sua, si gettò sulla spalla uno zibellino e indossò un pesante mantello foderato di pelliccia, coprendosi la testa con l'ampio cappuccio. Soffiò sulle candele, pronta per uscire nella notte gelida.

L'ora dell'appuntamento era vicina.

Poco lontano dall'uscio di casa, l'attendevano due cavalli bellissimi ma bardati con semplicità, con l'evidente scopo di non dare nell'occhio, tenuti per le briglie da una figura avvolta in un dozzinale mantello di panno grigio. Il viso, in parte nascosto da un cappuccio, sembrava coperto da una maschera nera di carnevale di semplice cuoio dipinto, senza tratti particolari. Probabilmente, pensò Fiammetta avviandosi decisa verso l'uomo, il gran signore che l'attendeva aveva inviato un servo fidato per scortarla fino al luogo dell'incontro, la profonda grotta dove era stata celebrata l'orgia, ormai più di un mese prima.

Appena gli giunse davanti, il servo la perquisì in modo efficiente ma garbato, senza approfittarne per palparla gratis in certi punti.

I servitori dei gran signori sono gentiluomini essi stessi, rifletté Fiammetta, compiaciuta di quel trattamento di riguardo. Non si offese minimamente per la perquisizione, che del resto si aspettava. Quasi tutte le cortigiane portavano, nascoste nel corsetto o tra le pieghe degli abiti, piccole e affilate *misericordie* per difesa personale. Era normale che un cliente di riguardo tenesse alla propria sicurezza, e Fiammetta non era stata tanto stupida da uscire armata in un'occasione così speciale.

Soddisfatto dall'ispezione, l'incappucciato rivolse alla prostituta un galante ma silenzioso invito a montare su uno dei cavalli, aiutandola a salire in sella. Poi montò in groppa all'altro, con un agile balzo, facendo cenno alla donna di seguirlo. Fiammetta fu un po' stupita che non pronunciasse una parola, ma rispettò il suo silenzio. Del resto, aveva saputo di gentiluomini che prendevano al loro servizio schiavi dei Turchi riscattati, ai quali i precedenti padroni avevano tagliato la lingua. Una santa opera di carità cristiana, assieme a una grande garanzia di discrezione.

Il servo, come se fosse davvero muto, rimase zitto per l'intero tragitto da Porta al Prato fino all'imboccatura della grotta. Adesso Fiammetta, non essendo bendata, aveva potuto seguire tutto il cammino fino a quella strana, solitaria alcova segnalata da due alberi che s'intrecciavano in un sinistro abbraccio...

Certo che i gusti dei gran signori... sono davvero bizzarri, rifletté la vecchia cortigiana, con un lieve senso di smarrimento. La prima volta che c'era venuta, con la benda sugli occhi e in compagnia della sua allegra brigata di sgualdrinelle, aveva provato una certa apprensione, più che altro per l'insolita novità del luogo del convegno, ma non l'attuale, strana sensazione d'inquietudine che comunque scacciò subito come un insetto molesto. Se stavolta il facoltoso cliente le aveva concesso di vedere il percorso, voleva dire che si fidava di lei.

Rincuorata da quest'ultima riflessione, Fiammetta seguì docile il servo che, armatosi di una lanterna cieca, si era infilato, sempre in silenzio, nella stretta apertura circondata da grosse pietre ricoperte di muschio.

Il resto del cammino, lungo umidi cunicoli tortuosi che scendevano sempre più in profondità, Fiammetta già lo conosceva, perché lo aveva percorso anche la prima volta a occhi scoperti. Come aveva fatto nella precedente occasione, si tolse i preziosi calcagnini che, se fosse scivolata sulla viscida pietra, avrebbero rischiato di spezzargli le caviglie. Attraverso le calze, percepì il gelo tombale della roccia. Non vedeva l'ora di giungere a destinazione per infilare di nuovo le sue alte, sensuali calzature.

Dopo un lungo intervallo di tempo che non calcolò, sbucarono finalmente nell'antica cisterna sotterranea dove era stato celebrato il *sabba*. Un'orgia davvero ben riuscita, di cui ricordava ancora tutti i particolari. Con ogni probabilità, era stato il gradimento per quell'eccitante sollazzo a spingere il misterioso gentiluomo a ingaggiarla da sola, pensò Fiammetta con fierezza. Eh sì, si era data proprio da fare, quella notte di bagordi... Perfino con il capro, e non era stato per niente facile...

L'ampia cavità era già illuminata da molte torce, infisse in alcune crepe del suolo in travertino. Un lucore rossastro si rifletteva sulle scure pareti di roccia e sulla superficie biancastra del pavimento, in fondo al quale Fiammetta sbirciò una serie di strumenti atti a immobilizzare. Quindi al cliente piacevano i giochi violenti, pensò con un misto di timore ed eccitazione. Del resto ne aveva fatte di cose strane, nella sua lunga carriera, per spaventarsi alla vista di banali apparati di contenzione.

Notò che la figura incappucciata era adesso immobile davanti a lei, e che non c'era nessun altro nell'antica cisterna.

«Adesso capisco» ridacchiò Fiammetta, cercando di darsi un contegno. «Non sono stata accompagnata da un servo.»

«Molto perspicace» disse la figura, abbassando il cappuccio. La maschera nera brillò alla luce delle torce. La sua voce era come un sussurro, un fruscio di vento tra le fronde. «Io sono il padrone. Di me stesso e anche il tuo, lurida puttana.»

Fiammetta sussultò, sempre più eccitata. Era chiaro che il cliente voleva subito entrare nel vivo dei giochi, senza inutili preamboli. Gli piaceva rivolgerle insulti, e probabilmente l'avrebbe anche picchiata. Procedesse pure. Non le faceva certo paura, anzi. Ricordava di essere stata poche volte così eccitata, e poi il cliente pagava bene. L'anima e il corpo di Fiammetta avevano ricevuto ben altre offese, in passato. Era abituata a certe bizzarre, crudeli fantasie...

Ma una cosa l'anziana prostituta, con tutta la sua immensa esperienza, non si sarebbe mai aspettata. Ciò che vide quando il cliente si tolse la maschera. In quell'istante, tutta la sua arrogante sicurezza crollò come un castello di carte.

«Benvenuta, Fiammetta. L'Inferno ti aspetta» declamò l'essere demoniaco, con un orrendo ghigno feroce.

Allora la vecchia tornò all'improvviso adolescente. Si ricordò delle prediche dei Domenicani il giorno di S. Maria Maddalena, che le cortigiane erano obbligate a udire in piazza a scomputo dei peccati, e di come da fanciulla le riempivano l'animo di oscuri terrori di dannazione, di diavoli, di fuoco eterno...

Fiammetta urlò.

XXVI

Lo stesso giorno, poco prima del Mattutino

I tre cavalli procedevano in fila, seguendo la sponda dell'Arno immersa nella nebbia che cominciava a salire dalle scure acque del fiume.

Michelangelo stringeva compiaciuto le redini borchiate d'argento della sua splendida cavalcatura, una nervosa giumenta nera come la notte. Era la prima volta, in vita sua, che montava un animale così pregiato. Una bestia nata per galoppare. Del resto, messer Leonardo era famoso per i suoi stupendi cavalli, che spesso ritraeva con passione nelle pose più ardite. Il meraviglioso stallone bianco di Barberìa, sul quale il Vinci precedeva il breve corteo, era stato più volte protagonista dei suoi magistrali disegni di anatomia equina. Chiudeva la processione uno stallone di sangue spagnolo proveniente dagli allevamenti dei conti Acquaviva d'Aragona. L'animale non pareva neppure accorgersi del doppio peso di Agnese e Fracastoro, quasi portasse in groppa due evanescenti spiriti notturni.

Da quando era uscito da Porta al Prato, lasciandosi alle spalle la città addormentata, Michelangelo si era voltato spesso, sbirciando di sottecchi il medico e la giovane meretrice. Chissà perché, aveva provato un lieve dispetto quando Fracastoro, al momento della partenza, si era affrettato a prendere Agnese in sella, cingendole con premura la vita sottile. Non aveva mai smesso di stringerla, anche se la fanciulla mostrava di mantenersi benissimo in equilibrio da sola. Non erano affari suoi, e non era certo il momento di pensarci. Però sentiva una strana, fastidiosa irritazione ogni volta che si girava e sorprendeva Agnese abbandonata tra le braccia del dottore…

Ormai procedevano da circa un'ora in direzione di Signa, lungo il percorso indicato dalla fanciulla. Man mano che s'inoltravano nel bosco, le tenebre diventavano sempre più fitte. La pallida luce del quarto di luna che occhieggiava nel cielo tetro, velato da nuvole nere, filtrava a stento tra le chiome degli alberi.

«Forse dovremmo accendere una lanterna» suggerì Michelangelo, affiancando la sua cavalcatura a quella del Vinci.

«Per farci notare a un miglio di distanza?» replicò l'altro, scuotendo la testa. «Chiunque sia la nostra preda, dobbiamo piombargli addosso di sorpresa.»

«Per il momento, ho la netta impressione che ci siamo persi» mugugnò il Buonarroti mentre lo stallone di Fracastoro gli si avvicinava, sbuffando fumo dalle ampie froge.

«Avete anche voi un suggerimento da dare, dottore?» lo interpellò Leonardo, in tono ironico. «Pare che siamo giunti a un punto di stallo.»

«Agnese dice che la strada è giusta» affermò il medico, dopo aver confabulato un istante con la fanciulla.

Bene, ora le fa anche da portavoce, pensò Michelangelo, stizzito. Ormai quei due sembravano in piena confidenza, constatò lo scultore, stupito che la cosa continuasse a indispettirlo.

«Dobbiamo avanzare ancora un po'» aggiunse Fracastoro, scambiando un'occhiata d'intesa con Agnese. «Almeno per un altro miglio.»

«Così sia» sospirò Leonardo, scrollando le spalle. «E speriamo di non esserci davvero perduti.»

Il corteo riprese il cammino, in silenzio. La nebbia proveniente dalle giuncaie dell'Arno s'infittiva sempre più, avvolgendo il bosco in una coltre densa, quasi lattiginosa. Gli alberi cominciavano ad assomigliare a vaghe, tremule rigature d'inchiostro colate sulla carta.

A un tratto, un rumore proveniente dalla loro destra attirò l'attenzione degli esploratori. Leonardo fermò il cavallo e smontò sfoderando lo stocco. Si avviò con cautela in quella direzione facendo cenno al Buonarroti d'imitarlo, l'indice davanti alle labbra. Michelangelo obbedì subito, andandogli dietro verso l'origine del rumore che si era nel frattempo ripetuto, sebbene non gli garbasse affatto lasciare il medico da solo con Agnese. Era stato fin troppo sfacciato, perfino davanti ai loro occhi... Si stava chiedendo cosa avrebbe mai potuto combinare approfittando di quei pochi, insperati attimi d'intimità con la ragazza, quando le grandi e inquietanti figure responsabili degli strani rumori, rese informi dall'umida caligine notturna, si rivelarono due innocui cavalli legati a un leccio. I due artisti si scambiarono un'occhiata d'intesa, tornando indietro a passo svelto.

«Due cavalcature assicurate a un albero» annunciò il Vinci al medico e alla ragazza. «Appartenenti, con ogni probabilità, a Fiammetta e al suo misterioso cliente. Quindi dobbiamo essere molto vicini al luogo del convegno. Continuiamo la marcia, senza altri indugi. E parlate a voce molto bassa, se proprio dovete.»

Il piccolo corteo riprese ad avanzare nella spettrale coltre lattiginosa che lo avvolgeva, e che sembrava diventare sempre più spessa. Michelangelo cominciò a disperare di distinguere qualcosa tra i densi vapori dell'aria, che stagnavano nel bosco come un immobile sudario.

«Non riesco… a vedere le due querce dalle chiome intrecciate!» sbuffò Agnese angosciata, come facendo eco ai pensieri del Buonarroti. Agitò nervosa le mani davanti agli occhi, quasi volesse squarciare l'impalpabile, biancastro velo che le impediva la vista.

«Se credi di dissolvere la nebbia con un gesto delle mani» ridacchiò Leonardo «allora sei davvero una piccola *strega*.»

«Non si vede un maledetto accidenti, con questo nebbione!» sibilò la fanciulla, sempre più irritata, rischiando perfino di scivolare dalla sella. Fracastoro si affrettò a riportarla in equilibrio.

All'improvviso, come facendo eco alle ultime parole di Leonardo, una leggera brezza si sollevò dal fiume, smuovendo per un istante la fitta nebbia.

«Eccole!» sussurrò la fanciulla, protendendosi dalla sella per indicare, col braccio teso, due alte querce dalle ampie chiome stranamente intrecciate.

«Due alberi che si abbracciano» mormorò Michelangelo, fissando affascinato quello strano scherzo di natura.

«Sì, il posto è questo!» confermò Agnese, raggiante. «Lo riconoscerei tra mille! Adesso dobbiamo svoltare a sinistra, procedendo poi sempre dritti. Siamo vicini, ormai.»

«Allora mettiamo i cavalli al passo» ordinò il Vinci, avanzando per primo. «Dobbiamo fare meno rumore possibile.» Questa volta, Michelangelo lasciò che Fracastoro e Agnese lo superassero, accontentandosi di chiudere la fila. Preferiva tenerli d'occhio, quei due.

«Preghi per le nostre anime, fanciulla?» bisbigliò Leonardo. Agnese stava infatti mormorando, con un filo di voce, una monotona serie di *Pater noster*. «Non ti facevo così timorata di Dio!»

«Sto calcolando la distanza» sibilò la giovane meretrice, zittendo il pittore con un gesto brusco. «In carrozza ne contai una decina, ma andavamo molto più svelti. Adesso, con questa andatura da lumache, ne dovrò recitare almeno il doppio» aggiunse pensosa, riprendendo a snocciolare la sua fievole litania.

Purché non ci faccia addormentare tutti, prima di giungere a destinazione, sogghignò Leonardo.

«Zara!» esultò finalmente la fanciulla quasi avesse colto, lanciando i dadi, un tiro fortunato a quel volgare gioco da taverna. «Il posto è questo! Lo riconosco!»

Come un solo uomo, il medico e i due artisti balzarono di sella. Avanzarono circospetti verso il piccolo cumulo di rovine, invaso dagli sterpi, che Agnese stava indicando con entrambe le mani. Nessuno pensò di aiutarla a scendere da cavallo, ma la fanciulla mostrò di non averne bisogno, scivolando giù con un movimento agile.

Per un lunghissimo istante, le quattro figure fissarono immobili, tra la nebbia di nuovo fitta, il pertugio nero pece incorniciato da un cumulo di sassi viscidi di muschio.

«Questo deve essere l'ingresso, allora» mormorò Leonardo, fissando affascinato la stretta apertura. Aveva visitato molti siti sotterranei in giro per la Toscana, cupe necropoli etrusche e antiche cisterne romane. Ma stavolta era diverso. Questa volta, in fondo a quell'antro buio, poteva esserci la *morte* in agguato.

«*Lasciate ogni speranza, voi ch'entrate*» bisbigliò Michelangelo, citando il sommo Dante.

«Allora che facciamo, scendiamo?» chiese, con spirito pratico, Girolamo Fracastoro.

«Direi che non abbiamo scelta» rispose Leonardo, avvicinandosi al suo cavallo. Trasse dalla tasca della sella un oggetto circolare e un acciarino. «Ho portato con me una lanterna cieca. Come sapete, permette di convogliare la luce solo in un determinato punto, senza spanderla intorno. Ci sarà utile, una volta dentro, per vedere dove mettiamo i piedi senza rivelare troppo la nostra presenza.»

Appena il Vinci ebbe acceso la lanterna, i quattro si avvicinarono ancora di più all'ingresso della galleria sotterranea, esplorandone i contorni al tremolante fascio di luce.

«Questo pezzo di merletto...» bisbigliò Agnese, staccando dai rovi un frammento di stoffa bianca. «Appartiene al bordo di una gonna di Fiammetta, una delle più belle che possiede. Ne aveva una diversa, la prima volta che siamo venute qui.»

«Quindi... la vecchia è già dentro» annuì Leonardo. «*Ergo*, non abbiamo più tempo da perdere. Chi entra per primo? Suggerirei voi, Fracastoro, che siete il più giovane. Vi darò la lanterna, così potrete farci strada.»

«Farò questa penitenza» acconsentì il medico.

«Io vi starò alle calcagna» continuò il Vinci, col tono di un capitano che istruisse i propri soldati. «Michelangelo chiuderà la fila, facendoci da retroguardia.»

«E... io?» chiese Agnese, fronteggiando Leonardo coi piccoli pugni sui fianchi. «Non vorrete mica lasciarmi qui, vero?»

L'altro le lanciò uno sguardo annoiato. «Tu invece resterai

proprio qui, ragazza mia, a sorvegliare i nostri cavalli. Un compito di grande responsabilità, te lo assicuro.»

«Ma andate tutti a farvi...» iniziò la giovane prostituta, mordendo la mano con cui Michelangelo le aveva tappato la bocca.

«Sono d'accordo anch'io» intervenne lo scultore, massaggiandosi le dita doloranti. «Qui fuori Agnese ci sarà molto utile.»

«Un bel corno!» sibilò la fanciulla, digrignando i denti. «Sono *io* che vi ho portato fin qua! Avete idea di cosa c'è, là sotto? Quei cunicoli sono un labirinto! Senza di me vi perderete, vagando sottoterra fino al Giorno del Giudizio! E poi... Ho paura a restare qui da sola! Sì, è inutile che fate quelle facce! Sono pur sempre una donna, io! E quindi ho paura! *Paura*, capite? Non mi abbandonate nel bosco, vi prego...» concluse con voce lamentosa, come in procinto di scoppiare in singhiozzi.

«Bella recita» tagliò corto il Vinci, impassibile. «Ma tu resti qui. Basta con le discussioni. Stiamo solo perdendo tempo.»

«È per la tua incolumità, ragazza mia» le bisbigliò dolcemente Fracastoro, dandole un buffetto sul naso. «Se là sotto c'è effettivamente pericolo, nessuno di noi vuole rischiare la tua vita. Siamo gentiluomini, e non ce lo perdoneremmo mai. A proposito... Perché sei tanto sicura di non perderti? Ricordi così bene il tragitto, dopo tanto tempo?»

La fanciulla non rispose. Si limitò a scrollare le spalle, con una smorfia dispettosa.

«Su, mia cara, cerca di aiutarci» le sussurrò il medico in tono affettuoso, tentando di carezzarle i biondi riccioli dorati. Agnese allontanò di scatto la testa, inviperita.

«Andiamo, dottore!» lo incalzò Leonardo, impaziente.

Il medico scosse la testa. «Non prima che Agnese ci abbia

rivelato il suo segreto. Coraggio, mia cara... Lo so che puoi aiutarci. Non vorrai farci perdere in quei cunicoli, spero...»

«E va bene!» sbottò esasperata la meretrice, pensando che tanto, anche a sbraitare come un'ossessa, l'avrebbero comunque piantata là fuori. «Meritereste che vi lasciassi a marcire nelle viscere della terra, ma si vede che sono troppo buona! Lo ripeto: non mi piace essere guidata senza capire dove vado. Così l'altra volta, per garantirmi la possibilità di tornare indietro anche da sola, ho fatto di nascosto dei segni sulle pareti, con la pietra del mio anello. Un graffio orizzontale quando svoltavo a destra, uno verticale quando si trattava di girare a sinistra. Vi basterà seguire le indicazioni per giungere alla cisterna sotterranea senza intoppi.»

«Sei un tesoro raro, fanciulla mia» sorrise raggiante Fracastoro, tentando di scoccarle un bacio. Si guadagnò invece uno schiaffo, costringendo Michelangelo a mordersi le labbra per non ridere.

«A voi l'onore di farci strada, dottore» concluse Leonardo, consegnando al medico la lanterna.

Fissando come incantata l'ingresso della galleria, Agnese vide sparire uno dopo l'altro i tre uomini inghiottiti dalla profonda, densa tenebra nero pece. Solo quando capì di essere rimasta completamente *sola*, nel silenzio del bosco animato da strani sussurri, l'angoscia cominciò a serrarle la bocca dello stomaco, mozzandole il respiro. Non avrebbe mai creduto, anche quando esagerava il suo timore per convincere ser Leonardo a non abbandonarla, che quella sinistra solitudine le avrebbe *davvero* istillato così tanta paura. No, non era semplice paura. Era vero *terrore*. Una sensazione di totale smarrimento. Per un istante pensò di lanciarsi anche lei nel cunicolo, ignorando gli ordini del Vinci. Forse l'avrebbe perfino picchiata, ma non le importava. Avrebbe fatto di tutto per non restare sola in quel bosco tetro, pieno d'inquietanti fruscii… Cercò di riscuotersi, di distrarsi carezzando i tre splendidi cavalli. Avevano occhi dolci, intelligenti. Molto più comprensivi di quelli degli uomini.

Stava per baciare il muso candido dello stallone di Barberìa, quando una forte mano guantata le tappò la bocca…

XXVII

5 febbraio, poco dopo il Mattutino

Se Fracastoro non avesse convinto Agnese a svelare il suo trucchetto, i tre uomini avrebbero rischiato di vagare fino a morire di fame in quegli stretti cunicoli viscidi d'umidità, pensò il Buonarroti arrancando dietro ser Leonardo. Di sete no, perché quelle intricate gallerie sotterranee erano costellate di cavità scavate dagli Etruschi per raccogliere l'acqua stillante dalle rocce sovrastanti: pozzi in gran parte ancora pieni di purissimo, fresco liquido trasparente.

Non era certo quello, si disse Michelangelo, il momento di soffermarsi ad ammirare la tecnica degli antichi, ma lo scultore non poté fare a meno di considerare, con invidioso stupore, con quanta sagacia gli Etruschi avevano sfruttato le proprietà drenanti di quelle rocce, capaci di assorbire e restituire l'acqua come gigantesche spugne. La grande cisterna romana in cui terminavano le gallerie, e verso la quale erano diretti, era invece asciutta perché nei secoli dovevano essersi interrotte, a causa di crolli o per accumulo di detriti, le condutture che vi convogliavano l'acqua piovana.

I tre uomini procedevano in silenzio, mentre Fracastoro

apriva la strada illuminando, col fievole chiarore della lanterna, un percorso composto da decine di svolte, curve a gomito, corridoi tanto stretti da intrappolare il corpo come enormi lapidi tombali. Più di una volta, Michelangelo e i suoi compagni erano stati costretti, per l'angustia di alcuni passaggi, a percorrerli con le schiene schiacciate contro le scabrose mura di pietra, mentre i loro petti quasi sfioravano la parete opposta. Altre volte, per non battere le teste contro i bassissimi soffitti, avevano dovuto procedere quasi accucciati. Agnese non li aveva avvertiti, rifletté stizzito il Buonarroti, dell'assurdo percorso che avrebbero dovuto affrontare. Forse perché aveva ritenuto *normale*, per giungere all'Inferno, attraversare quel soffocante budello aggrovigliato come un gomitolo.

Sebbene avesse notato alcuni pozzi ascendenti, capaci di garantire una certa aerazione alle gallerie, Michelangelo cominciava a respirare con difficoltà man mano che si addentrava nel complesso labirinto. La sua ombra e quelle dei suoi compagni, giganti sulle pareti mentre Fracastoro illuminava le svolte per rintracciare i segni lasciati da Agnese, creavano un'atmosfera sinistra. Gli facevano pensare al mito del mostro di Creta, all'uomo-toro che ululava nella vasta, inestricabile prigione di Minosse... Oppure agli orribili scenari infernali partoriti dalla fervida fantasia del grande Dante... Quando gli sembrava di sentirsi schiacciare dalle tonnellate di roccia che lo sovrastavano, mozzandogli il fiato in gola, Michelangelo pregava che Fracastoro facesse in fretta a guidarli alla meta. Una grande responsabilità, per quel bellimbusto. Il Buonarroti sperò, con tutte le proprie forze, che il medico non sbagliasse percorso. Frastornato com'era dalla passione per le grazie di Agnese, c'era il rischio che scambiasse i segni orizzontali con quelli verticali, oppure la destra con la sinistra, perdendosi senza speranza nel dedalo di quei bui e opprimenti cunicoli. Sarebbe bastato che il medico svoltasse in modo errato, anche una sola volta, per disperdere l'intero gruppo.

Un cieco che guida altri ciechi, rifletté cupo Michelangelo. Solo l'idea di smarrire l'orientamento in quella viscida prigione sotterranea gli faceva tremare le ginocchia. Decise di non pensarci, in fondo dovevano essere vicini, molto vicini alla meta. Ormai camminavano, si acquattavano, strisciavano lentamente da un tempo che gli sembrava lunghissimo. L'antica cisterna non poteva essere troppo distante. Il silenzio era perfetto tra le pareti di pietra. Nessuna eco di grida lontane, e neppure di voci. Solo il lento, regolare stillicidio dell'acqua creava soffusi giochi sonori tra le cavità sotterranee.

Poi, al di là delle sagome scure che lo precedevano, Michelangelo cominciò a distinguere un fioco, lontano bagliore, come se un'altra fonte di luce si fosse aggiunta al pallido chiarore della lanterna. Notò che Leonardo e Fracastoro avevano rallentato l'andatura, procedendo con maggiore circospezione. Il cuore cominciò a battergli più forte.

La luce diventava sempre più intensa. Fracastoro spense la lanterna, ormai inutile.

Davanti a lui si apriva un varco basso e stretto, capace di far passare un uomo alla volta. Ne uscivano riflessi rossastri, come dalla bocca di un'incandescente fornace. Il medico si fermò di colpo, tanto che Leonardo gli andò quasi a sbattere contro. Per un istante Fracastoro sembrò arretrare di qualche passo, come se qualcuno o qualcosa lo respingessero... Poi, spintonato senza troppi complimenti dal Vinci, s'infilò nel pertugio con una certa difficoltà, tallonato dai due artisti.

Al centro di un vasto ambiente circolare, una figura a torso nudo, alta e ossuta, stava in piedi girata di schiena. Contemplava immobile il corpo sezionato che giaceva sulla fredda pietra cosparsa di rosso. I muscoli nervosi delle lunghe braccia, lorde di sangue fino ai gomiti, erano tesi come grosse corde. I tre uomini, gli sguardi attoniti, riuscirono a percepire solo pochi, fugaci particolari prima che la figura si voltasse di scatto rivelando la faccia mostruosa, illuminata dai riflessi rossastri delle torce, poi il freddo luccichio del lungo scalpello anatomico che stringeva nella mano destra... Fu solo un attimo.

I movimenti frenetici di Fracastoro, che aveva gettato la lanterna per estrarre dalle custodie le lame pistoiesi, spinsero l'essere deforme ad attaccarlo per primo. Lo raggiunse con due agili balzi, come un feroce animale da preda, vibrando lo scalpello con tutta la forza del braccio muscoloso. Con uno scarto istintivo, il medico evitò che il colpo gli raggiungesse il petto. La lama lo colse però al braccio destro, aprendogli una profonda ferita. Fracastoro scivolò sul pavimento, urlando di dolore. Il suo grido echeggiò tra le viscide pareti della cisterna, sovrapponendosi all'urlo di Leonardo che aveva nel frattempo sfoderato lo stocco e si era scagliato sul mostro con il ruggito di battaglia e i movimenti di un leone. Paralizzato dalla paura, Michelangelo vide il fendente del Vinci abbattersi sull'arma dell'avversario. La lama volò fino ai piedi dello scultore. Il Buonarroti la fissò, come stregato: un attrezzo che aveva maneggiato molte volte. Eppure adesso gli sembrava estraneo, sinistro, quasi demoniaco... Uno strumento partorito dalla fucina stessa dell'Inferno. Allungò la mano per afferrarlo, nell'intenzione di procurarsi un'arma per difendersi, ma non riuscì a toccarlo, come se una forza misteriosa glielo impedisse. Quella lama sembrava intrisa delle atroci, indicibili sofferenze che aveva finora provocato. Un oggetto carico di misteriosa, diabolica magia...

Quando Michelangelo si riscosse, tornando in sé, l'essere con la faccia deturpata aveva appena abbrancato ser Leonardo, afferrandogli la mano che reggeva lo stocco. Anche il Vinci gli aveva serrato i polsi, tentando di liberarsi dalla presa. Per un lungo istante i due avversari si fronteggiarono, avvinghiati. La stretta di Leonardo era come una tenaglia, ma anche l'altro sembrava fortissimo. Nessuno dei due cedeva di un palmo, allacciati in una silenziosa, crudele prova di resistenza... Alla fine fu il mostro a prevalere, piegando il polso del Vinci con un violento strattone. L'artista urlò di dolore, mentre lo stocco gli scivolava dalle dita. L'altro approfittò per assestargli un poderoso spintone. Leonardo vacillò all'indietro inciampando nel cadavere smembrato, tentò di mantenersi in equilibrio ma scivolò sul sangue che bagnava il pavimento, cadendo rovinosamente.

Ora resto soltanto io, pensò Michelangelo, percorso da un gelido brivido lungo la schiena. Nei prossimi istanti, almeno finché Fracastoro o Leonardo non avessero trovato la forza di rialzarsi, sarebbe rimasto *solo* a fronteggiare il mostro. La consapevolezza di dover combattere per la propria vita, per non lasciare la pelle in quella vasta tomba di pietra, lo destò all'improvviso dal torpore che lo aveva paralizzato. Adesso la paura, invece di bloccarlo, lo spronò all'attacco come un furioso, fremente stallone da cavalleria. Si lanciò sul mostro urlando, più per farsi coraggio che sperando d'incutergli timore, i pugni pronti ad abbattersi sull'orribile, ghignante faccia deforme. L'avversario schivò facilmente il primo colpo, scartando di lato e mettendosi in guardia. Aveva subito capito che se fosse stato raggiunto da un pugno dello scultore, il secondo non sarebbe stato necessario. Michelangelo continuò a menare potenti colpi, senza dargli tregua e costringendolo, per schivarli, ad allontanarsi sia dallo stocco che dallo scalpello. Lo aveva quasi costretto con le spalle al muro quando il mostro, con un guizzo inaspettato, violò la sua guardia con un pugno diretto al viso. L'improvviso terrore di ricevere il colpo sul naso rallentò la reazione dell'artista che, per puro istinto, voltò la testa all'ultimo momento, ricevendo il violentissimo impatto sulla guancia sinistra. Neppure sulla volta della Cappella Sistina, in San Pietro a Roma, aveva visto tante stelle! Si accasciò sulle gambe molli, in preda alla vertigine, consapevole di essere inerme, alla mercé del mostro che lo sovrastava con la sua incombente, nera ombra…

Né confessato né comunicato, si sorprese a pensare con angoscia, convinto di morire di lì a poco. Anzi, forse era già all'altro mondo, in qualche sfrenata bolgia infernale, perché gli sembrò di distinguere, su uno sfondo d'immagini vorticanti, alcune figure incappucciate gettarsi sul mostro, costringendolo sul pavimento a furia di selvagge percosse. Sì, forse erano diavoli dell'Inferno, pensò Michelangelo con un brivido, però… perché tormentavano il suo avversario, invece di dedicarsi a lui? Anche il mostro era morto? Si trovavano accomunati nella stessa, eterna condanna? Provò un improvviso senso di ribellione a quel pensiero. La Divina Giustizia *non poteva* comportarsi così, non era affatto equo! La rabbia gli fece recuperare i sensi, sostituendo la vertigine di poco prima con un forte senso di nausea. Sbatté più volte gli occhi, mettendo a fuoco la concitata scena che si svolgeva accanto al corpo, orribilmente sezionato, di una povera donna. I diavoli avevano finalmente domato il mostro, legandolo con robuste catene. Ma non erano diavoli. I cappucci erano scivolati dalle loro teste, scoprendone i volti.

Erano Biagio Buonaccorsi, Agostino Vespucci e Andrea di Romolo...

Ancora confuso per la fortissima botta ricevuta, Michelangelo riuscì con grande sforzo ad alzarsi in piedi, arrancando sulle gambe tremanti fino al centro della cisterna. Anche ser Leonardo si stava rialzando, massaggiandosi il polso destro con una smorfia di dolore. Quando si guardò intorno per rintracciare Fracastoro, Michelangelo lo scorse inginocchiato accanto alle membra della povera vecchia che probabilmente, finché era stata viva e intera, aveva risposto al nome di Fiammetta.

Quando gli si accostò, con l'intenzione di farsi controllare le ossa della faccia, l'artista notò che gli occhi del medico, sebbene si stringesse il braccio ancora sanguinante, brillavano di una strana eccitazione. Sembrava quasi sorridente mentre fissava attento i nauseabondi pezzi del cadavere sezionato.

«Tutto bene, dottore?» bofonchiò l'artista, massaggiandosi la guancia che già cominciava a gonfiarsi.

«Allora è vero!» replicò Fracastoro, indirizzando al Buonarroti uno sguardo raggiante di soddisfazione.

«Cosa...» balbettò l'altro, interdetto.

«Il grande Berengario da Carpi ha ragione, quando afferma che l'utero femminile è formato da *una sola* cavità, e non da *sette* come dice Galeno!» esclamò il medico, indicando entusiasta il ventre squarciato della vecchia.

Michelangelo lo fissò disgustato, reprimendo un impellente desiderio di prenderlo a pugni.

XXVIII

Lo stesso giorno, un'ora dopo il Notturno

I tre coadiutori della Seconda Cancelleria continuavano a non credere ai propri occhi: il mostro era lì, seduto in terra davanti a loro. I suoi vestiti, laceri per la recente colluttazione, erano macchiati di sangue: in parte del suo, in parte della sua ultima vittima.

Si trovavano nell'*Alberghetto*, un piccolo vano nell'alta Torre di Arnolfo che dominava Palazzo della Signoria. Lì erano stati incarcerati Cosimo il Vecchio in attesa dell'esilio e, più recentemente, Girolamo Savonarola prima di essere impiccato e arso in piazza. Una cella celebre in cui era passata la Storia di Firenze, ma i tre non l'avevano scelta per questo motivo.

Giunti al galoppo a Palazzo della Signoria, e inviato subito un messaggero a Pisa per avvertire Machiavelli, avevano giudicato che quel cubicolo fosse il luogo più sicuro, ma anche il più discreto, in cui trattenere e interrogare l'anatomista, almeno fino al ritorno del *Machia*. Ci avrebbe poi pensato il capo a dare le istruzioni del caso. La circostanza era delicata. Nessuno dei tre se la sentiva di prendere iniziative. Per lo stesso motivo avevano congedato, senza troppe cerimonie, il medico e i due artisti.

Con Fracastoro era stato facile: viste le condizioni del suo braccio, lacerato da una profonda ferita, Biagio aveva avuto buon gioco a toglierselo dai piedi, conducendolo da un cerusico suo amico per farlo rattoppare. Anche Leonardo aveva preferito andare subito a casa dal Salaì per farsi curare, con rari e costosi unguenti, il polso dolorante. Con Michelangelo era stato più complicato. Il giovane scultore, nonostante la guancia sempre più gonfia e violacea, aveva insistito per assistere all'interrogatorio, ma i tre funzionari gli avevano prontamente ricordato la sua condizione di privato cittadino senza incarichi ufficiali presso la Cancelleria. Come loro tre non avrebbero mai preteso di scolpire un blocco di marmo, così Michelangelo non doveva impicciarsi di fatti che non gli competevano. Sarebbe stato il *Machia* a decidere se e quando coinvolgerlo. Infine, per quanto riguardava la bella Agnese che avevano sorpreso accanto ai cavalli all'imbocco della cisterna, legandola e imbavagliandola per la sua stessa sicurezza, Agostino l'aveva affidata, recalcitrante come una mula, al monastero di Santa Elisabetta delle Convertite, che era solito accogliere donne di malaffare da redimere. Sarebbe rimasta nel convento, sorvegliata a vista dalle suore, finché non fosse stato chiarito il suo ruolo in quella terribile vicenda.

Adesso, finalmente a tu per tu col misterioso *anatomista*, i tre si lanciavano occhiate inquiete, mai come ora avrebbero desiderato la presenza del *Machia*, che però era ancora lontano. Almeno per il momento, avrebbero dovuto cavarsela da soli.

Il problema era che la sola vista del prigioniero sembrava renderli muti, incollando le loro lingue al palato. Non avevano mai visto un volto simile. I due glaciali occhi azzurri sembravano incastonati nella massa contorta del viso come due lapislazzuli in un pezzo di carne cotto alla brace. Di sicuro, per molto tempo non avrebbero più sopportato neppure l'idea di mangiare una bistecca alla fiorentina.

Pare proprio uno dei risorgenti raffigurati da Luca Signorelli nel Giudizio Universale del Duomo di Orvieto, rifletté con un brivido il Buonaccorsi. *Di quelli coi muscoli non ancora coperti dalla pelle...*

Anche Andrea e Agostino si chiesero come avessero fatto, pur nell'impeto della colluttazione, a toccare quella testa orribilmente deturpata. A pensarci adesso, era davvero ripugnante.

Il mostro era immobile come una grottesca statua. Non aveva detto una parola da quando era stato catturato, né emesso un lamento. Sembrava tranquillo, nonostante fosse stato incatenato con pesanti manette di ferro alla parete della vecchia prigione.

«Qualcuno deve scrivere il verbale dell'interrogatorio» esordì Biagio, rompendo il silenzio. Trasse dalla tasca della giubba l'ampio foglio di pergamena arrotolato che aveva preso in Cancelleria, assieme a un calamaio e a una penna d'oca. «Allora? Chi si offre volontario?»

«Devi farlo tu» replicò il Vespucci, con un'alzata di spalle. «Tocca sicuramente a te.»

«E si potrebbe sapere perché mai, di grazia?»

«Perché sei tu che arrotondi il salario con l'attività di copista» intervenne Andrea, ironico. «Nessuno scrive in modo più elegante di te, *frater Blasius*...»

Il Buonaccorsi sospirò, stendendo il rotolo di pergamena su un tavolinetto che avevano portato all'uopo con degli sgabelli.

Non voleva mettersi a discutere di queste ridicole inezie davanti al prigioniero. Che avrebbe pensato di loro? Ci voleva un minimo di autorevolezza per condurre un interrogatorio. Stavano proprio iniziando col piede sbagliato. Mentre scriveva in cima al foglio il luogo e la data, con movimenti lenti e misurati, cercò di darsi un contegno. Poi si dedicò al preambolo, secondo la prassi dei documenti della Cancelleria.

«Il tuo nome» disse alla fine, rivolgendosi al prigioniero senza però guardarlo troppo a lungo. Avrebbe desiderato fargli indossare una maschera, ma non voleva fare la figura di un fanciullo impaurito. Restò a fissare il foglio, la penna a mezz'aria, in attesa di trascrivere la risposta.

Sentì i gelidi occhi azzurri che lo scrutavano. «Cos'è un nome?» disse una voce sibilante, come un fruscio di vento tra le foglie. «Un banale suono, generato da una successione di segni. Cosa dice di noi, un semplice nome?»

«Bene, anche filosofo il nostro assassino» grugnì il Vespucci, assestando al prigioniero una violenta pedata al fianco. «Rispondi a tono, mostro. Altrimenti non uscirai vivo da questa cella.»

Biagio stava per rimproverare Agostino per la sua intemperanza, quando una risata sinistra si diffuse nella stanza. «Non m'interessa morire adesso, oppure sul patibolo. Non ha la minima importanza. Ho fatto ciò che dovevo. Tutto il resto è nulla.»

Mentre il mostro riprendeva a ridacchiare, Buonaccorsi ne approfittò per prendere da parte il Vespucci.

«Ma che ti viene in mente?» lo redarguì a bassa voce. «Il *Machia* deve trovarlo lucido e in buona salute, altrimenti ci darà una strigliata che neppure immagini! Siamo stati noi a catturarlo, ce ne sarà grato. Non rovinare tutto. Vuoi diventare giudice e boia nella stessa notte?»

«Ti ricordo che questo demonio ha ucciso e smembrato un garzone di dodici anni» replicò Agostino stringendo i pugni. «Che pretendi, che gli porti un po' di biricuocoli e Malvasia per rinfrancarsi?»

«Anch'io ho dei figlioli, Agostino! Pretendo solo che lo interroghiamo come persone civili. Sarà il tribunale legalmente costituito che ordinerà la tortura, se lo riterrà necessario. Cerchiamo di calmarci tutti, va bene? Sarà una notte molto lunga.»

Andrea di Romolo stava nel frattempo interpellando il mostro. «Su, Adone» disse in un tono burlesco che mal si addiceva alla circostanza. «Ce lo vuoi dire il tuo nome, così possiamo scriverlo nel verbale? Che ti costa? Non farci di nuovo arrabbiare...»

«Ranuccio» rispose all'improvviso il prigioniero, lasciando tutti stupefatti.

«Visto che non era difficile?» ghignò Andrea rivolto ai compagni. «Bastava chiederlo con le buone.»

«Adesso ti farò altre domande» riprese il Buonaccorsi, sperando di approfittare di quel momento di apertura al dialogo. «Alle quali dovrai rispondere, come in confessione da un santo frate, dichiarando *omnia et singula*, cioè senza omettere nulla e specificando le...»

«Conosco il latino. Anche il greco, l'aramaico e l'ebraico, oltre a...»

«Acciderba!» lo interruppe Andrea di Romolo. «Un grande umanista! Chi se lo sarebbe mai aspettato!»

Il prigioniero non commentò, lanciandogli un'occhiata di disprezzo.

«Tanto meglio se non hai bisogno di spiegazioni» tagliò

corto Biagio. «Hai ucciso e anatomizzato tu Bartolomeo Canacci, falegname in Firenze?»

«Certo, e con enorme piacere» sibilò l'incatenato, con una parodia di sorriso sulle labbra deformi dalle orribili gengive scoperte.

Il Buonaccorsi, seduto al tavolino al lume di una grossa candela, vergava eleganti caratteri sul foglio di pergamena, intingendo di tanto in tanto la penna nel calamaio. «Hai ucciso e anatomizzato tu il povero Petruccio, figlio di Gianetta la lavandaia, che Dio lo abbia sempre nella gloria dei suoi angeli?»

«Dio non esiste» scosse la testa il prigioniero. «E neppure il Diavolo.»

Bene, anche eretico, pensò Biagio, continuando a scrivere dopo essersi segnato. «Rispondi solo alle domande, Ranuccio. Non peggiorare la tua situazione.»

Un'altra sinistra risata. «Non c'è nulla da peggiorare. Sono morto, ormai. Ma perché non mi guardate, quando parlo? Perché distogliete lo sguardo? Avete… paura? E di cosa? Della mia faccia? Non dovreste. Sotto la pelle, questo illusorio velo che ci rende piacevoli agli altri, che eccita a volte perfino la nostra lussuria… siamo tutti come me. Fasci rossastri di muscoli e nervi…»

«A proposito… Come ti sei ridotto così?» chiese Andrea, con una smorfia di disgusto. «Voglio dire, senza offesa… Non sei tanto bellino.»

«La guerra. Voi l'avete mai fatta, la guerra? Avete una pallida idea dei suoi effetti, sul corpo e sulla mente degli uomini?»

«Stiamo facendo di nuovo filosofia» lo interruppe il Vespucci, impaziente. «Rispondi alla domanda: hai ucciso e anatomizzato tu Petruccio?»

«Andava fatto.» Andrea credette di cogliere un fugace guizzo di malinconia nello sguardo del mostro, ma fu solo un istante. Gli occhi azzurri tornarono subito freddi, inespressivi.

Con un brivido, Biagio trascrisse la risposta e poi continuò: «Hai ucciso e anatomizzato tu Fiammetta, la cortigiana?».

«Sì, ma non è stata una grande perdita» ridacchiò il prigioniero. «Se lo meritava, la puttana.»

«Scriverò il tuo commento, anche se non ti fa onore. Hai ucciso tu, con un abile tiro di balestra, il vecchio chiamato Neri?»

Negli occhi vitrei dell'incatenato ci fu un lampo d'interesse. «E chi sarebbe? Non conosco nessuno con questo nome.»

«Vuoi dire… che non hai ucciso tu Neri?» Biagio smise di scrivere e scambiò delle occhiate perplesse coi due colleghi. «A questo punto, confessare un altro omicidio non cambierebbe la tua sorte…»

«Non intendo accollarmi tutti gli omicidi commessi a Firenze e nel contado, ma solo quelli che ho compiuto» scosse la testa il mostro. «Un certo Neri ucciso da un balestriere? Non so di chi stiate parlando.»

Dopo un istante di silenzio, i tre funzionari si ritirarono a confabulare in un angolo dell'angusta cella.

«Allora… la pista di Vannozzo non riguarda i delitti dell'anatomista» sussurrò Andrea.

Biagio alzò le spalle: «Ammesso che dica la verità. Comunque, quando ho interrogato di nuovo la lavandaia, mi ha accennato a un lavoro di fiducia che il suo amante Vannozzo le disse di dover svolgere per dei gran signori. Un incarico molto delicato, che secondo lui l'avrebbe reso ricco. In pratica, la stessa cosa che ci ha spifferato Neri prima di andare all'Inferno. Ma Gianetta è convinta che tutto ciò non abbia a che fare con la morte del suo figliolo».

Agostino scosse la testa, pensoso: «A meno che… non sia una pista parallela, collegata in qualche modo alla vicenda principale. Può darsi che la rissa in cui fu accoltellato Vannozzo fosse una messinscena per zittirlo senza suscitare sospetti. In fondo i due accoltellatori furono impiccati, per cui l'eventuale mandante si assicurò anche il silenzio dei sicari…»

«Dovremmo proprio fare un salto all'archivio degli Otto di Guardia,» annuì il Buonaccorsi «e consultare i verbali del processo. Potrebbe spuntar fuori qualcosa da quelle vecchie carte… In ogni modo, non mi sembra che il mostro stia mentendo. Forse ci sono cose, legate a questa brutta storia, che neppure lui conosce… Dobbiamo continuare a interrogarlo, finché mostra di voler collaborare.»

Biagio tornò al tavolino, intingendo con un sospiro la penna nel calamaio. «Quale movente, o moventi ti spinsero a commettere i delitti che hai confessato?»

«Adesso basta.»

Un greve silenzio seguì le parole del prigioniero. Buonaccorsi restò immobile, con la penna sollevata sul foglio. «Ti rifiuti di nuovo di collaborare?» chiese alla fine, deluso.

«Ho già parlato anche troppo con voi tirapiedi. Rivelerò il resto solo a Machiavelli, quando si degnerà d'incontrarmi.»

«Il Segretario sta arrivando, ma ci vorranno ancora molte ore» precisò il Vespucci.

«E nel frattempo che facciamo, giochiamo a Minchiate?» ridacchiò Andrea, col solito spirito faceto.

«Se volete, per me va bene» replicò l'incatenato. «Oppure, in alternativa, potrei illustrarvi come si disseziona un cadavere… O un corpo ancora vivo.»

Agostino ebbe un nuovo scatto d'ira, afferrandolo per il

collo nonostante il ribrezzo per la testa deforme. «Non provocarci, mostro. Altrimenti potremmo insegnarti qualcosa noi… Magari a spiccare il volo, anche senz'ali, dalla cima di quest'altissima torre…»

«Poi dovreste spiegarlo a Machiavelli» replicò l'altro, tranquillo. «Non credo sarebbe facile.»

I tre uomini si sedettero sugli scomodi sgabelli. Sui loro volti si leggeva la rassegnazione di non poter fare altro. In fondo Ranuccio non aveva torto, erano dei semplici sgherri e da soli non potevano decidere nulla.

«A questo punto, tanto vale ingannare il tempo» intervenne Andrea. «Le carte non ce l'abbiamo, ma in compenso ho questi» disse raggiante, tirando fuori di tasca una coppia di dadi. «Tu non puoi giocare, mi dispiace» motteggiò rivolgendosi al prigioniero. «Hai le mani incatenate al muro. Però puoi seguire i lanci, che ne dici?»

«Vi giocate le mie vesti, come nell'Evangelio?» ridacchiò Ranuccio, mostrandosi in sintonia col sarcasmo del funzionario. Ma la facezia non piacque al Vespucci.

«Taci, demonio» sibilò, tirandogli un'altra pedata. «Se non vuoi più confessare… Allora sta' zitto, e non pronunciare blasfemie.»

Mentre il prigioniero si piegava su se stesso per il dolore, saettando Agostino con un'occhiata d'odio, i tre cominciarono a gettare i dadi sul tavolino, lasciandosi ben presto prendere dal gioco. Gli occhi del mostro li seguirono a lungo, freddi e attenti, finché le palpebre non iniziarono a farsi pesanti. Alla fine Ranuccio chiuse gli occhi, vinto dal sonno.

Tra una giocata e l'altra, Biagio continuava a tenerlo d'occhio. Gli sembrava impossibile che riuscisse a dormire calmo e tranquillo come un bambino, proprio lui che a un fanciullo aveva tolto la vita in modo orribile. Eppure sembrava immerso nel sonno di un *giusto*, di chi avesse compiuto in coscienza il proprio dovere. L'essere umano era un abisso imperscrutabile, pensò rabbrividendo.

«Faremmo meglio a fissare dei turni di sonno e di veglia» disse ai compagni, lanciando i dadi. «Il *Machia* ci metterà ancora molto tempo. E poi sapete quanto gli dispiaccia montare in sella… Saremo fortunati se arriverà a Firenze per l'ora sesta» sospirò, perdendo l'ennesimo giro. «Avremo bisogno di riposare almeno un po'. Ma anche incatenato, non mi fido a lasciare questo demonio senza sorveglianza. Quindi, quando uno di noi dormirà, gli altri due s' intratterranno col gioco. Farò io il primo turno, tanto sto perdendo. Svegliatemi diciamo… fra un paio d'ore.»

A un cenno d'assenso dei colleghi, si distese alla meno peggio in un angolo della piccola cella, utilizzando il mantello arrotolato come cuscino e quelli dei compagni come coperte.

Sarebbe stata una lunga notte.

* * *

Poco dopo che le campane ebbero suonato l'ora sesta, l'uscio dell'Alberghetto si aprì per far entrare il Segretario e alcuni sbirri. Il suo volto era pallido, segnato dalla tensione del lungo viaggio a cavallo. Appena posò lo sguardo sul prigioniero, ebbe un istante di smarrimento. Ma fu solo un attimo. Riprese subito il controllo. Non voleva mostrarsi impressionabile davanti ai sottoposti.

«*Veni, vidi, vici*» declamò scimmiottando Cesare, come se

il merito della cattura fosse tutto suo. «Ha già parlato?» chiese poi, indicando l'incatenato con un cenno della testa.

«Ha confessato tre delitti» annuì Buonaccorsi, mostrandogli la pergamena. «Quello del vecchio Neri non vuole ammetterlo, come non vuole dichiarare i motivi che lo hanno spinto a compiere le sue atrocità... Ha detto che li confesserà soltanto a te.»

«Bene» disse Machiavelli, senza battere ciglio. «Ma non qui. Alle Stinche ho già preparato il posto adatto per raccogliere la sua deposizione» concluse, facendo un cenno agli armigeri che lo scortavano. Gli sbirri liberarono dai ceppi Ranuccio, che li lasciò fare come un bambino obbediente, poi gli serrarono i polsi con due manette legate a una corta catena, e lo condussero fuori dalla cella.

«Voi andate pure a riposare» concesse il Segretario ai suoi assistenti. «La scorsa notte, caso strano, vi siete comportati egregiamente.»

I tre grugnirono un ironico *gratias, domine magister* mentre lasciavano immusoniti il cubicolo. Come al solito, il *Machia* aveva un modo tutto suo di complimentarsi.

XXIX

Lo stesso giorno, due ore dopo la sesta

A Palazzo della Signoria, seduto allo scrittoio del suo studiolo, Niccolò Machiavelli sorrideva stanchissimo ma soddisfatto ai tre uomini che gli stavano di fronte. Come prima cosa, si vantò di aver galoppato come un forsennato da Pisa cambiando quattro volte cavallo, contro tutte le sue abitudini, appena un messaggero lo aveva avvertito della cattura dell'*anatomista*.

«Direi proprio che siete vivi per miracolo, miei cari e... vulnerati amici» ghignò beffardo. «È una fortuna che i miei *angeli custodi* abbiano vegliato su di voi, la notte scorsa.»

«Diciamo piuttosto che ci hanno *pedinato*» sibilò Leonardo massaggiandosi, con una lieve smorfia di dolore, il polso destro fasciato.

«Una riprovevole, ingiusta mancanza di fiducia nei nostri confronti» aggiunse Fracastoro, immusonito. Anche il braccio del medico era stretto da una vistosa fasciatura di lino. Buonaccorsi li aveva fatti medicare alla bell'e meglio da un cerusico militare di sua fiducia, esperto di ferite e traumi ossei, buttandolo giù dal letto nel cuore della notte. La guancia sinistra di Michelangelo, sulla quale il cerusico aveva spalmato una dose abbondante di unguento, era già scura e gonfia, e gli causava difficoltà nel parlare. Stavolta, però, con grande sollievo dello scultore il naso era rimasto per fortuna incolume.

«Non ho difficoltà ad ammetterlo» assentì il Segretario. «Una misura necessaria, in un modo o nell'altro. La vostra posizione, capite, non era ancora del tutto chiara. Era mio dovere farvi sorvegliare, se non altro per proteggervi. Infatti ho avuto ragione, mi pare. Se non fosse stato per i miei assistenti, quel mostro vi avrebbe probabilmente uccisi.»

«Dove si trova, ora?» chiese Leonardo.

«In una cella delle Stinche, ben incatenato e sorvegliato a vista» sogghignò Machiavelli. «Nonostante i miei aiutanti lo abbiano un po' ammaccato per ridurlo all'impotenza, i secondini nutrono il superstizioso timore di vederlo sparire all'improvviso, come uno spirito infernale.»

«Un demonio lo è di certo» bofonchiò Michelangelo, rabbrividendo. «Non dimenticherò mai quella faccia... Orribile, come quelle dei diavoli del Signorelli dipinti nel duomo di Orvieto!»

«No, niente di sovrannaturale» sorrise ironico Machiavelli. «Un banale effetto della pece bollente che gli bruciò il volto nell'assedio di Terranova, quando serviva come cerusico militare al comando del d'Aubigny nella guerra tra Francia e Spagna per la conquista della Calabria. Almeno, così ha dichiarato. Del resto, si tratta di un particolare che non vale la pena verificare. Esistono ben altri motivi d'interesse, in questa brutta storia» mormorò il Segretario, osservando pensoso il foglio che reggeva tra le lunghe, ossute dita. Lo palpava con delicatezza, quasi fosse una reliquia. Poi fissò, con una luce di trionfo nei furbi occhi neri, le tre figure che gli sedevano davanti.

«Questa è la confessione completa del nostro uomo» disse raggiante, mostrando la pergamena. «Redatta spontaneamente di sua mano, senza bisogno della tortura, e debitamente firmata.»

«Siete proprio sicuro che abbia confessato... *sua sponte*?» insinuò Leonardo, ironico. «Le segrete delle Stinche, lo sappiamo tutti, celano argomenti molto... persuasivi.»

«Non lo abbiamo neppure sfiorato, dopo l'arresto» replicò Machiavelli, spalancando gli occhi con aria innocente. «Non ce n'è stato bisogno, come vi ho già detto. Il nostro uomo ha riconosciuto tutte le accuse mossegli dal Capitano di Giustizia, descrivendo con dovizia di particolari i suoi atroci delitti. Ha affermato di non temere il patibolo, perché ormai la sua missione è compiuta.»

«La sua *missione*?» chiese Leonardo, sollevando interdetto un sopracciglio. «Di che state parlando, Segretario?»

«Di una missione di... vendetta» rispose l'altro, cupo. «Nata da fatti accaduti anni fa. È scritto tutto qui, signori miei» aggiunse, picchiettando con l'indice sulla pergamena. «Volete che vi riassuma la confessione, o preferite leggerla da soli?»

«Credo che non rinuncereste mai, per nulla al mondo, al piacere di raccontarcela» sospirò Fracastoro, mentre una fitta al braccio ferito gli strappava una smorfia di dolore.

«Avanti, allora» intervenne Michelangelo, incuriosito. «Siamo tutti orecchi.»

«Vi ricorda nulla il nome di Pier Leoni da Spoleto?» domandò Machiavelli, con un sorriso astuto.

«Sì, era medico e astrologo di fiducia del Magnifico Lorenzo» rispose pronto il Buonarroti. «Io l'ho conosciuto, quando abitavo nel palazzo dei Medici in via Larga. Un uomo di grande dottrina.»

«Ma non abbastanza da salvare la vita del Magnifico» replicò il Segretario, con una smorfia sarcastica. «Vi ricordate, Michelangelo, come morì?»

«Ero presente nella villa di Careggi, ma non fui ammesso al suo capezzale» disse lo scultore, seguendo il filo dei ricordi con occhi malinconici, lucidi di commozione. Il Magnifico era stato per lui come un padre, anzi *più* che un padre. Era stato l'uomo che, per primo, aveva compreso il suo talento. «Agnolo Poliziano e Pico della Mirandola, che rimasero con lui fino all'ultimo, mi riferirono di fortissimi dolori alle ossa seguiti da emorragie interne, soprattutto allo stomaco.»

«Esatto» annuì Machiavelli. «Forse saprete che Pier Leoni, prima dell'ultima crisi, aveva dichiarato di possedere tutti i mezzi per guarire il suo signore, ma che la famiglia Medici preferì affidarlo alle cure di maestro Lazzaro da Pavia, medico personale del Duca di Milano.»

«Un vero ciarlatano» intervenne Fracastoro, in tono sprezzante. «Se non mi sbaglio, tentò di guarire il povero Lorenzo somministrandogli polvere di diamante, smeraldo, rubino, topazio... Un'assurda terapia molto in auge, in quel periodo.»

«Sì, il famoso succo *petrifico*» confermò Leonardo. «Alcuni continuano a credere di poterlo ricavare dalle pietre preziose, e ne sostengono le capacità curative.»

«In ogni modo, il Magnifico morì» tagliò corto Machiavelli. «Ma il giorno dopo anche Pier Leoni fu trovato senza vita in un pozzo, vicino alla villa dei Martelli dove aveva pernottato.»

«Ricordo che circolarono molte voci sulla sua morte» s'inserì Michelangelo. «Alcuni parlarono di suicidio. Dissero che Pier Leoni si era ucciso per l'atroce rimorso di non essere riuscito a salvare Lorenzo, suo grande amico oltre che illustre paziente. Altri sospettarono addirittura un omicidio camuffato da incidente, commissionato dal tredicenne Giuliano sconvolto per la morte del padre, anche se nessuno riuscì mai a provarlo.»

«Mi sembra, ma non vorrei sbagliarmi,» disse il Vinci, aggrottando la fronte «che il poeta Jacopo Sannazzaro, in una delle sue elegie in volgare, avallasse l'ipotesi dell'omicidio...»

«Ecco,» disse il Segretario «ne ho scovata una copia nella biblioteca medicea di via Larga» e prese dal piano dello scrittoio un piccolo foglio di pergamena ingiallito. «Sentite gli ultimi versi: *ché, mal mio grado, io fui sospinto e morto/ nel fondo del gran pozzo orrendo e cupo,/ né mi valse al pregar essere accorto;/ ché quel rapace e famulento lupo/ non ascoltava suon di voci umane,/ quando giù mi mandò nel gran dirupo...*»

«Ma tutto questo cosa c'entra con il nostro *anatomista*?» Fracastoro cominciava a spazientirsi. La ferita al braccio gli faceva sempre più male, e non vedeva l'ora di tornare nella sua stanza per curarla a dovere, con tutto il rispetto per quello scalzacane del cerusico.

«Sembra ci sia un collegamento tra i delitti del mostro e la morte del medico» mormorò Machiavelli, pensoso. «Almeno, così afferma il nostro uomo. Ha confessato di essere... il figlio naturale del povero Pier Leoni. E di aver straziato le sue vittime, in quel modo orribile, per vendicare l'assassinio del padre.»

«Sì, adesso rammento...» il Buonarroti socchiuse per un attimo gli occhi nello sforzo di scavare nella memoria. «Pier Leoni si faceva sempre aiutare, durante le operazioni chirurgiche, da un giovane assistente al quale aveva insegnato i rudimenti dell'arte medica, utilizzandolo anche come *prosector* durante le dissezioni anatomiche. Mi sembra si chiamasse... Ranuccio.»

«Lo stesso nome con cui ha siglato la confessione» confermò il Segretario, mostrando la firma, chiara e precisa, apposta in calce al documento. Del resto, l'intera pergamena era stata vergata con un'elegante grafia umanistica. *L'anatomista* non era certo un ignorante.

«Ma quando frequentavo la casa del Magnifico, non ho mai sospettato che l'aiutante di Pier Leoni fosse suo figlio» disse Michelangelo incredulo.

«Secondo quanto afferma il nostro uomo,» continuò Machiavelli, scorrendo con attenzione la confessione «quasi nessuno lo sapeva, tranne la famiglia dei Medici e pochi membri della loro corte. Tra questi Agnolo Poliziano. Il quale, a quanto leggo, fu l'amante segreto di Ranuccio. Una tresca che durò, con alti e bassi, fino alla morte del Poliziano, avvenuta due anni dopo quella di Pier Leoni.»

Michelangelo ebbe un moto di rabbia: «E voi credete a una calunnia così infamante, contro la memoria di un grande poeta che non può nemmeno più difendersi?». Poliziano era stato per lui un sapiente, sensibile maestro. Gli aveva insegnato la mitologia e svelato tutti i segreti della poesia antica. Era stato lui a suggerirgli, per la sua prima opera di scultura, il tema della *Battaglia tra i Centauri e i Lapiti*. «Ho frequentato per anni le lezioni di Poliziano, senza avere alcun sentore che fosse...»

«Un *sodomita*?» sogghignò Machiavelli. Quella parola, pronunciata senza mezzi termini, ebbe sullo scultore l'effetto di una scudisciata.

«Io... non vi permetto di...» balbettò, diventando rosso in viso.

«Eppure, caro Buonarroti, esistono due vecchie denunce per sodomia contro Agnolo Ambrogini da Montepulciano, detto il Poliziano. Una nell'archivio degli Otto di Guardia, l'altra in quello degli Ufficiali della Notte» chiosò il Segretario. «Calunnie anche quelle? Può darsi...»

«In effetti,» intervenne Leonardo «anche il letterato Andrea Dazzi, in due poesie latine, accusò l'Ambrogini di sodomia.»

«Dazzi era un acerrimo rivale del Poliziano!» protestò Michelangelo sprezzante. «Era ovvio che tentasse di screditarlo! Mi piacerebbe sapere, ser Leonardo, per quale motivo siete tanto *ben informato* su tali argomenti!»

«Cosa volete insinuare?» L'artista rispose con uno sguardo carico di sdegno. «Non vi consento di...»

«Calma, calma!» s'inserì Machiavelli, sollevando una mano in gesto conciliante. «Non siamo qui per discutere dei vizi, veri o presunti, del grande Poliziano. Sto solo citando le dichiarazioni del nostro *anatomista*, così come le ha scritte.»

«Temo che stiamo deviando dalla questione principale» intervenne Fracastoro, agitandosi impaziente sulla sedia per il dolore. «Ser Machiavelli, diteci una buona volta quale sarebbe il legame tra il presunto omicidio di Pier Leoni, la vendetta di suo figlio, la sua ipotetica tresca col Poliziano e... l'assassinio di quei tre innocenti!»

«Vedrete che ogni tassello rientrerà nel mosaico, appena avrò terminato di riassumervi questa confessione» disse il Segretario tornando a scorrere, con sguardo concentrato, la pergamena che aveva tra le mani. «Comincio a chiarire i vostri dubbi, dottore, dicendovi che nessuna delle vittime di Ranuccio, almeno secondo il loro assassino, era del tutto... *innocente*.»

«Cosa intendete dire?» chiese Michelangelo perplesso.

«Iniziamo da Bartolomeo Canacci, falegname ed ex stalliere della famiglia Martelli» riprese il Segretario, puntando l'indice nodoso sulla pergamena. «Sappiamo tutti che Pier Leoni, dopo i contrasti con la famiglia Medici seguiti alla morte del Magnifico, fu invitato dagli stessi Martelli a pernottare nella loro residenza di San Gervasio, forse per sottrarlo alla *cattiva aria* che iniziava a tirare per lui nella villa di Careggi, e che il medico fu trovato il giorno dopo, di buon mattino e vestito di tutto punto, affogato in un pozzo nelle vicinanze. Si parlò di una disgrazia, oppure di suicidio. Fin qui la versione *ufficiale*. Ma ecco quella del nostro *anatomista*: il Canacci, all'epoca in servizio come stalliere presso i Martelli, quel mattino passò per puro caso accanto al luogo del delitto e fu testimone oculare dell'assassinio di Pier Leoni, ma si guardò bene dal riferirlo alle autorità. Per il suo silenzio ricevette dalla famiglia mandante dell'omicidio, quella Medici secondo Ranuccio, una certa somma con la quale si trasferì a Firenze e riuscì ad aprire una bottega da falegname.»

«Uhm... Il misterioso denaro di cui i parenti di Canacci ignoravano la provenienza» mormorò Leonardo, pensando ad alta voce. «La cosa sembrerebbe quadrare. Quindi la prima vittima sarebbe stata punita dall'*anatomista* per essersi venduta agli assassini del padre...»

«Così pare» annuì Machiavelli. «Il giglio che Ranuccio disegnò col sangue, accanto al cadavere sezionato del Canacci, doveva servire a confondere le acque, infamando nel contempo l'odiata famiglia Medici.»

«Se i parenti del Magnifico furono i mandanti dell'omicidio... *Chi* lo eseguì materialmente?» domandò Michelangelo, sempre più incuriosito.

«Vannozzo Banducci» rispose pronto il Segretario. «Ubriacone, ladro, sodomita... e a volte sicario, per conto di chiunque lo pagasse bene. Nonché amante di Gianetta, e padre di Petruccio.»

I due artisti e il medico fissarono attoniti Machiavelli, senza il coraggio di trarre le orribili conclusioni.

«Fu Vannozzo il *rapace e famulento lupo* che gettò Pier Leoni nel pozzo, ignorando le preghiere della disgraziata vittima» sospirò il Segretario. «Almeno, così sostiene Ranuccio. Il nostro *anatomista* avrebbe voluto riservargli un trattamento *speciale*, facendogli provare le più atroci sofferenze, ma Vannozzo pensò bene di morire accoltellato in una rissa da taverna, sottraendosi così alla sua vendetta. Però c'era ancora suo figlio, il piccolo Petruccio, carne e sangue dell'odiato sicario...»

«Maledetto demonio» mormorò Michelangelo. «Che colpe aveva, quel povero fanciullo?»

«In questo, Ranuccio ha seguito alla lettera la sacra Bibbia» rispose ironico Machiavelli. «*Le colpe dei padri ricadranno sui figli.* Anche stavolta, come nel primo delitto, l'assassino tentò d'infamare in qualche modo la famiglia dei Medici, trasportando il piccolo cadavere già smembrato nel loro sepolcreto in San Lorenzo. Una vera e propria *firma*, quasi una sfida lanciata agli Otto di Guardia per saggiarne l'acume. La posizione delle membra sezionate del fanciullo, disposte secondo lo schema dell'*uomo vitruviano*, doveva inoltre servire a creare una falsa pista, facendo ricadere i sospetti sull'ambiente artistico fiorentino... Ah, dimenticavo. Fu proprio Ranuccio a scrivere la denuncia anonima contro Baldo Folchi, ne ho confrontato la grafia con quella della confessione: coincidono perfettamente. Voleva sfruttarne la fama di pittore pervertito, ben nota a

Firenze, per farlo incriminare dei due omicidi già commessi, così da poter eseguire il terzo in tutta tranquillità. Una mossa che però, grazie alla cocciutaggine di Agnese, si è ritorta contro di lui.»

«Certo che quella *falsa pista* l'avete battuta fino all'ultimo, Segretario, e con molta convinzione!» attaccò Leonardo in tono polemico.

«E la vecchia meretrice? Che c'entra in tutta questa storia?» disse Fracastoro sempre più pallido e sofferente, impedendo a Machiavelli di replicare alla provocazione.

«C'entra eccome! Fiammetta non mentiva quando si vantava di essere stata, in gioventù, bellissima e assai richiesta. Era una cortigiana d'alto bordo, che frequentava perfino gli ambienti nobiliari. Aveva sedotto molti gentiluomini della corte medicea, compreso il povero Pier Leoni. Il quale, all'epoca della morte del Magnifico, era ancora irretito dalle sue grazie. Per questo i Medici la incaricarono, dietro ricco compenso, di attirare la vittima fuori della villa dei Martelli, quel tragico mattino, affinché Vannozzo potesse ucciderlo più facilmente. Quindi, nel piano di vendetta di Ranuccio, Fiammetta aveva un posto d'onore. Una volta rientrato a Firenze scoprì che l'odiata cortigiana, ormai ridotta a una patetica megera, se la intendeva con una setta di pervertiti appassionati di magia nera. Così, sfruttando le conoscenze mediche, astrologiche ed esoteriche fornitegli dal padre, riuscì ad affiliarsi al gruppo e a guadagnarne la fiducia, in attesa di affondare lo scalpello anatomico nelle sue vecchie carni.»

Machiavelli fece una pausa bevendo un sorso di vino da una delle coppe poggiate sullo scrittoio, che aveva fatto riempire di ottimo Chianti per rinfrancare se stesso e gli ospiti. A quel punto, avrebbe dovuto informare i tre dell'assassinio del vecchio Neri, ma aveva deciso di sorvolare sull'intera faccenda. Discutendo coi suoi assistenti, avevano tutti concordato che fosse meglio non divulgare l'episodio. Erano convinti che Ranuccio dicesse la verità, affermando di essere estraneo a quell'omicidio. E allora, se qualcuno aveva avuto interesse a chiudere la bocca di Neri, l'ordine poteva essere venuto solo da coloro che avevano ingaggiato Vannozzo per un *incarico importante*, quei *gran signori* ai quali avevano accennato sia il vecchio che Gianetta. L'abile balestriere poteva essere una spia filomedicea, incaricata dai suoi padroni di zittire uno scomodo testimone in grado d'infangare il buon nome della famiglia. Poteva perfino essere un sicario ingaggiato dai Martelli, per fare un favore ai Medici in esilio. I primi si dichiaravano ora fedelissimi alla Repubblica, ma tramavano per il ritorno dei loro nobili sodali. Del resto, dalla confessione di Ranuccio e dalla strana atmosfera rilevata dai suoi assistenti nella villa di San Gervasio, Machiavelli sospettava che i Martelli, se non erano stati *complici* dell'omicidio del povero Pier Leoni, avevano forse agito da fiancheggiatori, o avevano comunque chiuso un occhio, lasciando che il proprio ospite fosse vittima dell'atroce vendetta dei loro altolocati amici.

In ogni modo, la Repubblica non intendeva perseguire una famiglia tanto potente, né aveva le prove per farlo. L'*anatomista* era stato assicurato alla giustizia, e tanto bastava.

«Sembra la quadratura del cerchio...» disse all'improvviso Michelangelo, strappando il Segretario dalle proprie riflessioni. «Ma come fece, Ranuccio, a conoscere tutti questi segreti sull'omicidio del padre?»

«Proprio qui entra in gioco il Poliziano» rispose Machiavelli, con un sorrisetto. «All'epoca Ranuccio era un bel giovane dalla corporatura robusta, atletica. Il suo viso non era ancora deturpato, anzi, pare avesse tratti delicati e assai piacevoli, quasi femminei...»

«Sì, mi sembra di ricordare la sua fisionomia elegante, da statua greca» confermò il Buonarroti, sforzandosi di visualizzare la figura che aveva visto qualche volta, e solo di sfuggita, accanto al medico del Magnifico.

«Insomma,» riprese il Segretario, seccato per l'interruzione «il nostro *anatomista* sostiene di essere stato molto amato, *in tutti i sensi*, dal grande Poliziano che era uno dei pochi, alla corte dei Medici, a conoscere la verità sulla morte di Pier Leoni. La loro relazione, secondo le dichiarazioni di Ranuccio, continuò fino alla morte del poeta, avvenuta due anni dopo quella del medico. Un lungo periodo in cui Poliziano, sempre a detta del nostro *anatomista*, si struggeva per la sofferenza di dover nascondere al suo prediletto *amasio* il motivo della tragica scomparsa del padre. Finché un giorno, non potendone più, gli rivelò la verità. Da quell'istante, Ranuccio gli diede il tormento a ogni ora del giorno e della notte, minacciando di non farsi più vedere se il poeta, forte del proprio prestigio, non avesse denunciato agli Otto di Guardia l'esecutore e i fiancheggiatori, ma soprattutto i mandanti del delitto. Solo un personaggio come il Poliziano, famoso e riverito in tutta Europa, poteva denunciare i Medici e sperare di farla franca, magari rifugiandosi con Ranuccio presso qualche potente principe straniero. Come prova delle sue affermazioni,» aggiunse il Segretario, prendendo dallo scrittoio un altro ingiallito foglietto di pergamena «Ranuccio mi ha consegnato questo epigramma latino scritto di pugno dal Poliziano, regalatogli dal poeta, a suo dire, proprio durante quel tormentato periodo. Mi permetto di tradurvelo: "*Mi attiri, mi respingi; insegui, fuggi; sei pietoso, sei crudele;/ mi vuoi, non mi vuoi; mi tormenti e mi ami;/ prometti, poi neghi, mi dai speranza e me la togli...* E così via, sempre sullo stesso tono.»

«Se effettivamente è di mano dell'Ambrogini, mi sembra abbia un significato inequivocabile» intervenne Leonardo, carezzandosi assorto la barba.

«Alla fine, temendo di perdere per sempre l'amore del suo *ganimede*, Poliziano si era quasi deciso a vuotare il sacco» continuò Machiavelli. «Ma pare che Giuliano e Piero, i più cinici tra gli orfani del Magnifico, facessero sorvegliare da tempo i due amanti, sospettando che il poeta potesse svelare al figlio di Pier Leoni, in un momento di debolezza sentimentale, la verità sulla morte del padre. Infatti Ranuccio sostiene che l'Ambrogini, prima di potersi recare dagli Otto, fu avvelenato.»

«Io ero a Bologna, quando il Poliziano morì» mormorò Michelangelo, con gli occhi umidi di commozione. «Mi raccontarono che fu stroncato da un'improvvisa, violentissima febbre. Durante il delirio apostrofava il conte Pico, che era venuto a visitarlo, chiamandolo addirittura *San Pietro*... Si parlò di *mal francese*, lo stesso morbo che uccise il Mirandola poche settimane dopo.»

«Sì, il *morbo gallico* può causare tali sintomi» lo interruppe Fracastoro. «A volte si rivela all'improvviso, con effetti devastanti.»

«Mi trovavo a Milano, in quel periodo,» disse Leonardo «quindi non posso pronunciarmi sui sospetti che circolarono a Firenze, soprattutto sulla morte di Pico. So solo che, nel caso del principe della Mirandola, si vociferò di avvelenamento. Fu fatto il nome di Piero dei Medici, perfino quello di Marsilio Ficino tra i possibili mandanti.»

«In ogni modo, non siamo qui per riesumare antichi pettegolezzi» tagliò corto Machiavelli. «Subito dopo la morte del Poliziano, sapendo di essere lui stesso in pericolo, Ranuccio fuggì da Firenze, cominciando a vagabondare per l'Italia. Poco dopo gli giunse la notizia della cacciata dei Medici e della restaurazione della Repubblica fiorentina, ma non si arrischiò a rientrare: la dittatura del Savonarola, nonostante il suo controllo teocratico e capillare della società, non gli avrebbe comunque consentito di nascondersi dai filomedicei. Mi ha confessato che a quell'epoca non nutriva particolari propositi di vendetta. Solo un grande, doloroso smarrimento. Si manteneva esercitando di nascosto la scienza medica insegnatagli dal padre, curando e operando i contadini. Pare si sia umiliato arrivando perfino a fare il *praestigiator* e il giocoliere di piazza, ma riusciva a stento a sopravvivere. Così, sperando in ricchi bottini, si arruolò come cerusico in una compagnia di ventura, partecipando all'assedio di Terranova sotto le insegne di Robert Stuart d'Aubigny, al culmine dello scontro tra Francesi e Spagnoli per il controllo della Calabria. Destino volle che il d'Aubigny, per costringere alla resa gli Spagnoli del capitano Alvarado, decidesse d'impiegare nell'ultimo assalto alla città tutti gli uomini validi, compresi cuochi, mulattieri e... cerusici. Così il nostro Ranuccio, mentre dava la scalata alle mura della fortezza, si beccò in faccia una dose di pece bollente. Fu congedato dal generoso condottiero francese, commosso e nel contempo inorridito dalle ferite del cerusico, con un ricco premio che risolse almeno i suoi problemi economici. Ma da allora Ranuccio visse con un unico scopo: vendicarsi delle persone coinvolte nell'uccisione del padre. Le stesse che lo avevano costretto all'esilio causando, in modo indiretto ma ai suoi occhi ugualmente colpevole, l'orribile deturpazione che lo aveva reso un mostro. Ogni volta che il suo viso sfigurato provocava il terrore delle donne, o il palese disgusto degli uomini, il suo desiderio di vendetta aumentava, diventava ossessivo, assumeva ogni giorno di più, alimentato dalla disperazione, i connotati della follia... Cominciò a portare sempre una maschera in pubblico, come fanno gli scampati al vaiolo per nascondere le cicatrici lasciate dal morbo. Meditò a lungo sulle occasioni e sui modi per vendicarsi, seguendo da lontano le tormentate vicende di Firenze. Aspettò ancora, finché fu sicuro che nella Repubblica fosse sbiadito il ricordo dei misteriosi decessi seguiti alla morte del Magnifico. Del resto, la vendetta è un piatto che va gustato freddo. Certo, non sarebbe mai riuscito a colpire i Medici, troppo lontani e potenti, ma i pesci piccoli erano ancora a Firenze, a sua disposizione.»

«Io credo... di stare per svenire» mormorò Fracastoro con un filo di voce, bianco come un cencio. «No, non si tratta di turbamento per il vostro racconto... La ferita mi duole in modo atroce, nonostante la solerzia del vostro cerusico. Se non vi dispiace, vorrei che qualcuno mi accompagnasse in uno dei tanti, efficienti ospedali di questa città.»

«Vi farò trasportare in lettiga a Santa Maria Novella» rispose il Segretario, fissando incuriosito il volto pallido del medico. «Vedrete che là vi metteranno *a nuovo*» ridacchiò, divertito dal suo stesso gioco di parole. «Del resto, non abbiamo più niente da dirci. Possediamo una completa, dettagliata confessione dell'*anatomista*, e tanto basta agli Otto di Guardia» sorrise soddisfatto, battendo una mano sulla pergamena. «Naturalmente, per i delicati riferimenti a questioni e personaggi noti di questa città,» concluse, arrotolando il foglio e sigillandolo con la ceralacca «questo documento verrà custodito nell'archivio segreto della Seconda Cancelleria, sotto la mia diretta responsabilità. Resta inteso che nessuno di voi, sotto pena di spiacevolissime conseguenze, dovrà *mai* farne parola finché avrà vita, oppure finché la Signoria non riterrà opportuno divulgare questa confessione.»

«E... la taglia di cinquecento fiorini?» trovò la forza di chiedere Fracastoro. «Avevate detto che la Signoria aveva messo una...»

«Quale taglia?» lo interruppe Machiavelli, fingendo di cadere dalle nuvole. «Non ho *mai* parlato di una taglia. E se pure l'avessi fatto... *L'anatomista* è stato scovato da Agnese, la figlia di Baldo Folchi, ed è stato catturato dai miei assistenti. Se proprio esistesse un compenso, sarebbero loro a doverlo intascare, non vi sembra?»

«Che ne sarà di Ranuccio?» chiese Michelangelo aiutando il medico, visibilmente deluso, ad alzarsi dalla sedia.

«Il Gonfaloniere Soderini ha decretato che salga sul patibolo oggi stesso, al rintocco del Vespro» rispose Machiavelli sbrigativo. «Una cerimonia semplice alla Torre della Zecca, per pochi intimi» aggiunse, con un sorriso ironico. «Per non suscitare troppe curiosità nel popolo. Voi tre, naturalmente, siete invitati.»

«Penso che dovrò declinare la cortese proposta» ribatté Leonardo in tono ugualmente ironico, alzandosi a sua volta. «Sono in arretrato con troppi lavori, per potermi permettere anche mezza giornata di *svago*. Del resto, per giungere dalle Stinche al luogo dell'esecuzione, credo che il condannato dovrà passare per via del Palagio. Vuol dire che lo vedrò dalla finestra.»

«Che cosa c'è, ser Leonardo?» gli domandò Machiavelli, piantando gli acuti occhi neri in quelli rabbuiati del Vinci. «Anche voi siete deluso... per la questione della taglia?»

«Provate a immaginare dove potete infilarvela, la vostra taglia. Se proprio ci tenete a saperlo, Segretario, non ho ancora digerito la questione del pedinamento. Ci avete messo alle calcagna i vostri sgherri, quasi fossimo pericolosi malfattori. E non mi ripetete che lo avete fatto per proteggerci, perché non vi crederò mai!»

«Pensate pure ciò che volete» Machiavelli scrollò le spalle con aria indifferente. «Non devo rendere conto a voi delle mie azioni. Però, se fossi al vostro posto, non me la prenderei troppo» aggiunse, con un ghigno beffardo. «Non lo sapete, ser Leonardo, che il fine giustifica i mezzi?»

EPILOGO

Lo stesso giorno, poco prima del Vespro

Quando Michelangelo giunse sull'ampio piazzale in terra battuta antistante la Torre della Zecca, al centro del quale era stato montato il patibolo, il palco degli spettatori era già al completo.

I pochi, selezionati invitati alla *cerimonia* si erano dati appuntamento sotto le candide cortine di raso sospese sulle accoglienti sedie rese ancora più comode da soffici cuscini. C'era il Gonfaloniere Soderini con al fianco il suo solerte Segretario della Seconda Cancelleria. C'era il Capitano di Giustizia assieme agli Otto di Guardia, e piccole delegazioni del Consiglio degli Ottanta e del Consiglio Maggiore. E c'era, naturalmente, l'Arcivescovo Rinaldo Orsini in pompa magna, con l'abito talare e il cappello a tesa larga di raso paonazzo, da cui il sole al tramonto strappava cupi riflessi cremisi. Quasi una beffarda anticipazione del sangue che avrebbe presto intriso le scure assi del patibolo. Accanto all'Arcivescovo sedeva nella sua stoffa blu da lutto, unica nota stonata tra tante splendide vesti, la povera madre di Petruccio, lo sguardo fisso nel vuoto mentre l'alto prelato le carezzava la mano callosa, fredda e inerte come quella di un cadavere. Michelangelo notò che la sollecitudine dell'Orsini nei confronti della donna non sembrava soltanto... *pastorale*. Del resto Gianetta, seppure assai smagrita dalla sofferenza, era una femmina dalle forme ancora piacevoli e dal bel viso, e il galante Arcivescovo non disdegnava l'avvenenza muliebre, anche se popolana. Era stato lui stesso, credendo di farle piacere, a pretendere che la lavandaia assistesse all'esecuzione del massacratore di suo figlio. Ma la donna non sembrava affatto felice di trovarsi là, in mezzo a tutti quei nobili e ricchi signori. Osservandola meglio, dopo aver preso posto accanto a Machiavelli, il Buonarroti si chiese se fosse il caso di schizzarne alcuni bozzetti a carboncino, da utilizzare come modello per qualche scultura. In fondo, la povera Gianetta sembrava già di pietra.

Il condannato giunse poco dopo, accompagnato da un esiguo gruppo di bargellini. Indossava un rozzo saio di panno grigio. Aveva grosse catene ai polsi e alle caviglie, e sul volto una *mordacchia*, una di quelle maschere di metallo che si mettevano ai torturati per bloccarne la lingua e non farli gridare. L'ordigno aveva la forma di una grottesca, inquietante faccia demoniaca. Ma non era certo più repellente, si disse Michelangelo, del viso sfigurato dell'*anatomista*. Aveva ancora davanti agli occhi la sua carne raggrinzita dalle ustioni come un pezzo di legno bruciato. Non avrebbe scordato mai più quella bocca ghignante, dalle gengive scoperte, anche se l'aveva vista solo per pochi istanti. Michelangelo espresse un muto ringraziamento alla mordacchia che gli impediva di rivedere quell'orrore.

Nel silenzio rotto solo dal sordo, monotono battere di un tamburo, i bargellini accompagnarono il detenuto sul patibolo, togliendogli le catene e affidandolo alle solerti mani del boia e del suo aiutante. I due uomini incappucciati, vestiti di cuoio nero, denudarono il condannato con pochi gesti rapidi. Poi lo stesero supino sull'ordigno approntato per il supplizio, bloccandone i polsi e le caviglie mediante grosse staffe di ferro. Un rullo di legno, di circa un braccio di diametro e due di lunghezza, fu sospeso sul ventre dell'uomo tramite un'impalcatura, in modo che potesse girare azionato dalle due manovelle sistemate alle sue estremità. La superficie del rullo, notò Michelangelo con raccapriccio, era costellata di uncini di ferro ricurvi. Solo allora capì quale atroce supplizio il Soderini avesse riservato al disgraziato. Soltanto la Giustizia Divina avrebbe potuto escogitare, per l'anima dannata di Ranuccio, una pena più adatta ai suoi nefandi delitti.

Al lento, cadenzato suono del tamburo, il boia incise con pochi, rapidi colpi di coltello il ventre del condannato, lasciando al suo aiutante il compito di cavare dallo squarcio un breve tratto d'intestino. Le urla di Ranuccio, soffocate dalla mordacchia, sembrarono i cupi muggiti di un toro infuriato. Con movimenti precisi, il boia si dedicò alla successiva fase dell'*operazione*, relativa al corretto funzionamento del rullo uncinato. L'abilità di un boia provetto stava tutta lì, quando si trattava di eviscerare un condannato. E quel giorno il boia era *bravo*, davvero molto esperto, pensò Michelangelo disgustato, distogliendo gli occhi dall'orribile e lenta azione del macchinario. Adesso capiva perché Fracastoro, nonostante la debolezza e il dolore al braccio, fosse seduto in prima fila accanto al Soderini. Era pur sempre un medico. Non avrebbe mai rinunciato ad assistere a quel genere di supplizio. Un'occasione rara. Era molto difficile, negli Studi vincolati da norme ecclesiastiche e secolari, avere la possibilità di osservare le viscere esposte di un essere umano. In fondo anche il Buonarroti era venuto lì per lo stesso motivo, per studiare ai fini dell'arte gli organi interni del suppliziato. Tentò di farsi forza e di reprimere la nausea mentre ricominciava a seguire l'orribile scena.

Durante tutta l'operazione, il condannato non era mai svenuto. Era di tempra forte, su questo non c'erano dubbi. Rinaldo Orsini, continuando a stringere la mano gelida di Gianetta, pensò che fosse un demonio a sostenere il mostro, impedendogli di svenire. Meglio così. Il boia non avrebbe perso tempo a rianimarlo. Quando il prelato si voltò per sorridere alla madre di Petruccio, cercando d'infonderle coraggio, si rese finalmente conto che alla povera donna non importava di essere lì, o in qualunque altro luogo. Straziare il corpo di quello sconosciuto non le avrebbe restituito le fragili membra del suo bambino.

Michelangelo, forse suggestionato dal suono delle campane del Vespro in lontananza, si sorprese a riflettere, tristemente, sulla vita del mostro chiamato Ranuccio. Pensò al suo rapporto con il padre naturale, che non lo amava abbastanza da legittimarlo ma al quale il figlio aveva votato la vita. Pensò all'osceno eppure intenso amore sodomitico che lo aveva legato per anni, con una fedeltà degna dei romanzi cortesi, all'anima sensibilissima di Agnolo Poliziano. Pensò a tutte le volte che, dopo la fuga da Firenze, il giovane si era ritrovato a vagare da solo, senza parenti né amici, lungo paurose strade solitarie, pieno di rabbia e di disperazione… E poi pensò, con un groppo alla gola, a tutte le volte che, guardandosi allo specchio, Ranuccio era inorridito vedendo il suo grottesco volto sfigurato. Ranuccio il *mostro*. Ranuccio il *demonio*, votato al male dal suo stesso, inesorabile destino…

Quando il boia mise fine alla lunga, atroce agonia del condannato strappandogli il cuore, Gianetta finalmente *urlò*. Un grido acuto, straziante, da bestia ferita, come se la povera donna si liberasse all'improvviso dall'enorme dolore che l'aveva finora oppressa...

Schiacciato dal peso di un'angoscia senza nome, Michelangelo lasciò di corsa il palco, senza voltarsi e senza salutare nessuno.

Rientrando in città dalla Porta della Giustizia, a passi rapidi e senza mai voltarsi indietro, si ricordò di avere ancora in tasca il foglietto spiegazzato sul quale la scorsa notte aveva vergato in fretta pochi versi, in preda alla melanconia. Quasi un epitaffio da incidere sulla lapide di Ranuccio, se alle sue spoglie fosse stata concessa una sepoltura. Ma il cadavere dell'*anatomista* non avrebbe conosciuto la tomba. In quel momento, i carnefici lo stavano probabilmente preparando per il rogo sullo stesso patibolo. Nulla sarebbe rimasto del mostro. Neppure le ceneri, che sarebbero state gettate in qualche fogna. Quasi per istinto, Michelangelo tirò fuori il foglio, rallentò il passo, e lesse la poesia con un profondo senso d'inquietudine.

Molti anni fassi qual felice, in una
brevissima ora si lamenta e dole;
o per famosa o per antica prole
altri s'inlustra, e 'n un momento imbruna.
Cosa mobil non è che sotto el sole
non vinca morte e cangi la fortuna.

Quando sollevò lo sguardo, vide venirgli incontro una figura bionda ancora lontana, vestita di broccato azzurro che scintillava alla luce del tramonto. Riconobbe subito Agnese. Evidentemente, non trovando alcun capo d'imputazione nei suoi confronti, gli Otto le avevano concesso di lasciare il monastero di Santa Elisabetta. Anche la fanciulla lo scorse, aumentando il passo finché non s'incrociarono, fermandosi ai lati opposti della via.

La giovane prostituta gli sorrise. Un sorriso appena accennato, quasi timido. Non le aveva mai visto quell'espressione. Sembrava felice. Quindi suo padre era stato scarcerato. Il *Machia* era stato leale, almeno per quella volta, pensò l'artista. Aveva mantenuto la promessa che gli aveva fatto. Agnese sembrava ancora più bella, quando sorrideva in quel modo. Era una meretrice, rifletté Michelangelo stupito, però somigliava a un angelo del Paradiso, un'immagine degna di figurare nell'opera di un grande pittore, forse dello stesso Leonardo da Vinci.

La fanciulla continuava a fissarlo con i luminosi occhi color nocciola, spostando il peso da un piedino all'altro come incerta se raggiungerlo o restare ferma, lasciando a lui l'iniziativa... E per un istante, senza neppure capire il perché, Michelangelo sentì un impellente desiderio di andare da lei, di attraversare l'abisso di quella strada per stringerla a sé, per abbracciarla incollando le labbra alle sue...

Poi, mentre stava per muoversi, ripensò all'*anatomista*, alle vittime della sua folle vendetta, al patibolo in cui giaceva il suo cadavere squartato. In fondo il corpo di Agnese era soltanto *una faccia* della duplice, inscindibile realtà del mondo. Le sue perfette, morbide e calde membra erano lo specchio di quelle gelide, livide, martoriate del mostro chiamato Ranuccio. Due opposti che s'intrecciavano, si fondevano senza speranza. La vita portava sempre alla morte, la generazione sempre alla distruzione... Era il ciclo, in apparenza senza senso, voluto dall'imperscrutabile disegno del Creatore.

Solo il marmo restava eterno, immutabile nei millenni, sfidando la corruzione del mondo. Solo il marmo, pensò Michelangelo con un brivido di esaltazione, meritava l'infusione della sua giovane, fertile energia creatrice...

Agnese continuava a sorridergli, senza il coraggio di andargli incontro.

Anche Michelangelo le sorrise.

E continuò per la sua strada.

Ringraziamenti

Desidero innanzitutto ringraziare Jules Michelet, Jacob Burckhardt, Aby Warburg, Erwin Panofski, Delio Cantimori, Rudolf Wittkover, Frances Yates, Wallace Ferguson, Paul Kristeller, Alessandro Parronchi, Eugenio Garin, Carlo Pedretti, Carlo Vecce, Gianluigi Colalucci e tutti gli altri grandi esperti del Rinascimento che mi hanno fornito le rigorose basi sulle quali si è sviluppato negli anni il mio interesse per tale periodo storico-artistico, non potendo non aggiungere, a tale pur sommaria lista, Eugenio Battisti per avermi spinto con la sua opera a riflettere sull'interessante categoria dell'*Antirinascimento*, accrescendo di ulteriori sfumature la mia personale visione di un'epoca già piena di contraddizioni, luci e ombre.

La fortuna di conoscere alcuni di questi eminenti studiosi anche di persona, usufruendo della loro illuminante conversazione oltre che della lettura dei loro insostituibili testi, mi ha dato ulteriori occasioni di arricchimento culturale, sebbene la mia gratitudine più affettuosa e sentita vada al mio Professore di Storia del Rinascimento all'Università di Napoli, Romeo De Maio, le cui seminali lezioni sulla complessità della cultura rinascimentale e in particolare su Michelangelo Buonarroti, del quale De Maio è stato uno dei cinquanta maggiori esperti al mondo, accesero la mia passione per la figura del sommo artista del quale imparai a conoscere in profondità, prima come studente e poi come dottorando, non solo l'insuperabile opera scultorea e pittorica, ma anche l'intensa e tormentata personalità, tanto che Michelangelo è divenuto uno dei personaggi principali del mio immaginario oltre che della mia cultura storico-artistica, assieme naturalmente a Leonardo da Vinci e a tutti gli altri grandi e meno grandi, ma non per questo meno importanti, protagonisti di un periodo della Storia unico e irripetibile, che ha gettato le basi della moderna cultura occidentale.

Ringrazio inoltre di cuore tutto lo *staff* della casa editrice Giunti, che mi ha dato fiducia e ha seguito con grande attenzione e professionalità l'intero progetto di questo romanzo, dalla fase della sua costruzione fino alla revisione delle bozze e al risultato finale che spero riceva dal pubblico un gradimento adeguato allo scrupoloso, intenso lavoro di documentazione ed elaborazione che l'ha prodotto. Grazie in particolare a te, Annalisa, per tutto il tuo impegno.

At last but not least, desidero ringraziare l'amico Luigi Petruzzelli per i preziosi consigli cronolinguistici, e manifestare anche qui, come ho già fatto e sempre farò, grandissimo affetto e tanta gratitudine a mia sorella Ornella. Lei sa perché.

Bruno Vitiello

MISTO
Carta da fonti gestite
in maniera responsabile
FSC® C115118
FSC
www.fsc.org

Stampato presso Elcograf S.p.A.
Stabilimento di Cles